於試教一週．可喜可贺．

瑤 96.11.10.

紀實與虛構

上海的故事

王安憶

王德威主編　當代小說家 2

Reality and Fiction: A Shanghai Story

Edited by David D. W. Wang,
Professor of Chinese Literature, Columbia University.
Published by Rye Field Publishing Company,
6F-5, 82 Hsin-Sheng S. Rd., Sec. 2, Taipei Taiwan.

當代小說家2

紀實與虛構：上海的故事

作　者／王安憶
主　編／王德威
責任編輯／劉麗眞、林秀梅
發行人／蘇拾平
出　版／麥田出版股份有限公司
台北市新生南路二段八十二號六樓之五
電話：(〇二)三九六五六九八
傳眞：(〇二)三五七〇九五四
郵撥帳號／一六〇〇八八四九　麥田出版股份有限公司
印　刷／凌晨企業有限公司
登記證／行政院新聞局局版臺業字第五三六九號
初版一刷／一九九六（民八十五）年十月一日
售　價／二四〇元

ISBN／957-708-443-5

【當代小說家】

編輯前言

王德威

八〇年代以來，海峽兩岸的文學相繼綻放新意，而且互動頻仍。其中尤以小說的變化，最爲多彩多姿。或由於毛文毛語的衰竭，或由於解嚴精神的亢揚，新一代的作者反思家國歷史的變化，觀察欲望意識的流轉，深刻動人處，較前輩只有過之而無不及。

回顧前此現代小說的創作環境，我們還眞找不出一個時期，能容許如此衆聲喧嘩的場面。政治依然是多數小說家念之寫之的對象，但「感時憂國」以外，性別、情色、族羣、生態等議題，無不引發種種筆下交鋒。更不提文字、形式實驗本身所隱含的頡頏玩忽姿態。宋澤萊、張承志從小說見證意識形態的眞理，王文興、李永平則由文字找到美學極致的依歸。共產烏托邦裏興出了莫言、賈平凹的《酒國》與《廢都》，而白先勇、朱天文的孽子荒人正要建立同志烏托邦。蘇童《妻妾成羣》，李昂《暗夜》《殺夫》。尤有甚者，平路的國父會戀愛，張大春的總統專撒謊。歷史流散，主義量產。彼岸要說這是「新時期」的亂象，我們不妨稱之爲「世紀末的華麗」。

我們的世紀雖自名爲「現代」，但在建構文學史觀時，貴古薄今的氣息何曾稍歇？魯迅曾被神化爲絕世宗師，彷彿新文學自他首開其端後，走的就是下坡路。而寫實主義萬應萬靈，從當年的爲人生爲革命，到今天的爲土地爲建國，正是一脈相承。所幸作家的想像力遠超過評者史家。他（她）們不但勇於創新，而且還教我們「溫新」而「知故」。阿城、韓少功的「尋根」小說，使沈從文的風采重見天日；林燿德、張啓疆的台北都會掃描，竟似向半世紀前的海派作家致敬。而張愛玲傳奇的歷久彌新，不正來自張迷作家的活學活用？文學史的傳承其實是由無數斷層所組合。當代小說家的成就未必呼應任何前之來者。但也正因此，他（她）們所形成的錯綜關係更凸顯新文學的傳統，原就應當如此曲折多姿。

然而反諷的是，小說家如今文路廣開的局面，也可能是一種反高潮。從魯迅到戴厚英，從吳濁流到陳映眞，小說家曾與國族的文化想像息息相關。他（她）們作品的流傳或查抄，無不成爲社會象徵活動的焦點。影響所及，甚至金庸或瓊瑤的風行或禁刊，也可作如是觀。但曾幾何時，小說家發現他（她）們越能言所欲言，他（她）們在家國「大敍述」中的地位反而每下愈況。經過半世紀的磨鍊，現代中國小說的可讀性與日俱增，昔日的讀者卻不可復求。世紀末影音文化的風靡騷動，不過是問題的一端而已。

一種文類的興盛與消亡，在過往的文學史裏所在多有。中國「現代」小說，果不其然要隨著二十世紀成爲過去？有能耐的作家，早已伺機多角經營。他（她）們或爲未來的作品累積經驗，或藉已有的文名隨波逐流，是非功過，都還言之過早。與此同時，就有一批作者寧願獨處一隅，以千言萬語博取有數讀者的讚彈。寫作或正如朱天文所謂，已成一種「奢靡的實踐」。彼岸的王安憶更以一本《紀實與虛構》，道盡小說家無中生有、又由有而無的寓言。從自我創造，到自我抹銷，滿紙是辛酸淚，還是荒唐言？兩百五十多年前曹雪芹孤獨的身影，依稀重到眼前。而我們記得，

《紅樓夢》寫了原是爲一二知音看的。

這大約是當代中文小說最大的弔詭了。小說世紀的繁華看似方才降臨，卻又要忽焉散盡。以時間的觀念而言，當代意味浮光掠影的刹那，但放大眼光，（文學）歷史正是無數當代光影的投射。〔當代小說家〕系列的推出，即是基於這樣的自覺。以往全集、大系的編輯講究回顧總結、成其大統。這套系列既名爲當代，注定首尾開放，而且與時俱變。所介紹的作者都是以其精鍊風格或實驗精神，在近年廣被看好。世紀將盡，這羣當代小說家也許只能捕捉一時光芒——他（她）們甚至可能是羣末代小說家。但只要說故事仍是我們文化中重要的象徵表義活動，下個世紀的中文小說風景，應由他（她）們首開其端。

在編輯體例上，這套系列將維持多樣的面貌。除了精選作品外，也收入評論文字及作者創作年表。作爲專業讀者，我對每位作者各有看法，也有話要說。這些話將見諸每集序論部分。評者的讚彈，當然是見仁見智之舉。以一己之（偏）見與作家對話，我毋寧更願藉此機會表示對他（她）們的敬意：寫小說不容易，但閱讀好小說，眞是件快樂的事。

王德威，文學評論家，美國哥倫比亞大學東亞系及比較文學研究所教授。

序論

海派作家，又見傳人

——論王安憶

王德威

王安憶是八〇年代以來，大陸最重要的小說家之一。早在八〇前期，她就以《雨，沙沙沙》、〈阿蹺傳略〉等系列作品，贏得注意。這些作品白描文革以後大陸生活的變貌，平實細膩而又充滿感傷，很能體現又一輩年輕作家的心聲。但比起許多一鳴驚人的作者，王安憶的成績並不能使人眼界一開；尤其對照彼時台港作家的水準，她的作品至多得列入中上格。然而王安憶的潛力及韌力兩皆驚人。她寫作不輟而且勇於創新；及至九〇年代，終以〈叔叔的故事〉等作大放異彩。而隨後的《紀實與虛構》、《長恨歌》等，更證明她駕馭長篇說部、想像家國歷史的能力。

在政治及經濟的劇烈衝擊下，大陸「新時期」文學變動頻仍。從傷痕到反思、從尋根到先鋒、從新寫實到新歷史，在在令人眼花撩亂。從王安憶的作品可以看出，這些運動她都身與其役。像稍早的〈本次列車終點〉、《六九屆初中生》，以文革期間流放各地的知青爲主人翁，寫他們不堪回首的激情經驗，步步維艱的生存競爭，不脫感懷傷痕的基調。但王之後筆鋒一轉，推出了極具草根風味的《小鮑莊》。這部作品以半帶魔幻寫實的筆觸，刻畫農村人事滄桑，探討人性在自然及人爲災害下的善惡分野，正呼應了應時當令的尋根文學精神。與此同時，王安憶也開始涉足「性禁區」，重新開拓情色文學的可能性。有名的「三戀」——〈小城之戀〉、〈荒山之戀〉、〈錦繡谷之戀〉——寫禁欲社會中的平凡男女，如何在強大欲力的驅使下，追逐情愛的滿足。粉身碎骨，在所不惜。

一

王安憶的文筆酣暢綿密，思路細膩圓轉；這些特徵已在上述作品裏可以得見。但大陸八〇年代中後期的小說界，百家爭鳴，一片旺象。與許多已然或正要走紅的作家，如阿城、韓少功、莫言、蘇童等相較，王安憶的小說善則善矣，但總好像缺了點什麼。《小鮑莊》那樣的道德寓言，感人有餘，卻不如韓少功〈爸爸爸〉、〈女女女〉來得更驚心動魄。「三戀」小說寫情欲荒原裏的男女掙扎，則又缺少了蘇童〈妻妾成羣〉、〈罌粟之家〉一類作品旖旎多姿、踵事增華的魅力。而其他的長篇，像《黃河故道人》、《流水三十章》等，千言萬語，竟遭到「寫實上的『流水賬』」之譏[1]。

八九年前後躁鬱血腥的政治風氣，曾使不少作家偃旗息鼓。或流亡海外，或改行「下海」；以往文壇的喧嘩騷動，自此風流雲散。王安憶卻在蟄伏一年後，重新出發。十年磨劍，但看今朝。這一回王安憶的感傷多了自省意味，她的激情平添潑辣世故的風姿。九〇年秋天，她推出了〈叔叔的故事〉、〈妙妙〉、〈歌星日本來〉等中篇。這些作品依然留存王「有（太多）話要說」的姿態，但套句她自己的話，其中更有了要「總結、概括、反省與檢討」的衝動。

這「總結、概括、反省與檢討」的衝動，其實不脫以往毛文體的修辭特徵。然而王安憶終能證明，就算是毛文體有萬般不是，它已成爲「新中國」創作揮之不去的源泉之一。一反八〇年代尋根與先鋒運動時，老少作家告別革命文學的決絕立場，王沉潛下來，不僅寫毛政權加諸於當代作家的原罪，也要寫「新時期」所滋生的希望與虛惘。更重要的是，她不僅意在檢討她所置身的社會，同時也批判描寫或反映這一社會的作家——包括她自己在內。

〈叔叔的故事〉一作，因此特別値得一提。這篇小說中的叔叔可謂是王對前輩作家的虛擬暱稱。透過敍述者「我」——一個年輕的作家——對叔叔艱困生涯的追溯，王安憶其實鋪陳了中共文壇自反右到文革的一頁滄桑史。王筆下的叔叔曾是中共文藝下的犧牲，但風流水轉，叔叔的「傷痕」也成爲他重新崛起的資本。文學曾是像叔叔這樣作家所執著的理想，但小說一路寫來，這一理想的實踐卻顯現了種種齷齪動機：大至意識形態的取捨，小至卑微情欲的消長。叔叔終要喟嘆：「做一名徹底的、純粹的作家原來是一個妄想」，是一種「阿Q式的逃避」，一種「勝利大逃亡」。王運用了不少後設小說技巧，自我拆解、質疑種種預設立場，出入於有關「叔叔的故事」的不同版本間，她不得不喟嘆「叔叔的故事」沒有快樂的結尾，而講完了「叔叔的故事」的作家，也再講不出快樂的故事。

但不管快樂不快樂，故事還得講下去——這是作家的本命。九〇年代以來，王安憶創作的另兩項特徵：女性情欲的探勘，及「海派」市民意識的描摹，愈益凸顯。寫女性周遭的種種，也許是台港文學中的老生常談。但經過三十餘年情欲管制、性別中立的政策後，大陸文學的情色論述要到八〇年代中期，才得初具規模。而對女性身體、欲望及想像疆域的重新界定，更不是容易的事。王安憶的「三戀」小說，儘管已在濫情邊緣打轉，卻兀自散發強烈的女性自覺與抗爭意識。

這幾篇小說中的女性，或出於無來由的欲望渴求、或出於「錯誤的」生命判斷，陷入一次次的情色試煉中。在那樣荒蕪嚴峻的政治背景下，她們卑屈卻無畏的找尋慰藉。偷情通姦、野合苟歡，她們以肉體片刻的震顫交換政治無窮的劫毀，其所顯現的淒絕精神，在台港女性意識文學中亦不多見。小說發表後引來的（男性中心）怒目或側目，因此並不令人意外。

「三戀」小說的大膽放肆自不待言，畢竟仍有濃濃的「宣示」意味。豪爽女人豪爽之後，還是有柴米油鹽的瑣碎人生，需要經營。王安憶後來的一些女性意識作品，對此更有露骨的觀察。〈弟兄們〉寫三個情同手足的女孩子，如何在校園內建立她們的友誼烏托邦，又如何見證了這烏托邦的土崩瓦解。當男性的誘惑、婚姻的考慮、經濟的壓力接踵而至時，這三個「弟兄」們方才意識到相濡以沫的女性情誼，哪裏敵得過媳婦們老婆們媽媽們這些標籤。小說的三個女性絕非完人；她們相互嘔氣徇私，卻又難分難捨，最後曲終人散，空留無限悵惘。三〇年代的廬隱，曾以五個女性朋友的悲歡離合，寫下了《海濱故人》；〈弟兄們〉應是王安憶對這一傳統的敬禮。

另一方面，王安憶也由〈逐鹿中街〉、〈歸去來兮〉、〈流逝〉等作，更進一步探討婚姻制度與兩性關係間的角力。這類作品側寫少年夫妻的生活面貌，由不識愁滋味到閨房勃谿，由天作之合到天作之禍，竟有不得不然的邏輯關係。是在這些作品中，王安憶顯現了她的寫實功夫。綿密不盡的日常生活其實早有十面埋伏；炊煙盡處，正是硝煙起時。千萬人家的啼笑姻緣，原來是如此令人哭笑不得。

但王安憶對婦女與生活的觀察，需要一地理環境的觀察，才更能顯出她的特色。女性情欲自主權的追逐、姊妹情仇的起落，不管如何具有話題性，還是得落實到一具體時空背景裏，才更能扣人心弦。在這一方面，王安憶其實得天獨厚。她所生長的上海，「解放前」曾是空前繁華複雜的花花世界。而從五〇到八〇年代，這座城市更遍歷政治紛爭、經濟榮枯。清末的上海，成就了《海上花列傳》這樣的狎邪小說。民國的上海，既是鴛鴦蝴蝶派的舞台，也是革命文學的焦點；既是新感覺派作家的靈感泉源，也是遺老遺少的述寫對象。更不提張愛玲、徐訏等作家對她的熱切擁抱。上海的文學，形成海派傳統——一種張致作狀的生活方式，一種純屬都會的，喧嘩又帶疲憊的，寫作姿態。然而隨著中共政治及文學視景的建立，鄉村壓倒了都市，海派傳統也就由盛而衰了。

王安憶八〇年代的作品中，已隱約托出她對上海的深切感情。流徙四方的知青，原來是無數上海穿堂弄巷出身的兒女。這座老舊陰濕的城市，包含——也包容——太多各等各色的故事。誠如評者指出，王安憶寫農村背景的《小鮑莊》時，其實離開了她安身立命的創作溫床；筆觸再好，也顯得扞格不入❷。九〇年代的王安憶，則越來越意識上海在她作品中的分量。她的女性是出入上海那嘈雜擁擠的街市時，才更意識到自己的孤獨與卑微；是輾轉於上海無限的虛榮與騷動間，才更理解反抗或妥協現實的艱難。

由於歷史變動使然，王安憶有關上海的小說，初讀並不「像」當年的海派作品。半世紀已過，不論是張愛玲加蘇青式的世故譏誚、鴛鴦蝴蝶派式的羅愁綺恨，或新感覺派式的豔異摩登，早已煙消瓦滅，落入尋常百姓家了。然而正是由這尋常百姓家中，王安憶重啓了我們對海派的記憶。在如此新舊夾纏、混亂迫仄的世界裏，上海的小市民以他們自己的風格戀愛吵架、起居行走。他們所思所做的一切，看來再平庸瑣屑不過，但合攏一塊，就是顯得與其他城市有所不同。這裏或

許有「奇異的智慧」？套句張愛玲的名言：「到底是上海人！」❸

王安憶這一海派的、市民的寄託，可以附會到她的修辭風格上。大抵而言，王安憶並不是出色的文體家。她的句法冗長雜沓，不夠精謹；她的意象視野流於浮露平板；她的人物造型也太易顯出感傷的傾向。這些問題，在中短篇小說裏，尤易顯現。但越看王安憶近期的作品，越令人想到她的「風格」，也許正是她被所居住的城市所賦與的風格：誇張枝蔓、躁動不安，卻也充滿了固執的生命力。王安憶的敍事方式綿密飽滿，兼容並蓄，其極致處，可以形成重重疊疊的文字障——但也可以形成不可錯過文字的奇觀。長篇小說以其龐大的空間架構及歷史流程，豐富的人物活動訴求，眞是最適合王安憶的口味。張愛玲也擅寫庸俗的、市民的上海，但她其實是抱著反諷的心情來精雕細琢。王安憶失去了張那種有貴族氣息的反諷筆鋒，卻（有意無意的）藉小說實踐了一種更實在的海派生活「形式」。張愛玲的長篇不如短篇精采，其是偶然？

由此我們回顧王安憶有名的寫作四不政策，才更覺會心一笑：一不要特殊環境特殊人物；二不要材料太多；三不要語言的風格化；四不要獨特性❹。這是王安憶的自我期許，還是自我解嘲？這些年來她的創作量驚人，有得意的時候，但也有失手的時候。生活在上海這座城市，看得太多，最特殊的事物也要變成尋常生活的插曲。而雞毛蒜皮的小事，是每天必得對付的陣仗。這樣大剌剌的四不政策，頗有點見怪不怪的自得，一種以退爲進的世故，也只有見過世面的作家有本錢說出。這是海派的眞傳了：王安憶是屬於上海的作家。

二

我前此描述了王安憶創作的三個特徵：對歷史（尤其是「共和國」史）與個人關係的檢討；對女性身體及意識的自覺；對「海派」市民風格的重新塑造。這幾項特徵在她作品中一再交錯出現，但一直要到九三年的《紀實與虛構》，才形成恢宏緊湊的對話關係。在這部長達四百六十二頁的小說裏（人民文學版），王安憶意圖爲自己家族的來歷，找尋根源。但與我們熟悉的「家史」小說不同，王安憶捨父系族裔命脈於不顧，轉而抽絲剝繭，探勘早已佚失的母系家譜。這使她的女性視野，陡然開朗。然而王安憶的野心尚不止於此。她創作及尋根活動的據點是上海，一個由外來戶匯聚而成的都會，一個不斷遷徙、變易、遺忘歷史的城市。

在《紀實與虛構》的〈跋〉裏，王安憶提起她對小說命名的躊躇。這本書最初被名爲「上海故事」；王對上海的依戀，不言自明。但基於它「有一股俗世的味道」，「容易使人墮入具體化的陷阱」，此書名終被放棄。王之後又擬用「茹家溇」——小說尋根的終點——爲名，同樣不覺滿意。再如「詩」、「尋根」、「合圍」、「創世記」等可能，則更等而下之。幾經周折，王選定了《紀實與虛構》，作爲書名。王的猶疑其實不難理解；這本小說本身講的就是個「命名」的故事。命名「命」「名」，名爲物之始，意義流淌，自此發端。這裏有世界肇始的神祕契機，也有無中生有的創作衝動。王安憶要講的，正是她爲自己、爲母系家族、爲上海尋根命名的經過。作爲一個作家，命名是她的遊戲，也是她的志業。

王安憶對「我從哪裏來」這樣的問題，從來就有興趣；早在八〇年代，她就曾寫下像〈自己的來歷〉這樣的作品。不過那是點到爲止，不當回事。這回她可是玩眞的。小說的結構浩浩蕩蕩，共分十章。單數章講述作者（敍述者）在上海成長的經過，從幼年遷入到求學、文革、流放、歸來、成婚，鉅細靡遺。雙數章則追蹤母系家族在中華民族史（！）上的來龍去脈，筆下三千年，好似彈指而過。第十章裏，家史在民族史中的線索，與個人在共和國史中的成長紀錄，終於合而爲一，並歸結到作者對創作活動的反省與反思。紀實與虛構果然是創作一體之兩面，所有的歷史與回憶不過是書寫的一種變貌。

到了九〇年代末期來談歷史的虛構性或記憶的權宜感，好像已是昨日黃花的事。該講的、該寫的不早都已講完寫完了嗎？大陸重寫家史的風潮，從莫言的《紅高粱家族》一炮而紅後，歷經蘇童、李銳、余華、格非、葉兆言等推波助瀾，已經不再新鮮。這些人的作品敷衍傳奇、演義歷史，的確各有千秋。但讀多了《妻妾》、《高粱》、《細雨》、《迷舟》，難免令人不耐。王安憶搭的雖是家史小說的最後一班車，豈眞是又晚走一步？

與當年寫《小鮑莊》，亦步亦趨，複製尋根神話相比，王安憶現在從容多了。她是「又」寫了一部家史小說，但套句前引她寫〈叔叔的故事〉的話，《紀實與虛構》是部「總結、概括、反省與檢討」家史小說的作品。它誇大了前此作品的優缺點，也另有其他作家所不及的眼見。男作家（如莫言）只寫我爺爺、我奶奶，家史推到清末民初就得收攤打烊；王安憶豁了出去，「她的」族譜故事是要上溯到隋唐魏晉的。男作家（如蘇童）寫煙雨江南、頹靡世家，好不愁煞人也；王安憶大筆一揮，夾議夾敍，一派頭角崢嶸的面貌。她的「論說體」文字，已跡近台灣朱天心的風格。《紀實與虛構》那種冗長枝蔓、天南地北式的寫法，勢必要招致「好大喜功」之譏，但我們絕不應忽略作者的自信與跋扈。何況誰規定好看的小說就一定得精緻細膩的？

小說中最令人注目的部分，是雙數章的母系家族歷史。如前所述，王安憶刻意棄父從母，已是一種女性銘刻歷史策略。更爲有趣的是，她的「考證」顯示母親的血緣絕非漢室正統，而有北方蠻族淵源。王從母親——也是老牌作家茹志鵑——的姓，「茹」字下手，尋尋覓覓，查出這稀有姓氏原來起於北魏的蠕蠕族——這不僅是異族，簡直是異類了！由此開始，王自謂遍歷史書檔案，刻畫出一條家族興亡渙散的經過。由魏入唐，由唐入宋，一直到清末民國。這個民族曾有英雄美人，最後卻落入「墮民」之列。王安憶的想像馳騁在歷史荒原上，歷經木骨閭、車鹿會、成吉思汗、乃顏等輝煌時代，堪稱「考證」細密，臆想淋漓。但是在一個泥濘的雨季裏，王安憶來到一個平庸的江南小鎮——茹家漊，見證了家族最後的落腳點，最後的傳人。

葛西亞・馬奎斯《百年孤寂》式的歷史視景，當然可在此找到印證，但與絕大多數處理類似題材的大陸男作家不同，家族渙散、往事湮沒的現實並不是王安憶作品的結局。恰相反的，她心有不甘，從而有了寫作的衝動。與千百年前，那位開放茹家神話的母親相呼應，王安憶以女作家之筆，產生（或生產？）又一文字結晶。是她選擇、排比她的祖先故事，再「創造」了歷史。

如果玩弄解構主義一些性與符號的互換文字，我們更可以說，男作家念之喚之的意義播散(disseminate，射精）危機，到了王安憶手中，竟有了重行「孕育」（conceive，懷孕）的契機。更進一步，王安憶不僅寫作品如何再生歷史，還寫歷史如何滋生(conceptualize)抽象意念。由是類推，她滔滔不絕的議論，就算無甚高見，卻要以豐沛的字質意象，塡補男家史作家留下的空虛匱乏。

在評論《紀實與虛構》時，兩位大陸論者曾分別指出王安憶的這本小說缺乏「靈氣」，或沾染了過多「物質性」，不夠流轉易讀❺。我倒以爲王安憶總算擺脫了以前的「靈氣」，變得潑辣實在，眞是謝天謝地。至於「物質性」，其實可能正是王所要努力的方向，如前所述，即是高蹈抽象的理念，王安憶寫來，也變成疊床架屋、厚厚實實的「東西」。這一傾向，自修辭至造境，無不可見，好像有了這些基礎，她才能夠占住地盤，把故事說下去。

所有的問題，越來越明確的指向王安憶自覺的新海派意識。《紀實與虛構》儘管虛構得天馬行空，基本講的是個上海女作家與她的城市的故事。雖然大半輩子在這裏度過，王安憶開宗明義的說，她的家庭是遷入上海的外來戶。她們沒有親友、沒有家族。這種無根的感覺，促使她萌生尋根的欲望。在小說雙數章節虛構家史、玄乎其技之際，單數章節卻是一步一印的白描一個女作家在上海生長、寫作的細節。百年來的滬上繁華滄桑，其實就是一頁頁的移民史。王安憶自謂是外來戶，但是落地生根，這座沒親沒故的城市早成爲她的第二故鄉了。家史緲不可得，上海的一切卻是親暱自然的；在不斷藉想像捨棄上海的同時，小說家坐在上海家中的書桌前，感覺從沒有如此安穩實在。

更何況小說風格所顯現的小市民態度。前面所說王安憶的物質性傾向，不止限於她對所有看得到、摸得著的事物的興味好奇，更得見她「囤積」歷史材料及想像上，她是貪婪的，而且就算有自知之明，也絕不罷手。王安憶最爲人詬病的地方，未嘗不就是她新風格的開始。她又是勢利的，寫家史既然是裝點門面，哪能不揀好樣兒的往自己框裏扔。小說最後寫到淸代茹姓家族脈分二支，一榮一枯。雖然明知可能的線索來自敗落的一支，王安憶「禁不住」虛榮，硬把另一支也納入家譜。她「樣樣都捨不得放棄，每一種可能我都要」。這樣雜燴的結果，是否影響美學詮釋的要求，王不可能不理解。但她熱切的，而又不無自嘲的，擁抱一切。半世紀以前張愛玲看上海人，寫道：「這裏面有無可奈何，有容忍與放任——由疲乏而產生的放任，看不起人，也不大看得起自己，然而對於人與己依舊保留著親切感……結果也許是不甚健康的，但是這裏有一種奇異的智慧。」❻這用來轉述上海作家王安憶的現象，竟仍十分貼切。

《紀實與虛構》因此是王安憶寫上海，或上海「寫」王安憶的一個重要階段。這是本野心龐大的歷史小說，卻充滿瑣碎支離的個人告白；大量玩弄後設的趣味，卻總也擺脫不了寫實主義「原道」說教意味。在它駁雜百科全書式的架構下，兀自誇示著感傷的演出。但合而觀之，這本小說則以其強勁的（女性）敍述欲望，夾著千言萬語，一路揮灑到篇末。王安憶的創作潛力，不可小覷。而《紀實與虛構》後，她的另一長篇——《長恨歌》——證明了這一點。

三

上海眞是不能想，想起就是心痛。那裏的日日夜夜，都是情義無限。……上海眞是不可思議，它的輝煌教人一生難忘，什麼都過去了，化泥化灰，化成爬牆虎，那輝煌的光卻在照耀。這照耀輻射廣大，穿透一切。從來沒有它，倒也無所謂，曾經有過，便再也放不下了。

這段對上海的懷想，出自王琦瑤的意識。王琦瑤是王安憶新長篇《長恨歌》的主人翁。一九四六年，年僅十七歲的王琦瑤參加上海小姐選美，一舉攀上第三名。王琦瑤出身寒素，卻是天生麗質；她雖心無大志，卻也不甘平凡。誠如王安憶所謂，王琦瑤是上海千門萬戶、俚巷弄堂中常見的女兒。她（或她們）生入平常人家，但既長於滬上，自然要吸取春申風月，黃浦菁華。一九四六年的上海由淪陷到復原，又是另外一種繁榮風貌。劇場戲院、歌台舞榭，說不盡的旖旎浪漫。但還有什麼比選拔「上海小姐」更能顯現這座城市的時髦與風情呢？王琦瑤因緣際會，飛上枝頭做了鳳凰。但是選美的風光剛剛落幕，這位上海小姐卻半推半就的成了國民政府某單位李主任的情婦。她入駐愛麗絲公寓，過起假鳳虛凰的生活。

王安憶的《長恨歌》出手便是與衆不同。小說開場白描王琦瑤的一切，以一喻百，用的是正宗十九世紀歐洲寫實主義的單一贅敍(iterative)模式：像王琦瑤這樣的女子，在上海有千千百百，她們的鋒頭與墮落，不止代表了個人的際遇抉擇，也代表了這座城市對她們的恩義與辜負。王琦瑤藉選美而成他人禁臠，除了演義了自然主義的道德邏輯外，更重複了一種儀式性的蠱惑與犧牲。王安憶細寫一位女子與一座城市的糾纏關係，歷數十年而不悔，竟有一種神祕的悲劇氣息。王琦瑤的情婦生活，在亂世何能安穩？她的李主任未幾空難喪生，而共黨已逼近上海。王避難鄔橋鄉下，痛定思痛，所想所念的卻仍是上海。前引的一段話，正道破了她的癥結。

現代中國小說寫上海與女性的關係，當然不始自王安憶。早在一八九二年，韓邦慶就以《海上花列傳》打造了上海／女性想像的基礎。韓的《海上花》寫彼時青樓女子，如何在十里洋場上遍歷風塵。她們的虛榮與怨懟，她們的機巧與蒙昧，令百年後的讀者，也要爲之動容。而《海上花》最精采處，在於點出了這些前來上海淘金的女子，終要以最素樸的愛欲癡嗔，來註解這一城市的虛矯與繁華。世故中有天眞，張狂裏見感傷，這該是海派精神的眞諦了。三〇年代左翼作家茅盾，曾以煙視媚行的女性喻上海，寫成《子夜》有名的開場白。同時的新感覺派作家更塑造了豔異妖嬈的「尤物」意象，附會上海的摩登魅力。而鴛鴦蝴蝶派的遺老遺少，則在上海現代化之際，就開始緬懷舊時風月了。這種種有關上海與女性的書寫，在四〇年代達到高潮。張愛玲、蘇青、潘柳黛、鳳子等，不止寫上海女性，更以女性寫上海。張愛玲受教半世紀前的《海上花》並發揚光大，不是偶然。

在這樣一個傳統下寫《長恨歌》，王安憶的抱負可想而知。王其生也晚（一九五四），沒能趕上上海最輝煌的那段歲月。但生於斯長於斯，她畢竟得天獨厚。即使是緬懷四〇年代的一晌繁華，也一樣要讓世紀末的上海人自嘆自喜的。王想像上海小姐選美，不啻是向《海上花》時代的排花榜、選花魁致敬；她鋪張當年影藝娛樂的魅豔風情，則又透露著一切聲光色相，無不稍縱即逝的先見（或後見？）之明。的確，今天的上海再怎麼妝點打扮，也不過承襲過去的流風遺緒罷了。

然而王安憶的努力，注定要面向前輩如張愛玲者的挑戰。張的精警尖誚、華麗蒼涼，早早成了三、四〇年代海派風格的註册商標。《長恨歌》的第一部敍述早年王琦瑤的得意失意，其實不能脫出張愛玲的陰影。王琦瑤的曖昧身分，可以看作是張愛玲「情婦」觀點的新詮。但《長恨歌》既名「長恨」，王琦瑤的感情歷險這才剛剛開始。避亂暫居鄔橋鄉下，不過是她以退爲進的策略。就算政治變色，王琦瑤還是得回到上海，她的上海。一切得自於上海的創痕必須成爲她繼續在那城市存活的條件，愛恨交織，死而後已：

上海的雙妹牌花露水、老刀牌香煙，上海的申曲……這些零碎物件便都成了撩撥。王琦瑤的心，哪還經得起撩撥啊！她如今走到哪裏都聽見了上海的呼喚和回應。她這一顆上海的心，其實是有仇有怨，受了傷的。因此，這撩撥也是揭創口，刀絞一般地痛。可是那仇和怨是有光有色，痛是甘願受的。震動和驚嚇過去，如今回想，什麼都是應該，合情合理，這恩怨苦樂都是洗禮。她已經感覺到了上海的氣息……梔子花傳播的是上海夾竹桃的氣味，水鳥飛舞也是上海樓頂鴿羣的身姿……她聽著周璇的〈四季調〉，一季一季地吟嘆，分明是要她回家的意思。

一九五二年，張愛玲倉皇辭離上海，以後寄居異鄉，創作亦由盛而衰，我們很難想像，張愛玲如果長留上海，下場如何。但藉著王安憶的《長恨歌》，我們倒可想像，張愛玲式的角色，如葛薇龍、白流蘇、賽姆生太太等，「解放」後繼續活在黃浦灘頭的一種「後事」或「遺事」的可能。小說的第二部及第三部分別描寫王琦瑤在五、六〇及八〇年代的幾段孽緣。她輾轉五個男人間，有的多情，有的寡義，但件件不得善終。王安憶儼然把張愛玲〈連環套〉似的故事，從民國的舞台搬到人民共和國的舞台，而其中的畸情與兇險，尤有過之。在一個誇張禁欲的政權裏，一羣曾經看過活過種種聲色的男女，是如何度過她（他）們的後半輩子？張愛玲不曾也不能寫出的，由王安憶作了一種了結。在這一意義上，《長恨歌》填補了《傳奇》、《半生緣》以後數十年海派小說的空白。

《長恨歌》的第二部應是全書的精華所在。解放後王琦瑤回到上海，寄居平安里。昔時的佳人就算落魄，也依然有無限風情。在弄堂深處、小樓一角，一幕幕的情欲徵逐竟在無私無我的社會主義大纛下，繼續上演。王琦瑤結識了也是貶落凡塵的富太太嚴師母，又由此認識了嚴的娘舅康明遜，及康的朋友，中俄混血兒薩沙。這四個男女倘處在無產階級的天堂裏，卻是俗緣難了。外面的世界天翻地覆，這幾人卻能依偎在小酒精爐旁，蔥烤鯽魚、蟶子炒蛋、擂沙湯圓，續溫往日情懷。五七年反右的高潮裏，他們在鋪著毛毯的桌上打麻將。窗外雨雪霏霏，窗內雀戰終宵。在這麼險惡的年月裏，上海人「奇異的智慧」更顯得頹靡詭妙。但他們哪裏是天眞無覺；謔笑之間，他們早已感到兇機處處了。

王安憶曾寫道：「張愛玲筆下的上海，是最易打動人心的圖畫，但眞懂的人其實不多。沒有多少人能從她所描寫的細節裏體會到這城市的虛無。正是因爲她是臨著虛無之深淵，她才必須要緊緊地用手用身子去貼住這些具有美感的細節，但人們只看見這些細節。」善哉斯言。而王顯然有意的承襲此一風格，以工筆描畫王琦瑤的生活點滴。《長恨歌》中的寫實筆觸，有極多可以徵引的片段。王的文字其實並不學張，但卻饒富其人三昧，關鍵即應在她能以寫實精神，經營一最虛無的人生情境。在一片頌揚新中國的「青春之歌」中，王的人物迅速退化凋零。

而又有什麼情境比追逐愛欲，更能凸顯王安憶筆下人物的虛無寄託呢？王琦瑤命犯桃花，首當其衝。她與康明遜交遊，由飲食而男女，幾次纏綿，竟懷有身孕。這樣的驚險，卻由小女子一人毅然，也夷然的扛負下來。與她有過恩情的男人，一一爲她所（利）用：這是上海女子的本能了。混血兒薩沙不明就裏的被套牢成爲禍首，四〇年代的追求者程先生則適時出現，權充她及嬰兒的守護人。反倒是康明遜置身事外，漸行漸遠。愛其所不能愛、不當愛，這三男一女糾纏不休，鉤心鬥角，且啼且笑。殊不知文化革命的大禍已然掩至，一切恩恩怨怨，至此一筆勾銷。

王安憶處理王琦瑤及康明遜間由情生愛、由愛生怨的過程，極具功夫。如前所述，五〇到六〇年代的上海，飽經蛻變，何能容忍昔時遊龍戲鳳式的情愛苟合。王、康兩人卻要化不可能為可能。剝奪了一切階級口號的偽裝，他們有了情愫。但這感情卻是極不安穩的；康向王承諾「我會對你好的」。「這話雖是難有什麼保證，卻是肺腑之言，可再是肺腑之言，也無甚前景可望。」這感情也是極自私的，「他們也不再想夫妻名分的事，夫妻名分說到底是為了別人，他們卻都是為自己。他們愛的是自己，怨的是自己，別人是插不進嘴去的。」張愛玲〈傾城之戀〉裏的愛情觀，於焉浮現。只是王安憶走得比張愛玲更遠。她儼然要以上海的緩慢傾圮，來襯托又一對亂世男女的苟且偷歡。而這一回，他們再無退路。王琦瑤愛過怨過，卻不能有白流蘇般的妥協結局。新社會絕容不下她這樣的行徑；她與所愛仳離，原是再自然不過的定理。王安憶對人世的大破壞大威脅，因而有了不同於張愛玲的見解。

王安憶自承多受張愛玲語言觀的教益：「張是將這語言當作是無性的材料，然而最終卻引起了意境。」但王對張的「不滿足是她的不徹底。她許是生怕傷身，總是到好就收，不到大悲大慟之絕境。所以她筆下的就只是傷感劇，而非悲劇。這也是中國人的圓通」。王安憶也許不能理解張愛玲「參差對照」的美學；對張而言，人生「就是」哭笑不得的傷感劇。她的不徹底，正是她以之與五四主流文學對話的利器。但王安憶對張愛玲的反駁，畢竟別有所獲。《長恨歌》第三部情節急轉直下，應與王探尋另一種情色關係有關，而且與書首的上海意象，遙相呼應。

八〇年代的上海又成繁華都會，遙望當年風貌，豈真是春夢再生？像王琦瑤這樣的前朝「遺姥」，熬過三十年的波折，終得重現江湖。她既新且舊，不古不今，兀自成爲小小奇觀。王安憶藉王琦瑤熱中時尚風潮，點出三十年風水輪流——政治的起落不過是服裝的幾進幾出罷了。張愛玲的服裝神話，依稀可見。然而王琦瑤儘管駐顏有術，到底敵不過時間：她亭亭玉立的女兒成了歲月殘酷的證人。而更可悲的是，上海的新一代女性幾乎失去了母親輩的鑑賞力與世派。她們趨時追新，無非是人云亦云；失去了深厚的底子，再怎麼裝模作樣，也顯得傖俗。王琦瑤是孤獨的。女兒的同學張永紅是她唯一的知音，這一對老少成了最奇特的組合。但張永紅有肺病——已經過時的「流行」病，而王琦瑤自己也逐漸散播著屍氣。

時序到了一九八五年，距離上海小姐選美已有四十年了。五十七歲的王琦瑤和她的忘年交張永紅依偎在人潮洶湧的上海街頭，是怎樣一幅景致？她倆的時髦是反時髦的時髦；她倆的勢利是最不勢利的勢利。但作爲四〇年代海派精神的守護神與接棒者，這兩人畢竟心餘力絀。八五年的上海喧嘩嘈雜，進退失據。王琦瑤饒是再精明算計，也有時不我予的感傷。而最「要命」的是，她又戀愛了，而且是愛上個歲數小她一半以上的男子。

《長恨歌》最後一部分寫王琦瑤的忘年之戀，貫徹了王安憶要「寫盡」上海情與愛的決心。王琦瑤一輩子所託非人，到了最後，不惜放手一搏。女兒早已結婚留洋，她再無所畏，唯願數年歡娛。這一回，她才是全盤皆輸。她一手調教的張永紅隱然成爲她的對手。她的患得患失哪裏敵得過對方的全無機心，當王安憶寫到王琦瑤捧出珍藏四十年的金飾盒——當年李主任的餽贈——收買（或譏諷）小情人的心意時，眞是情何以堪。這是王安憶不同於張愛玲之處了。張愛玲的人物，包括那視財如命的曹七巧，才是「更徹底」的悲劇人物。王安憶的王琦瑤闖不過情關，她所有的精括算計，透露著世俗男女的謹小愼微。而當她妥協時，沒有（如白流蘇者）看穿一切的犬儒，而有別無退路的尷尬。

我也要說，這樣的安排至少在《長恨歌》的架構中，有其作用。張愛玲小說的貴族氣至此悉由市井風格所取代。小說最後的關目，歸結到那金飾盒。這是王琦瑤生命最「實在」的部分，連她的女兒都無緣得享。《金鎖記》中的曹七巧靠累積財富來移轉她受挫的情欲；王琦瑤一輩子從未大富大貴過，只有出，沒有進，金錢的意義截然不同。金飾盒確是她的命根子，不能與她的情人相提並論。小說最後，王琦瑤爲了保護錢財，而非愛情，死於非命。這場兇殺，驚心動魄。兇手是誰，在此賣個關子。要強調的是，在處理情欲與物欲的糾纏上，王安憶的路數與張愛玲起點相近，但結論頗有不同。所引生的「大悲大慟」其實更留給我們一絲不值的遺憾與悵惘。

《長恨歌》有個華麗卻淒涼的典故，王安憶一路寫來，無疑對白居易的視景，作了精緻的嘲弄。在上海這樣的大商場兼大歡場裏，多少蓬門碧玉才敷金粉，又墮煙塵。王琦瑤經選美會而崛起，是中國「文化工業」在一時一地過早來臨的訊號；但她的沉落，卻又似天長地久的古典警世寓言。是在巧妙的糅合了既舊且新的敍事技巧與人物造型中，王安憶有意證明自己作爲「上海」「女」作家的自覺與自戀——她何嘗「不可能」成爲又一個王琦瑤？出現在小說的開端與結局的一個意象，因此宜於作爲我們討論的結束。

在小說的首部裏，王琦瑤曾受邀遊覽一個電影片廠。穿梭在數幢布景道具間，她赫然看見一具女屍，仰躺床上，頭上一盞燈搖曳不止。四十年後的那夜，當王琦瑤被勒死在床上，「在那最後的一秒鐘裏，思緒迅速穿越時光隧道，眼前出現了四十年前的片廠。對了，就是片廠，一間三面牆的房間裏，有一張大床，一個女人橫陳床上，屋頂上也是一盞電燈，搖曳不停……她這才明白，這床上的女人就是她自己，死於他殺。」這是文字向映象致意的時刻，也是幻想與回憶重逢的時刻。「上海小姐」的死亡是四十年前就演練好的宿命；上海一切的璀璨光華注定要墮入黑白膠片的滑動中，墜入永不醒來的死亡中。正逝去的王琦瑤「看」到了四十年前自己替身的死去。行年四十的王安憶選擇了王琦瑤作爲自己的前身，向幻想／記憶中的上海告別。但這一切不是戲麼？但願這一切都是戲吧。海上一場繁華春夢，正是如電如影。浮花浪蕊的精魄，何所憑依？天長地久，此恨綿綿。

---

❶郜元寶〈人有病，天知否〉，《拯救大地》（上海：學林出版社，一九九四），頁一四六。

❷同上，頁一四二。

❸張愛玲《流言》（台北：皇冠，一九六八），頁五五。

❹王安憶〈序〉，《故事和講故事》（浙江文藝出版社，一九九二），頁三。

❺張新穎〈堅硬的河岸流動的水〉，《棲居與游牧之地》（上海：學林出版社，一九九四），頁一四三；本書頁三三一—三四二；郜元寶，頁一五四。

❻張愛玲，頁五六。

序

很久以來，我們在上海這城市裏，都像是個外來戶。我們沒有親眷，在春節這樣以親眷團聚爲主的假日裏，我們只能到一些「同志」家中去串門。我們家的小孩子和這些「同志」家的小孩子在一起玩，我們使用的語言不是上海話，而是一種南腔北調的普通話。這樣的語言使我們在各自的學校和里弄裏變得很孤獨，就像是鄉巴佬似的。當然，假如是在上海的徐匯區，事情就又是另一番面目。徐匯區是「同志」們比較集中的區域，許多重要的學校裏，是「同志」的孩子們的天下，普通話是他們的日常語言，假如有誰說上海話，就會歸於「小市民」之流，「小市民」在那裏受到普遍的歧視。在上海城市邊緣的有些區域，比如楊浦、普陀，則又是以蘇北話爲主，紀念著他們在戰亂與饑荒中離開的故鄉。他們是撑著船沿了蘇州河進上海的一羣，在上海的郊野安營紮寨，形成部落似的區域。在那裏的學校，倘若不說蘇北話，便將遭到排斥。這就是上海這城市的語言情況。我們是屬於那一類打散在羣衆中間的「同志」，我們居住在最典型的上海的區域：盧灣區。這使得我們必須學習說上海話，不會說上海話使我們很自卑。從整體上說，像我們這些「同志」是打著腰鼓扭著秧歌進入上海的。腰鼓和秧歌來源於我們中央政權戰鬥與勝利的所在地延安，「延安」這山溝溝裏的小東西後來成爲上海最主要的一條東西大道的命名。而個別到我們家，再個別到我們家的我——一個「同志」的後代，則是乘了火車坐在一個痰盂上進的上海。據說未滿週歲的我當時正拉稀，進上海的第一個晚上，就去了某醫院的急診間，打針引起的哭嚎聲驚破了上海幽雅的夜空。

在有了記憶之後，上海就以其最高尚和最繁華的街道的面目出現在孩子我的眼睛裏。這條街道以那場最具關鍵性的戰役爲名。這場戰役決定了我們的政權挺進中原，又渡長江，從野到朝。一個同志和他的後代居住在這條街道上，是具有歷史性意義的。這是一條美麗的街道，兩側有茂盛的法國梧桐，人行道鋪著整齊的方磚，櫥窗裏琳琅滿目、五光十色，馬路中間有一條鐵軌，走著叮噹作響的電車。這個孩子在她有了記憶的日子裏，就喜歡上了這條街道，與它形影不能分離。她一來到她家弄口，面對了這條街道，喜悅的心情就一點一點滋生。人羣與車輛永不停息地流淌，生氣勃勃，喜氣洋洋。太陽照耀在建築物上，陽光變成有實體的存在。街道的美麗就在這裏，那就是把抽象的自然物變成具體的實物，它給無形的東西做了一個盛器，使之變成有形的了。比如陽光；還比如電——那本來在雷雨之夜轉瞬即逝的東西，在此成爲夜晚的輝煌裝飾，這使世界得到根本性的改觀；再比如空間，街道具有給空間命名的特性，本是混沌無狀的空間被街道切割得又整齊又清楚，好辨別好稱呼。這其實是使人對世界的認識來個大改變，使人認識世界有了現實的依憑。從前，認識世界是像參禪一樣。從前，描述世界也總是用「混沌」這樣的字眼。比如以色列人說，「地是空虛混沌淵面黑暗」，叫人摸不著頭腦。中國神話中的盤古，說是執一柄大斧，開天闢地，究竟是怎樣的天與地，中國神話也含糊了過去。然而，城市的街道卻把這混沌的世界弄清楚了。它們劃分了平面，建築物進一步規畫了空間，從此，一切就都有了名目。這些平面與空間的劃分富有秩序感和節奏感，具有嚴格的合理性，呈現出嚴格的邏輯的美感。由此出發，我便以爲像我們這樣生長在城市以觀賞街道爲樂事的孩子，是有一個具體化的頭腦。我們善於領略具體的景物，不喜歡抽象的東西。其間的區別有點類似中西方的畫派。我們喜歡實事求是，有一說一，有二說二的油畫；而國畫的那種空白的理論，要我們從空白中去想像無窮的存在，是打死我們也做不到的。而我們還具備邏輯性的歸納概括能力，我們會從一般性的事物中推論出特殊的性質，又從特殊性的事物中推論出一般的性質。舉個例子：根據一個蘋果加一個蘋果等於兩個蘋果的特例，我們可推論出一個香蕉加一個香蕉等於兩個香蕉而最終理解爲一加一等於二的普遍規律，我們絕不會在「一個蘋果加一個蘋果」上吊死。反過來，我們也可以從「一加一等於二」的普遍規律出發，應用到蘋果香蕉及一切特別事物上去。所以，在我們的城市上海，計算的人才層出不窮，計算是邏輯能力的一個代表。再因此，像我們這樣的孩子所匱乏的東西便可一目瞭然，那就是想像力了。這就是我們的城市上海特別缺乏詩人，即便有也不成器的最重要原因。我們極少數的小貓三隻兩隻的詩人，也都是從街道的夾弄裏生長出來，就好像一顆鄉下的草籽，很偶然很奇遇地落到了牆縫中，風吹日曬，最後長出了一株狗尾巴草。

這個坐在痰盂上進入上海的孩子，和其他孩子一樣，喜歡具體的事物，善於推論，沒有想像力，唯一有點不同的地方，那就是在春節這樣的傳統假日裏，別的孩子都去走親戚家，而孩子她只能走「同志」家，這時候她會有一點寂寞，有一點孤獨。她覺得自己和大多數人都不同，人家有的她沒有，這使她產生了一種外來戶的心情，好像她是硬擠進人家的地方似的。什麼才是她的地方呢？孩子她漸漸還發現這城市中有許多街道是她所未涉足過的，比如說老城隍廟。站在她生活的街道上，想像一座廟是不可能的，她對廟這樣東西毫無經驗可言，而她同志式的父母從未帶她去過老城隍廟。有鄰家的男孩向她炫耀從老城隍廟買來的香菸牌子，上面畫著面目猙獰的古人，一個又一個。老城隍廟因此便有了恐怖的神祕色彩。還有玻璃彈子，那樣子光溜溜的，在男孩骯髒的手指間準確彈射的彈子，會使孩子她心裏生出一種暗淡的甚至有些猥褻的感覺。過了許多年之後，孩子她做了一個作家——像我們這樣沒有想像力的孩子怎麼會做一個作家？這作家是不是那作家？我想，孩子她多年後做了作家，根源就在當人家去走親戚家，孩子她只能走「同志」家，她心感寂寞時，得到了一個冥思的機會，這機會就像牆縫裏的狗尾巴草一樣露了頭。總之，她後來做了作家。這時候，她再回想幼年時，從鄰家男孩頑劣的遊戲中透露過來的老城隍廟的氣息，其實就是歷史的氣息。歷史這樣的字眼，對孩子她是陌生的，對這城市街道上所有的孩子都是陌生的。等他們到了讀書的年齡，這字眼便成了一門功課的概念，這就更糟了，這說明他們對「歷史」這字眼的認識走上了歧途，並將越走越遠，尤其是那些「歷史」得滿分的學生，這和「南轅北轍」的道理相同。

在孩子她成長為一個作家的過程中，她總是對老城隍廟心懷嚮往，她常常有意無意地選擇老城隍廟附近的地方去做她的事情。比如當她需要調查學校的時候，她就去老城隍廟旁邊的小學校。當她接近老城隍廟的時候，她會想起時間這一問題。時間只有當它過去了的時候，才會體現出來，因為它會留下痕跡。孩子她生活的那條街上，只有現在，現在是一個點，而時間的特徵是線，未來則是空白，時間無所依存。孩子她一旦注意到時間，就會有一些奇異的感動，她沉寂的想像力受到了刺激。她覺得走在老城隍廟附近的人，面目都帶有滄桑的感覺，可是誰會對她說呢？誰認識她呢？外來戶的感覺又一次升上心頭。孩子她其實特別願意和人交朋友，卻很少機會，白天人們都不在家，夜晚敲人家的門很不禮貌，街上的人都是過客，行色匆匆。她語言已經掌握得很好，將這種不上書面的語言說得滾瓜爛熟，可是這絲毫沒有減輕她的孤寂。問題就在於孩子她做了一名作家，她需要許多故事來作她編寫小說的原材料，原材料是小說家的能源。孩子她覺得自己作爲一個作家非常倒楣，她所在的位置十分不妙。時間上，她沒有過去，只有現在；空間上，她只有自己，沒有別人。這樣，她新舊故事都沒有，尋找故事成爲她的苦事一樁。她有時候去遠處旅行，有時候則一頭扎進故事堆中。漸漸地，她就有些模糊了目標，故事不故事對於她不再那麼重要，她的注意力轉移到另一個問題上，那就是：孩子她這個人，生存於這個世界，時間上的位置是什麼，空間上的位置又是什麼。這問題聽起來玄而又玄，其實很本質，換句話說，就是，她這個人是怎麼來到世上，又與她周圍事物處於什麼樣的關係。孩子她用計算的方式將這歸之於縱和橫的關係，一切就都簡單多了。前面已經說過，這個城市裏的孩子都具有邏輯頭腦，推論對他們不在話下。再後來，她又發現，其實她只要透徹了這縱橫裏面的關係，這是一個大故事。這縱和橫的關係，正是一部巨著的結構。現在，一部巨著的結構已經有了，別的就都好說啦！

目次

紀實與虛構

上海的故事

幾點解釋

首先要聲明的是，《紀實與虛構》完全是一個虛構的東西，雖然它所用的材料全是紀實性的。這材料的一半是資料性的，另一半是經驗性的。以經驗性材料所構築的那部分給人以「紀實」的假象，其實它們一律是虛構，和回憶錄無關。其次要解釋的便是經驗性材料的這部分的結構。我構制橫向世界的方法是歸納社會關係，第一類是親屬關係，帶有遺產性質；第二類我稱之爲環境關係，比如鄰居和同學，有自然性質；第三類是奇遇性關係，需要非正常前提，我將它放在「文化大革命」中；第四類是愛情關係，是社會關係裏最深刻最徹底以致最終解體的一種；第五類是虛擬關係，也是我要解釋的第三點。這一類關係其實是最重要的關係，由於主人公「我」是作家，它便以顯性的面目出現，那就是作品，其實與創作談毫無關聯。這是最容易引起誤會的一章。特此聲明。

第一章

我們在上海這城市裏，就像是個外來戶。母親總是堅持說普通話，雖然她明明會說上海話，且還比普通話更標準。普通話是我們家中的語言，這使我與人交往有了困難。我常常閉口無言，人們就以爲我是個沉默孤僻的孩子。等我將上海話越說越流利，不再憚於開口的時候，人們反以爲我變得聒噪了。母親還不准我和鄰家的孩子往來，認爲他們會帶給我不好的影響，至於這不好的影響是什麼，我在很長時間內一直沒有弄清楚。因此我和他們在一起時，內心就處在一種緊張的狀態，我時時警惕著，卻不知應當警惕什麼。可是偶爾的，我的某一個表現，便會遭到母親嚴厲的批評。母親批評我們從不以激烈的態度，她只是使我們感到強烈的羞慚，這羞慚將伴隨我們一生。母親批評我們的標準，我很久以來難下判斷，不知該往哪一類型歸納，這其實反映了母親的經過了嫁接的價值觀念，這是我後來才弄明白的。母親從不帶我們去看越劇這樣帶有村俗氣的劇種，可是要抵制越劇的誘惑在我們所住的那幢房子裏幾乎不可能。越劇裏後花園私定終身的故事是各家保母奶媽們熱心的話題。保母偷偷帶我們去看了一場《梁祝》，那絢麗的服飾和婀娜的身姿使我們頓時傾倒。從此，我們的遊戲便是站在床上，披了毛巾毯作水袖，演出後花園裏的悲喜故事。心裏則充滿了犯罪的感覺，生怕被母親發現，便做賊似的躡著手腳。有一回，母親到我學校去開家長會，出於向母親表現的動機，這晚上我便分外活躍，走進走出，喊這喊那，情緒亢奮。回家的路上便被指責爲：行動瑣碎。和同學胳膊挽胳膊走路也是不允許的，這是俗氣的姿態。母親還經常檢點我們誠實、勇敢、勤勞、儉樸的品格。彙總起來看，母親對我們的要求是，具有大家閨秀的風範，摒除市民習氣，再具有共產主義接班人的品質和理想。

鄰居們稱呼父親母親爲「同志」，態度恭敬，這使我覺出我們與他們的區別。這種稱呼延續了許多年，後來的改變是由於我們家新來的保母。她進門就稱父親爲「先生」，母親爲「師母」，無論母親怎樣糾正，請她叫「同志」，她只說：我不會叫。她是那種生來就爲保母的人，一看見她，我就拉住了她的手，隨她去米店買米，一見如故的心情油然而生。她十七歲就來上海幫傭，那時已是四十歲，懂得一切雇傭和受雇的規矩。在這點上，她對母親起了潛移默化的影響，我覺得，對於我們進入上海城市生活這一樁事，她有著不可抹殺的功勞。她還喜歡帶我們到她昔日的東家家中去，讓我和那些人家的孩子結成朋友。在她離開我們家後，同樣也帶了她新東家的孩子來玩。這拓展了我們家單一的「同志」式的社會關係，對於我們家契入上海社會，也是一個有力的推動。她幫傭過的人家形形色色，她對各家的底細，也都一清二白。有時候，我們被引進寬闊的客廳，她和她昔日的師母娓娓而談，我則流連於一排玻璃櫥前，櫥內滿是指甲大小的玉做的飛禽走獸，一層又一層，這給我的童年印象抹下了深刻的一筆。我們有時候只能坐在黑暗的灶披間裏，小孩子在後弄裏衝來殺去。她不時出去拖進一個，喝斥著擤掉他的鼻涕，拉直他的衣領，再放他回去。我跟隨她走過上海許多明亮的客廳和黑暗的灶披間，那裏的生活與我的都是大相逕庭。保母她還在外國人住的公寓裏幫過傭，所以她會說幾句英語，早安、晚安、去、來什麼的。她稱外國人爲長毛，極其蔑視，說那長毛只穿了三角褲在陽台上曬太陽觀街景，恨得她立即辭了生意，掉頭就走。她的民族氣節雖然只是體現在這些小事上，卻並不減弱強烈的程度。「長毛」的蔑稱又與義和團運動偶合，其中總有些淵源關係。她時常和母親說她的親見親聞，我在一旁聽著，覺得她的閱歷眞是了不得。我還注意到母親的表情，當她聽到「長毛」的情形總是開懷大笑，有時則悲聲嘆息，這是在聽到某個人家遇到了不幸，再有時她會收斂了笑容，面無表情，眉宇間還有一些惱怒似的神氣，這往往是在保母她醉心於某家某戶的奢華生活，她每日裏不須幹別的，只須坐在小凳上，用小刷子刷洗紅木家具的雕花，她還描述那些精緻菜點的製作過程，以及女主人的絲質內衣的洗滌方法。母親的不悅是出於一個革命者對資產階級生活方式的義憤，還是一個破落戶後代的小心眼兒？母親是一個破落戶的後代，我是後來才了解的。

總之，保母是上海這城市裏信使一般的人物，又有些像奸細。她們可以深入到主人的內房，以她們獨特的靈敏的嗅覺，從一切蛛絲馬跡上組織情節，然後再將這情節穿針引線似的傳到這家又傳到那家，使這裏的不相往來的家庭在精神上有了溝通。我想，我們對自己所居住環境的了解，是從她走進我們家之後開始的。在這之前，串門走戶，被母親嚴格禁止，而她視我母親的法律爲糞土，母親說母親的，她行她的。於是，自她來後，我開始走進了鄰居家的門。再由於保母她的帶領，人們也相繼以「先生」和「師母」稱呼我的父母，這使我欣喜若狂，我認爲這是我們一家眞正走進這個城市的第一個信號。我從小就這樣熱中於進入這個城市，這樣生怕落伍，是母親對我最感失望的地方。有一次，我和母親路過一幢樓房，我告訴母親這是我們區的少年宮。母親先不作聲，只是駐步仰望了一下那樓房的尖頂，紅瓦頂上正飄揚著一面少先隊的隊旗，背景是藍天白雲，似乎還飄蕩著悠揚的鴿哨。我注意到母親的眼睛有一種微妙的表情，她望了一下樓頂，然後說：這是我的姨母家。這話使我大受震動，後來每當我心感寂寞的時候，我就會走到這座樓房前，樓房裏總是喧聲震天，孩子們的腳步幾乎將樓板踏穿。目睹他們的熱鬧，我心裏想著：雖然你們中間我一個人都不認識，可是這座房子是我母親的姨母的。想罷我便驕傲地轉過身子，向回走去。有了這幢房子作背景，我在這城市裏就不再是孤獨的了。而我根本弄不清我母親的姨母是什麼人物，現在去了哪裏，和我母親的關係又如何。有一回我試圖向母親提出這些問題，母親卻不快地反問道：這對你有什麼重要呢？從此我就不敢再提這問題。但是，我卻從此堅信，我們在這城市裏不再是無親無故。在我童年的時候，這座房子對我的作用就是這樣重要。

除了這幢房子以外，還應當提到一位母親稱之爲「三娘娘」的女客。她所以在我幼年時代深入記憶，是因爲她是我們家唯一的一位說上海話、並且不屬「同志」隊伍的客人。她的裝束也與「同志們」大不相同，她描眉、塗唇膏、指甲上染有蔻丹，她穿一件翠綠的旗袍，她很漂亮，又很傷心，她一坐下來，總是淚水漣漣。母親對她很客套且很冷淡。記得有一回她給母親看她腕上的青紫傷痕，母親正在削一個梨，削下的梨皮完整地包在梨身上，也許是削得過於專心沒有聽見，母親連眼皮都不曾抬一下。她只得把她的手腕給我看，我由衷地唏噓了一下，她臉上露出了安慰的笑容。她走的時候，母親送她到門前的台階上，總是由我積極地跑出去爲她開天井的門，那月光如洗，她身穿翠綠旗袍，裊裊走過天井的景象實在難忘。她每回來去總是走前門，這也是一個特徵，母親站在台階上迎送的情形，使我們家有一種高門大戶的威勢。她身上有一種「舊社會」的氣息，而我們家卻是一個完整的新社會，這體現在我們都說普通話，還有，我們來往的都是「同志」。三娘娘在我們家有點必恭必敬，母親則有點傲然，這在我們家中顯現出來的等級關係，令我陌生、不舒服，卻又異常興奮。有時候當她在的時候，家中又來了一位客人，母親並不與他們作介紹，只是著重地說一句：這是一位同志。「同志」的意義這時大放異彩，連我都有些驕傲。三娘娘立即起身告辭，走過天井時，就有些灰溜溜的。這便是我們家與上海這城市所有的關係了。在我父親那邊，是別指望有什麼線索的，他來自很遙遠的地方，爲我與這城市的認同，幫不上一點忙，希望就寄託在我母親身上了。這些關係雖然不多，而且爲母親有意緘默，但是卻多少減輕了我在上海這城市裏的孤獨感。

那時候我還很熱中於翻閱照相簿。我在保母她帶我去過的別人家裏，看見過白紗曳地西服革履的結婚相片，就想要在我們家的相册裏也找到同樣的一張。父親母親的結婚照令我掃興，他們穿著綯巴巴的軍服，站在一幅紅布前面，紅布上是前來祝賀的同志們的橫七豎八的簽名，看上去就好像在黨旗下宣誓。我覺得他們簡直不成體統。我們家的照相簿裏，充滿了同志們的照片，男女同志穿著軍服排列成各類隊形。母親有一張照片意義不凡，那是渡江時候，幾天幾夜的行軍使她疲勞不堪，靠著一棵樹熟睡如泥，風將她的頭髮吹得高高飄揚，大有一派「鍾山風雨起蒼黃」的味道。這張照片使我很激動，母親身爲「百萬雄師」中的一員滿足了我的虛榮心。渡江的意義我們從小就明白，它意味著全中國的解放。在這樣的時候，我便將外來戶不外來戶的問題拋至腦後，心裏充滿了救世主的驕傲，我想：我們是上海這城市的主人啊！如不是這樣這城市將如何黑暗啊！此時此刻，我會有意無意地強調我們家庭中的「同志」的因素，突出我們家與其他家庭的不同，用鄙夷的目光看別人，在三娘娘面前很放肆，使用「小市民」這個字眼去評價事物，雖然在我們居住的區域裏，人們對「小市民」這個貶義詞並沒有足夠的認識，反應遲鈍。這是我對上海這城市極其矛盾的心情，自卑和驕傲混雜在一起，使我的思想左右搖擺，前後不一。但無論是自卑還是驕傲，都是我心感孤獨的原因。

照相簿裏有外婆的照片，她穿著高領鑲邊的緞衣，這和我們一整個家庭的格調很不投入，使我感到新鮮。我家保母看了這張相片，很是明眼人地說：只須看看她胸前的這朵珠花，就可斷定不是小家子的女兒。這話又從另一方面滿足了我的虛榮心，我的虛榮心從小就使母親很頭痛。我發現外婆容貌十分端正，溫柔賢雅。她的氣質還很高貴，儀態萬方。她和母親簡直沒有一點相似之處，很難相信她就是外婆。關於外婆，我纏著母親問了有上百個問題，回答卻很簡單：她在母親三歲那年死了，死於白喉。關於外婆，只有這一樁事是我熟悉的，其他我一概不知。不過，無論如何，我有一個外婆，這和其他人是一樣的了，否則我就顯得更加出格了。這點令我安慰。在我七歲那年的清明時分，我們忽然要給外婆去上墳了，外婆的墳好像從天而降，突然出現在這城市。母親說新近才找到外婆的墳。怎麼找到的？母親也不說。上墳使我歡欣鼓舞。這一天，我們全家好像春遊，穿上過節的衣服，母親捧了一束白花，還讓保母提著草籃，裏面有酒菜之類的祭品，這天我們出遊的時候，樓上陽台上有一個阿太一直在注意我們，過後她對我說：以鮮花祭祖是西洋的規矩。而奠酒奠食則是中國風俗，這兩種不能合二而一，混淆一處。由她這樣一說，我們給外婆上墳就好像摻了假，我們的外婆也好像摻了假。我又羞慚又憤怒，本來我在給外婆上墳這樁事上寄託了許多幻想，現在全被她破壞殆盡。我連連向她翻著白眼，她一點不在意，還笑容可掬。話再說回去，上墳那天風和日麗，我們一家盛裝走出弄堂的情形，使人羨慕無比，人人矚目。墳地在城市的郊外，那裏粉蝶飛舞。外婆的墳很小，石碑上的字跡已經模糊不清，四周長了野草。這是我第一次去墓地的經驗，不了解墓地的眞實含義，我們在人家的墓坪上跳來跳去，興高采烈，外婆這一碼事早被忘得乾乾淨淨。給外婆上墳這回事發生在我七歲的時候，眞是可惜，我很快就把給外婆上墳的印象糟蹋掉了。我完全不能了解上墳這件事的重要和美麗，我錯過了實地體驗生死的機會。七歲那年上墳的印象使我將上墳這一樁事看得很輕佻，很遊戲，我就只好從書本上去了解其間的意義。後來，外婆所在的墓園夷爲平地，變成街道和樓房，成爲我們這城市的一角，我們就無處可去上墳。其實上墳這件事在我們家庭生活裏，本來就帶有即興的色彩，就像一個旅遊項目。母親一是對外婆毫無記憶，感情疏離；二是作爲一個「同志」，她對「上墳」這樁民俗活動興趣不大。所以，給外婆上墳，在我們家庭的現代史中，猶如曇花一現，轉瞬即逝。只有在我感到極其孤獨的時候，才會從記憶中挖出這件事來安慰一下自己。

我們隔壁有戶人家，他們有一個極其龐大的家族，共有四代人在一起生活，最上一輩的代表是一個老太太，小腳、駝背、耳聾眼花，終日對了鏡子梳她那日益稀薄的頭髮。他們家裏時常有親戚上門，從他們那裏，我才了解到親戚關係的多種性質：舅公、叔公、舅爺、叔爺、姑婆、姑奶、姨婆、姨奶、表舅、表娘，等等。有時候看他們家呼啦啦的一大羣出得門去，心中就很羨慕，比較起來，我們家就這麼幾個人幾條槍，形單影隻，無援無助。他家有一個男孩，與我同齡，平日言語中總顯示出他有著複雜的社會關係和歷史淵源，他開口就是：嗯奶帶我去舅公家吃表叔的喜酒。「嗯奶」是寧波人對祖母的稱呼，吃喜酒就是參加婚禮。我對吃喜酒心懷嚮往。我從未吃過喜酒，「同志」式的婚禮，總是聯歡加喜糖。這樣的婚禮上，只有一件事叫我喜歡，就是收集糖紙。

我在桌子底下，大人的腿間，爬來爬去地拾糖紙，收獲糖紙使我歡喜卻也心感無聊。自從在男孩那裏聽到「吃喜酒」這個詞，就被這個詞打動，其中包含了一種紅火火的喜慶景象，是任何聯歡都比不上的。男孩雖然只和我一樣大，卻已經有多次吃喜酒的經歷。他不僅有「吃喜酒」的經歷，還有「大殮」的經歷。「大殮」是富有悲劇意味的活動，「大」字當頭便說明了其場面的隆重與壯觀。當他「大殮」歸來，站在弄堂裏，口沫橫飛地描繪他們全體穿了白色孝服磕頭的情景，我激動得喉頭哽塞。我對他漸漸地心生崇拜，他這樣小小年紀就閱歷豐富可眞是了不得。我話裏笑裏都有點討好他，想做他的朋友。這一切都須背著我的父母，母親不喜歡我成爲上海的弄堂孩子中的一員。前邊已經說過，母親希望我做個閨秀和革命接班人，這兩者都要有團結、緊張、嚴肅、活潑的素質和作風。母親確信，弄堂裏只能培養出市儈之子。無論從哪個立場，母親都深惡市儈。這就是她不讓我和鄰家男孩來往的原因。可是那男孩對我的誘惑使我顧不得母親的禁令。我從男孩那裏得到的知識眞是無窮無盡，我有生以來第一回看到香菸牌子就是從男孩那裏。他對香菸牌上的古人熟同今人。他們橫刀直弓威武而立，他們的身世和戰績，被男孩描繪得栩栩如生。老城隍廟就好像是男孩的家似的，他說去就去，說來就來了。我卻不曾斗膽與他去一回老城隍廟，這對我就好像歷險一般。

男孩可說是我唯一的夥伴，可是爸爸媽媽不讓我和他玩。他精於上海這城市的一切遊戲，比如香菸牌子、玻璃彈子、陀螺——他稱之爲「賤骨頭」，這個稱呼很有道理，你手執鞭子，越下力抽，它轉得越歡。他有過人的靈巧，什麼玩意兒在他手裏，轉眼間便玩出了精。這些弄堂裏的把戲統統爲我的父母看不上眼，他們要我從小學習英語、背誦唐詩、明辨是非、提高覺悟。我父母的意志主要由我母親來體現並且執行。因此，長期以來，我一直把母親作爲我們家正宗傳代的代表，這其實已經說明我的追根溯源走上了歧路，是在旁枝錯節上追溯，找的卻是人家的歷史。這是混亂不堪的地方，不過也可證明在上海這城市裏，婦女的地位上升，父權觀念下降。母親把我管得很嚴，有時候爲了把我從家中叫出去，男孩費了好大的難，他學鳥叫、學蟬叫、學貓叫、學蟋蟀叫、學這城市裏可以學得到的所有動物的叫。聽到他的叫聲，我便心旌搖曳，坐立不安。母親最最看不得我這副作派，於是就招來嚴厲的訓斥。他爲什麼要找我玩而不找別人，是因爲除了我，他也沒有別的夥伴。在上海這城市，人很小就面臨了找不到夥伴這一問題。大部分的遊戲都須兩個人以上才可開展，假如沒有夥伴，這世界上就會有許多遊戲消失。男孩這個遊戲的好手，爲了保護小朋友們遊戲的遺產，就只有來聯合我了。

遊戲是一件好東西，它可消除人的孤獨。在遊戲中，人們結成同盟或者敵手，這樣就不會覺得形影相吊，孤家寡人。遊戲還可產生戲劇性的事件，作爲插曲，調劑貧乏的人生。所以，母親不讓我們做遊戲是很不對的。這時候，我就覺得我的孤獨全是母親一手締造的。母親在我某一個成長時期裏，成爲我假想的仇敵，我總是在對她作出反抗。她要我東，我就西；她要我西，我偏偏東。我只能在一些沒有意義的小事上反抗，在大事上，比如和不和那個男孩玩耍，我卻不敢違抗母親的意志。因此，我的大部分時間都是獨處的，我一個人在家裏走來走去，心裏恨著母親，覺著是她使我們一家都成了孤兒一樣的人。母親是孩子我在這世界裏，最方便找到的罪魁禍首，她是我簡而又簡的社會關係中的第一人，她往往成爲孩子我一切情感的對象物。孩子我對母親的心情就變得很複雜：是她生我到這一個熙熙攘攘的世界上來，也是她，把我隔絕在四堵牆壁之中，上下左右都沒了往來。她這樣做是多麼矛盾，一個孩子就在她親手布下的矛盾中飽受寂寞之苦。事情的根源在什麼地方呢？

接著，一件在我看來是非同小可的大事發生了。這件事情，無論是於我們家的歷史，還是於我們家的社會關係，都具有重要的開拓的意義。事情發生在一個晚上，家裏正有幾個「同志」在吃飯，挺熱鬧的。事情不知怎麼都擠在一起了。有很多晚上，我們家沒有客人也沒有事情發生地過去了。忽然，電話鈴響起，母親去接電話，我看見母親的表情一點一點地陷於迷茫。這時候，同志們正在熱烈地乾杯，興高采烈，惟獨我一個人注意到了母親異常的表情。我警覺得像一條狗似的，時時留神家中有什麼不尋常的情況發生。我心裏開始激動，我想大約有什麼事情要發生了。母親在我眼裏，是一個意志堅決的女人，很少有過表情迷茫的情形，她表情迷茫便意味著有什麼大事要發生了。歡聲笑語，觥籌交錯，全都遠去了，只聽母親低聲驚呼了一下：你呀！母親是用上海話叫這一聲：你呀！然後母親的臉紅了，布滿了又感動又歡喜的神情。母親就帶著這樣的神情回到飯桌上，她說，她的一個孤兒院的老同學找到了她，「老同學」馬上就要來了。聽了這話，我不由戰慄起來，我想：天哪，孤兒院的老同學，這是哪裏的事啊！「老同學」在我們家的社會關係中是頭一個；孤兒院呢，則是在帝國主義侵華罪惡史中得到的印象，成千上萬個孤兒在西方宗教溫情脈脈的面紗背後遭到蹂躪與殘殺。難道母親就是其中倖存的一個？「老同學」也是一個？我們家的近代史忽然呈現出綺麗的色彩。母親匆匆地吃罷飯，來不及招呼客人，便退了席。我看出她心神不定，坐立不安，她好幾次走過月光照耀的天井去開門，鐵門被她開得哐噹的響，大弄堂裏人影都沒有一個。我趴在窗台上，看著母親一個人站在門口的景象，心中忽然湧起一股憐憫，我想：她是個孤兒啊！

孤兒這個詞多麼叫人傷心。怪不得我們家無親無故，原因都在於母親是一個孤兒。原來我是一個孤兒的孩子啊！這個新發現叫我又痛心又感動，這個晚上我永遠難忘。上海這城市原來還倖存有兩個孤兒，其他的孤兒都死在帝國主義宗教溫情脈脈的面紗後面了。我竟是這倖存者之一的孩子，我是多麼危險地、差一點就來不到地來到這世界上了啊！後來，「老同學」是從後門進來的，她一見母親就用上海話叫：小鬼頭！舉座皆驚，我頓時覺得這一聲叫揭開了我們家新的一幕，今後，我們家將在新的背景上演出我們的戲劇。母親和老同學是在小房間裏進行她們意義重大的會面，房門關著，我在門口走來走去，焦灼得就像熱鍋上的螞蟻。當母親開門出來取水添茶時，我如鼠一樣地溜進了房間。起先我站在門口，老同學招手讓我過去。她比母親年長，也削瘦，戴一副黑邊眼鏡，態度和藹。我有點膽怯，可好奇心驅使我向她走過去。她問我叫什麼名字、今年幾歲這一類普通的問題。她撫摸我的手有些局促，有些害羞似的，好像不知道怎麼對待一個小孩子。作爲小孩子的我，則在仔細地打量她，還大膽地去觸摸了一下她腕上的一個小錶，這使她驚慌了一陣，不知如何是好。這時候，母親進來了，她意外地沒有趕我走，於是我目睹了這場會面的尾聲部分。老同學說別人傳說母親去了解放區，在戰爭中犧牲了。可是就在今天上午，她們醫院清理病歷卡，她在這城市一家著名的婦產科醫院做一名護士長，清理病歷卡時發現有母親的一張。她久久不能相信自己的眼睛，然後又懷疑這是一個同名同姓的人，要知道，這世界上不僅同名同姓，連外貌相同的人都是很多的。可是，她最後還是決定來找母親，萬一正是呢？她從病歷卡上抄下母親的工作單位，從工作單位問到我們家的電話。母親自己都已經忘記了多年前曾經上那醫院作過一次檢查，是慕名而去，因為身體內出現了一個小小的疑團。她僅僅去看了一次病，卻留下了記錄，這就是上海這城市的好處，這好處是檔案工作很周全，給尋人提供了方便。她再三地說：小鬼頭，你還活著啊！這使我心裏充滿了僥倖之感。一夜之間，我了解到母親生命中度過了兩次生死關頭，第一重是帝國主義反動教會溫情脈脈的面紗；第二重是戰爭的槍林彈雨。母親和老同學親密談心的樣子使我感動，她們說的都是上海話，這在相當程度上削弱了我對上海這城市的局外人心理。但是，母親是一個孤兒這個念頭卻占據了我的心，我甚至在那樣小小的年紀就已經感覺到了，作為一個孤兒的寂寞是比做一個上海城市的局外人還要來得大，來得深，並且沒有緩解的辦法。

老同學找到母親這一樁事，在較長一段時間裏影響了我們家的生活，這主要體現在我們開始了頻繁的互訪活動。去老同學家吃飯，使我們全家歡欣鼓舞，我們穿上節日的盛裝，大人和孩子手拉著手。老同學的丈夫是一個牧師。牧師這行當我那時並不了解。他身材不高，偏胖，戴著金絲邊眼鏡，溫文爾雅。他家沒有小孩，老同學她獨身很久，新近才嫁了牧師，卻已過了生育年齡。她長久獨身是因為她所供職的那個醫院是個教會醫院，規定護士不能結婚，要結婚必須離職，這是一種向上帝奉獻的方式。這規定在解放以後才取消。上海是個教會醫院很多的城市，這些醫院給這城市留下多少獨身和不生育的女人呢？沒有小孩子和我玩，我並不覺得喪氣，我和大人坐在一起，聽他們說話。他們的話我多半聽不懂，產生許多謬誤，就是這些謬誤，組成了我對母親的孤兒院的印象。和老同學交往於我們家是一個新鮮的經驗，我們由此了解到在「同志們」的戰鬥、革命的生活道路之外的人生道路，他們的奮鬥與發展有一種社會進化論的意味，和同志們所走的社會革命的道路不同。那一時期，老同學家成爲我們家一個熱鬧的話題，這是一個嶄新的領域。從此，關於我母親的故事，就擴大了題材面。說眞的，我很感謝老同學找到了母親，否則，母親忙忙碌碌的，不會有機會回顧往事。大部分人都不回顧往事，就是因爲沒有機會。由於我們不能經常地、全面地回顧往事，我們生活與生命中的一些疑團，就失去了解答的線索，比如像我這種刻骨銘心的孤獨疑團。可惜的是，我們兩家的交往僅僅熱烈了起初的一段日子，很快就疏冷下來。彼此的家離得遠是一個原因；大家工作忙又是一個原因；最主要的原因我想是除了回顧往事，再沒有一個現實而需要的理由使這種交往保持密度。回顧往事，畢竟只是一種心情的需要，於我們現實的生活無關。所以，我們家和老同學家疏淡了聯繫。這其實是我們所居住的這城市的一個大問題，也是我們所以孤獨的原因之一。所以，先前我認爲老同學將揭開我們家新的一幕的預感，其實是誇大其辭了，事實上，這只是我們家庭生活中的一個插曲。然而，不管怎麼，孤兒院的這一段卻從母親隱祕的歷史裏揭露了出來。

母親的孤兒院座落於我後來獨自居住的一條街上，我每天要從這條街上走至少兩趟，一趟是上班，一趟是回家。這條街上沒有一扇門和一扇窗透露出孤兒院的痕跡。那是英國人辦的孤兒院，以英語會話，嬤嬤給每個孩子起一個英文名字，都是花的名字。我母親的名字是「懷娥麗特」，就是紫羅蘭。在孤兒院裏，除了禱告以外，就是學做女工。嬤嬤們對她們的教導合起來只有兩個字，就是「奉獻」，奉獻給上帝。母親和許多女孩子坐在長桌邊，低頭做著女工的時候，她想的最多的問題就是：上帝是誰。我母親的現實精神使她拒絕接受一切抽象的東西，這就是她後來成長爲一個無神論者的基礎。上帝使她迷惘，如不是因爲這個，也許她就在孤兒院裏待了下去。因爲對於一個孤兒來說，有一張床和一日三餐，就再無所求了。可是上帝這個題目天天在傷著她的腦筋，原罪的說法也在傷著她的腦筋。由此她就覺得上帝是一個懲罰者，懲罰使她聯想起陰曹地府的慘烈景象，這是她祖母給她灌輸的思想。說她今生做了錯事，要下油鍋上刀山地受煎熬，憑她實際的頭腦還可接受，而認定她前世已經做了錯事——這就是她對「原罪」這詞的理解——前世的錯處今世要來贖還，是她怎麼也想不通的。她還隱約覺得，在做禱告和學女工之後，會有殘酷的懲罰等著她，禱告和女工只不過是個序幕而已。這些念頭使她日益苦悶，還有一些褻瀆的念頭纏繞著她，她在精神上備受折磨。我想，這大約就是帝國主義教會溫情脈脈的面紗後面的殺人眞相。所以母親寧可在街頭流浪，也不願在孤兒院裏衣食無憂。我後來居住的這條街道經常陽光明媚，下雨的日子裏也很明亮。梧桐樹長得很好。只有兩路公共汽車往來，自行車也較稀少。這是上海這城市裏少有的幾條寧靜馬路中的一條。我選了一幢尖頂紅瓦的樓房作母親的孤兒院，因那尖頂有點像教堂的鐘樓。前邊還有一個花園，許多衣服晾在橫七豎八的竹竿上，告訴人們那裏居住有七十二家房客。我好像看見母親排在一隊女孩裏面。走過草地，去到尖頂樓房，也就是教堂裏面做禱告，鐘聲噹噹，很悠揚。這些沒爹沒媽的孩子悄無聲息、像貓似的溜過草坪，去進行向上帝奉獻的儀式。上帝做了她們的父母，將她們集合起來，彼此做姊妹。我想，從這一點上說，上帝的用心也還是好的。只是母親從小沒有父母，她不想讓一個面目曖昧的傢伙來做她的父親。像母親這樣沒有管束的孤兒，是不會喜歡有人做她的父親。孤兒的生活其實也不錯，無牽無掛，自由自在，想做什麼就做什麼。所以，我想母親離開孤兒院還有一個原因，那就是她堅持要做一個孤兒。

我覺得母親至今還保留著一個孤兒的習性，比如她不喜歡尋訪親戚，她只和「同志」在一起。同志關係是一種後天的再造的關係，親戚則是與血緣有關的。母親這種孤兒的習性使我很感寂寞，有時我會向母親問東問西，而她完全不理解我爲什麼對親戚這樣熱中。終於有一天，母親被我問煩了，她忽然流露出一股悲憤之情，她說：親戚算什麼？過年的時候，我奶奶帶我到我姨母家去，我在樓梯底下磕三個頭，上面就扔下一塊錢，這就是親戚。我完全沒有想到，我們家和親戚們被分野在兩個階級陣營之中，這大約就是歌曲裏唱的「親不親，階級分」的道理。從此，我再走過那幢大房子，眼前就出現了母親跪在樓梯底下磕頭的情景，這情景刺痛了我當時還相當柔軟的心，而這種刺痛卻使我與這大房子的關係變得具體化了。於是我就反覆地去想像那幅情景，體驗被刺痛的心情。有幾次，我們學校也組織到那裏活動，我參加少先隊的儀式也是在那裏舉行，曾經有一位畫家，一定要爲戴著遮陽帽的我畫肖像，我不肯，他就追著我不放，我跑到東，他追到東，我跑到西，他追到西。這時候，我完全忘記了我與這大房子的關係。這門親戚我見也沒見過，我對他們，沒有恨也沒有愛，於我沒有切身的聯繫。我在那裏一瘋起來就什麼都忘了。作爲一個少年宮，我對它還有點看不上眼，比起市少年宮，它簡直算不上什麼。市少年宮是一個德籍猶太人的產業，這故事也記錄在帝國主義侵華史中。那是一座大理石砌成的大廈，帶有維多利亞時代富麗而典雅的風格，以它來對比一個民族工商者的我姨婆家的產業，便可看出中國資本與外國資本的懸殊差距。我想，母親的姨母應當是外婆的姊妹，她們姊妹一人得了白喉，另一人住這樣的大房子，世道眞是不平，而又人情比紙薄。財富眞是個有害的東西，它將自然的血緣關係破壞，再重新組織關係，使世界陷入混亂。從此，我對親戚這一回事便淡薄了不少，而且對財富也起了恨意。這種情緒，在某一個成長時期甚至很激化，文化革命中，我參觀抄家非常熱心。外婆的墳墓被推土機平掉就在這段日子裏。報紙上一連三天刊登了這則啓事，說「連義山莊」因市政建設需要將要平地，日內請墳主前去拾骨遷葬。我們家看報紙總是很粗略，何況危機正逐日逼近。革命再一次使社會關係分化，同志隊伍中有一些人陸續轉爲非同志。這種形勢之下，那些位於報紙夾縫裏的啓事，我們家根本無心留意。事過之後聽人說起，才知道外婆的墳墓已不復存在。

是外婆的墳沒有了之後，我才想起外公的。我想外公也應當有一個墳。墳地是一個好東西，它帶有家園的意味，它將我們死去的親人挽留在那裏，又將活著的我們召集去那裏，使我們永不離散。去找墳地就好像去找我們的家。母親卻說，外公沒有墳，外公做了野鬼，死無葬身之地。自從外婆死後，外公就不見了蹤影。我不明白爲什麼我們家的事情就是這樣糟糕，人人都很出格，走著莫名其妙的道路。外婆染上白喉，已屬偶然，外公卻又去浪跡天涯，成爲少數浪子中的一個。我終於找到了一個眞正的替罪羊，那就是外公。我想是外公的不負責任，使母親成爲孤兒，繼而使我們家那樣寂寞，沒有長輩，也沒有親屬。先輩們應當認認眞眞地譜寫家族歷史，前仆後繼，代代相傳，使血緣的鎖鏈環環相扣。現在可好，一個的墳被平掉，另一個則抛屍荒野，使我們血緣系統中關鍵的一環斷裂。

外公棄家而走，是中斷我們家歷史、割裂我們家社會關係的關鍵一著，從此，舊的一頁翻過去，新的一頁展開。母親原來是個浪子的女兒，集孤兒與被抛棄於一身。我想，母親最後選擇了戎馬生涯，和外公的遺傳不無關係。母親做過工、教過書，最後到了軍隊就好像到了家。行軍的時候她總是唱著歌，永遠不知疲倦。渡江時她靠了樹打盹只是一刹那，轉眼間便精神抖擻，歌不離口。「打過長江去，解放全中國」的歌曲迅速流傳，有她不可磨滅的一份功勞。由於營養不良，母親得了嚴重的夜盲症，晚上起夜沒找到廁所卻跌進水溝的事件時有發生，可是這絲毫不影響她一如既往地喜歡夜行軍。她憑了狗叫聲，也可辨別出走過了一個新的村莊。如果長久的沒有轉移的命令而停留一地，她就會意氣消沉。母親在軍隊是一名文工團員，她不大會跳，不大會演，嗓子像公鴨，樂器一件都不會，可她想像力豐富，會編寫歌詞，「跑得快就是打得狠」之類的歌詞，她一夜可寫十幾首。這樣，她就成了一個著名的戰地詞作者。一邊行軍，她就一邊寫詞，寫完之後交給曲作者，轉眼間譜成歌，立即唱遍行軍路上。這種流動的熱情的生活是我母親一輩子都懷念的生活。她說，行軍的快感在於，你一直在向前走，行軍的快感還在於前邊有什麼在等待你，你卻不知道，這其實也就是希望的意思。她說，行軍是個好活動，成百上千的人，走成隊列，朝著一個方向齊步走，本身就是一種歌唱。行軍的時候，會有一個特別勞累的階段，腿腳發軟直打絆，一步一個跟頭。可是越過這個極限，便會獲得節奏，是什麼節奏呢？有些像音樂中的「如歌的行板」——這是我母親這個詞作者多年與作曲者打交道得來的知識。在和平的日子裏，由於沒有行軍活動，母親的革命性就有些衰退，這體現在她阻撓我上山下鄉這一行為上。我母親的流浪漢習性在生養了我們這些寶貨，母性大爆發之後，漸漸熄滅了，她漸漸變得居家起來。她對於我們家的一針一線、一草一木都非常愛護。她每晚用算盤這一古老計算工具籌劃家裏的開銷，將我們家的餐具、服裝分成平常時與節假時兩套系統。她要我們早上上學離家時要說一聲「再見」，誰要少說這一聲，回家就沒有好果子吃，她還要我們放學後準時回家，誰要無故拖延時間也沒有好果子吃。她像箍桶似的將我們家庭牢牢箍住，這其實在另一個極端上反映了她流浪和孤兒的身分。

行軍生活是母親青年時代最快樂的時光，在這之前都很暗淡。關於這暗淡的歲月，我聽母親描繪過幾次，幾次都提到她祖母這個人。她祖母帶著她，一老一小的怎麼活命啊！這老太生了個不要家的兒子，又娶了個短命的媳婦，命眞是比黃連還苦。她們基本是在上海和杭州這兩個地方來來去去。在上海過不下去了，就想杭州也許好些；到杭州也不好，就想，上海還有點活路。她們總是在籌畫盤纏，同時作逃票的預謀。一上火車她們便裝作陌生人，素不相識。當人們不注意時，祖孫二人視線碰到一起，便擠一擠眼，這是快樂的不期而遇。有時候，她們還會裝成萍水相逢似的，你一句我一句地聊天。她祖母說：小伢兒，你一個人去上海做什麼？她說：我奶奶在上海等我。或者，她說：老婆婆，你一個人去上海做什麼？她祖母說：我孫女兒在上海等我。一邊說，一邊在肚子裏憋不住地笑。那時候，杭州到上海是一天一班慢車，車上是木頭的長條椅，一搖一晃，一坐就是一天，這就是她們祖孫所找到的消遣。睡覺也是一種消磨的辦法，無票乘車的母親一上車就骨碌一下滾進木頭長椅底下，火車哐啷哐啷的節奏催人入眠。母親就在這一來一去的火車旅行之間長大，她的身高漸漸長出了車廂裏的木椅，她就蜷起身子，不讓查票的看見。她們的生計主要是她祖母替人翻絲綿和向富親戚家「借」錢。母親到大房子磕頭就是「借」錢的一幕場景。她們所以沒有去討飯是因爲她祖母的虛榮心。她祖母說：我們家祖上是狀元出身，書香門第，做不到光宗耀祖，也絕不可辱沒門楣。做狀元的好後代這一個信念支持著她們祖孫絕不去討飯，她們無論如何不能淪落到乞丐這一步去。就這樣，一名狀元出現在我們家的歷史上了。

母親她奶奶在撫育母親的過程中，有過數次壯舉，其中一次是拐賣丫頭荷花。荷花是母親她姑母出閣時的陪送丫頭。從這點看，母親家曾經有過一個繁榮時期。這裏又有一個人物出場了，那就是母親的姑母。她姑母雖然生長在我們家的鼎盛時期，卻只讀過半年書，中途而廢的原因是在她上學的路上，總有一個男孩用石頭扔她。到底是出於什麼樣的心理？是一個窮人對富人的仇視，還是一個男孩對一個女孩的轉愛爲恨？誰也不知道。總之，她姑母讀了半年書，男孩就扔了半年石頭，使得她姑母視學途爲危途，輟學回家，兩下裏都太平了下來。荷花大約是從小買來的丫頭，沒爹沒娘，和她姑母一同長大，最後陪送到了她姑父家。拐賣荷花的計畫，是在她奶奶山窮水盡萬般無奈的情況下做出的。所有的親戚都已經因爲無窮盡的告貸而冷了臉面，我想其中一定也包括杭州的她姑母家，並且由於她奶奶的不斷上門，使她姑母在夫家的日子不太好過。她心裏一定又愁又怨，雖然每日裏穿金戴銀，做少奶奶的款兒，其實卻是個斷腸人。當時，她們祖孫已經斷了炊，她奶奶當機立斷，讓母親自己待在上海，獨自一人回了杭州。這一趟她奶奶沒有買票，她身無分文，心反而定了，想：隨你把我怎麼辦，我反正就這樣了。她這種念頭已經接近於耍賴，卻也包含有「無產階級失去的只是鎖鏈」這一層道理。她想，她只有一件牽掛放不下，那就是我母親。想到我母親，她不由悲涼地想到：自己要死了可怎麼辦？我想，這就是奶奶後來去吃那致她死地的人參的思想源頭。她想到她一旦死去，我母親的淒慘景象，忍不住就鼻涕一把淚一把的。她一個人哭得哀哀的，也沒有人注意她，乘坐火車的人總是昏昏欲睡。她用破爛不堪的衣袖在臉上橫一把豎一把地抹著，車窗外已經換了景色。她奶奶來到岳墳附近的女兒家門口，天還沒亮。風有些涼，她奶奶站得腳麻。她雙手籠在袖筒裏，望著天上的星星，一顆一顆冥滅。她想她這一生，向回看沒什麼意思了，向前看也看不見什麼，只有眼下，於是就什麼也不去想了。風吹過來，似乎還帶有南宋時的弦管歌舞的輕音曼曲，那股綺靡之下的衰落之氣瀰漫在晨曦裏面，一點一點消散開去。只聽「吱」的一聲門響，她奶奶不由地抖索了一下，思想從漫無邊際之中收攏了。她看見後門開了，一個身影掩了出來，正是荷花，她一手攏著披散開的頭髮，一手端了一個畚箕。她睡眼惺忪的，路也走不直。當我曾外祖母走出來，奪過她手中的畚箕往地上一放，她不由地驚了一下，險些兒要叫出聲來，等看清了是我曾外祖母時才鬆下一口氣，叫了聲「老太太」。她荷花這一聲叫，卻勾起了我曾外祖母的無限感慨。她想：如今還有什麼老太太不老太太的了。她看了看荷花，見她滿臉納悶，憨態可掬的樣子，不由嘆了一口氣。荷花說：老太太爲什麼不進屋去，要不要我去叫姑娘出來。她以爲我曾外祖母這回也和其他無數次來一樣，是向姑娘要錢要首飾。我曾外祖母搖搖頭不言語。停了一時，她忽然笑了一下，湊近荷花的耳朵，說：荷花，跟我去上海不？荷花疑疑惑惑地說：去上海幹麼？我曾外祖母就慢慢地與她說，在上海給她找了份幫人的事情，服侍產婆，管吃管住，還另有工錢。不容荷花猶豫，我曾外祖母推起她就走。荷花也不想想等會兒姑娘找不到她該有多著急，也不探探老太太話中的虛實，只說了一聲：等我把畚箕倒了送回灶間。我曾外祖母當然沒依她，她也不再爭了，兩人就這麼一逕來到車站，上了火車。可憐荷花她連換洗的衣服都沒帶，懵懵懂懂到了上海，還當是在做夢。我曾外祖母早已經說好了買主，荷花一到，就一手交錢，一手交人。這一次買賣，扣去中人的佣金，付了拖欠的房租，到當鋪贖回過冬的棉衣，還剩有幾十塊光洋，供我母親她們度過了一段安樂的日子。再說杭州那邊，找了一天的荷花，連個影子都沒找到。只有我姑婆私下有些明白，卻要作出更不明白的樣子。她一家一家親戚走著，見人就問：看見荷花那死鬼嗎？心裏則暗暗叫苦：媽呀，你造的什麼孽啊！她想她母親這一段音信杳然，她母親每一段音信杳然之後都會有出其不意的驚人手筆出現。她想她母親拖了個孫女兒不知度的什麼日子，眼看著冬天又要到了。她想著這些，不由愁腸百結，淚水漣漣。而這時候，我母親和我曾外祖母已經吃了多日以來第一頓飽飯，隨後進入了甜蜜的夢鄉。惟獨不知道的是，荷花到了哪裏，是做了人家的丫頭，還是小老婆，或者是一個婊子。荷花從此一無下落，永遠地消失了。

我想母親那時其實是上海城市的流民，屬社會不穩定因素。她們棲宿的大都是灶披間這類地方，租金很低。她奶奶也具有夜間逃遁的本領，在當付房租的前夜，無聲無息地消失。她們的行李非常簡單，只有一條棉被和一條席子。她奶奶背著棉被，席子由我母親負責。她們在火車站也睡過三五個夜晚，席地而臥，頭上是星星月亮，帶有露營的氣氛。四周全是席地而睡的人們，城市的火車站是一個大露營地，許多流浪的人們在那裏度過前途未卜的希望蠢動的一夜。他們出於逃避現實的本能，入睡都特別迅速，睡得還特別酣暢，好像是世界上最最安居樂業的人。睡覺是一件好事情，它可緩解一切危機。這樣的露營地對於一個孩子，有著強烈的吸引力。孩子們吵吵嚷嚷，不一會兒就結起了歡樂的聯盟，他們瘋過了頭，最終要招來大人的責打，以啼哭著入睡收場。母親參加露營一般是等候次日凌晨的火車。凌晨乘車有一種天地蒼茫的感覺，站台上燈光昏暗，車廂裏面空蕩蕩，汽笛在靜夜裏嘶鳴。都說上海是夜上海，上海的夜晚最美麗熱鬧，其實上海的夜晚是最最寂寞、最最動蕩不安的夜晚。在她們祖孫流民的生涯裏，和人的相遇盡是萍水相逢，她們今天認識一個，明天就離開了，人物的出現大都是一次性的。在她們的流民生活中，比較固定地出場的人物，除了她們需要求貸的姑婆家和姨婆家，還有兩個不定期出場人物，一個是她奶奶的兄弟，即母親的舅公，另一個是她奶奶家當年的賬房，後來在上海當鋪裏做朝奉，叫七斤公公。

關於她舅公，母親的記憶很不詳，她一會兒以爲他在杭州開有一個的篤班，來過上海扇子橋一個劇場演出；一會兒以爲他喜歡變戲法，跟過一個雜技班子，演出的地點是在上海大世界。總之，她舅公是一個熱心民間藝術的人物。爲了建設的篤班或者是學習變戲法，他傾家蕩產。他從鄉下買來窮人家裏養不活且又聰明伶俐的女孩子，供她們吃穿住，再請師傅來教戲，置辦行頭也很花錢。的篤班據說是越劇的前身，在浙江南部一帶，分布有無數個的篤班，它們自生自滅，在世道安定、經濟略爲繁榮的時候，穿街走鄉地演出一齣齣才子佳人的脂粉故事。那是一個民風自由而抒情的地方，有西施和范蠡的傳說爲他們樹立了愛情至上的榜樣。他們和以儒教爲正統的中原政治保持了地理和心理的距離，編派情事是他們的特長和熱情所在。他們大都小家小戶，員外家是他們的最高門第。使一位員外家的小姐和一名窮書生聯合，窮盡了他們對愛情的傳奇性和社會性的最高想像。員外小姐和貧寒書生是的篤班戲文裏的永恆人物，培養一個生角和一個旦角是一個的篤班的基本建設。她舅公對生角和旦角的要求很高，他有伯樂的膽，卻無伯樂的識。他培養了多名生旦角色終也沒成器，演出很失敗。在扇子橋頭炮就沒打響，接著是連日雨雪，場子裏空空蕩蕩，當地的流氓又來搗蛋，因他忘了給地頭蛇燒香。最後他是典賣了衣箱行頭，才得以回到杭州。這只是她舅公的篤班無數次興衰中的一次。他具有不屈不撓的性格和對理想執著的追求。學習變戲法也是花銷很大的事。戲法的祕訣是家傳法寶，傳男不傳女，像她舅公這樣一個沒有遺產繼承的人，要去偷得一點技藝，難度是可想而知的。他不知在師傅身上花了多少錢。他善於鑽研，眼明手快，詭計多端，終於學了一招又一招。關於她舅公是變戲法的這一說裏，還有一個情節，那就是他是青幫中的一員，屬「通」字輩。這雖然是青幫裏的小字輩，上有清、淨、道、德、大，五代壓頂，但「通」輩中亦出過大名鼎鼎的人物，比如上海影星阮玲玉的情人唐季珊。入幫是要花錢的，像他這樣半途出道的戲法家，要加入一個雜技班子，我想也要靠錢去通融。在「大世界」演出自然是她舅公事業輝煌的頂點。「大世界」的雜技場子當是在中心地帶，幾層長廊環繞。變戲法又是雜技中頂頂令人激動的一幕，多少神奇古怪的事情就在眼皮子底下發生，頓時山呼海嘯，波瀾起伏。那時候上海這城市是個做夢的城市，聽著像是夢話的，轉瞬間卻成了現實。這是這個近代城市發展初期的重要特徵，就是機會很多，可能性很大，瞬息萬變。變戲法將夢想實現的過程典型化，叫人們滿心歡喜。像大世界這樣的演出畢竟難得，更多的時候他是獨自一人。他遊來逛去的找班子，通人情，花錢如盡水流。在母親和她奶奶漂泊的日子裏，他盡可能地給予她們幫助，比如收留母親一段，讓她奶奶自己出去找活路。從這點看，她舅公是個有情有義的人，加上他熱愛藝術，總之是個性情中人。母親住在他家，每到夜晚都會遺床，這與她一貫的少吃少拉的作風不符，至今母親也無法解釋這一奇怪現象。母親在他家的床上畫了一張又一張地圖，她舅公有一回聽了偏方殺了一隻鴿子給她吃，這鴿子有可能是他變戲法的道具，已經衰老無用，結果還是照尿不誤。在母親的記憶中，他家有一隻猴子。後來，母親的記憶模糊了，這隻猴子就到了她姨母家，然後又到了她姑母家。這隻猴子在母親記憶中長生不老，在她那些下落不明的親戚家裏遊蕩，從這家到那家，從那家到這家，有時也回到她舅公家。鴿子和猴子使她舅公家就此變得活潑潑，亂糟糟，雞飛狗又跳。

七斤公公是我外公繭行裏一名賬房，每次收繭的時候，他就坐在藤椅上，吸一根巨大的水烟袋，監督過秤。對他的說法也相當複雜，有說他在我曾外祖父死後勉力撐持這份生意，最終由不得老的倒貼、小的挪用，還是敗了業。另有一種截然相反的說法，則是他是頭一個吃裏扒外的人物，是個米蠹蟲。他在加速我們家的破產方面，猶如乾柴上添了一把火。後來他在上海，又和我曾外祖母碰頭。他是當鋪裏的朝奉，而當鋪則是我曾外祖母經常光顧的地方，從概率的概念出發，他們的碰頭勢在必然。七斤公公離開我外公家，再和我曾外祖母碰頭，其間有一些什麼遭際，我們不知道。自從他與我曾外祖母碰頭之後，他有時會來看望她們祖孫，爲她們找房子。他和曾外祖母已不再是過去的主僕關係，即使在過去的主僕關係中，他們也還有一種超越了階級的情義濃濃的關係，那就是同鄉。同鄉的概念在今天的我們頭腦裏，已變得有些費解。鄉情的意義，我想一是土地的原因，由於共一方水土；二是宗族的原因，他們很可能是一個祖先的後代。所以，同鄉之間是有著水土與血緣的交融關係，在上海這城市裏，同鄉會到處皆是。所以，七斤公公和我曾外祖母，除了往昔的主僕之恩外，還是一對鄉親。在母親已經熟睡以後，七斤公公吸著水烟袋，我曾外祖母做著針線，他們回憶起過去的時光。看著我母親酣睡的樣子，他們不免會想起我外婆，他們想：一個花樣嬌嫩的人，就這樣沒了。我曾外祖母會落下淚來，白髮人送黑髮人的淒涼永難消散。然後就又憎恨又無奈地說起我外公，他一走了事，也不知在什麼地方尋歡作樂去了。七斤公公會講一些宏觀性的人生道理給曾外祖母聽，比如「六十年風水輪流轉」的道理，來勸解曾外祖母。七斤公公在她們祖孫慘淡的流民生活中，所起到的安慰作用是極其重要的。做一名朝奉需有識貨的眼光和如簧的巧舌，他要一眼識破所典之物的眞僞高低，再以機智的辯才去爭得一個最低當價。七斤公公如果早生十數年，到衙門台府做一名幕友，前途將是遠大的。可惜辛亥革命一聲砲響，政體改換，幕友的職業逐漸消亡，七斤公公就只好到上海去做一名朝奉。

老實說，母親對以上這些人物的記憶極其淡漠，她僅僅對一些道具有印象，比如，她舅公家的猴子、七斤公公的水烟袋。我就從這些道具出發，去組織我們家的親屬關係。我覺得，我曾外祖母的去世是使這些親屬關係以及同鄉關係脫離的關鍵，意味著母親家族的最後離散。我曾外祖母因吃了別人贈與的一支人參而死。送人參的，我至今也想不出是何許人也。送人參這一行爲證明在他心目中，我曾外祖母家就好比老話中所說，「百足之蟲死而不僵」，雖然敗了，也是個富戶。所以，他選擇了送人參，而不是送一斗米。然後，又是什麼原因促使我曾外祖母不去將這人參換米，而是自己吃了它呢？我想，她是爲了長壽。那時她已經年老力衰，一日不如一日，她明顯感覺到體內的生命在迅速的消耗。然而她沒有料到，她衰老而虛弱的體質已經承受不住人參這樣強勁的進補了。這支人參，最後地，一舉地，撲滅了她微弱的生命之火。吃一支人參而死，在我的想像中，具有一種安慰的氣氛，我曾外祖母是死在一個往昔的緬懷之中，或者反過來說，是這一個緬懷殘酷地殺了她。無論怎樣，這都是一種兩廂情願的死去，只是苦了我母親。奶奶死是母親一生中最悲慘的遭遇。那年她十三歲，誰都說這孩子活不下去了，只有死路一條了。人們分頭去找我外公，讓這浪子回家爲老母送終，去找的人都失望而歸，說他已經死在前面了。結果，我曾外祖母的薄皮棺材後面，就只有哭哭啼啼的我母親和她姑母。母親先是在她姑母家，然後被送到上海她姨母家，再被送去了英國人的孤兒院。孤兒院的生涯就是那時候開始的，老同學的情誼也是那時候結下的。

孤兒院在母親的社會關係史上，可說是具有開端的意義，從此母親開始建設她自己的人際關係。如果說母親在親屬們安排之下進了孤兒院，使她和親屬之間還保持了一些微弱的聯繫，那麼，當她毅然逃出孤兒院，採取了這樣公然違抗人們的決絕行動，親屬們便徹底將她放逐出去了。她姨母爲她償還了她在孤兒院的宿膳費，這本是可以「奉獻上帝」而作抵銷的。償付宿膳費是母親和她親屬的關係的最後收場，從此一刀兩斷。這就是我們家在社會關係方面，一無遺產可繼承的最終緣由。這就是過節時人家走親戚家我們只能走同志家的最終緣由。母親從孤兒院出來以後，才成爲眞正的名副其實的孤兒。自從母親開始她孤兒的生活，她的社會關係就帶有一種人爲的再建的色彩，老同學可否算首當其衝第一人？然後，接下去，母親和同志們的關係就要開始了。

在母親的女子寄宿學校裏，有一個女生常有一個表姊來訪，有時一來就不走了，與她表妹擠一張床睡覺。由於常來常往，女生的表姊和大家就熟了，尤其是和母親。到後來，她倒和自己的表妹淡了，和母親卻成了好友。她帶母親去看原版電影，豪華的國泰電影院裏空空蕩蕩，觀衆寥寥。她卻拉了母親坐在後排，使母親很覺吃虧。看電影於母親向來是奢侈的享受，坐得越近越好，母親至今還有看電影坐前排的習慣。越過空曠的座席，放映孔中射出的光柱在黑暗中明暗變幻，母親有時看看那表姊，她的側影看上去心事重重。母親也應邀去過那表姊家，她家住一幢石庫門房屋，天井的牆很高，天井又很窄，使人感覺壓抑。她把母親逕直帶到她的房間，兩人睡一張床上，聽無線電裏周璇的歌唱。她似聽非聽，不知在想些什麼。有時，母親不知不覺睡著了，醒來後已是黃昏，天井裏一棵夾竹桃的樹影在窗戶上搖晃。屋裏很暗，樓下客堂裏，一桌麻將還未散，滴滴落落地響。母親想這表姊，一定有一樁煩惱，可是表姊不開口，她就不好問了。這種識相的態度，大約就是表姊喜歡母親的原因。這樣，她既可有人作伴，又可無人打攪。母親同情她，卻並不太喜歡她。她有時表現出的小女兒狀的親暱使母親很感不適，比如走在街上，胳膊挽著胳膊。她的某些情調也使性子剛烈的母親感到肉麻，比如看好萊塢影片時的唏噓不已。她的穿著與母親截然不同，冬天她穿一件豹皮大衣，母親則穿一件樸素的棉袍，走在一邊難免有瑟縮之感。她曾要贈送衣物給母親，母親執意不收，使她難堪得哭了起來。這時母親就說：你要眞和我好，求你爹爹替我找個事做。後來，她眞的給母親找了個事，在小學做代課老師。母親領取第一個月薪水時，請她吃了生煎包子和雞鴨血湯。

接下來，事情就有些浪漫。那是在太平洋戰爭爆發之後，整個世界風雲激盪，上海的孤島最後崩潰，社會動蕩，政治多變，經濟蕭條，苦悶的青年在街頭徘徊，尋找著出路。這是書寫傳奇的時節。應當說，浪漫主義的日子，母親這一輩，還趕上了點尾巴。

事情是這樣的：表姊把母親介紹到某小學當代課老師，她幾乎天天都要來學校找母親。她有時到教室裏坐坐聽聽，聊以解悶。她幾乎每天換一身行頭，在薪金微薄生活貧寒的小學教員中顯得十分扎眼。但表姊對人隨和，甚至還很殷勤，有時幫著打水掃地，於是，人們的態度才又和緩了下來。一日，她從隔壁的教室聽課回來，問我母親道：那人是誰？母親順了她的指點望去，見是一個削瘦黝黑的青年，手裏拿著粉筆和書本，正從教室裏走出。母親看了面生，就問其他同事。有同事說：這是德寶老師的哥哥辛寶老師，替他弟弟代課的。以後幾日，表姊日日必聽那黑瘦青年的課，課後就沉默不語，陷入冥思。由此，母親也開始注意起這位辛寶老師。聽同事說，他是從大後方來的，在上海找不到工作，只能和弟弟擠住在一起。這一日，表姊請母親吃飯，吃飯間，她忽然說起了自己的事情。她說她家裏給她說了一門親事，男方是個做五金顏料的商人，比她年長十一歲，她雖不情願又有何用，兒女婚嫁自古是父母說了算。何況她一無經濟能力，不從父命又從誰命？那男家逼得很緊，天天催問嫁期，衣服給她做了有幾箱。她心裏恨恨的，又想不出什麼辦法，她只有將那男人送來的衣服一件一件賭氣似的穿。其實，我是很羨慕你的——表姊她說，低下頭去，擺弄一雙筷子。母親沒料想今日她會有這樣貼心的話對自己說，又恍悟到表姊她原來有這般心事啊！表姊忽又抬起頭，眼睛亮著，說：從那辛寶老師的話裏，聽出有想走的意思，他說，上海這城市太沉悶了，這話正契合了她的心。這時，母親提出一個現實的問題：走往哪裏去？表姊卻好像沒聽見母親的話，她越來越興奮了，臉上浮起了紅暈：倘若他能帶了我們走，離開這沉悶的地方，多好啊！表姊她的情緒感染了母親，「走」是一個激動人心的字眼，母親猛省到，自從她奶奶死後，她在上海這城市裏已經停留得過久了，這停留早已叫她心生煩悶。爲了一份微薄的薪水，她早出晚歸。在這陰濕的教室裏教書。那是在母親十八歲的時候，由於從小飽受磨礪，身心都很結實，又吃了幾天飽飯，便感覺到那弄堂裏的小學校的窒息。她們當下決定，去探那辛寶老師的口風。下一天傍晚，趁人不備，我母親遞給辛寶老師一張字條，約他到咖啡館喝咖啡。這是一個摩登的行爲，於我母親是史無前例頭一遭，以此也可看出，上海在四十年代，就已是一個開放的城市了。

再說辛寶老師，接到這一字條，首先跳出的念頭是：會不會是一個圈套？這也反映了像他這樣一個來自大後方的青年在淪陷區上海險象環生的處境。他想上海是個拆白黨很多的地方，近來又增添了特務，這兩種營生合在一起，使得上海就像一個大陷阱。沉悶的上海啊！辛寶老師感到胸膛裏有一團火似的東西，眼看著就要爆發。他回到他弟弟的亭子間，將這字條給他弟弟德寶看。

德寶老師由於失戀，蒼白和憂鬱得像一個患了結核病的人。他已有一個星期臥床不起，一日三餐由哥哥送到床前，轉眼間扒得精光，說明失戀的事件傷了他的心，卻沒有傷他的脾胃。這時他從被窩裏伸出亂糟糟的雞窩般的頭去看那字條。字條使他來了精神，他看出字條上娟秀的字跡出於女性之手。他說，是不是圈套，要去看個究竟再說。他們繼而為第二天的約會作了長長的討論。首先是服裝問題，是長衫還是西裝，這問題對德寶折磨得比較久些，最後他決定穿西服，將西裝褲鋪在被褥下壓了一晚褲線。然後是誰來會鈔的問題。辛寶說，既是對方發出邀請，自然由對方會鈔；德寶說，哪有叫女士會鈔的道理。可是兄弟倆口袋裏只有一塊錢，那咖啡館他們從未去過，不知個中深淺。這個問題苦惱著他們兩人的頭腦，並使他們聯想起上海的沉悶，失業者連日增加。上海街道上的電線桿子，辛寶如數家珍，卻還找不到一個餬口的位置。

約會是成功的，表姊她眼明手快，搶先會了鈔，又建議去看一場電影。去電影院的路上，母親和德寶同時地停在了一根電線桿子前，本能地去看那上面的招聘啓事。他們不禁相視一笑，這一舉止使他們的互相認識進了一步。他們想：他們其實都是上海這城市的沒有出路的青年，一句古詩湧上他們心頭：「同是天涯淪落人，相逢何必曾相識。」他們在很短的時間內彼此取得信任，互訴身世和平生抱負。這時候，走的問題自然而然地提到了面前。當表姊她說出這個字的時候，母親看見辛寶、德寶兄弟迅速地交換了一個眼神，然後露出了神祕的微笑。等到表姊說到往哪裏走的時候，辛寶慢慢地開口說：倒是有一個地方可以走，就不知道你們願不願。表姊與母親便緊著追問是什麼地方，辛寶又慢慢地吐了兩個字：蘇北，同時伸出了四個手指。母親她們不由地驚呆了。辛寶的目光緩緩地在她們臉上移動，半天，母親才說出一句話：你有路嗎？辛寶說一聲有啊，就從最裏面的衣服口袋裏摸出了一張信紙。原來是他們的一個大哥，現在蘇北新四軍做教官，給他們寫來的信。他們本來並沒有將這作爲一條出路，可是一旦動了走的念頭，便想到了它。這個亭子間的晚上具有革命前夜的意味，他們四個青年，由於看到了一條出路，陡然振作起來。他們那時候沒想到拯救人類，他們只想救自己。社會的黑暗、戰爭的持久、生存的艱辛，以及青春期的苦悶，扼住了他們年輕的咽喉。去根據地的計畫是眞正將他們這四個不同身世、不同類型的青年緊緊聯結起來的關鍵，這計畫裏的神聖感和危險性使他們成爲眞正的相濡以沫的一羣。去根據地的計畫此時還只在理論準備階段，促使其進入行動的是德寶和表姊的戀情。他倆可說是一見鍾情，花前月下地定了終身。此時此刻，表姊家也定好了成親的日子，形勢就變得非常緊急。表姊她偷偷地將她的嫁妝運往辛寶德寶的亭子間。她拎一個手提包，包裏裝了麻紗的桌布，身上套了五件旗袍，一趟一趟往那亭子間跑。她偷運過來有四季衣服、床上用品、金銀首飾、中西餐具。然而有一件最最重要的東西，她卻絞盡腦汁也無法偷出來，那就是她的身分證。身分證被她母親鎖在抽屜裏，鑰匙永不離身，白天在腰上，星夜在枕邊。爲了這張身分證，她哭了又哭，她想萬事俱備，卻壞在了一張身分證上。後來，還是辛寶想出辦法，他找來一張作廢的身分證，稍作修改，貼上表姊她的照片，再用回形針按著旋轉一周，製造一個印章。旋轉一周是關鍵的一舉，稍有不愼，那圓周就會走形。辛寶他深深地吸一口氣，以拇指按著回形針的一端，然後堅決果斷迅速沉著地旋去。這本事是他在流亡大後方的日子裏學會的，是他從無數次成功與失敗的經驗裏，總結出的最佳方法。這樣，他們一行四人上了船。坐船的經歷於母親是平生第一遭。船走在江道，使人心情舒暢。離開這城市，母親心裏沒有一點惋惜，對這城市的記憶母親在一夜航程間統統忘光。母親是個朝前看的人，從不為往昔嗟嘆。這樣的人具有現實精神，生活中一往無前，包袱較少，可是對文化積累無益，他們將歷史消耗掉算數，不給後人留下經驗的財富。這也是孤兒的特性，所有的人將她拋棄，她也將所有人拋棄。拋棄上海這城市於母親一無困難，到哪裏對她都一樣。緬懷這一種情感對她不合適，她會去創造一樣什麼，卻從不會挽留一樣什麼。去根據地這一行人中，辛寶是最成熟、最足智多謀的一個，這次行動，他的作用舉足輕重，沒有他，便去不了根據地。德寶與表姊這一雙則正在熱戀，情愛的緣故使他們成為這次行動的最積極者。我母親卻是一個眞正的戰士，她頭腦冷靜，性格堅定，只向前不後退。對於母親來說，去根據地的行動其實又是一次切斷歷史的行動，在一個孤兒的一生中，她將無數次地切斷歷史，因她無牽無掛，不需要對任何人負責，她走到哪裏算哪裏。上海就是這樣被我母親拋棄了。

第二章

自從母親家族徹底解散之後，母親家的歷史也截斷了。沒有人給我們講關於祖先的神話，這一類神話在我們家是嚴重缺課。假如沒有別的家庭來作參照，我們大約還不會感覺到這個缺陷。可是有時候我們就好像處在一個神話氛圍中，一種古老神祕的氣息強烈地感染著我們。我們班上有個同學，長得很難看，脾氣還很凶蠻，特別喜歡表現，說什麼都聳人聽聞。有一回她告訴我們，她家來自黑龍江，是黑魚的後代。所有人都不相信，可她斬釘截鐵，說是千眞萬確。黑魚是她家的圖騰，她家什麼都吃，就是不吃黑魚。黑魚曾經向她們顯過靈，是她奶奶的親身經歷。那是她們家來到上海以後。一天，她家來了個黑龍江的老鄉，一個白髮白鬚的老人，他不吃也不喝，每天卻要洗一回澡。她奶奶捺不住好奇，從浴室的門縫裏偷看。浴室裏什麼人也沒有，卻見一盆清水裏游曳著一條黑魚。這是她奶奶親口對她說，絕對錯不了。她家我去過，她奶奶我也見過。她家住在昔日法租界上歐式公寓大樓，多年的壁紙已經發黃，東撕一片，西撕一片，天花板上印著斑駁的水漬，房間裏充斥了一股濃鬱的葱蒜味，體現著她們家北方人的飲食習慣。她家也和我家一樣，屬於上海的外來戶——「同志」的家庭。她奶奶是個高大健壯的老人，冬天的時候，穿一襲棉袍，頭髮梳往腦後挽一個髻。她的神情有些傲慢，我們喊她「奶奶」，她似聽見非聽見，面無表情。由於她有過那樣神奇的經歷，我們對她刮目相看，說話走路都靜悄悄的，好像老鼠見了貓。她在家徒四壁的空蕩蕩的房間裏走來走去，確實有一種掌握了家族祕密的叵測的莊嚴神態。她的另一個特點是會蒸饅頭，饅頭熟了的那一刻激動人心。她奶奶並不動手，只站在一邊，指示別人揭開籠蓋，白騰騰的蒸汽頓時瀰漫了整個蒜味衝天的廚房。霧氣濛濛中傳來她奶奶的聲音：「拾吧。」從籠裏拾饅頭有一種收穫的快樂，三個手指捏一個饅頭朝籮裏一放，然後捏一下耳垂，耳垂據說是傳熱散熱最快的部位，這是我從我同學那裏得到的知識之一。饅頭在上海不可多見，這樣雪白茁壯的一個，顯示出一股英雄氣概。我們班上還有個同學，功課很好，門門五分，就是體育差些，眼睛近視。他是一個嚴肅的男生，不苟言笑，他見多識廣，樣樣事情都知道一點，態度卻很謙遜。所以，他說的話，人們句句都信。有一回，他說他家世代相傳有一本族譜，記錄著他家的起源與發展。書上說，他們原是在湖南，一場特大洪水卻將他們老家淹成汪洋，全族覆滅，只有一母一子劫後餘生。母親望了天地間白茫茫的一片，從髻上拔下一柄榛木簪子，她將簪子插入腳下濕土，說：倘若我們母子能活下去，這簪子就該發芽。話剛落音，那簪子竟綠了，長出葉來，漸漸成樹，綠蔭滿地。後來，他們果然興旺發達，子子孫孫，世世代代，一直繁衍到今。這故事表現了他們家族頑強的生命力和延續力，並以這力量作爲一種精神感召，鼓舞全體族人的士氣。這同學講述的故事令人感動，那棵根深葉茂的大榛樹，就像是他們家人的集合地，還具有海上的航標作用，好使他們家的人不致迷路而離散。我同學原來是大榛樹下的子孫。由草木來象徵的生命，自有一股勃然的生機。

沒有家族傳說也是我的一大苦惱，我母親給我講的故事全是新型神話。其中有一個是關於一條餓狼走在夜深人靜的街道上。牠要吃一個女人，女人說，老狼老狼，你不要吃我，我送你一條花裙子。花裙子打動了老狼的心，牠便放了女人。接著牠要吃一個女孩，女孩說，老狼老狼，你不要吃我，我送你一頂花帽子。花帽子打動了老狼的心，老狼又放了女孩。這時候，老狼飢腸轆轆，牠要吃一個老太婆，老太婆說，老狼老狼，你不要吃我，我送你一個金鐲子。金鐲子打動了老狼的心，老狼再一次放了老太婆。後來，天亮了，第一個出門的人便看見大街上躺著一條花枝招展的狼，牠已經餓死了。母親的故事總包含有教育的意義，這故事是教育我要實際而不要虛榮，這與我母親飢餓的童年經驗有關。同時這故事還反映了現代城市商品與物慾對自然生命的致命的誘惑。母親講這樣的教育故事是好樣的，寓道理於形象中。在夏天乘涼的晚上，人家在講家族傳說，我們家就講現代童話。這一類現代童話，見到什麼就可說什麼，隨意性很強，假造的成分很明顯。不像家族神話，具有絕對的規定性，它使聽的人們無條件地承認。現代童話從現實出發的創作方式告訴人們，這世界是一個後天的充滿選擇性的世界，使人摒除崇高的觀念。而家族傳說超越了人們的認識，它將世界置於「知」之上的渺茫境界之中，使敬仰之心油然而生。家族神話像黑夜裏的火把，照亮了生命歷久不疲的行程。

平心而論，在上海這城市裏，保留家族神話的家庭不可多得，而像我們家這樣沒有家族神話的也在少數，更多的情況是在兩者之間，那就是說，家族神話呈現出一種變異的形態。家族神話在此出現了一種荒誕的意味，好像滑稽戲一樣。祖先脫去了神聖的外衣，以騷擾後人爲樂事。他們行動鬼祟、面目可憎，他們的騷擾總是以懲惡揚善爲名，具有勸世的現實含義。他們失去家族神話原來的崇高的精神領袖的作用，而總是介入具體的實事。這種家族神話的演化其實帶有社會學的研究意義，它體現了價值觀念和文化面貌的轉變。像魚和樹那樣優美的象喻已爲一些雞啼狗叫的俗事取代，神話的意境消失，卻增添有一種社會新聞的味道。從審美的角度來看，這是家族神話的墮落。這類家族傳說較爲普遍，通常是一種「鬼事」。比如我有一個同學家裏，曾經出過一個敗家子，他不老老實實地吃苦，又不積極地動腦筋，結果賣房典地，最後連祠堂都賣給外國人造房子了。從此，他所居住的房屋裏就出現了一連串的異常現象：東西自動移了地方，甚至無名地消失；電燈不開自明或者不關自滅；小孩突然夜哭，又不治自癒；夜間還充滿有嘈雜的聲響，然後就禍事連連。老媽子得了漏肩風；東家生猩紅熱；雞給黃鼠狼拖了；貓給老鼠吃了。最後一件災難是那敗家子有一日在曬台乘涼，忽然站起來，逕直走到曬台邊，家人叫他，他也不聽。他昂著頭，直著眼，好像面前的黑夜裏有一個人正對他說話。他站了一會兒，便從容地跨過曬台圍欄跳了下去。這一類的鬼事，在近代的上海城市很多，它們雖然沒有形骸，卻都有著人類的行爲方式：搬動東西、走動、吵鬧、傳播病毒、圍追堵截。它們好像披了一件隱身的外衣，只聽其聲，不見其形。上海這城市的「鬼」，較少神祕感，而多具現實感，這就是上海的「鬼」的特徵。接下來的事情，便是「鬼」開始走出家族，進入一種流動的狀態。我想，這大約和較爲頻繁的遷址有關。比如我另一個同學，曾經告訴我，在他家的舊屋裏，常常有一個官服頂戴的清朝人出沒，他的曾祖及祖父都曾見過。那清朝人神態安詳，飄忽而去，飄忽而來，這其實是他家的一名祖先，來視察後輩們的起居與操行。後來，他們搬了家，那位先人卻留在了舊屋，更深人靜時還常出來周遊，使新主人大大吃了一驚。由於這鬼與他們並無血緣的聯繫，它的出沒給這房子帶來恐怖陰森的氣氛，畏鬼的情緒大約就是這樣產生的，原本，鬼與人應當是親如一家。這家施行了許多驅鬼的法術，道士們來了一批又一批。他們還採用過賄賂的辦法，燒了大量的冥錢與冥物。這反激怒了我同學的祖先，從此，人與鬼結下了不可調和的仇隙。最後，那鬼將他們家騷擾得不成樣子，他們只得低價賣了房屋。買主是一名實業家，他推倒了舊屋，蓋成一座新樓，做他金屋藏嬌的地方。他的這位姨太是出名的美人，曾經作過葡萄乾包裝上的廣告頭像。有一日，他們正在屋內小酌，上菜的傭人前迎面而立一位清朝人，傭人從樓梯上直滾而下，酒菜撒了一地。我想，我同學家的這位祖先當時心情一定非常茫然，他想怎麼人事全非？遷址切斷了人和鬼的家族聯繫，使人和鬼彼此成了陌生人。遷址造成了一大批流動的鬼，他們無家可歸，在別人家的屋簷下拘束地委屈地走動。我想，這就是家族神話最後消散的情景。

將無論哪個階段的家族神話挽留了一點記憶，這樣的家庭是了不起的家庭，它具有強大的向心力，也證明他們的家族神話燦爛輝煌。家族神話是一種壯麗的遺產，是一個家庭的文化與精神的財富，記錄了家族的起源。起源對我們的重要性在於它可使我們至少看見一端的光亮，而不致陷入徹底的迷茫。

沒有家族神話，我們都成了孤兒，悽悽惶惶，我們生命的一頭隱在伸手不見五指的黑暗裏，另一頭隱在迷霧中。在那黑暗當中，尚有著一線游離的光明，那便是母親的姓氏。這是尋根溯源，去編寫我們的家族神話唯一的線索了。《辭海》上說，姓是標誌家族系統的稱號。姓是以防遺失和混淆的一個印記。我們已經漸漸模糊了這個概念，我們僅僅保留了一種眞相不明的習慣，那就是當我們初次見面時，第一句話總是問：「你貴姓？」「你貴姓」這句話的背後其實是：「你是誰家的孩子？」久而久之，背後這句話便漸漸消逝。「你是誰家的孩子」這句話其實情意濃濃，可使浪跡天涯的漂泊者流下淚水。它可時時讓人想起家的概念，可使每一個孤獨的離鄉背井的人深深感覺到在他身後站著一個親情脈脈的龐大集團。在上海這城市，姓的家族背景已經徹底消散，姓只是個人的標記，我們喪失了它的原義，只記住了它的表面形式，一種代號的作用，表明了我們身後的那個親情集團與我們的解散。我母親的姓是一個特殊的姓，它使我們變得很醒目。有一回，我和母親去雲南旅行，忽然有一名陌生青年找上門來，他說他來自北京，也住同一個旅館，登記房間時，他看見了母親的名字，這個姓吸引了他。他說，他和母親同姓。姓這個姓的人非常少，他的父親對他說，凡是見到這姓氏，都要前去問好。他走過許多地方才遇到我母親這一個。我看著這一個或許是表兄的青年，覺得他父親的囑咐很有詩意，青年也不愧爲父親的好兒子。我想，只要我們孜孜不倦地尋找，或許有一天，能將我們離散的表兄弟表姊妹全都集合起來。集合這一樁事想起來就叫人高興，團團圓圓，歡歡喜喜。

我母親的姓氏是「茹」姓。「茹」字共有七訓：一是吃；二是蔬菜之總；三是根相牽連貌；四是柔軟；五是猜度；六是腐臭；七是姓，北朝柔然族。《通志•氏族略》在「茹氏」這一條下寫道：蠕蠕入中國爲茹氏，蠕蠕即柔然。還叫芮芮、茹茹。以此看來，我便是柔然的後代了。柔然是北魏時期的一個游牧民族，曾在五世紀初建立政權，成爲北魏政權的一個有力的騷擾。五十來年後被突厥所滅。難道我就是這個游牧民族劫後餘生的後代嗎？一千四百年的時間横隔其間，草原是我從未去過的地方，無論時間還是空間，我與我的祖先都相隔迢迢，「茹」姓是唯一的維繫。這時候，事情變得有些離奇，甚至有些荒誕。柔然這個古族，我從沒聽說過，普通的歷史書上，也沒有記載，可是母親的姓氏告訴我的，總不會錯。有一年我去日本，與一位前輩見面，他聽我講述我追根溯源的道路，很感興趣。他說，我也提供你一個線索，僅作爲參考，他說在日本，「茹」還是一種草，生長在紅色的土裏。所以他建議去尋找紅色土，那也許就是「茹氏」發源的地方。這又是一種追尋的方式，而且意境優美，尋找紅色土就像一個童話。這一種追尋方式，還具有日本風味，是漫遊的武士的風格。這方式也包含有這位前輩對世界的看法，他將萬物枯榮看作是循環的自然，所有的生命全緣於土，最後又歸於土。「土」於他有神聖的意味，是一種象徵，而這個追尋方法其實是將一個象徵意味變成現實的方式。這在思路上開闊了我，使我想到追根溯源的多種含義，並且它爲追根溯源增添了詩意，那一大片無邊無際的茹草波動起伏的情景是多麼壯觀而優美。可是「姓氏是標誌家族系統的稱號」這一定義強烈地感動了我；柔然是一個立馬橫刀的游牧民族這個描繪深深地攫住了我；柔然的興亡將我帶到廣闊的漠北草原，那裏水土肥沃，日出日落氣勢磅礴，部落與部落的爭戰刀槍鏗鏘，馬蹄得得，這給我生命以悲壯的背景。追根溯源其實更多的是一種選擇，還是一種精神漫遊。現在，我決定要爲我的家族神話命名了，它的名字就叫柔然。

兩千年前，鮮卑西部拓跋氏在一次戰爭中，掠得了一名俘虜。在北方游牧民族之間，戰爭是極其頻繁的事情，是生存手段之一。爭奪水土肥沃的草地，掠搶牲畜和人丁，這是擴大與增強自己部落的途徑之一，力量強弱的較量在此體現。戰爭中獲得成功的部族，便將強盛，成爲統治的部族。所以，戰爭是草原上最有效的政治手段。草原上發生戰爭還在於騎馬戰術的出現。青銅引轡的發明，使人可以直接騎乘馬上，只靠繫著轡具的一條繮繩，就可以驅馬自由前進，改變了馬拉戰車揮槍引弓的戰法。從此，富於機動性的騎馬戰術產生了，游牧民族獲得了進行戰爭的首要條件，那就是作戰能力。似乎是，一條繮繩改變了草原的景觀，原本寧靜和平的草原，轉眼間戰刀鏗鏘，血肉橫濺。彎弓射鵰於飛馬之上，馳騁藍天之下，那一股橫霸之氣油然而起。草原成爲強者的天下，任何體力孱弱、刀弓乏術，騎馬不怎麼樣的人，都遭到了無情的淘汰。後來，草原的民族便成爲最強壯、最耐飢寒、最富戰鬥力的民族，這是一脈健康的血液，經過無數代的提煉，像鐵水一樣，滾燙地流淌在堅韌的肌膚之下。草原是一個寬廣的戰場，追殺可進行幾千公里，幾日幾夜，一場戰爭在時間和空間上都有著巨大的體積，宏偉的概念大約就在此時形成。當勝利者挾裹著馬匹羊羣，以及戰敗者的殘部，一溜煙地馳去，轉眼間風止日出，綠草間汪汪的血水映著藍天白雲，死者仰臥，轉眼作了隔年的沃土，草長馬壯。喧騰和寧靜的時刻都在草原，星辰照耀的夜晚與風沙蔽日的白晝全在草原，刀槍的裂帛之聲和悠揚的牧歌也在草原。前面所說，拓跋部的戰爭是拓跋部無數次輝煌戰功中的一次。拓跋部是一個善戰並且足智多謀的部族，它幾起幾落，最終建立了北魏王朝。這一次戰爭，於拓跋部的成長並無特殊的作用，然而於我來說，卻是母親家族的文明史開初第一筆。以此可見，對於一個弱小部族，被征服可使它提前進入文明史。我祖先的這個部族，我想是一個屢戰屢敗的部族，早已四分五散，因爲這名俘虜被捕獲時，他竟不知道他的本姓。忘記本姓是多麼糟糕的事情，這說明他所屬的那個部族已經潰散。他孤身一人在茫茫沙漠草原之中，漂泊了許久，馬背就是他的家。他所屬的部族被打散的時候，他大約只是一個嬰兒，被屍體埋住，窒息了哭聲。後來，他勉力掙扎出來，發出嘹亮的號角般的哭聲。血紅的太陽升起，他的哭聲在遼闊的草原上顯得又孤寂又新鮮。再後來，又有一個部族從這裏走過，他們的馬匹畜羣吃瘦了一塊水草，又去尋找新的草地。牛車巨大的木輪吱吱地從草地上滾過，這時，有幾個女人看見了他。從草原上拾撿無名嬰兒是游牧民族的習慣，戰爭對人口的消耗無窮無盡，一個部族的強大，要看他是否人畜兩旺。這嬰兒隨這部族長大，不久，這部族又遭到血洗，他第二次死裏逃生，踏上孤獨的旅途。在他一個人的旅途中，無疑一定遭受到多次的侵襲，有時候他也會發起侵襲。我想他侵襲的方式主要採取偷襲，因他形單力薄，必須以智取勝。他要乘夜幕降臨，潛入別的部族領地，竊取食品、衣物和刀箭。強取的情況也會發生，多半是以一對一。像他這樣，單身飄零的少年，在草原一定有許多。他們十天十夜，行路百里千里，也見不著一個人。可是他們依然不能放鬆警惕，即使睡著了也還醒著一隻眼睛和一隻耳朵，一有風吹草動，便進入戰鬥狀態。這樣兩個少年相遇，難免有一場惡戰，強食弱肉，你死我活。不打不成交的情形我想也會有發生，他們結成兄弟，並肩而行。但在後來遭遇襲擊時，又各分東西，生死茫茫。當我的祖先這個忘記本姓的傢伙，被拓跋鮮卑捕獲時，他已經歷了九死一生。他大約被拓跋部強盛的兵力追了許久，他懷有逃脫的希望策馬飛奔，希望能如以往許多次那樣從追捕中逃生。可是強大的拓跋部不同於別的部族，追一名俘虜於他們就像追一隻兔子。他們懷了狩獵的洋溢的快樂，看著我的祖先在馬蹄前逃竄。同時，或許也正是我祖先的頑強拒捕使他們動了惻隱之心。我祖先的野心，我想最初是從拒捕中體現的。人高馬大的拓跋部漸漸失去了耐心，並且激起了火氣，他們稍一縱馬，便掠得了我祖先。這其實是歷史性的一刻，從此，我們就進入了文明的記載。我祖先的歷史就在這一刻揭開了第一頁，在這以前的漂泊與潰散到此告終，隱入茫茫的無史的虛空。

　　我祖先被捕時的面目是「髮始齊眉，忘本姓名」，這給人顢頇的印象。在人人留長髮的古代，頭髮只及齊眉，便是禿了，這便是我祖先的新主子給他取名爲「木骨閭」的原因吧。「木骨閭」在鮮卑語中，是「禿」的意思。豪氣逼人的拓跋部，以這種輕蔑的字眼，給我祖先命名，可見其傲慢與目中無人。他們的人馬無數，行進時猶如暴風雨來臨之前的壓頂的黑雲，烏壓壓一片，拔地而來。夜晚宿營，他們點起篝火，就好像夏日天上的星星。他們的俘虜心悅誠服地做了他們的奴隸，為他們搖旗吶喊、衝鋒陷陣地賣命。在行軍和遷徙的路上，路斷難行的時候，奴隸們以肩背扛起拓跋氏的戰車。我祖先木骨閭也做了奴隸中的一名。他應當感謝主子給他的姓名，有了姓名，就意味著他獲得建立部族的第一個條件，意味著他樹立了一面旗幟，這旗幟將召集部衆。如今，他雖然形單影隻，孤零零地扛著一面姓名的大旗，為拓跋氏做牛做馬。可是，召集部衆的這一念頭，隨了姓名的獲得，在他心中播下了種子。「木骨閭」雖然是個低賤的名字，帶有統治者的嘲弄口吻，可它畢竟成了我祖先的標誌。我祖先從此不再是一個無聞的漂泊的小子，他有了標誌，這是歷史和部族的開端。我的祖先木骨閭身材高大，體質強壯，膂力過人，而且驍勇善戰。他鞍前馬後地為拓跋氏擄掠人馬，征服部衆，立下功勞。然後，拓跋氏便激賞他，從奴隸上升為一名騎兵。騎兵的生涯正合了木骨閭爭戰的本性。他策馬飛馳於千軍萬馬中，心中的激情如澎湃的浪濤。飛奔的快樂是我祖先頂頂醉心的快樂，他飛馬揚鞭就忘了一切榮辱貴賤。馬匹在他身下，流淌著熱汗，濡濕了他的衣褲，他心裏熱騰騰的，心跳得擂鼓似的。他和著千軍萬馬，鋪天蓋地而去。這時候，他體驗到部衆的力量，體驗到集團作戰的盛大快感。他想：我木骨閭什麼時候才能有我的部衆，樹起一面木骨閭的大旗，迎風獵獵。就這樣，我祖先從一名「髮始齊眉，忘本姓名」的奴婢成了無比驍勇的騎兵木骨閭。他身材魁偉超人，披鎧戴甲，他的坐騎也高大無比，矯健異常。征戰的時候，木骨閭或是衝鋒在前，或是壓陣在後，屢立戰功。每一次立功，都為他增添了信心和希望，他想：他是無敵的啊！他還想：無敵的木骨閭卻在拓跋氏的麾下。拓跋氏的部衆越來越多，行軍的時候，浩浩蕩蕩，車輪滾滾，好像夏天暴雨時的雷鳴。關於木骨閭坐罪的具體情況，史書上沒有記載。我想這是一次叛變行爲，並且是一次對拓跋政權形成威脅的叛變行爲。他勾結了敵人，妄圖形成裏應外合的陣勢。他還趁夜深人靜時，悄悄跑到各部族的帳篷中去，聯合反對拓跋氏的力量。或者是在夜深人靜時，率領了一隊人馬踏上逃亡的路途。他們趁人不備，翻身上馬，向著草原深處奔馳而去。夜幕沉沉，木骨閭帶了他策反的人馬在暗夜裏逃亡。他們累了不敢下馬，渴了也顧不上喝水，只是一逕地跑，跑，直跑到天邊發白，朝霞像血絲一樣一縷一縷染紅了天空。這時他們中間最警覺的一個聽見了身後有得得的輕快的馬蹄聲，他大叫道不好！這一刻，絕望抓住了木骨閭的心，他快馬加鞭，撇下人們，一溜煙地貼地而去。這時，太陽升起在地平線上，他就像是太陽中的一個黑點。他知道叛變是一樁死罪，他想是死是活就看這一逃了。他在初升的太陽裏奔馳著，陽光刺痛了他的眼，也刺痛了坐騎的眼。而他睜圓了血紅的眼睛，一刻都不鬆懈。木骨閭是一流的騎手，於逃亡也有豐富的經驗。在這一刻裏，他會想起第一次被拓跋氏的騎兵追捕的情形，他又悲又喜。悲的是，他想他到頭來總是逃不出拓跋氏的手掌；喜的是，他今日的逃畢竟非同昔日的逃。今日的他，有名有姓，有刀有槍。木骨閭的心情相當複雜，這無疑影響了他奔跑的速度。正在他亦喜亦悲的時候，追兵上來，包圍了他。今日的木骨閭再不會像昔日那樣，兔子似的徒然地驚慌失措地四下裏亂竄，他束手就擒的姿態很瀟灑，也很壯美。他將刀弓擲下地表示投降，他雙手持韁，上身挺直，端坐馬背。坐騎卻還不屈地踢騰著四蹄，在草地上刨出清清的泉眼。

回營的道路比來時更漫長，人和坐騎都有些疲乏，木骨閭動過逃跑的念頭，可是騎兵將他團團圍住，使他無機可乘。這一方面叫他惱怒，另一方面卻驕傲之心油然而生。他想到他即使是去死，也頂著一個名字，名字是部族的標誌也是起源，他不再像他可憐的部族那樣，無名無聞地離散。他就是懷了這樣悲壯的心情走近了篝火四起的營地。他的腳被鎖上了沉重的鎖鏈，拴在巨大的車輪上，等到了後半夜就將斬首。木骨閭喝了大碗的酒，吃了大塊的肉，然後他就什麼也不想地，靠在車輪上睡著了。他的粗笨的頭腦在這一日的押解路上，已使用得有些過度，他思索了前人從未思索過的問題，做了後人將一代接一代地去推斷的結論。他的睡眠非常酣熟甜美，星星布滿了天空。那時的星星比現在的星星明亮一千倍，它們光芒四射，炫人眼目，在無雲的夜空裏，好像白太陽。我祖先在白太陽照耀下睜開眼睛，他抬頭看星星，有一顆流星飛逝過去，留下美麗的舞蹈般的軌跡。就在這流星消失於天際的時候，滿天的繁星忽然全被烏雲遮住，狂風陡起，大雪紛飛，撲滅了篝火。風颳倒了帳篷，吹散了牛車，將馬匹捲上半空，再扔下地，摔成了肉泥。天地間漆黑一片，只聽見風聲、馬嘶聲、人的呼喊聲，以及牛車散架的格吱聲。大雪轉眼間覆蓋了一切，將沒有醒來的沉睡的人凍死一半。我的祖先木骨閭心裏暗自驚訝，他是目睹了這突變一刻的唯一人。他想，這一切定和那顆流星有關。由於掌握了這天宇之間的祕密，他忽然覺得他力量無窮。這時候，他身後的牛車轟然倒地，他從車輪上脫身而出，站立起來。他站立在茫茫四野，人們在與風雪作殊死的搏鬥。他本能地拉過身邊最近處的馬匹，翻身而上。翻身上馬的那一刻，他竟身輕如燕，長長的腳鐐好像柔軟的絲帶，從馬背劃過，發出錚錚的聲音。他的坐騎乘風而馳，就像一面順風的帆。雪已積到馬肚子這麼高，馬在雪地裏跑出一條深溝。當他一出營地，風雪戛然而止，繁星當頭，草地青青，夜晚第一場露水沙沙地下著。木骨閭不由停馬回顧，卻見身後依然大雪紛飛，狂風大作，而身前一片晴空。他站在晴朗的夜空之下，明白了那顆流星本是來救他的。他一個人行走在晴空之下的萬里草原，關於天地人的神祕觀念就在這時形成。後來，他和他的子孫在漫長的征戰中，經過不懈的努力，再加上機緣的幫助，終於總結成一套巫術，這就是史書上記載「能以術祭天而致風雪，前對皎日，後則泥潦橫流」的來源。

現在，我的祖先木骨閭又開始了他少年時代的孤身飄流的生活。他白天顛簸在馬背上，夜晚睡在草地，點一小堆牛糞火，熒熒地照亮一片黑夜。這日子裏，他最愛惜的是他的坐騎和他的刀弓，這是他的寶物。他爲坐騎和刀弓命名爲木骨閭，這是他第一批部衆，也是他的兄弟。望著他的部衆他心生歡喜，馬是好馬，刀是好刀，弓也是好弓。有了它們，木骨閭就不是孤單的了。在萬里無雲陽光普照的大好日子裏，他揚鞭策馬，彎弓射鵰，大聲地叫著木骨閭這名字，爲了不使自己再一次忘卻。一個人走在草原上的時候，是最容易忘記姓名的時候，這是一個致命的過失，假如忘記了姓名，一切又將從頭來過。後來，他扯了一張羊皮，用木骨閭刀割破手指，鮮血流在羊皮上，畫出奇異的圖案。他決定以這圖案來標誌木骨閭這個姓氏，這就是我祖先柔然民族的最早的文字。關於我祖先民族是否有文字這個問題，存在爭議。有人說沒有，有人卻說有。說沒有的人提出史書上的記載，「刻木記事，不識文書」；說有的人提出的同是「刻木記事」這一句。我想若是祖先柔然果然沒有文字，後輩我卻成了個寫家，這事似有些滑稽，此是後話了。總之，木骨閭以一種特別的圖案標誌了木骨閭的姓氏，這姓氏的存在就更加確鑿無疑了。同時，第一面木骨閭部的戰旗從此產生了。他將這面印上了他家族印章的戰旗披裹在身上。這時他的頭髮已經長長，結成了辮子。他有時會和某個部族遭遇，他總是能夠成功地制敵。他又敏捷又驍勇，騎馬射箭都是一流的。我想，當時草原上的游牧部族之間，一定流傳關於我祖先的事跡。人們說，有一個神人或是魔鬼在草原上游蕩，身披血染的袍子。然後就有一些逃亡的罪犯和奴隸，來投奔我祖先木骨閭。他們往往只騎了一匹沒有鞍子的馬，又飢又渴，而且膽戰心驚。關於我祖先木骨閭的事跡他們早已聽說，現在成爲他們逃亡的希望。他們將那個傳說中的血染的印章牢記在心，好像漫漫長夜裏的一顆啓明星。尋找我祖先的路程有時近有時遠，有時艱難有時容易，有時候他們幾乎和我祖先相遇結果失之交臂。找到我祖先的時候，他們心裏歡喜，他們遠遠看見我祖先身上披裏的旗幟便翻身下馬，俯在地，嘴裏哼吟著表示歸順的歌。那歌聲像哭泣又像歡笑，聽到歌聲，我祖先熱血沸騰，征服的歡樂充滿全身，他木骨閭部的麾下不再空虛。他讓他們喝他搶來的酒，吃他搶來的肉，給他們的馬配上搶來的鞍子，然後開始了第一次對別的部族的正面進攻。第一次進攻的情景實在激動人心，他們在我祖先率領下一字排開，高聲吶喊，衝入別人棲宿的營地，馬蹄從人頭上和火堆上越過，勢不可擋。他們搶掠了牛羊、車具、刀弓，我想還有女人，傳續木骨閭的姓氏刻不容緩，頭等重要。慶功的晚上，人們喝酒狂歡的時候，我的祖先木骨閭就在帳篷裏進行繁衍子孫的大事。雄健的車鹿會．木骨閭就在此時種下了胚胎。

柔然的名稱出自於車鹿會。車鹿會是使我祖先的部族具有政治形態的重要人物。他的父親所率領的游兵散勇似的一羣，到他手裏，具備了組織形式。他深知木骨閭部畢竟弱而可欺，必須依附一個強大的政權作爲靠山。當他向拓跋部表示歸順之心的時刻，我想有許多集合於他父親手下的部衆，紛紛離他而去。子一輩的變節傷了老人的心。可是車鹿會是個有野心有遠見的人，他有勇也有謀，他是我祖先中懂得政治的第一人，沒有他此時的歸順拓跋部，也沒有後來的柔然國。當他實施歸降拓跋部的時候，一定殺了他的某個最心愛的部下，以示衆人。但是逃跑的事件依然發生。在夜深人靜最宜逃亡的時刻，總有得得的馬蹄聲響起。車鹿會心裏明白，卻不派追兵，他想，這都是像他父親樣的老人，他騎在他們的脖頸上長大，他們教會他騎馬、射箭，他們把最暖和的袍子給他穿，最肥的肉給他吃，最醇的酒給他喝。望了他們遠去的背影，車鹿會心如刀絞。可他不是一個溫情主義者，也不是一個狹隘的民族主義者。是他將我祖先的部族帶上了北方草原這一個浩瀚無際、風雲變幻一千年的政治舞台。歸順拓跋氏的屈辱，想起來便痛人心肺。每年歲末或者歲首，車鹿會親自率領人馬，帶著馬匹牛羊、貂皮獸毛，去向拓跋氏進貢。他們屈膝奉上貢品，嘴裏唱著感恩與頌揚的歌，感謝拓跋部保護他們，就好像父親保護孩子。這就是宗主國和屬國關係的面目。年年歲歲，我的祖先猶如候鳥一般，冬天，到大漠以南，夏天到大漠以北。大漠大約是指蒙古高原大沙漠。總之，我的祖先過著每年兩度的遷徙生活。他們騎著馬、趕著牛羊，用木輪牛車拉著帳篷和女人孩子，越過茫茫的沙漠。每一次遷徙都會損失一些馬匹和人口，當他們到達目的地時，他們的隊伍就會比出發時小一些。然後他們狩獵放牧，辛勤勞動，牲畜懷了崽，女人也懷了崽，出發的日子就又到了。這時候的木骨閭部，進入了經濟生產時期，他們除了掠奪征戰以外，還以生產來創造財富。他們養的馬特別肥壯並且耐寒，他們生活的地方每年七月便天寒地凍，凡是能夠存活的馬種，都是品質優良的。他們對獸皮的製作也有豐富的經驗。在後來的日子裏，他們曾經進貢於南齊王朝一條皮褲，色白毛短，載入了史冊《南齊書》。向南齊進貢標誌了我的祖先部族使用外交手腕的開端，也反映了我的祖先部族在國際關係中的微妙位置。此是後話，想起這個，叫人又辛酸又感嘆，暫且不提。總之，我祖先部族的經濟生產現在已經開了頭。

建設家族神話不是一件容易的事。我從《通志．氏族略》茹氏注「蠕蠕入中國爲茹氏」這一條出發，查找了《南史》卷七十九，列傳第六十九「夷貊下」；《南齊書》卷五十九，列傳第四十「芮芮虜」；《魏書》卷一百三，列傳第九十一「蠕蠕」。上面寫的都很難懂，各人都稱各人的開國元勳爲「世祖」，其實這「世祖」不是那「世祖」，反映了中國統一天下之前的紛亂情景。而我看到，無論哪一種記載中，都以蔑稱來稱呼我的祖先柔然，他們對我祖先的描述也充滿了羞辱性的言辭，比如「芮芮虜，塞外雜胡也」，比如「後世祖以其無知，狀類於蟲，故改其號爲蠕蠕」，還有「蠕蠕譬若禽獸，食而亡義」，他們還將我祖先柔然描繪得卑躬屈膝，比如「謂上『足下』，自稱『吾』」。我深感到歷史其實是勝利者的歷史。史書上的我祖先，形象很糟糕。他們總是愚蒙地自不量力地去騷擾強盛的北魏政權，他們一會兒做出討好的樣子，一會兒卻又去向北魏的敵人南齊獻媚。他們在征戰中還不時有冥頑不化的言行。我們只能從別人的記載中尋找一些線索，來推理和組織我祖先的光榮一面。《南史》和《南齊書》上都記載宋末昇明二年，蕭道成，也就是一年之後的南齊王朝的高帝，他派遣驍騎將軍王洪範出使柔然。那時候，柔然已成汗國並以永康爲年號，是永康十五年。宋朝出使柔然，是爲了聯合起來攻魏。在《魏書》裏則記載有魏王朝與柔然幾戰幾和的過程。始光元年，太宗拓跋嗣親自討伐柔然，直至駕崩，世祖拓跋燾即位頭一樁事，便是親征柔然，數年數戰。從這些看來，柔然確實成爲大魏王朝來自北部的一個有力的威脅，同時也成爲南方朝廷聯合抗魏的一個重要的力量。能與拓跋氏爲敵，這力量是不容小視的。我祖先畢竟不是等閒之輩，他是茫茫草原舉起可汗大旗的第一人。在《辭海》「可汗」這一條目底下寫著：

「古代柔然、突厥、回紇、蒙古等族最高統治者的稱號。三世紀時鮮卑族中已有此稱，但作為最高統治者的稱號，始於公元四〇二年柔然首領社崙稱丘豆伐可汗。」看了這條目，我喜氣洋洋，「可汗」這名稱聽起來有一股豪邁之氣，金戈鐵甲躍然眼前。

社崙出生於柔然部第一次分裂的背景之下，這注定他將經歷無數次的內戰和外戰。他是我始祖木骨閭第五代後人地粟袁・木骨閭的孫子。地粟袁死後，柔然便分為東西兩部。長子匹候跋繼承父親居於東部，次子縕紇提則居於西部。這一次分部一定是出自於王位之爭，兄弟二人私底下曾進行過種種形式的較量，他們鬥智鬥勇，最終勢均力敵，相持不下。後來他們又寄託於父親地粟袁的決定。地粟袁是一個多思多慮的首領，性格溫和，卻缺乏理想。他想兄弟和睦是第一要緊。他對歷史抱有善的觀念，這和他所身處的和平時期大有關聯。自從車鹿會・木骨閭歸順拓跋部以來，柔然族度過了幾代少有戰事的寧靜的日子，後幾代的首領，居安思想一代比一代強烈。他們望著草原上的日出和日落，颳西南風的時候遷往漠北，颳東北風時則遷往漠南。他們想，自然是草原上的主宰，一切都因循自然，生生滅滅。沒有戰事的草原無比寧靜，六月的紅花開到天邊。地粟袁是最愛和平的一個，先祖開創的故事對他已相當生疏。我想，匹候跋和縕紇提的王位之爭，其實是祖先稱霸理想的復甦，雖然，這給我們帶來了分裂的局面，可是強盛的希望也就在此。東西兩部是由地粟袁親自劃分的，他雖然分給兩個兒子一人一部，可他讓長子繼承他的東部，其實也就含蓄表達了長子繼位的決定。這個決定激怒了次子縕紇提，這便是後來他投靠雄踞朔方塞外的鐵弗匈奴衛辰的緣由。

社崙親眼目睹了父親與伯父的王位之爭，那時他還是個少年，可他覺得祖父以分部來平衡父親與伯父的爭執是一件蠢事。他私下恥笑祖父，是個不諳事的老頭兒。老頭兒死的時候，社崙心頭便掠過一絲不安的預感。他想，多年來平定無事的草原要出事了。他心裏有點興奮，他覺著將要出的事也許與他會有關聯。社崙是個一流的射手和一流的騎手，他不曉得他這兩項馬背上的天賦是繼他先祖木骨閭而來。他毫不知道木骨閭的事情。有時候，他會奇怪，馬一到他跨下便會飛奔，弓一到他手中便會飛射。他覺得自己的身體裏，有一種奇怪的力量推動他，他不知道這就是先祖木骨閭的血在推動他。社崙還承繼了先祖車鹿會的頭腦和政治才能。社崙也從未聽說過車鹿會的事跡。他只是覺得在他頭腦裏，常常會躍入一些妙不可言的念頭。比如，當他祖父，那個被他叫做老頭兒的祖父去世時，他想：多年來安定無事的草原要出事了。他從小就發現，他腦子裏躍入的那些念頭終會變成事實。這使他產生了恐懼的心情，他想，他這是怎麼的了？他不曉得，這是先祖車鹿會的聲音。這些，都使社崙感到一種孤獨，他覺得他和所有人都不一樣。好在，他有他的馬、弓，還有那些奇妙念頭與他作伴。當他想到：草原要出事的時候，他心裏很隱密的還有一個念頭，那就是多年來他所等待的就是這一個時候。

登國九年，也是公元三百九十四年，社崙的時機來臨了。這是政權交替如星移斗轉的一刻：前秦亡了，北涼起了；前涼亡了幾十年，西涼將起；後燕中興之後，北燕正準備登場；西燕亡了，南涼起了……這是懸念迭起風雲突變的一刻，我祖先社崙・木骨閭也出發了。我祖先的出場背景壯闊，他鐵馬金戈，氣宇非凡。我祖先將蓄起的長髮編成一排垂肩的辮子，猶如馬的整齊的鬃毛。他袍子的袖口緊緊束住手腕，褲腿緊緊束住腳踝，膝上裹著華美的獸皮，他騎上馬，就好像到了家。他是從昨晚的流星中得到啓示，登國九年中的這一個日子是兒子背叛父親的最吉祥的日子，是獨樹一幟的好日子。社崙率領著他的部衆背棄了歸順拓跋部的父親縕紇提・木骨閭。社崙說：一個兒子倘若要做汗，第一件事就是背叛父親，這使他離棄父親時義無反顧，歡天喜地。背叛其實是一宗美德，它意味著從頭來過，白手起家，它還意味著勇敢、獨立。社崙這時還不知道，他背叛父親是爲了讓先祖的血緣發揚壯大,他只感覺到身體裏有無窮的動力,推他離開父親的帳篷，那個蒼勁的聲音也催促他前行。於是，他就如拉滿的弓上的脫弦的箭，飛射而去。社崙的叛逃使拓跋珪吃驚，他派出大將長孫肥追擊社崙。他預感到社崙將成爲他的敵手，他想起他的祖先背叛檀石槐的往事，他還想起他拓跋珪背叛前秦苻堅的往事，於是憂懼備增。大魏初建，危機四伏，他要將一切隱患斬草除根。長孫肥追擊社崙的一幕是五胡十六國時期重要的戰爭場面之一，這是社崙自立可汗道路中的第一戰，它使社崙在事情開頭就遇到挫折，對他的決心、膽略、命運均是考驗。他感受到身爲叛臣的驕傲與豪邁，這驕傲與豪邁對他的英雄心是一個很好的證明。長孫肥的追擊沒有摧毀一絲一毫社崙的野心，只是使他走上了迂迴的道路。社崙掉轉馬頭，由西轉向東方，去投奔他的伯父匹候跋・木骨閭。

投奔匹候跋這一招令人起疑，匹候跋深感危險來臨，昨日的星象很異常，不知主凶主吉。社崙騎在馬上，直腰挺胸，眉宇間有一股軒昂之氣，冉冉而起。匹候跋見了喜憂參半，心想這不是歸順之相，但英雄豪氣令人喜愛。匹候跋忽然心生悲哀，他想，事情要不好了，事情要從頭來起了。社崙好似看出了伯父的孤疑，翻身下馬，伏在匹候跋腳下，匹候跋不由一驚，只見他虎背熊腰，伏在地上似鐵塔一座。匹候跋在這背脊上看見了自己的命運的圖畫，他心中不由升起了一股怒氣：我倒要與你爭一爭呢！他派出他的四個兒子，押送社崙及部衆去往南邊五百里以外的荒原駐紮。這樣，社崙便處於匹候跋的軟禁之中，成了半個階下囚。他那四個堂兄弟毫無父親匹候跋的憂患之心，他們輕佻、傲慢、妄自尊大，他們把社崙看成了一個可憐蟲。他們住著高大結實美觀的帳篷，讓社崙住又小又破四面透風的帳篷；他們先讓自己的馬吃飽，才允許社崙的馬去啃那吃過的草皮；他們洗髒了上游的水，讓社崙喝下游的水；他們燒乾燥的牛糞，讓社崙燒稀濕的牛糞。他們擺出主子的樣子，說些不中聽的話給社崙聽。他們一無父親匹候跋的銳利目光，領悟不了社崙的非凡之氣。他們是愚頑粗笨的一夥，祖先們的精血，在此輩中，全集於社崙一身，其他全是糟粕。他們完全感覺不到危險的來臨，還一股勁地飲酒作樂、胡言亂語。社崙對一切視而不見，他每日騎在馬上，圍著帳篷，不緊不慢地遛馬，眼睛眺望著遠處，天地間的空曠令他心往神怡。那時候的天地要比現在寬廣得多，展翅的雄鷹在空中只是一個小點，然後也融化在日頭裏，奔騰的烈馬在地上只是一溜煙，然後也融化在日頭裏。那時的日頭比現在的大而且紅，把天染成汪洋血海一片，白雲如巨大的帆在血海中航行。社崙望罷天地和日頭，再看那幾個堂兄弟，便如皮襖裏的虱蟲一般。社崙的反叛如草原上的風暴驟起，轉眼間，他已將那小子中的一個提在手中，另外幾個聞風而逃。社崙將那小子提上馬鞍，一路奔向匹候跋。匹候跋自從社崙到來，就沒有一夜闔眼，他天天夜裏細觀星象，測算著社崙造反當在哪日。因此，當帳前呼聲四起，馬蹄聲碎，他反倒鎮定下來。多日來懸心等待的這一刻終於來臨了，他頓時心靜如止，泰然自若。他走出帳篷，看見社崙妖一般長大的身軀在篝火前投下半地陰影，他那小子在馬下抖索，如風中的枯葉，他的部衆已被降服，刀箭落地。社崙的部衆已占領了營地，正喝著他們的奶酒，將他們的妻女馬樣地騎在身下。匹候跋痛心又歡欣地想到：他知道有這一日的。他痛心他竟做了侄兒的俘虜，歡欣的是他料事如神。老人束手就擒的那一剎那大約使社崙動了惻隱之心，親緣之情在這時向他招手。可是，一個可汗的情懷使他轉過了頭。殺匹候跋是在月餘之後。這一個月中，他們伯侄二人有過對酒當歌的幾回。關於木骨閭部的起源及歷史，就是那時候，由伯父匹候跋告訴給侄兒社崙的。匹候跋想，這個殺人不眨眼的魔王轉眼間就會將騎不動馬的老人全部殺光，爲了他的光榮，他會使草原上血光遮住太陽。沒有老人能夠給孩子講述木骨閭部的起源了，只有他講給這個惡魔，讓他來傳遞祖先的事跡了。社崙想，這老頭的故事說得很好聽，他父親從未給他說過這些，可惜伯父他已經死到臨頭。日子一天一天過去，伯父知道死的日子不遠了。他從侄兒的眼睛裏看見了這個日子，頭頂上的星象也告訴了他這個。他想，草原血流成河的日子就將來臨了，柔然族四分五裂自相殘殺的日子就將來臨了，在這以後，還要來臨的是一個輝煌無比的好日子。這好日子是什麼，他不知道，天上的星象總是奇異難測，卻顯示出一個重大的祕密。在死亡到來之前的最後的夜晚，匹候跋教給了社崙怎樣看星象。社崙才明白，流星只是星象中的一部分，就好比棋盤上的一顆棋子。爲了學習星象，社崙又將伯父留了兩日。這兩日，他們伯侄間竟然親情萌生，別離使他們悲傷。這是一個風雲迭起的時代，稱霸是人生的最高理想，萬馬奔騰，一夜一興亡。在此舞台上稱雄一角是一個民族的光榮，世代傳誦。這還是個實力較量的時期，生命力強盛的民族保存下來，孱弱的民族則貢獻出生命中的精華部分，然後將生命的殘骸葬於地底。在這樣的時代，親情算得上什麼。社崙要做一個可汗，可汗的大旗是鮮血染成。殺匹候跋的日子，陽光燦爛，草原開滿了鮮花。社崙率起伯父的部族，北度大漠。一路收服諸部，兵強馬壯，車輪轟隆隆齊響，震顫了大地。

與後秦主姚興和親是社崙公然表示背叛拓跋魏。魏主拓跋珪想：你，蠕蠕，這蟲蟻般的無知無覺的東西。我祖先社崙・木骨閭的做法不由地使他又氣又惱。他一而再、再而三地調兵遣將，大力追擊我祖先。我祖先率領了部衆，向漠北深處跑去。那是拓跋魏和我祖先柔然都未曾涉足的地方，那裏有富強凶悍的匈奴拔也稽，還有機智的以擅長造車著稱的高車族。拓跋珪的將軍和突望了我祖先奔向遙遠的漠北深處，捲起漫天的砂石，漸漸消失了身影，心想：這是有去路無回路。和突躊躇滿志地調過馬頭，回朝廷邀功去了。我祖先社崙望著目下黑茫茫一片，他想，有什麼在等待著我呢？他停馬的時候，已是朝霞滿天，旭日東升，雖然人困馬乏，可社崙他卻興致勃勃。他想，做一個可汗的日子即將到了，他已經殺了柔然主——他的伯父匹候跋，離棄了父親縕紇提，背叛了拓跋王朝，如今，天地之間，還有什麼障礙嗎？可是社崙他想要做一個眞正的可汗，而不是如他的先祖那樣，只是一個部族的族長。他要建立一個汗國。關於國家的念頭此時此刻萌發在社崙他的頭腦裏。我想，這也是柔然族多年從屬拓跋魏的果實。在他們納貢的日子裏，他們目睹了大魏朝廷的禮儀與排場。建立軍制與軍法大約就是這個早晨以後的念頭，他開始了對我祖先部族的組織建設。這於我祖先柔然具有劃時代的意義，意味著一個草原游牧民族進入了草原游牧國家，意味著我祖先部族從自然狀態進入了文明狀態。軍制是我祖先柔然社會的主要形式，這說明社崙的國家理想是一個軍國，也反映了社崙的建國思想是以戰爭爲生存第一需要和第一任務的。軍制與軍法的內容是社崙在呑併高車諸部的戰爭中總結與構想的。和高車作戰就是馬背戰術和戰車戰術的較量。高車族的戰車與衆不同，戰車作戰具有防衛嚴密、進攻凶猛的特點。而馬背戰術則靈活機動，能在任何道路惡劣的情形下正常發揮。社崙與高車作戰中採用了集團進攻的戰術，他將戰馬排成整齊的隊列，在號令下齊步前進，從氣勢上壓倒高大的戰車。他們還將戰車逼到道路惡劣的沙漠與沼澤中去，使他們無法行動，坐以待斃。和高車作戰，是社崙他第一次自覺地運用戰術，也是我們柔然族戰爭史上頭一回。這於一個須以戰爭來保護與發展的民族，具有重要的意義。看到文明這樣一點一點進入我祖先的部族，心裏眞高興。我祖先社崙以他嶄新的戰術思想，長驅直入高車屬地，吞併諸部，銳不可擋。高車成了我祖先的奴隸，爲我們製造美觀實用的戰車。有了高車的戰車，社崙他如虎添翼。轉眼間，他便成了一個駕車的好手。柔然的軍制是在這時候產生的，社崙他的軍事編制形式，大體是這樣：千人爲軍，每軍設將一名；百人爲幢，每幢設帥一名。從此，柔然就結束了散沙般的無組織狀態，有了嚴格的社會組織。社崙他的軍法則是：衝鋒在前者，賞賜俘虜作奴；膽小退後者，以亂石砸首斃命。這使得人人衝鋒在前，撤退在後。社崙設置軍法的消息，迅速傳到拓跋魏廷中，使得道武帝憂心忡忡。他明白，柔然設立軍制軍法，標誌了一個野蠻民族的成熟。他從中窺察到社崙在悉心學習中原文明，他預感到將有一支力量從北方起來。柔然吞併高車諸部的消息傳來，證實了拓跋珪的預感，他想：各部雜居的、分裂的茫茫漠北，將要統一於一族之下，這力量興起於拓跋魏的脊背之後，如泰山壓頂。如今的漠北倒是一片安寧，沒有犯邊的事故發生。柔然的安寧反使道武帝深感不安，他想，在這深夜般的寧靜之後是一個什麼樣的白天呢？他想，一切禍事都將從社崙而起。他想，社崙這樣的人，草原上一千年才會有一個，爲什麼恰恰生於大魏王朝之際。我想，假如沒有社崙的誕生，《魏書》、《南史》，或《南齊書》上也許就不會爲我祖先專闢一章，我祖先柔然就會永遠地消失於蒼茫歷史之間。正當道武帝憂慮著漠北統一力量興起的時候，傳來了匈奴拔也稽進攻柔然的消息，這消息安慰了道武帝的心。

匈奴拔也稽進犯我祖先柔然，結果是自取滅亡，使得衰敗的匈奴損失了最後的殘部。社崙兼併了拔也稽部，成爲漠北第一主。他們馳騁上下，燒殺掠搶，弱小的民族紛紛來降，成爲我祖先的屬部。社崙他做一名可汗的日子終於來到了。他自名爲「丘豆伐可汗」。「丘豆伐」是鮮卑語，意思是縱橫馳騁，表達了社崙他的人生理想。立汗的那一日是柔然國盛大的節日，可汗從此成爲至高無上的王稱，是社崙他的創建。他不僅爲柔然，而且爲所有的馬背國家的建制，作出貢獻。我想，社崙坐在居高臨下的王座，腳下鋪著五色斑斕的獸皮，獸皮上柔軟茂密的絨毛如同春天的青草一樣，埋住了他的靴子。在他王座下面，是他的將，披盔戴甲坐於左右兩側。將之下，則是金戈鐵馬的帥，立成方陣。帥下是千兵萬馬，一眼望不到邊。歌舞、美酒和女人是少不了的。丘豆伐可汗俯視著萬衆齊呼的壯麗場面，眼前出現了伯父匹候跋的面容。伯父他從容死去的景象這時候感動了他，他想，做一個汗是多麼不容易，一些血肉之親做了刀下的冤魂。他想起伯父匹候跋傳交給自己的關於木骨閭的起源，還有星象的祕密。伯父死後有一隻眼睛睜著，就像天上那顆最古老的星星，這是一個旨意！丘豆伐可汗在心中叫道。他感到一整個木骨閭的興亡全到了他的肩上和背上，木骨閭這姓名使他感到徹骨的疼痛的親近。一個姓氏走向光榮的道路是多麼艱辛，困難重重。萬衆齊呼丘豆伐可汗的場面深深震撼了他的心，他命令將士們狂飲狂歡，他說這不單是柔然汗國的好日子，也是漠北的好日子，好日子不樂什麼日子才樂？他還命令騎兵跑馬，頓時草原上好像暴風雨時烏雲奔湧，戰旗則像烏雲上端的雷電閃爍。這是我祖先木骨閭最壯觀的場景，是我祖先木骨閭的頂峯場景。慶典的場面從旭日東升的早晨延續到星斗滿天的夜間。齊膝深的草地踏平了，奶酒流成了河，唱歌唱啞了嗓子，跳舞跳斷了腿。稱汗的日子就是這樣。這天夜裏，帳篷內男人女人的叫聲通宵達旦。可汗在心裏說：孩子們，加油啊！爲了壯大我們的國家。

社崙他按兵不動地等待了五年。這五年裏，四方不斷有小國前來歸降，成爲柔然的屬國。在《魏書》上記載，柔然的領地「其西則焉耆之地，東則朝鮮之地，北則度沙漠、窮瀚海，南則臨大磧。」從其時地圖上看，一大片色塊上寫著柔然二字。我祖先在野心勃勃的拓跋魏身後，建立了一道遼闊的陣線。等待的日子裏，社崙白日練兵，夜晚看星象，作爲他丘豆伐可汗的第一場征戰，只可勝不可敗。丘豆伐可汗的謀略是我祖先柔然族中絕無僅有的，他的誕生是柔然的一個奇蹟，從天而降。他甚至在軍中找不到一個得力的助手，他的將帥們的才智均要比他低好幾籌。所以，可汗他常常感到一種孤寂。孤寂之中，便想起伯父匹候跋最後與他共處的日子。他從木骨閭的起源故事中找到解除孤寂的良藥，他細心體驗血液在體內的激流，歷代祖先在這流淌中與他來相會，悲從中來，喜從中來。星象也是他的夥伴，在晴朗的夜晚與他作著兩心相知的談話。於是，丘豆伐可汗在行動上便顯得孤傲而且專斷。在他超凡才智的光芒照耀下，別人統統都變得暗淡無光。他的出色自然招來忌恨，而他的可汗的光榮也使人垂涎三尺，這便是後來社崙他的堂兄弟大那和悅代陰謀簒位的原因。丘豆伐可汗一邊練兵，一邊還派出密探。那都是一些騎術高超、身手不凡、機警敏捷的人。他們在必要的時候還扮做拓跋魏的兵士，進入拓跋魏的軍營探聽消息。天興五年，道武帝出征後秦的消息就是這樣探聽而來。當道武帝出征後秦，後方空虛的時候，一舉出擊北魏。這反映了丘豆伐可汗的軍事謀略，是他屢戰屢勝的保證。這次出擊相當成功，我祖先的軍隊越過長城，長驅直入，燒殺擄掠，滿載而歸。魏將常山王，以萬餘兵馬追擊，一無收穫。

常山王站在長城，望著蒼茫漠北，無奈與沮喪充滿了他的心。

從此，我祖先丘豆伐可汗的大旗高高飄揚，遠近皆知，敵人聞風喪膽，小國紛紛歸附。他在天興五年成功地進攻拓跋魏之後，又及時地識破了大那和悅代的篡位陰謀。謀殺丘豆伐可汗是在一次狩獵中。大那和悅代是社崙他狩獵的夥伴，他們三人心有默契，你應我合，每一次出獵都果實累累。他們狩獵時唱的歌成爲柔然勝利的軍歌。狩獵前夜天空晴朗，星象有些不尋常。社崙他有一點納悶，他不知道，這天的星象與多年前他殺伯父匹候跋的前夜，不無相似之處。這往往預示著弑父弑兄。社崙他見那星象有一種可疑的踪跡，可是主他可汗的那顆命星卻明亮無比，使那晦暗之氣，退入深藍的天空。這星象多少有些壓抑社崙的心情。第二天清晨，他有些悶悶不樂，可是追捕一頭白色鹿，激動了他的心。白色鹿像一顆白色的流星，在沙礫與山石間流竄。丘豆伐可汗不覺熱血沸騰。那白色鹿引動了他的可汗的崇高的欲念，他心突突地跳著。白色鹿奔跑起來很輕盈，腰部與臀部起伏的線條很優美，當牠回眸一望時，那姿態令人傾倒。可汗的心全叫牠攪亂了，他額頭上沁出汗珠，身子微微顫抖。他遙遙領先，追著白色鹿，跑過了草地，跑過了沙漠，跳過了河流，他將弓拉成一輪滿月。坐騎在他跨下疾驟地起伏，他體察到馬背異常柔滑富有彈性。白色鹿忽隱忽現，忽遠忽近，美不勝收。丘豆伐可汗快馬加鞭，窮追不捨，眼看著那鹿越來越近，他已經看見了牠的小巧結實的腳踝，令人心疼地一縱一跳，有幾次，險些兒踢到他的馬鼻子。丘豆伐可汗的心軟了，他喘息著說：我的寶啊！就在這一刹那，白色鹿突然站定了。牠站定之後，身材是那麼柔美，四肢頎長，牠向可汗一回頭，眸子裏流露出的深情使可汗一震。而轉瞬之間，那深情突變成一種深深的憂慮，可汗不由回轉身，只見大那與悅代二人在他身後各站一角，正引弓即發，脫弦的箭嗖地朝他直飛而來。說時遲，那時快，可汗的箭從拉滿的弓上飛出，三箭相遇，砰然而落，烏雲遮住了太陽。大那與悅代大驚失色，轉身便跑，揚起兩段煙塵。可汗再一回首，白色鹿已不見了，在牠站立的地方，留下四隻花朵般的蹄印。可汗的眼淚落進了蹄印，好像露水滴在花蕊上。這時候，可汗柔情似水，肝腸寸斷。丘豆伐可汗回營之後，有一段時間茶飯不思，任何女人都安慰不了他對白色鹿的相思之情。這相思幾乎淹沒了大那與悅代的叛變給他的刺激。丘豆伐可汗的眼前，總是閃爍白色鹿輕盈的奔跑，美色撩人心懷。然而，沉溺於相思僅僅是短暫的一時，丘豆伐可汗的柔情是對霸王之心的激勵。他從此立下了禁止獵鹿的法令。對白色鹿的相思使他更勇敢，更機敏，出擊拓跋魏連連取勝。我祖先的軍隊如暴風雨來臨之前的烏雲一般，捲過巍巍長城，向著拓跋魏來啦！白色鹿在可汗心中，好像一輪白太陽。這是我們家族神話中的圖騰，它源於我祖先可汗的愛情，白色鹿是我們可汗的情人，美色撩人。此時，我們可汗的死期就要來臨了。

那是在道武帝率領十萬兵馬，親征柔然途中，丘豆伐可汗死在馬背上。他早已預先知道了死期，那一晚，星象流露那樣的哀絕之色。他心裏竟然沒有一點悲傷，相反，充滿了歡愉。他想到的並不是死亡，而是一個歡聚。逃亡是在茫無邊際的沙漠之中，從日落到日出。從日落到日出，在可汗已經昏暗的眼睛裏，短如一瞬間，長如一百年。他依稀脫出形骸，來到天上，看著茫茫沙漠之中蜿蜒著一條逃亡的隊伍。他想他丘豆伐可汗的生命太短促，如果給他時間，定要叫這追擊與逃亡的命運來個大轉變。他驕傲又悲傷地想到：木骨閭再不會有像他這樣名副其實的可汗了。將帥們裏三層、外三層地簇擁著他，士兵前後走成方陣，四下裏寂靜無聲。可汗的眼睛越來越昏暗，紅太陽變成了黑太陽，在伸手不見五指的天空行走。在他瞑目前最後一剎那，黑太陽刷地閃電一般放出耀眼的白光芒，所有的馬一起昂頭嘶鳴，聲如裂帛。可汗仰身翻下馬背，身輕如燕。從木骨閭、車鹿會，到社崙，這是我們柔然最後一名英雄，也是我們柔然最偉大的英雄。木骨閭處於蒙昧之中，車鹿會身在走向獨立的過渡時期，社崙是我們頭一個汗。寫一部家族神話不可沒有英雄，沒有英雄作祖先，後代的我們如何建立驕傲之心。我選擇社崙做我的英雄祖先，因他有勇有謀，胸中藏龍臥虎，他將柔然族推上最高峯，他死在逃亡途中。我還喜歡他的汗名為「丘豆伐」，其中有縱橫上下、恣肆汪洋之勢，這與一個騎馬英雄的形象非常符合。丘豆伐可汗的死，其實已經結束了我的家族神話。

我曾去尋找我祖先最後滅絕的悲慟之地西安青門。沒有人知道。西安是十一朝的國都，每一朝都很昌盛，城牆修得很宏偉，皇宮金碧輝煌。前一朝的廢墟是這一朝的地基，層層疊疊，築起我們文明的堡壘。其實，北魏分裂為東西二朝，西部都長安。我祖先最後三千人，隨最後的可汗庵羅辰走過漫長道路，投奔而來。西魏已岌岌可危，迫於突厥的威力，則將我祖先拱手出讓。突厥是強大的民族，對中國以及中亞的發展都有巨大的影響，史書上有重要的記載。史書告訴我，突厥是有自己文字的民族，這與我祖先柔然族不同。突厥精於鐵工，他們每年每歲都將鐵器貢予我祖先柔然，柔然的戰刀與利劍主要來源於突厥。它是我們的鍛奴。突厥所以能夠崛起，消滅奴隸主我祖先，我想就是基於這兩個條件：一是文字，二是鐵工。文字使他們祖祖輩輩的經驗不致流失，文字還使他們建設與保存一種精神的財富，作為他們生存與戰鬥的目標。比如關於聖地于都斤山。有一段突厥碑文曾說：「若能占領于都斤山，你就不會有任何苦難。」而我祖先柔然沒有這樣文字記載精神化的于都斤山。我們往往不知爲什麼而戰，爲什麼而生存。社崙死後，我們部族就陷入盲目，憑著洶湧的生命本能橫衝直撞。沒有文字作傳遞的工具，木骨閭、車鹿會和社崙的智慧便如天上的流星一樣逝去不復返。鐵工的技藝是創造勞動工具的技藝，它可促進生產力的發展。而我祖先柔然在創造勞動工具方面沒有建樹，他們製皮、養馬、淘金，全憑了靈感與運氣，沒有製造實用的工具，因此無法流傳。一千五百年後，當後代我編寫我的家族神話時，到處找也找不到祖先任何一點遺物。他們沒有創造一點文明，只留下洶湧澎湃、波濤連天的生命本能，後代我就是這本能的創造物。突厥留下了許多碑文，還留下許多墓葬。突厥當年有積極的貿易，使他們的鞍具、刀劍、酒器流入中原。突厥是一個英勇而理智的民族，他們的崛起具有政治、外交方面的條件。而我祖先柔然是在一個單純憑武功決出勝負的人類早期歷史中興起的，當歷史走向文明期之後，我的祖先們便理所當然地退出了舞台。我祖先被斬於長安青門外的一幕我卻無法釋然，突厥要將我祖先柔然斬盡殺絕，我想是要血洗阿那環對他們的羞辱。當突厥阿史那要與阿那環聯姻時，阿那環仰頭長笑道：你是我的鍛奴，如何敢提這樣的事！「鍛奴」這蔑稱激怒了阿史那部，他們矢志不忘。當他們押了我祖先最後一個可汗庵羅辰及其最後三千部衆，去往青門外時，他們一定在說：要了你命的，正是你的「鍛奴」！我們部族最後的三千人，扶老攜幼，走過長街，青門一定是個巨大的石砌的城門，上有城堡，西魏的士兵爲突厥啓開城門，鳴鑼開道。突厥們騎於馬上，用馬鞭驅趕我的祖先們。青門外的田野空曠無邊，麥子已經成熟。他們將我祖先趕進麥地，麥子倒下一片。屠殺進行得有條不紊，一批一批地開斬，刀起頭落，血流成河。我的祖先一批一批倒下，他們都是馬背上生，馬背上長，這時倒在人家的麥地裏，一個個做了孤魂野鬼。

庵羅辰是最後一個受斬，他這一個苟且偷生、寄人籬下的可汗，終也逃脫不了一死。死之前，他涕淚長流，他想起了木骨閭的第一人，將木骨閭這姓氏以鮮血染在了獸皮上，他縱橫馳騁，召集來了部衆。庵羅辰朦朧中似乎看見了這位先祖，看見他的旗幟在草原高高飄揚。庵羅辰心如刀絞。他，這木骨閭的最後一人，是多麼不幸，多麼可憐。他跪下去的一刻，眼望藍天，白雲好像是柔然的汗們，排列成陣，策馬奔騰。庵羅辰的心這才平靜下來，他說道：先輩，我來了。冰涼的刀刃切進了脖子。這就是我祖先柔然最後滅絕的情景，鬼神都要驚泣。我祖先柔然就是這樣滅族滅宗，銷聲匿跡。他們鐵馬金戈，縱橫上下的身形隱入藍天綠海，化作浩浩煙塵。

第三章

我睜開眼睛，最先看見的世界，是我們的房子。我們的房子地板鬆動，走起路來咯吱響。牆根下的縫隙，供蟲鼠們進出與築巢。又小又荒蕪的院子裏，長滿了車前草。車前草這名稱是我後來才知道的；之前，我一直將它當作麥穗。我時常在院子裏收割車前子。在孩子我的眼裏，這一片莊稼相當遼闊，豐收的喜悅充滿在我心裏。這喜悅裏其實有一股寂寞之感，茂盛又荒涼的車前草使我顯得又小又孤獨。有時候，麻雀在院子上方盤旋，唱著嘰嘰喳喳的歌。收下的車前子這裏那裏堆成了谷堆，然後天下雨了。我躲在屋裏，隔著窗戶，望著我的麥茬地，雨水模糊了我的眼睛。第二天太陽出來，地裏就又生長出一季車前草。我的麥地就是這樣，生生滅滅，永無窮盡。車前草是我最早的好夥伴。我們這幢房子除了生產車前子，還生長西瓜蟲。只見那綠豆似的滾圓一粒上有了一道細縫，漸漸裂開，成了一隻爬蟲。牠專門生長在潮濕的石塊之下，揭開一塊石頭，下面便是滾滾的一片西瓜蟲。西瓜蟲的出現使我心情暗淡，有一種希望成灰的感覺。我從未見過一隻西瓜蟲死去，也沒聽誰說過「我打死了一隻西瓜蟲」。牠是無聲無息的一種蟲子，名不見經傳。牠們好像是生命的垃圾，被掃到了我們的院子裏。西瓜蟲是我最早的壞夥伴。地板鬆動，是我們房子的一大特徵，它使我們的房子裏充滿了嗒嗒的足音。在大人們都去上班的白天，這房子就變得無比寂靜。背對寂靜無聲的房子收割車前子，心裏空寞寞的。遠處弄口傳來叮噹的電車鈴聲，就像是另一個世界。上海這城市的奇妙處之一，就是熱鬧和寂寞往往咫尺之間卻有著天涯之遙。住在我們鬧市中心的房子裏，這種奇妙之感就很強烈。喧囂的市聲如海潮一般漫捲而來，我們的房子靜悄一片。有時我們站在弄口，大街上車水馬龍，熙來攘往，華燈初上，霓虹燈亮了。這是爸爸媽媽將要回家的時候，我們被寂寞與茫然煎熬著，憂心忡忡地等待爸爸媽媽回家。焦灼使我們不由自主地啃著手指甲，啃指甲是上海這城市孩子的通病。他們全神貫注，百折不撓地啃著指甲，使指甲深深陷進肉裏，留下了終身的紀念。爸爸媽媽即將回家的時候，是啃指甲達到高潮的時候。等待已臨界極限，在我們頭腦裏，產生出可怕的惡兆。我們害怕地想：爸爸媽媽遇上了萬惡的車禍。車禍是上海城市裏最普遍的危險，它總是在轉瞬之間發生，一失足成千古恨。車禍的發生純屬偶然，因此它防不勝防。我們小小年紀都已經領略了車禍的意味，「過馬路要小心」是我們所得到的人生第一個警告。待到爸爸媽媽的身影出現，是我們最爲感動的一霎，一塊石頭落了地。拉著爸爸媽媽的手回家，我們喋喋不休，說的盡是廢話，要緊的話一句也說不上來。夜晚，我們的房子腳步嗒嗒，一片歡樂。車前子睡著了，西瓜蟲睡著了。我們窗戶裏的燈光，在院子裏留下溫暖的光影。我們高興得有些過頭，吵吵嚷嚷，最後招來大人的喝斥，情緒一敗塗地，睡覺的時間也到了。暖和的被窩使我們陡生安全之感。我們蜷起身體，自己和自己偎依。被窩裏的把戲一般就是在這種時候誕生，這是自我親近的方式一種，它有時可伴隨我們漫長的一生。鬆動的地板使我們的房子避免了深夜裏的死寂，它總是這裏不響那裏響。夜半時分的敲門聲也叫人心生暖意，它將沉睡的夜和醒著的夜連接起來。夜晚我們房子裏還有一種聲響是自來水的漏水聲。漏水聲源於龍頭裏橡皮圈的老化。水，一滴一滴地滴在水池裏，有些像古代的更漏，爲我們數著時間。夏夜裏，飛蟲撲燈的噼撲聲帶有死亡的快感，「啪」的一響便屍骸落地。最後一盞燈是奶奶外婆們的燈。她們在燈下補襪子，那年頭要補的襪子沒個完。她們直補到眼花耳聾，垂垂老矣，終於誕生了化學紡織工業才結束了補襪子的工程。我家沒有奶奶也沒有外婆，只有一名保母。保母她眼明手快，飛針走線。最後，東方漸漸發白，夜晚結束，太陽升起，大人們去上班，我又孤零零一個人，去院子裏收割車前子。

據傳，我們這條弄堂的房子是一九四八年解放前夕破土動工的。上海這城市的地產業和建築業，在鴉片戰爭之後的開埠日子裏發展，隨了兩次世界大戰，越演越烈，是個發財的買賣。許多人被這行業的繁榮景色沖昏了頭腦。他們日裏夢裏想著造房子，收租金，過上旱澇保收的日子。造我們房子的人是一個辦事遲疑、鼠目寸光的傢伙。他手裏捏著一塊投機來的地皮，左右矛盾：是出租給人家造屋，還是自己造屋。等他下決心自己幹的時候，內戰已經打響，通貨膨脹，誕生了金圓券的神話。打夯機響起，他沉浸在美妙的生財的遐想之中，傳來了解放軍打下淮海戰役的消息，關於公有制的奇談怪論在上海這城市上空蔓延。他如夢初醒，再聽那打夯機聲，就好像敲著他的喪鐘，他想他辛苦一世的錢投在房屋裏，搬也搬不走，於他人做了嫁衣裳。不由地熱淚漣漣。他最後決定偷工減料，草草完工，低價出租。他節約了將近一半的投資，收齊了第一個月的房租，將一切交代於一個代理人，然後去了香港。這時候，解放軍乘風破浪、槍林彈雨的壯麗場面正在揚子江上演出。爲壓低成本，他將一英寸厚的地板減爲八英分，六英寸的踢腳板減爲四英寸，他用舊磚代替新磚，次貨代替好貨。這就是我們房子地板鬆動，水管漏水，盛產西瓜蟲的原因。當年我坐在一個痰盂上進了上海，下榻於黃浦江邊的遠東飯店，高燒退盡，開始在窗中領略城市風光的時候，我母親便在有關部門指引下，來這裏看房子。那時，一樓二樓全空著，只有三樓住了阿太一家。我後來才知道，阿太一家原來就是那地產商的代理人，也是他的一門遠親。母親在空著的房間裏選了一大間和一小間，大間通向長滿車前草的院子。那時上海這地方空屋很多，遠不像現在這樣擁擠。母親在她選定的房間裏走來走去，當她走到院子裏，望了滿院的車前草，一定想了想：這是什麼莊稼？母親是個城市孤兒，她也不識莊稼。遍地的車前草，不知有沒有使她動一動心？搬家的那一日我記憶全無，頭一回看見車前草，我也記憶全無。再後來，我的記憶漸漸甦醒，車前子發芽，長葉，抽穗，穗子沉甸甸。看著一個小孩在院子裏收割豐產的車前子，樓上阿太在想什麼呢？

阿太的男人學的是建築，在那物價飛漲，金圓券比紙不如的年月裏，在他親戚的工地上謀得一個飯碗，然後被選定為代理人，其實也就是一名留守人員。阿太的男人，張先生，頭戴禮帽，鼻架金絲邊眼鏡，手持一柄史廸克。張先生知道這房子內患重重，他擔心這房子有朝一日會生白蟻，小小的白蟻就像一顆炸彈，可叫屋倒房坍。有時他看見孩子我在研究西瓜蟲，就想：西瓜蟲會不會是白蟻的前身？車前草的茂盛也使他心生疑慮。地板鬆動是他一大心事，為此，他嚴禁孩子在房子裏跑和跳。一旦我們跑跳，他便讓阿太下樓阻止。阿太說：張先生有頭痛病，怕響動。因此，我們一見張先生，便躡著手腳，做賊似的。夜深人靜時，張先生常常獨自站在陽台上，望著極遠處，天邊的一顆閃閃的紅星，那是哈同公園舊址上一幢新起的大廈尖頂上的紅星。他還望著稍近處樓頂上的一座石龕，聖母與耶穌隱約的身影，這是昔日震旦女子大學，如今的一所中學。

上海這城市的昔往今來包圍了他，使他感慨萬千。這弄堂裏所有窗戶都黑了燈，不遠處的亮光猶如海市蜃樓，張先生就彷彿站在一座孤堡之上。他望著暗夜裏這條弄堂的輪廓，夾竹桃有毒氣的香味陣陣飄來。爲了省工省時，這房子的樣子與他設計的相差甚遠。施工的日子裏，老闆日裏催，夜裏催。後來完工了，老闆要走了，將這房子託給了他。再後來，解放軍來了，他不知怎麼進了房管所，做了一名職員。張先生覺得他和這房子都有一種被拋棄的心情。夜晚時分，是他們這兩個棄兒親近的時分。張先生在房管所裏，沒有朋友；他與舊日的同學也早不來往；他和阿太只說些平常的話。他只有一個夥伴，就是這房子。只有張先生看得出來，這房子衰老得很快，舊損程度超過了早於它幾十年的老房子。他吸著雪茄，雪茄的香氣瀰漫在夜晚清新的空氣裏。雪茄也是他的夥伴，吸著它，往昔的歲月便冉冉地回到眼前。

張先生的孫女兒與我同歲，是我最初的玩伴。她的衣著和飲食，是上海這城市殷實與優雅的典型。和她一起，我就顯得像個外來戶，穿的是大紅大綠，吃的是大魚大肉，說的上海話又不地道。有時候，她站在陽台吹肥皂泡，五顏六色的泡泡飛到我的身上、頭上、車前草上，我就是不抬頭看她。她還站在我們家門口的樓梯上，一站就是半天，這半天我就坐在屋裏不出門。她就去幫我家保母剝豆，小手勤勤懇懇地剝著綠色的毛豆，看了叫人心疼。她就像個情人一樣追求我，而我不知爲什麼這樣頑強地拒絕她。保母做了我們的牽線人，她要我也去剝豆。剝豆是每個孩子必做的事情。在吃豆的季節，每個門口都有孩子坐著剝豆。於是我們埋頭剝豆，暗中比賽。當我們的手指在盛豆的籃子裏互相碰到，心裏就又羞澀又快樂。有一陣子我們好得簡直沒法說。大人們去上班，我們就到了一起。我們挖掉了所有的車前草，種下向日葵。那是個大力開展種植向日葵的年代。向日葵不僅是油料作物，還具有極富時代氣息的象徵意義。我們天天等待向日葵出土，最後長成巨大的花盤。滿院黃花的壯觀景象爲我們日夜憧憬。等待的日子裏，我們親密無間，我們從大人上班一直到大人下班，在一起說了無窮盡的廢話。可最後等到的還是盛開的車前草，籽粒飽滿。星期天是我們別離的日子，我跟我爸爸媽媽去同志家，她跟她爸爸媽媽去游泳、溜冰、打彈子。她父親穿著時髦，舉止瀟灑，是上海當年摩登青年之一。他生性快樂，交遊廣泛，玩耍的技術都很精當。他以這些特長彌補了他在朋友中相對家道淸貧的不足。女孩去過的地方是我們家從未涉足的場所。星期一我們各訴所見所聞，我的經驗相形見絀。國際俱樂部這地方就像是女孩另一個家，她提起它來又隨便又親切。俱樂部是西方殖民者留給上海這城市的遺產，它可使人接近文明和高尙。它所以存在完全是出於新生的工農政權的寬容與懷柔，它有些挪亞方舟的味道，還有點苟且偷歡的味道。我嚮往它嚮往得發瘋，出於自尊又不得不做出無所謂的樣子。我總是說：哦，原來是國際俱樂部啊！好像我也是那裏的常客，其實我都不知道它在什麼地方。上海的馬路我到了很大也辨別不清，我走在街上完全像個外來人，方位混亂，過馬路膽戰心驚。女孩還常常把美國三十年代的好萊塢電影掛在嘴邊，什麼《魂斷藍橋》，什麼《亂世佳人》。她很流利地叫著「費雯麗」、「英格麗・褒曼」的名字，好像這都是她的家人。她母親是那種將好萊塢明星當做偶像，到理髮店不是做個「赫本」式，就是做個「泰勒」式的喝美國牛奶長大的上海小姐。她恨日本人不僅因爲日本是中國的敵人，還因爲日本是美國的敵人。她總是說：東洋貨怎麼有美國貨好呢？星期天出門，她穿得炫人眼目，女孩也光艷照人。阿太總是在陽台上目送他們遠去，滿心的歡喜。在上海的馬路上，他們這一家尤其引人注意，人們看他們的目光充滿羨嫉。而他們態度傲然，昂首闊步，儼然是這城市的主人。女孩有一次提出要讓她爸爸帶我一同去玩耍，這建議激動了我的心。如何取得母親的同意卻使我百般爲難。那些日子，我受著煎熬，左想不好，右想也不好。最後我決定瞞著母親。那時候，母親正忙著社會主義教育運動，每天一早出門晚上十點鐘才可到家。臨到這天我才知道，出去玩耍的活動是在晚上，出得門去已是七點鐘。她爸爸一手攙著她，一手攙著我，一路上笑嘻嘻的興致很高。我看出他是眞心歡迎我去，對我爸爸媽媽這樣的同志，他心裏有一種敬畏的情緒。路上他買了一瓶汽水，讓我們合吃，各人吸一根麥管。女孩興奮異常，不停地說：喝呀喝呀！我實在不知道會多出一個喝汽水的節目，窘迫得滿臉通紅。喝汽水的時候是我眞心後悔的時候，我忽然想到母親現在什麼也不知道，我還想起母親帶我們出來，喝汽水總是一人一瓶。可是，回頭已經來不及了。他們父女倆心情愉快，有說有笑，我在旁邊就很孤獨，而且窘迫異常。那天晚上去的是一個區體育館的乒乓房，她父親的一些朋友借了乒乓房來打乒乓，其中一位朋友帶來一名女中學生，是一個少年乒乓球隊的隊員。他們輪流上陣和她練練身手，一個個被她打得落花流水。女孩吵著也要打，她父親興奮得紅了臉說：你要能碰一下她的球就算你贏啦！那女中學生表情嚴肅，不苟言笑，上去就是一個急發球，打得女孩暈頭轉向。這時候，我看見牆上的時鐘已經指向九點，一股絕望情緒升起在我心裏，我想：一切都糟透了。來到這一個地方也令我失望，乒乓房空空蕩蕩，牆壁斑剝，水泥地很潮濕，這些人物都令我陌生，乒乓打得不怎麼樣。我想，他們那樣的大人，卻像孩子，不免有些無聊。他們打乒乓告一段落，又去買汽水，這回是每人一瓶，而我一口也喝不下去。時鐘已走到十點。這是媽媽回家的時間，她不會知道我是在這樣的地方。我心急如燎，恨不能一步到家，可人人興高采烈。我坐在一邊，心事重重，不知什麼時候事情才到頭。十一點鐘的時候，眼淚湧上了我的眼睛，我覺得我死到臨頭了。晚上一個人出門我從未有過，晚上十一點還不回家我從未有過。我不知道這就是上海這城市六十年代夜生活之一種，這就是上海這城市的夜晚景色之一種，我身上熱一陣冷一陣，我想我跳下了一個陷阱，完啦！回家的路上樣樣不順利。開始找不到車站，後來找到了車又不來，等上了車卻乘過了站。到家已是一點。夜半一點鐘走在街上就好像走在另一個世界上，離家越近我的恐懼就越強。母親站在門口等我，臉色嚴峻，她二話不說，伸手就是一個巴掌。之後她很多天不和我說話，我也很多天不再與女孩玩耍。女孩有很多天沒下樓，她父親的心情一定很沮喪，他一心想討好我的「同志」母親，沒想到好心變成了驢肝肺。我天天坐在房間裏，就像一個私奔未成返回家的情人，沒臉見人。後來母親氣消了，要與我作一番深談，她問我的問題我都沒法回答。她問我：爲什麼要跟女孩去玩？我說不出話，只是淚水成行；她又問我：女孩究竟帶我去哪裏玩？我也說不出話，只是淚水成行。這一次夜間探險可說是代價慘重，卻失敗而回。我嚮往的上海燦爛夜晚帶有一股暗淡的頹敗之象，上海的夜晚與我格格不入。

上海這城市的場景眞是多姿多色，車前草在我家院子裏抽穗，夾竹桃在人家院子裏開花。夾竹桃是上海這類弄堂裏的特有景色，花影綽綽。後來我們搬家離開了這房子，夾竹桃的花香還留在我心裏。這房子似乎與生俱來，和我的生命有關，它的每一個角落我都喜歡，感到至愛至親。在男孩家祭祖的日子裏，香煙繚繞。我沉浸在別人家族的歷史氣氛之中，身心都感神祕和陶陶然。男孩家搬來的這一日記憶猶新。我看見他穿一領紫棉袍，和他穿一領紅棉袍的妹妹搬一張方凳。他們有節奏地搖晃方凳，嘴裏唱著歌謠。這歌謠我無法形容，妙不可言。他們方凳搬了一張又一張，一共搬了八張；歌謠唱了一首又一首，一共唱了八首。他的棉袍和歌謠給我們這房子帶來了新的氣象。他一來就做了我們弄堂的主人，在弄堂畫了一地的大馬和古人。當他在弄堂裏玩耍著男孩的那些髒兮兮的遊戲，我們便從窗戶偷偷窺伺他。我們被大人禁止去弄堂玩耍，弄堂被我母親視作卑鄙齷齪的地方，它集中了上海這城市的所有罪惡：偷竊、行盜、拐賣孩子，還有桃色事件。在那時候，父母的禁令還很有作用，我們絕不會陽奉陰違。我們只能趴在窗口，滿心羨慕地望了男孩在弄堂活動。他一邊玩耍一邊自言自語，和他想像中的夥伴作著交談，男孩的夥伴全是香菸牌上的人物，他的玻璃彈子滿弄堂滾。有時他誘惑我去弄堂玩耍。我雖然心懷渴望，卻沒這個膽量。他總是站在樓梯口，耐心地勸說我。他雙手抱著扶手上的鐵球，後仰身子，蕩過來蕩過去。我則矜持地背靠欄杆，就像一個淑女。我們一動一靜，可站很久，說著沒有意思的話。我們的對話主要是關於去不去弄堂，他要我去，我不去，一來一回永無結束。這樓梯口的約會對我寂寞的生活是一種安慰，到時候，我就跑到樓梯口，等待著拒絕他邀請我去弄堂。有時我們也說些別的話，比如「老城隍廟」，比如「祭祖」，還比如「大世界」。「大世界」這樣的遊樂場所，是男孩家星期天常去的地方。那一天，男孩脫下棉袍，穿上新衣，跟他爸爸媽媽去大世界。他們可將長江南北的戲劇看全，哈哈鏡是男孩最爲激動的一項，說起哈哈鏡便放聲大笑，樂不可支。這從某種程度沖淡了我對大世界的陰暗印象。大世界那地方我也去過。那條馬路嘈雜而擁擠，裏面更是人頭鑽動，熙來攘往。哈哈鏡的映像帶著一股猥褻的味道，地上紙屑果殼四散。我們一進大世界便緊張起來，生怕會被人羣沖散。我們終於擠到最上層的露台，那裏稍稍安靜了一些，人也比較稀少，涼爽的風徐徐而來。城市的夜景在身下展開，燈光點點。我們喘息稍定，望著上海的夜景。這時候，我感覺有一個人在盯著我們。我至今不忘那人的形象，他形容削瘦，眼睛從突起的眉稜後面注視我們，目光緊追不捨。遊玩大世界就成了一場惡夢，好幾日我驚魂不定，心有餘悸。大世界這地方我從此再不要去了。

當大人們心情比較好，比較寬容的時候，也會允許我們這房子裏三個同齡孩子在一起玩耍。我們三人在一起就像過節一樣快活。我們擠在樓梯口。嘰嘰喳喳，各說各的經歷。我的經歷最不值得說，平淡無奇，再說我操縱上海話的能力較差，我多半是做個聽衆。他們兩人你一言我一語，不多時間便會爭執起來。他們總是認爲對方的經驗沒有自己的重要，他們互相鄙夷和攻擊，最後反目成仇。而我對他們雙方都很尊敬，認爲雙方經驗都同樣寶貴。從中勸解使我找到了我的話題，我勸勸這，勸勸那，說了許多擺平的話。這時我嘗到了說話的快感，便喋喋不休，並且開拓著說話的題材。我從互相描繪他們雙方的優點，發展到數落他們雙方的缺點，使事情接近搬弄是非。其實大多數搬弄是非不是出於破壞的惡意，而僅僅是無話可說，沒話找話。說話是我們和人交往與親近的重要途徑之一。在我們沒有足夠的話可供說的時候，搬弄是非是一個極好的說話的資源。搬弄是非這事一開了頭，我的話就源源不絕，我和他們雙方的關係都進了一大步。我們交頭接耳，唧唧噥噥，我們以無窮的廢話來結合我們的關係。說話其實還是一樁形式重於內容的事情，說什麼並不重要，重要的是——說了。我們許多人都不明白這個道理，將說什麼看得很重，在其中大做文章，結果破壞了人與人的關係。而人們想說的欲望卻很強烈，不折不撓，於是，流言蜚語滿天飛，破壞著人們的關係。我就是在那時候變得饒舌，我的上海話也在那時鍛鍊得一瀉千里。我嘰嘰呱呱地站在樓梯口說話，表情鄭重，神采飛揚。搬弄是非的下場總是很悲慘，眞相大白的一日是我最孤獨的一日。他們兩人結成親密的聯盟，對我不屑理睬，形同路人。他們說這說那，聲討我是他們共同的快事。可是，他們的聯盟很脆弱，之間存在有眞正的分歧。他們對上海這城市的經驗各持一端，相持不下。而不像我，一無經驗，與他們雙方都可融合。我在他們之間是像調和劑一樣，具有中介的作用，沒了我，他們在一起簡直水火不相容。這樣，他們聯盟解體勢所必然，而我又獲得他們各自的友誼。我們重又情誼款款，說個不休。每一次聯盟解體和重新組合都帶給我們新話題，我們越說越多，唾沫簡直淹死人。就是這些口舌官司，建立了我們最初時期的人際關係，也建立了我們獨立的情感世界。我們長到很大，離開這房子很遠，都會回過頭去注視這情意綿綿的關係，它記錄著我們執著地走出各自寂寞的軀殼，去和其他人聯合，就像小雞誕生啄破自己的蛋殼。我們一意孤行，全憑了本能行事。我們三個人在一起的情景簡直稀奇古怪：一會兒吵，一會兒好，一會兒這兩個結成幫，一會兒那兩個結成對，消耗了許多好心情。車前草一日三季在我家院裏生長，忘記了收割。

後來，我們三個在同一年的九月裏上了同一所小學，分在三個不同的班級，我們的三人世界便告一段落。上學第一天我激動萬分，我極力要引起老師的注意，還有同學的注意。我坐在那裏，腰板挺得筆直，兩眼炯炯有神。我的樣子看上去挺逗，老師不由向我微笑了一下，我歡喜得打顫，牙齒格格響。結交第一個同學也使我激動萬分。回到家中，我對鄰家的男孩女孩全看不上眼，將昔日的友情都忘光了。

學校生活中，我最喜歡的是開小組。開小組有一種家庭的兄弟姊妹式的氣氛；它人數不多，每個人在其間都可有重要的位置，不會受到冷遇；它的活動是在校外，除了學習之外還有玩耍遊戲的內容：它還具有一定的組織原則，不能說散就散，它強制和保證了我們之間的聯繫。所以，一放學，我就興致勃勃地去「開小組」。

開小組是我們那個年代裏極富特色的景象。我們圍著桌子，頭碰頭地做功課。這使我們深入同學的家，目睹形形色色的生活場面，開拓我們的經驗。母親不同意在我們家開小組，說這會影響安靜與整潔。她也不熱心我的課外活動，說這於我的教養無益。她爲我請了一名家庭教師，每周一、三、五要去學英語，「這是一隻貓，那是一隻狗」。英語是上海這城市的一種文化語言，標誌著某一個社會階層。英語還是一種工具語言，有了它就多了一門技藝，上海也是一個實用的城市。找一個英語老師不難，那時候馬路上的電線桿子，貼有許多招收學生的啓事。我母親是個看電線桿子的老手，她看過一系列的電線桿子，便選定了一名。去找英語老師是一個星期天的下午，路途不遠，就在我們家的那條街道上。他是個外國人，一個白俄。找外國人做我的英語老師也是父母的主意，爲了強迫我口口聲聲只說外國話，不說中國話。這種觀點在上海這城市相當流行，無奈美國人、英國人都回家了，只有一些白俄，山中無老虎，猴子充大王。白俄住的弄堂九曲十八彎，他的房間正在一個拐角，形狀像一柄漏斗，裏寬外窄。他是高大雪白的一個，鼻子發紅。他的房間邋邋遢遢，牆壁剝落，地板翹起，角落裏有一個火油爐，鍋碗瓢勺油膩膩。雖是深秋的天，他的床上還掛著蚊帳，灰濛濛的，帳頂上停了幾具蚊子的殘骸。白俄的家我一進去就不舒服，心情苦悶。白俄曾經是上海這城市的一色人等，他們從十月革命的砲火下逃亡來此。不知爲什麼他們在這裏的運氣都不佳，從事著一些江湖營生，被勢利的上海人叫做「羅宋癟三」。很多日子以後，我回想起這個白俄，體會到他房間裏的一派慘淡。掐指算來，從一次大戰至那時，他已流浪了四十多年，他漸入老境，以教授別國的母語爲生。他在不夜的上海的角落裏，度著孑然一身的長夜，一個人對牆上的燈影，喃喃自語，想念故鄉。他房裏的頹敗印象，於一個孩子的身心都是刺激和腐蝕。從白俄家出來，我就宣布我絕不去學英語。我先是耍賴耍蠻，後是眼淚長流。最後我勝利了，母親決定再繼續去看電線桿子，重找一位。我想，其實從白俄那裏出來，他們心裏也有些猶豫，白俄的頹喪慘淡怵目驚心。白俄還有一種歷史渣滓的味道，這大概是我父母最終放棄他的原因。第二個老師住一套公寓中的一間，房間很大。他坐在孤零零一張書桌前，說他不會教孩子，但他可以爲我們推薦一個老師，對孩子很有辦法。他說罷就開始寫介紹信。他從頭至尾沒看我一眼，表示他對孩子一無經驗。第三個老師我一見就喜歡了，他和藹可親，說話風趣。他家住一間臨街的房子，用木板隔開朝南半間做教室。是快開晚飯的時間，桌上有一個砂鍋，還吐吐地冒著熱氣。母親問是在這裏上課嗎？老師說是的。我心裏頓時充滿了欣喜。我的英語老師就這樣定了。

上英語課後來被母親稱做「現世」。有時候我自己也鬧不淸自己，爲什麼這樣作對，好像要我學英語是爲了害我。直到很多年以後，我才漸漸明白，我將不學英語當做我叛逆的武器。我小小年紀，不諳世事。我把父母叫我學英語當做我與同學們隔閡的原因；我還把這當做我雖在人羣中卻依然孤獨的原因。當我自個兒走在上英語課的路上，心中總是悶悶不樂。其實我們班上還有別的同學請有家庭教師，也是一個女孩，學習彈鋼琴，她依然心情愉快。我不曉得問題出在哪裏，我的願望在什麼地方也許過了頭。有時我有意和那一位也在課外學習的孩子接近，心想我們能成爲相知相親的一夥。這女孩的家住在這條街上著名的公寓大樓裏。我到她家去過，發現她們所住的公寓，一半是她家房間，另一半是一個照相館的暗房。這間照相館以拍攝青春頭像著稱，櫥窗裏陳列著最新影星的大幅人頭像，吸引著路人的目光。她家的走廊裏，有一股酸溜溜的顯影藥水的氣味，還流瀉出神祕的紅光。後來我知道，她父親原是這照相館的老闆，解放以後，照相館就公私合營了。我們那條街道上的商店，大都是這樣的來歷，昔日的店主就住在店堂的樓上，店的招牌上，還留有他們姓名中的某一個字，保存著他們慘淡經營的回憶。我想，照相館這一行業極富近代城市的特色，照相技術是世紀初才興起的鬼花樣。照相館的櫥窗是奇妙的景象，它提取人生最美麗的瞬間，使之長存，引動了人們希望勃動的心。而在照相館暗房裏卻是另一番景象。我很難忘記那暗房門縫裏流瀉到走廊上的液體般的紅光，臉色蒼白的沖洗師端了一盤浸泡著的照片走進走出。去她家裏，我心情壓抑。她從不讓我進房間，只讓我站在過道。她一手握著門把手，一手插在衣袋裏，好像說完話馬上就要進屋的模樣。她長得小巧玲瓏，頭腦精明，說話口齒清楚，用詞得當。她從不對我說她家裏的事情，比如星期天他們全家去什麼地方玩，她也從不和我共同議論同學長短。這樣，我們在一起就沒有多少話講。她有一個表妹，一個唇紅齒白的女孩。表妹一來，她就撇下了我，使我覺得她的交遊很廣泛，而我很孤獨。臨街那家照相館櫥窗裏，陳列過她和表妹的照片，她們摟在一起，眼睛笑成了月芽兒。她生活的世界是我插足不進的，她始終對我關著門。她是最早使我感覺到和人之間的隔障，具有一扇門的形狀。後來這孩子小小年紀就死了，她死於急性腦炎，在一個腦炎流行的季節裏，一夜之間離開了人世。前一天，她還和幾個同學猜謎玩，最後一個謎是她出的。她伸出十個手指，先握起一隻手，再握起另一隻手，說：你們猜這是什麼？人們猜不出來，這時天黑了，她說，我明天告訴你，然後就回了家。明天她再沒有來。我想像她是在那黑暗的過道裏給人們猜謎，暗房裏的光一縷一縷流瀉出來。在她死後的第二年春天，我曾在她家弄口遇到她的表妹，我叫她一聲，她驀地回過頭來看著我。她不認識我，臉上露出譏諷的笑容。她還對她新的女伴指點我，意思是這個人多麼不正常，然後兩人格格笑著走遠了。我最終也沒能接近她，直到我們搬家離開了這條街道，就連想起她的機會也不多了。

長期以來，我一直在尋找孤獨的原因。我覺得妨礙我同人們親密無隙在一起的，就是課外學英語這一樁事。這一件事侵占了我與同學們相處的寶貴時間，它使我游離於學校生活之外，成了個孤家寡人。我的反抗心理漸漸見諸於行動，每逢上課的日子，我就百般地爲難，拖延時間。在課上我也很不聽話，給我的作業三次中有一次不完成。父親和母親親自送我去上課，押送犯人一般。他們還從頭至尾坐在旁邊，監督我學習。有時候我嘴裏嘰嘰咕咕念著課文，眼裏卻流下了淚水。一天，學校組織遊戲表演，每人報一個項目，跳繩或是跳皮筋或是傳手絹，有鄰校的老師同學前來參觀，還將舉行評獎。這天正是我讀英語的日子，我無法報名，回到家裏滿臉不高興。母親說：既然是這樣重要的事情，你就只能缺課，但希望下不爲例。我萬萬沒料到母親會這樣給我方便，我卻反而心情沉重。當我走回學校的路上，忐忑不安，我想遊戲小組已經編好，我能否中途加入進去？有一瞬間我幾乎動搖，想對母親說：我去上英語課。可是要與母親對抗的決心占了上風，於是我還是硬著頭皮往學校走。遊戲表演就在街心花園裏舉行，我到的時候已經開始，熱火朝天，廣播裏放著歡快的音樂。我站在冬青樹的旁邊，哪一組都參加不進去。同學們都被快樂沖昏了頭腦，對我作出視而不見的樣子。老師看見了我，非但沒有及時地將我編進組，還讓我站得遠一些，不要妨礙了大家。路上的行人停住腳步，羨慕地欣賞大家的表演。我站在一邊，走也不好，留也不好。廣播裏的音樂震耳欲聾，我看見同學們張開了嘴無聲地歡笑，叫喊著什麼。他們與我雖然近在咫尺，卻好比相隔天涯。我沿了齊腰的冬青的圍牆走出了花園，我向家走去，學習英語的課時已過。母親見我早早回來，心生懷疑，問我有沒有參加表演，我搖了搖頭。母親頓時勃然大怒，她認爲我是有意逃課，並且設計了圈套。她罵我罵了很久，我無言以對，只是默默地流淚。我心裏非常非常難過，卻不知道爲什麼。我錯過了學校活動，又錯過了英語課，傷了自己的心，也傷了母親的心，我有一種兩敗俱傷的感覺，並且深覺無法挽回。無法挽回是我幼年時的最傷心的情感，它常常使我陷入絕望的泥潭。我想：這事過去了，永不會再來。永不會再來的念頭使我哭了又哭。傷逝之感本是老人的心情，他們可用理智去淡化它。而孩子要麼沒有，要有就格外強烈。這是一種疾病一樣的情感，它伴隨我一直到長大成年。我一邊哭一邊想：事情究竟在什麼地方弄得這麼糟了？我可憐自己，又可憐母親。這種心情因爲無人可說又沒法說，使我的孤獨更加深了。上英語課這事從此變成一個創痛，我一周三次觸及這個創痛。我常常一時興起，決心將英語課破壞。我有意和老師搗蛋，他要我說東，我偏說西。我或者懂了還裝不懂，或者不懂卻裝懂。我將這樁事弄得一塌糊塗。老師是天下最好的老師，他耐心無比，對學生就像對他自己的孩子。他的好言好語促使我更加放縱，我會任意走到黑板前寫字畫畫。在黑板上寫字在那一時期成了我的嗜好。我一走進老師的家就逕直走到黑板前去寫字，一行又一行。有時我鬧得太凶，連自己都害怕了。這時候，我就呆若木雞，智能低下，一個句法說上一百遍我還是聽不懂。我陷入了一個困境，自己和自己過不去，浪費了寶貴的時光，也踐踏了老師對我的一片愛心。我其實是盼望母親來解救我，用強權來調解我和英語課越來越深的敵對。在一個溫暖的雨夜，師母突然上門，她撐著一把布傘，手裏提一塊黑板，她說這是老師送我的禮物，還有一盒彩色的粉筆和一個粉筆擦。她走後，我一個人在黑板前默默地寫了很久，我寫我的名字、爸爸媽媽的名字、老師的名字，還有各個同學的名字。我用各種顏色的粉筆寫著，粉筆灰飄灑下來，好像五色的雪花。外面雨沙沙地響，屋裏的燈光很柔和。我心裏很平靜，還有點酸楚。在這個夜晚，我下決心要好好地學英語。可是一個孩子的決心是那麼脆弱，需要有大人的監督、敦促，有時還要使用專制的武器。而我父母從某種意義上說是個自由民主主義者。他們的管制正好達到激起孩子我的反抗心爲止。他們遭到反抗便不再堅持。他們有時還會將孩子我的任性看成是一種嚴肅的有意味的態度。他們往往是將我推進一個困境之後，才開始尊重我的自由。就好像將一匹馬推進沼澤卻不再驅策牠前進，最終走出沼澤。他們讓我自己在這困境中無望地掙扎。我的任性變成一種周期性的循環發作，外人看起來莫名其妙，誰也不知道它有一個大病因，就是孤獨。我有時控制不了自己，英語課越學越倒退。父母對我放任自流，使我缺少了一個對立面，更加深了孤獨感。我在英語課上的搗蛋逐漸變成一種發洩，老師對我沒辦法。有幾次他終於向我流露出了不耐煩，還有一種傷心。這種眼光使我畏懼，並且心痛如絞。我想，事情再不能挽回了，絕望又一次湧上來，咬嚙著孩子我的脆弱的心靈。後來有一天，老師建議我的父母中止我的英語課，他說我年齡太小，再過幾年，還歡迎我做他的學生。這一天我早就料到了，又等待又懼怕。我的英語課就這樣結束了。不久，我還碰到過老師一回。那是剛剛入隊的時候，我很驕傲地戴著紅領巾，臂上佩戴著小隊長的標誌。老師看見我，笑著，調皮地豎起一個指頭，作出吃驚和佩服的樣子，說：一道槓嘛！他完全不計前嫌，對我依然如故。我羞紅了臉。一整個上英語課的事件中，我最感歉疚的就是老師。我想他無緣無故的，受了我許多氣，還在背後遭到爸爸媽媽的埋怨，說他不會教孩子。其實，他是無辜的。許多許多年過去，我從一個孩子長成一個大人，我都忘記不了他慈祥的面容和眼神。可對於挽救一個孩子的困境，他畢竟力量不夠，有些軟弱。但這個孩子儘管在如此絕望的深淵裏，依然被他引動了愛心。

然後就到了學校停課的一年。學校停課，我們開始成日價待在家裏。我這才發現我們房子的地板更加鬆動，動輒出聲，又新生出一種軟體的爬蟲，在牠爬過的地方，留下了銀色發亮的軌跡。這種銀色發亮的軌跡布滿了我們整座房子，好像是一個大蛛網。管道漏水日益嚴重，天花板和牆壁上的黃色水漬晝夜擴大著面積。車前草在我不去上學的這一日裏開始生長，它們不再是一片一片的，而是這裏一叢，那裏一叢。那種繁茂的豐收的景象，一去不返。收割車前子這種小孩子的把戲，現在要我做我也提不起精神。孤獨又一次湧上我的心。學校停課最最苦了我們這年級的學生，小學不開展文化革命，沒有紅衛兵組織，不能參加革命大串聯。我們只能回到家裏，變成了學齡前兒童，變成了散兵游勇。有時我們幾個要好的昔日的同學在馬路上從這頭逛到那頭，從那頭逛到這頭，默默無語，櫥窗裏也沒什麼看頭。我們走了一陣就索然無味，然後分頭回家。回到我睜開眼睛就看見，從小生活的我們房子，覺得這房子像是我的宿命。它和我有一種自然的關係，好像母親和孩子。可是這房子已經舊得不行，那軟體爬行動物肥滑的軀體使我噁心。有人教我用鹽去醃牠，轉眼間牠便化成水，一命嗚呼。這種以鹽爲武器的屠殺令我戰慄。鹽水漸漸侵蝕了我的房子的地板，這兒一塊，那兒一塊，斑斑跡跡。我有時恐怖地覺得，我們的房子馬上就要爛掉啦！有一次我夜半驚醒，看見枕頭上有一條軟體爬蟲。我放聲大哭，哭聲驚動了整幢房子，我想一切都完了，末日來臨。這一年裏，我出現有一種精神崩潰的症狀。我心情壓抑緊張，害怕那蟲子如驚弓之鳥。我夜裏不敢睡著，生怕睡夢中那蟲子再爬上我的枕頭。我從不敢睡變成想睡卻睡不著。我小小年紀開始吃安眠藥，令大人揪心。後來有一天，滿天陰霾，我情緒低到了頭，簡直沒法說。我衰落地想：應當找個法子。我想來想去，便去收拾我的院子，我一叢一叢地割著車前草，兒時的情景湧到了眼前。灰塵蓋住了泥土，使泥土顏色變淺，並且乾瘦成粉末。車前草的葉子發了黃，生機垂垂。忽聽有人在窗口說：種不種花？我回頭看見了鄰家的男孩，隔窗望著院子。他已長成了大男孩，和小時候判若兩人。我說：種什麼花？他轉眼間走過我家房間來到了院子，他帶來工具還有花籽。我們一起拔盡車前草，清掃了院子，垃圾掃出了十幾畚箕，碎石頭堆成一座小山。我們翻了地，挖了坑，播下花種。然後，天開始下雨，小雨飄飄灑灑，潤濕了泥地。從此，每天我們都在一起，等待花籽發芽長葉。我們種的是喇叭花和晚飯花。男孩說這兩種花是特別容易生長的花，無論多麼貧瘠的土地，都能開花。城市的土地是世界上最貧瘠的土地，我們這繁華街道的土地又是城市土地中最貧瘠的一塊。我們天天澆水、拔草，還用碎石砌成花壇。然後我們蹲在地上耐心等待。

後來，晚飯花開了，一蓬又一蓬，牽牛花也爬滿了牆壁。粉紅色的花看上去，紅雲一片。我和鄰家的男孩坐在花下，說著關於種花的一些閒話，心境很寧和。我們總是在院子裏說話，一說就到天黑。我家的院子，就像一個孤島，我們是兩個偶然相逢的孩子。這是一個平靜的孤獨時期，這城市裏所有像我們這樣年紀的孩子全都各自爲陣，在自己家裏過著自己的日子。我們偶然到學校去，人也總到不齊。坐在教室裏無所事事，想來就來，想走就走。有時候老師將我們集合起來，卻不知道該幹什麼，於是又解散回家。我們這些孩子解散回家，好像大水漫過了田野，漫無目標。我們出自本能地隨大溜兒走，走出校門這才眞正地解散，各歸各的家。走向校門的這一段路是我們心裏最安寧的道路。我們雖然互不說話，可是心心相印。那就是我們都愛遊行的道理。那年頭無窮無盡的遊行活動，可說在某種程度上救了我們。遊行是我們在學校裏唯一的集合形式。我們從來不去過問遊行的目的和意義，我們只是需要大家走在一起，齊步向前。在隊列中，我們感到愉快，並且激情洋溢。路上的行人駐步旁觀，使我們生出莫名的驕傲之心。遊行對於我們，其實是一種集體散步。如不是遊行，我們沒有理由走到一起來。所以，無論遊行的道路多麼漫長，我們都沒有怨言。無論遊行是在白天還是深夜，我們也都沒有怨言。深夜把我們集合起來去遊行，在那時是常有的事。這於我們是一種夜生活，嘴裏不說，心裏都高興。我們中間有許多友誼關係，都是在遊行中結成。我們中間還有一些如今叫做早戀的情愛關係，也是在遊行中結成。我們在遊行隊伍中搔首弄姿，眉來眼去。我們一回生，二回熟，三回不分你和我。我們在遊行中練了腳勁和忍飢耐渴的能力，還有暗傳心意的方法。去遊行，我們總是裝束整齊，儀態端莊，路人的注目使我們暗暗得意。遊行在那時相當於今日的「Party」，是拋頭露面，展現各自風貌的好機會。我們暗地裏互相比較風度和口才，我們盡可能做到妙語連珠，語不驚人死不休，希望引起同性或異性的注意。矛盾也就此產生。遊行到了後來，總是矛盾重重，相互的意見一大堆。遊行成了一個小社會，人事關係複雜。遊行中遺留下的芥蒂有無數，有的還能影響長遠。但是遊行畢竟只是一個臨時的集合，隨聚隨散，具有一種形式上的集合含義，卻沒有實際的內容。它可暫時地使人感受到集體性、社會性的氣氛，卻聯合不起人的命運關係。就像現代的「Party」，它其實製造了一個人和人在一起暖融融的假象，是一個煙幕彈。待到燈火闌珊，人們便離散開來，各回各的家。那時，我們小小年紀，我們對遊行寄予莫大希望，我們盡情地享受遊行的歡樂，認爲遊行是個不散的筵席。我們走到隊伍裏時感情激盪，隊伍散後情緒就低落。可是不管怎麼說，它在感情上滿足了我們人類羣體性的本能需要，暫時將我們從各自的孤島上挽救出來，集合一會兒，再放逐我們回家。那時候我還有個奇怪的心思，不知是怎麼產生出來，那就是等信。

世界上會給我寫信的人可說一個也沒有，我認識的人全都住在這一條街道上，沒有必要寫信。我們小小的年紀也沒有寫信的習慣。可是我卻心心念念地等信，一天兩班的郵差似乎是我等待的人。聽到郵差的自行車鈴響，我就心跳，等他走後，才悄悄開門走出房間，去看那信箱。因爲沒有等到一封信，我覺得日子都白過了，我想一封信想得著了迷，我爲我等待的信創造了許多種經歷，有一些經歷實在蹊蹺得可稱得上是傳奇。後來我做了一個小說家，最初的創作大約就是在此開始。有一天，我家信箱裏來了一封寫錯地址的信，它寫了我家的地址，可是姓名全不對。那信在我家信箱裏插了兩日，我進出都看見那信，產生了無端的遐想。我想，這封信會不會寫給我的？寫信人不知道我的名字就胡亂編了一個，或許他以爲我就叫這個名字。我的推想越來越合情理，事情變得不可懷疑。我悄悄拿起這信揣在懷裏，信被我的手摩挲得很溫暖。我決心拆開它。拆信的那一刻於我非同小可，我按捺著心跳，閉著眼睛，狠命地一扯。信被撕成兩半。我抖索著拼起信紙，看了幾遍也不明白，短短幾行，字跡潦草，文理不通，寫信人和收信人都很陌生。我嚇得要死，犯罪的心情使失望顯得不那麼要緊了。我將這封信拼了又拼，再也回復不了原樣。後來我決定將這信藏匿起來，這信在我口袋裏使我產生了嫌惡的心情。於是我便燒了它，灰燼抽下了抽水馬桶。雖然人不知鬼不覺，可我卻心情沉重。

這一年的冬季，我們房子的孩子興起踢毽子的遊戲。我、男孩，還有女孩，在過道上舉行踢毽子比賽，我們將整幢樓弄得震天響。過道的地板是全幢房子中最最鬆動的，我們形象很奇特的，一隻腳穿了老太太的蚌殼棉鞋，這種棉鞋對於踢毽子，效果十分好。我們忘乎所以地大笑著，樂不可支。當我們將腳屈向身後作著一連串的「打拐」動作時，房子裏放在高處的東西都紛紛震落在地。這一時刻令張先生心悸，房子倒塌的一幕在他腦海裏上演。他幾次派阿太下樓來阻止我們，我們嘴裏應著，腳下卻踢得更歡。我們踢毽子的技術越來越高，毽子就好像長在了我們腳上，要它落它也不落。我們幾個的技術各有千秋。女孩善於「打拐」，她身手不凡，借了鬆動地板的彈力，一躍一躍，可連接不斷。我的長處在於耐力，我曾經一口氣踢了五百只，臉不紅，氣不喘。

男孩的花樣繁多，即興性很強，常常給我們來個出其不意，並帶有滑稽表演的味道，他總是逗得我們笑彎了腰。潮濕寒冷的冬天，這城市的孩子全都生了凍瘡，手上、腳上，還有耳朵上。我們戴著手套踢毽子，兩隻手熊掌似的一擺一搖，身上出了汗，腳上的凍瘡也由刺癢轉爲不痛不癢。白天大人都去上班，房子空空蕩蕩，我們踢毽子的聲音就格外響。張先生退休在家，每天至少三次派阿太下樓來阻止，勸止的話越說越不好聽，而我們全當了耳旁風。張先生絕望了。一天他走到陽台上，很吃驚地發現，樓下房子裏的車前草全換上了晚飯花，牽牛花一直開到他的窗下，一朵又一朵，他已經好久沒有到陽台上來了，上海這城市已沒有不夜的市光，夜晚黑得要悶死人。這天天氣比較好，那粉紅色的花布滿院子。他想這顏色太嬌艷了，於這個年頭的氣氛大相逕庭。他以爲一切不協調的景致都不是吉兆，他寧願他看見的是荒涼的車前草。後來，我們踢毽子的聲音激怒了他。我們每一腳都好像踢在了他的心上，使他疼痛難忍。我們每一下跳躍，房子都要抖動一下。張先生的心臟受了傷，他心跳一會兒快一會兒慢，有時候甚至停止了。終於有一天，他在我們踢得最熱烈的當口，忽然對阿太微笑了一下，然後站起身說，我們一起跳吧。說著，他便原地跳了起來。張先生的跳躍聲從三樓地板直傳下來，驚動了我們。我們想：發生了什麼事情啊！我們很殘忍地笑著，推搡著上了樓去，擠在樓梯口，看張老先生跳。可是這一幅情景立即震懾住我們，女孩放聲大哭，我和男孩溜下樓梯，回到自己家裏，躲藏起來。

很多年後，我們搬家了，離開這房子時，我感覺生命被割裂了。這房子和我生命中最初的時期連在一起，帶有接近自然的形態。我走到哪裏都忘不了它，我不問來由地就對它生出至親至愛。搬家後再回這房子，我都難下決心，步履沉重，接近它於我情感上是一個重大的觸動，徹心徹肺。回去這房子第一次使我產生有歷史的感覺，它在我生命中第一次留下了歷史的痕跡。搬家中止了我經驗的延續性，我辛辛苦苦單槍匹馬建設起的社會關係到此結束，又將重新開始。上海這城市每天都有人搬家，從這一處搬往那一處。我們好不容易認識的人卻要離開，而去到另一些陌生的人中間。我們的人際關係史不斷地因爲遷址而中止再從頭開始，遷址將我們的歷史分爲一截一截的，成了片段。這一次搬家以後，我還要再經歷搬家。第二次搬家時，我已習以爲常，心情平靜。頻繁地搬家使生活帶有流浪的性質，似乎居無定處。搬家這事只要一開頭，就接而再，再而三，慢慢會成爲一種習性，不搬家就渾身不舒服。我們頻繁地認識一些人，拋棄一些人，這城市裏的人多得認也認不完。我們和人的接觸都成了泛泛之交，蜻蜓點水一般。搬家還要清理東西，將多少年積累下來的舊東西扔掉。舊東西其實是時間的遺物，有時候提醒一下我們對往事的記憶。那年我們搬家，我心痛欲裂，我向往事作著告別。往事不僅有時間的意義，還有空間的意義。搬家割裂了我的空間，將我生命的空間分成一塊一塊的。我們搬家是一點一點來的，分成好幾天。我最後離開那房子時，手裏抱著一大堆鄰居們送的糕點，意思是祝我們家高高興興。這些人家我大都不怎麼熟識，可是離別使我們相親相近。送糕的習俗是上海這城市僅存的習俗中的一個。按習俗，我們家應以糰子回贈大家，意思是祝大家團團圓圓。可我們家對這些很少了解，我們家什麼樣的習俗都沒有。我對大家的贈送不知如何回答，只是空洞地說著「謝謝」。抱著一堆糕點上路，本應當高高興興，可是眼淚卻流了出來。就這樣，我離開了我從小生活的老房子。

第四章

我總是想：我的祖先柔然滅亡之後，他們的血脈是如何傳遞至我，其間走過了什麼樣的道路。遙遠的漠北草原的祖先遺族，如何來到母親的江南家鄉？這關係到我的祖先是否眞是柔然這一個事實。我四下尋找這種可能性的依據，扎在了故紙堆裏。《南史卷》關於我祖先柔然那一節中說，「永明中，爲丁零所破，更爲小國而南移其居」。「南移其居」這幾個字使我欣喜過望，我想，這就對了。永明年間與丁零的作戰，是無數次部族戰爭中的一次。那時候，柔然國大勢已去，走在了下坡路上。但「爲丁零所破」這一句話還可以斟酌，從「永明中」到柔然最後爲突厥滅族於長安青門外，尙有六十餘年，因此「爲丁零所破」的一定只是柔然屬下的某一個部族。當然，在毀滅我祖先柔然過程中，這一定也是關鍵的一「破」。也因此，我祖先柔然中的一部分，早在長安青門外的悲慘一幕之前，已「更爲小國而南移其居」。這是一條逃生的道路，我們這才有了降生的可能性。從某種意義來說，我們所以生存於世，祖先所以將血脈傳遞至我，全憑了苟且偷生。我還設想，柔然與南朝求好，派遣使節，趕著馬隊，進獻貢物的時候，也許也會留下一些部民，他們或是善騎術，或是精巫術，作爲進獻的禮物之一，而留在了南朝。我祖先進入中原最後漢化又有這樣一些線索：《魏書》列傳中記載有一閭大肥，「蠕蠕人也」。那是魏太祖拓跋珪時，閭大肥和兄弟大埿倍頤率領宗族投奔魏朝，拓跋珪給予高官厚祿，還將公主配他爲妻。「閭大肥」這名字顯然就是一個賜名，「閭」字來源於「木骨閭」這姓。我由此想到我母親的姓——「茹」。「茹」字可能是「閭」字的進一步漢化。可是做這樣一個叛臣的後代，實是一樁屈辱的事。閭大肥叛逃，正是在社崙時代，是我祖先最興盛的時期。閭大肥是一個野心勃勃，而寡廉鮮恥的傢伙。社崙稱汗那一日，是他痛苦萬狀的一日，他想：憑什麼你爲汗，我爲臣？他還在暗地嘲笑社崙，覺得這種馬背汗國不得一提。閭大肥投奔拓跋珪正中拓跋珪下懷，社崙使他日夜不能安寧，他感嘆道：「大盜起！信矣！」閭大肥來奔，自然使他喜出望外，這就是叛臣閭大肥格外受寵的原因。後來閭大肥成了一名出征柔然的戰將，在拓跋燾與大檀的戰爭中，立下汗馬功勞。他率了拓跋魏的軍隊出征漠北，漠北的一草一木都熟到了他的心裏，大漠落日也是他熟到骨子裏的景色。他參加追擊大檀的戰爭，這是使我祖先柔然從此走向衰微的關鍵一戰。他討伐夏國赫連留，出征平涼。他馬上的功夫特別好，用兵如神。我估計他曾是社崙的左右手，社崙立兵制，其中有他一份功勞。從列傳記載上看，他的子嗣不很興旺，僅有一子，名閭賀，早年夭折，雖有兩個兄弟，卻無後代，世祖拓跋燾賜封的爵位無人繼承而免除。抑或還有其他兒子，也許叛逃和坐罪，不能進入家譜，卻繁衍了血脈。《魏書》列傳部分，我從頭至尾翻了個遍，凡蠕蠕人我都很注意，這多少告訴了我，祖先柔然的一些零星下落。列傳第七十一〈外戚〉一卷中，有人名叫閭毗，是恭皇后的哥哥。我這才知道，原來我祖先柔然中，也出過「楊國舅」之類的人物。閭毗是在世祖拓跋燾時投奔魏朝的。恭皇后之子拓跋濬登位，就是文成帝。太安二年，封閭毗爲平北將軍，賜爵位河東公；另一母舅閭紇爲寧北將軍，賜爵位零陵公，後又進爵爲王。史書上記，他們子弟中，有二人賜爵爲王，五人賜爵爲公，六人賜爵爲侯，三人賜爵爲子。眞可謂，一人得道，雞犬升天。史書上說，恭皇后入宮後，「有寵」。我又猜測恭皇后是個美妙絕倫的姑娘。我至此不知道北朝的審美觀念，從那時期的石雕佛像來看，大約是有希臘風範的，是否也有「從此君王不早朝」的效應？我還不知道閭毗有沒有仗著國舅的身分作威作福，以勢欺人，但從閭毗兄妹都是善終這一點看，也許不至於。閭毗的小一輩尚有官爵記載，以下不提，卻也未必像閭大肥那樣，截然寫爲「無子」，所以我想閭毗也許是有後人，只是不怎麼出息罷了。不管怎樣屈辱，閭毗也是開創了一條延續我們血脈的出路，可供參考。《辭海》「柔然」條中，關於其下落是這樣說的，「西魏廢帝元年（公元五五二年）併入突厥。」我想，《辭海》的說法是概括性和準確性都比較強的說法，作爲一本工具書，它必須向廣大使用者負責。「併入突厥」，來源於突厥強盛，吞併各小國最後建立汗國的事實。柔然最後依附於西魏，而西魏迫於突厥的壓力，將柔然最後三千人交了出來。這就是我祖先被斬於長安青門外的背景。我想在突厥屠殺我祖先之前，柔然國其實早已分崩離析，有許多部族歸降突厥。突厥在消滅我祖先時還留下俘虜和奴隸，他們做牛做馬，擴充了突厥的部衆。所有這些下落中，哪一條道路通往於我？忽然間，亡國的悲哀湧上心頭，做一個消亡種族的後代眞是悲哀。我們體內混雜的血緣裏飽含被吞併的愴然命運。我們的生命歷程變得錯綜複雜，撲朔迷離。

現在，我必須要從這幾種下落中選擇一種，作爲今天的我的血緣道路。這時候，我想起在我曾外祖父的家鄉紹興，有一種人叫做墮民，他們不能入常人籍，不能穿常人服，不能做常人業，他們見人低一等。關於他們的來歷，說法很多，其中有一種較爲廣泛，那就是說他們是蒙古貴族，罪貶來到此地。關於蒙古貴族的說法最合我心意，蒙古是一個勇敢善戰的民族，它統一草原，強盛一時，成吉思汗的英名傳遍整個中亞細亞。我願做蒙古的後代，無論命運如何，最終陷入罪人，淪爲墮民，我也不在乎。於是我最後選擇了「併入突厥」這一條道路，只有沿了這條路，才可抵達蒙古。抵達蒙古這一日是大漠南北的盛大節日，是歐亞大陸騎馬民族的盛大節日，從此，草原成了一家。成吉思汗的西征使我激情滿懷，西征隊伍裏有我一名祖先我深感驕傲。我情願我祖先從公元五五二年一直苟活到一千一百六十二年，這成吉思誕生的一年。其間六百十年的偷生就爲了一個輝煌的節日。我寧願我的汩汩血脈走過六百十年低潮，平淡無光，最終達到高潮。我深信我的血脈有過雲水激盪的高潮，沒有高潮湧動，怎能推進至今？六百十年的低潮在高潮來臨之後就算不上什麼。我必須要有一位英雄做祖先，我不信我幾千年歷史中竟沒有出過一位英雄。沒有英雄我也要創造一位出來，我要他戰績赫赫，衆心所向。英雄的光芒穿行於時間的隧道，照亮我們平凡的人世。選擇作成吉思汗的後人，代價其實很大，之前有六百年無聞的生涯，之後又將子子孫孫淪爲墮民。不成爲墮民，我就無法從英雄蒙古走到浙江紹興。像我這樣的曾祖家在紹興的孩子，要想做蒙古的後代，就無法逃避墮民的命運。我發現我已經在向成吉思汗靠攏，我心裏充滿了歡喜，世世代代做一個墮民算得上什麼？只要一日稱雄。屍橫麥地的情景漸漸遠去，化爲大王旗下，鐵馬金戈。

有一段時間，我特別迷戀蒙古，我曾經從陝北榆林，坐了一輛破破爛爛的吉普，整整八小時顛簸，越過茫茫毛烏素沙漠邊緣，去伊金霍洛旗朝拜成吉思汗陵。這次去成陵，是我有生以來與蒙古的唯一接觸。車走在沙漠，我心潮起伏。風捲起沙粒，遮天蔽日。這是一股神力，我對自己說，我即將抵達英雄的聖陵啦！那時我還沒有想好要做成吉思汗的後代，我只是盲目地嚮往蒙古。

城市待久了，就總是嚮往遼闊的邊地。荒涼無際具有崇高的美感，歷史也有崇高的美感。那時候我還不知道，除了這些以外，冥冥之中，我和蒙古有一種超驗的聯繫，它吸引我前往。據書上說，成吉思汗死後，深埋樹林中央，上萬匹坐騎在下葬之地奔騰，踏平陵地，一踏數千里。沒有人知道成吉思汗陵地，只能對天對地祭拜。我想，沒有比這再好的大王陵了，這是眞正的大王陵，大王之祭在於天，在於地。造一座土木之陵是我們這些衰微又矯情的子孫們的拙作。抵達成陵時天晴日麗，風沙全息，我覺得拜見大王的儀式至此已經結束，心情寧靜。關於蒙古的故事，總是聽了又聽；草原的歌也唱了又唱。可是全抵不上沙漠這一路風沙，激動了我的心。漫天風沙化爲大王旗漫捲，馬蹄得得，一萬匹坐騎踩陵的場面出現在地平線上，壯觀無比。英雄的觀念，冉冉升起我心中，所有雞零狗碎片言隻語的情感全偃息了，這便是我選擇「併入突厥」這一條柔然下落的初衷。我讓我的祖先留在草原，等待成吉思誕生，收服爲大王的部衆。我翻了許多書，首先證明柔然併入突厥的可能性；其次證明突厥併入蒙古的可能性；第三則證明蒙古貴族罪貶江南的可能性。這樣的材料越多越好，只要有一點線索，我就窮追不捨。除了尋找歷史發展的可能性，我還在遺傳現象上尋找可能性。我發現我母親的面容與紹興人很不相符。紹興是越族的後代，他們大多身材矮小精幹，高額深眼隆鼻，革命先驅魯迅先生便是一個例證。而我母親身材高大，細眼長梢，額頭扁平，顯然是蒙古人種。我母親常說自己是「南人北相」，這話也被我拿來作一個證據。有時候我覺得我的虛構歷史帶有主題先行的傾向，早在找到所有材料之前，就確定要找一個英雄做我的祖先。我有意無意地總是趨向於強盛的血統，企望做強盛血統的一脈。這心理出於這樣一種希望，那就是，希望傳遞至我的生命是一種必然，而不是帶有僥倖意味的偶然。我希望這血統的傳遞無可阻擋，所向披靡，它走到哪勝到哪，它播種就開花，開花就結果，將生命的不滅的火炬一代傳一代，傳到我手中。這希望只有交給一位英雄才可完成，平凡血液只可隨波逐流。英雄的誕生是一種神蹟，我願意附炎於神蹟之上。從柔然滅亡到蒙古興起的數百年間，發生的事情多如牛毛，事情有大有小。盛唐是其間頭一樁大事，貞觀之治集錦了歷朝歷代的繁榮富強開明和平，光輝映世三百年。大宋是第二件大事。遼金兩朝可算第三件。成吉思還未誕生，大汗的坐騎還未誕生，大汗的寶刀還未誕生。太陽從東邊升起，滑過靜寂無聲的草原，從西邊落下，水草枯榮。很多關於放牧、戰爭和愛情的歌曲誕生了。這其實都是獻給大王的歌曲。部族間的戰鬥時起時落，兼併與分裂連綿不斷，這其實都是爲蒙古占領草原的演習與操練。鮮血洗過的草原，百花盛開。很多經商的馬隊從這裏走過，留下他們的足跡。六百年的歷史是一瞬間。我祖先在我想像之中，冬眠一樣蟄伏而過六百年。我耐心等待，等待他歸順大王旗下。六百年，他們爲奴爲虜，幾經戰死而求一生。他們繁衍的能力很強，每個女人都會生養，一生就是一大羣。經過戰死、病死、自相殘殺而死，終還能留存一脈，負起繁衍的重任。他們的頭腦和心都盲目著，他們的骨血卻滲透著一個等待大王的希望。這六百年裏，我祖先中沒有出過野心家，所有野心都凝聚爲一個等待大王。這六百年，是我祖先最平庸的時期，他們一無作爲，場面全都平淡無奇。他們的馬匹養得很一般，騎術長進也不大。但是，有時候，他們奔跑在草原上，突然間會歡喜滿懷，骨肉裏生起一股湧動，他們撒開韁繩，飛跑起來，同時他們揚聲歌唱，他們並不知道他們唱的其實是一首頌歌。他們心中的歡喜，其實是一個神旨，一個天大的吉兆。頌歌是草原民歌中主要的部分，馬背上的人們不知不覺就唱起了頌歌，他們頌揚太陽、大地、月亮、星辰、馬匹、姑娘。這六百年內，我祖先中沒有出英雄，這是一個最忠實、最虔誠的等待。英雄其實是人類一百年、一千年的精華果實。人們心悅誠服，度著一代又一代平凡的人生，爲了誕生一個英雄。

我祖先艱苦卓絕與慘淡經營的時候，我在熟睡。我的睡眠是這麼沉，沒有一絲知覺。現在我醒著，祖先們沉睡了，我與他們永遠阻隔，千山萬水，萬載千年。我想，我和祖先的相會是在無知無覺的骨血裏。我的冥想就是我骨血的記憶，這是祖先們留給我的一個紀念。冥想在我心中活躍，生氣勃勃，如泉如湧。我的祖先們在我的冥想中復甦，就像我的生命在他們的骨血中復甦，我們其實是唇齒相依，不可分離。我祖先等待大王的六百年從我的冥想中如歌地走過，留下鐵蹄和車輪的印轍。等待大王是我的冥想潛入靜流的日子，我平緩地偃旗息鼓地走過這等待的時光。我的冥想變成暗河，在地表之下淙淙地前進。我的冥想要走一千年的道路，從南到北，從游牧到農耕，再到如今這城市五光十色人頭濟濟的街道，旱路水路上萬里。如今，它走在等待大王的六百年間。我的冥思是一個宇宙，太陽早晨升起，傍晚落下，然後星斗滿天，祖先的營地點起篝火，人們圍坐著講起草原上流傳的關於無所不能的神的故事。

這其實是大王傳說的漫長的序言，草原上一傳十，十傳百。關於這神的特徵將在大王身上一一實現。關於這神的美德也將由大王一一體現。這神被人們說得活靈活現，栩栩如生。人們祈求神靈顯現。人們將天上的雲，地上的風，全看作神旨的顯現。他們聽到一點，便加倍地傳播。消息令人鼓舞。爲使傳播神的消息更迅速廣泛，人們將這些消息編作歌舞。遠遠地，聽見悠揚激動的歌聲，人們便知道了消息。我的祖先也加入了歌舞的行列，他們聽見一句，就唱一句，歌喉嘹亮。是這些歌舞最早聯繫了草原上的各個部族，使他們除了征戰，還保持有這樣一種神聖的關係，爲將來集合於大王旗下作了準備。他們中間，還專門產生出一種人，能夠最先地發現神的顯現，他們在夢中與神對話，了解神的心意。他們夜裏做夢，日裏說話，將神的心意告訴人們。他們將神描摹成最美最善最強有力的，使人們感到驕傲和幸福。其實那不是神，而是大王的先身，大王一旦降臨，神便煙消雲散。那時候，人們對大王還一無所知，人們對神蹟的預言也一無所知，可是他們卻已經開始編寫大王的傳說。他們說起大王就像在說一個外鄉人，他們將這個外鄉人的消息傳來傳去。這時候，大王之魂還在天上飛行，像雲、像鳥、像霞光一樣。我的祖先也熱中於傳說外鄉人的事情，他們就好像親眼所見，說得有聲有色。外鄉人總是引起好奇，他們帶來奇異的物品，其中有一些是眞正的寶物。傳說中的外鄉人，其實是個攜寶人，關於他的寶物，衆說不一。人們有幾次曾被他坐騎的鐵蹄驚醒，他們豎起警覺的耳朵，四下裏卻靜寂一片，篝火在黑夜裏悄無聲息地舞蹈。我祖先也被他的坐騎驚醒過，他的坐騎踩著輕快的步子，鐵蹄如銀鈴。這是不尋常的蹄聲。這應當是六百十年的最後一夜，最後一夜即將過去，東方已經破曉。

《祕史》上說，很早很早以前，有蒼色如黑夜的狼和慘白如白晝的鹿，共同渡過遼闊的海子，向斡難河源頭的不兒罕山進發而來。他們星月兼程，他們奔騰的身姿就像流星和閃電。蒼色狼與白色鹿相親相依，形影相隨，那情形也像是黑夜與白晝同時並行，是天上奇景。五彩雲霞從他們身後飛逝而過，海子如明鏡，萬里無波。草浪的濤聲，則像歌詠一般，貼地而起。再沒有比大王先世的傳說美不過的情景了。蒼色狼是最美的狼，白色鹿是最美的鹿，這兩種美色合在一起，攝人魂魄。他們所經過的地方，都成了草原的福地，從此水土肥沃，百花盛開，牛肥馬壯。他們歇息的地方，轉眼間便成了泉眼，湧出清甜的甘露。我腦子裏總是出現他們靜如處子，動如脫兔的神姿，美不勝收。蒼色狼和白色鹿向著這裏飛奔一定是領了聖命，他們在路途中始終保持著他們處子的聖潔的身體。他們精血飽滿，神志清新，在這艱苦漫長的路途中，精力旺盛。其實蒼色狼和白色鹿並非是眞的狼和眞的鹿，而是黑夜與白天，大王先世便顯現於晝夜交替之中。狼和鹿其實是時間和宇宙的化身，陽光照亮了一半，另一半黑暗籠罩。不兒罕山在他們抵達的一刻隆地而起，斡難河有了源頭。這是一幅開天闢地的景觀，所有的災祥預兆全集於這一瞬間。時間與空間渾然一體，天和地渾然一體，這是誕生大王的好時機，大王其實是時空天地精靈之氣的凝固與顯現。蒼色狼和白色鹿的奔騰是天地時空的舞蹈，他們攪起祥雲滿天。自他們抵達不兒罕山腳下，神祕的事情便開了頭。他們生子生孫，血緣連成河。他們子子孫孫都有姓名，沒有一人遺漏。他們每一代都有重要人物出現，名聲很響。他們的名聲就像平靜的水中投進一塊石頭，激起一圈一圈的水波，蕩漾開去。他們的名聲還像樹的年輪，一代一輪，變成參天大樹。這就是他們每一代子孫都有名有姓的緣故。他們沒有一代是虛度的，也沒有一代是不會生育的，他們的傳遞又可靠又紮實，沒有一點危險。他們的名字成爲草原上最爲普遍的名字。人們以爲給孩子起他們的名字，就會長成個好孩子，還會交上好運。他們的名字就是這樣越來越多，造成許多重名的孩子和青年。這也是他們每一代的子孫都有名有姓，沒有一個遺漏的原因。這麼些有影響的人集中於一個家族之中，已經是一個奇蹟，緊接著另一個奇蹟又出現在第十代上。

第十代有兄弟兩名，親密無間，一個名叫都蛙鎖豁兒，一個名叫朶奔篾兒干。奇蹟出在哥哥都蛙鎖豁兒身上。他的額上，有一個千里眼，能看見千里以外的情景。這一天，他和弟弟登上不兒罕山頂。他看見有一羣別部的百姓從遠處遷移而來。他說，那裏車上有一個漂亮的姑娘，如果還沒有嫁人，可以給朶奔篾兒干弟弟求婚。那裏果眞有個漂亮姑娘阿蘭豁阿，阿蘭豁阿做了朶奔篾兒干的新娘，後來大王就誕生於他們這一支。這是都蛙鎖豁兒的千里眼所看見的意義最重大的一幕，他從那遷移的百姓中，一眼看見了兄弟的新娘，這也是大王先世中的一個奇蹟。阿蘭豁阿很出色，朶奔篾兒干一眼就愛上了她，對哥哥的感激是說也說不完的。都蛙鎖豁兒的奇蹟又播下一顆奇蹟的種子，這發生在阿蘭豁阿的身上。她在朶奔篾兒干生前生了兩個兒子，在朶奔篾兒干死後又生了三個兒子。阿蘭豁阿說，每天夜裏，有黃白色的光從天窗照耀進來，黃白兩色的光是日月的光明，這光亮使她受孕。我願相信阿蘭豁阿，大王的先世一定不同尋常。在大王的降生過程中，天地日月將有幾次渾爲一體，凝神聚形。這是繼蒼色狼和白色鹿之後的第二次。日月天地這一回選擇了阿蘭豁阿的身體。阿蘭豁阿生育過的身體成熟完美，沒有一絲缺陷，在黑暗中被黃白光的撫摸照亮，通體透明。我以爲朶奔篾兒干的兩個兒子對母親的懷疑完全是無中生有，庸人自擾。他們認爲三個兄弟是母親和僕人生的，這種閒話出自平常人的偏見，對於神蹟麻木不仁。不過最後還是阿蘭豁阿的解釋占了上風。阿蘭豁阿的解釋合情合理，並且優美動人，她的預言最後不是也實現了？她說：這樣看起來將是天子吧？從她疑問的口氣可看出她也有些困惑，可她還是說出了「天子」的預言。

自從阿蘭豁阿生下兩個朶奔篾兒干的兒子和三個神的兒子，就像大樹扎下了根，枝繁葉茂，果實累累。他們每一支都分杈長成又一棵大樹。他們的英名都各自成爲部族的名字，成爲重要的種姓。後來，阿蘭豁阿死了，朶奔篾兒干的兩個兒子和日月之光的三個兒子就分了家產。四個哥哥共同決定，只分給最小的兄弟孛端察兒一匹青白色禿尾巴生著斷梁瘡的馬。《祕史》裏關於他們排斥孛端察兒的理由說得很簡單，只說，「認爲孛端察兒蒙合黑愚魯，不當作親族看待」。「愚魯」這理由聽起來不像是理由，而「不當作親族看待」這一句，其中卻大有文章。我想，兄弟們隱隱感覺到孛端察兒與他們不一樣，是個異類。而我感到奇怪的是，他們四個竟能沆瀣一氣，抱作一團，卻獨獨將孛端察兒視爲他出，這是一件非常玄妙的事情。在此，我有個大膽的設想，那就是，阿蘭豁阿與日月之光所生的，僅有一子：日月之光，從天窗穿入，撫摸阿蘭豁阿，僅這一次。日月之精氣實是不可多得，僅一次已等待有上千年。日月之子孛端察兒從小就秉性奇特，被稱做「愚魯」只是因爲常人無法以語言來表達他的奇異和不同凡響。他身上有時會體現一股神力，比如說他的黃鷹。《祕史》裏說：「他的黃鷹捕捉的野鴨、野雁的翎毛像雪片似的飛起！」這是什麼樣的景觀？出走流浪的日子裏，天蒼蒼，野茫茫，與他朝夕相伴的，是那青白色禿尾巴生斷梁瘡的馬和黃鷹，他們在一起的情景，有一股超凡的意味，還有一股神的意味。後來，又是他，第一個說出帝王的觀念。他說：「身體應當有首，衣服應當有領。」這話他連連說了三遍，哥哥們卻還不能領會。這話其實大有深意，反映了孛端察兒已經在夢想建立王國的秩序，還暗示了草原之王即將來臨。第一次擄掠就在此時發生，大王先世血脈分枝發杈，日益龐大也是在此開始。《祕史》中將他們生子繁多形容成「霧」，想想看，那是何等的美妙啊！瀰漫天地之間，太陽出來，化爲晶瑩的水珠。大王的世系，眞是蓬蓬勃勃，轟轟烈烈，他們早幾百年已經擺開了部族陣，迎接大王到來。

大王這一支血脈從先世龐大無比的家族穿行而來，屢屢逢凶化吉，轉危爲安。大王血脈的前進，帶著乘勝的歡樂意味。時間的河岸朝後退去，河流在永恆的日月星辰下晝夜兼程。奇蹟第三次顯現是在合赤曲魯克之子海都身上。合赤曲魯克死後，留下九個兒子和一個妻子。妻子名叫莫拏倫，她有巨大的財富。在另一本史書《史集》中寫道：「她的馬和牲畜，多到無法計算，當她坐在山頭上，看到從她所坐的山頂上直到山麓大河邊滿是牲畜，遍地畜蹄時，她便喊道——牲畜全聚攏來！」這一聲吆喝是多麼雄壯、威風、頤指氣使、不可一世。她生兒子是一把好手。牧養牲畜也是一把好手。從她另一個名字莫拏倫—塔兒渾來看，她長得又高又大，好像一個巨人。「塔兒渾」在蒙古文中的意思是「肥胖」，所以，我想她必定體態驚人，頂天立地。她坐在山頂上檢閱她的牲畜時，心生驕傲，尤其是當漫山遍野的牲畜向她聚攏來的時候，她就成了天下第一，激動得滿臉通紅。牲畜聚攏就好像暴風雨來臨時烏雲聚攏，黑壓壓的一片，在她腳下，莫拏倫就好像烏雲上方的太陽。有一天，她的傲慢惹惱了扎剌亦兒部。絕望哀傷的扎剌亦兒人一氣之下，殺了莫拏倫，又殺了她九個兒子中的八個。第九個兒子海都這時正在外面作客，他的叔父聽到壞消息，便將海都藏在大土甕底下，使他從殺紅眼的扎剌亦兒人的刀下逃生。《史集》裏一個比喻也說得好，它將大王的生存比作珍珠，「在祖先的腰的蚌殼中培育起來」。《史集》還說，這是出自於「最高眞理」的意志。「最高眞理」的說法比我慣用的「神的意志」好。它包含有唯物主義的歷史觀，而「神的意志」則帶有天命論的色彩。從此，我決定採納「最高眞理」的說法。大王離我們已經很近了，開始顯現出他人的形骸，與現實的面貌。「最高眞理」的說法和這時的大王形象更相符合。「神的意志」的說法太過虛渺，它在大王離我們遙遠的時候曾經盛興幾百年。它好像宇宙中的星河，茫茫照耀著大王出世前的暗夜。如今大王即將降臨人世，太陽就要升起。「神的意志」的說法漸具形骸，這形骸便是「最高眞理」。自海都起，大王的血脈凸現而起：

伯升豁兒多黑申
屯必及薛禪
合不勒
把兒壇把阿禿兒
也速該把阿禿兒

這就像詩行一樣。蒙古族的名字，念在漢人我的嘴裏，好像在唱歌。我一行一行讀來，每一行是一層台階，通往「最高眞理」的聖殿。也速該娶妻的經過也不同尋常。他鍾情的是別人的新娘。他一見這新娘便心旌搖曳，喜不自禁。也速該返身叫來哥哥和弟弟，三人策鞭縱馬，緊追不捨。這三兄弟的坐騎捲起滾滾煙塵，來勢洶洶。追捕新娘使也速該熱血奔湧，他想：這是我的女人，錯嫁了新郎。他追趕的這股子勁把新郎嚇得魂飛魄散，撇下新娘車逃命。也速該追他追了七道山樑，追得他一溜煙似的沒了影，這才回來，帶上哭泣的新娘。也速該帶著新娘得意洋洋，不管她哭得地動山搖。他想，她這哭其實是歡喜的哭，歡喜的眼淚流成了河。她越哭得凶，事情越有喜慶的模樣。就這樣，也速該娶回了新娘訶額侖。他們歡歡喜喜，哭哭啼啼地走到一起，搞得驚天動地，就像有什麼大事要發生了。這時，我們回顧大王降臨的道路，眞是萬里迢迢。大王生命，凝聚多少精血靈氣，一代一代地大浪淘沙，最後渾然成形。在也速該同強大的塔塔兒部打了一場大勝仗，俘虜成羣、財物成車的時候，訶額侖生下了鐵木眞。嬰兒落地時，左手握著腿骨大小的一團血塊，這是大王降生的最後一個奇蹟。現在，所有的奇蹟都告結束，「最高眞理」已來到人世。

大王降生的時候，我祖先在哪裏呢？我祖先那細若游絲的命脈融於哪一個氏族，和著哪一個氏族的腳步，向大王走去？到了此時，我發現我的追溯出了第一個問題，那就是，倘若我祖先在滅亡之後加入了突厥的某一個氏族，他們便沒有可能保存自己的姓氏。《通志・氏族略》「茹氏」條中說：「蠕蠕入中國爲茹氏」。併入突厥的柔然，經歷了那許多兼併與分裂，如何再以完好如初的「柔然」氏族身分入中國？所以我想能保持茹氏姓氏的，定是在柔然未滅之前離開漠北而入中國的。《嘉慶一統志》上，有關於「茹越山」和「茹湖」的記載。茹越山和茹湖的位置均在北魏時期拓跋氏的地盤。茹湖邊有茹村，茹越山有通往拓跋魏都城的道路。爲此我有一個大膽的設想，那就是，茹村其實是從漠北來歸降北朝的柔然的聚居地，是他們將「茹氏」這個姓保存下來。《嘉慶一統志》上描寫「茹湖」道：「四面阻山，聚爲湖，周四里，春秋雁集於此。」這樣的自成一體與世隔絕的地方，正是安置降虜、設立庶國的好地方。我祖先們來到那裏，棄牧經農，每到歲末，便用馬車或牛車載了豐收的果實，向魏都平城，也就是今天的大同進發納貢。這一片地方，名稱「茹越」的有茹越口堡和茹越寨。「茹越」二字我想是來自柔然在此活動的情景，是專爲柔然進貢魏廷而設的關卡與道路。拓跋魏收伏了我祖先柔然，可依然對他們層層設防。我祖先住在茹湖邊上，大約是很寂寞的，他們從早到晚，想念他們生長的大漠草原。他們在夢中馳騁奔騰，躍馬揚鞭。春天和秋天飛來的大雁，對他們是一個安慰。雁在藍天裏飛翔，使他們想起馬匹在草原上奔跑。種植和收割使他們覺得瑣細又平淡，吃穀物和蔬菜也使他們不慣。他們在長久的時間裏一直說著他們自己的語言，和周圍的漢人沒有往來。正是這種嚴格的禁錮，使他們保持了他們的姓氏。保持姓氏是一個忍辱負重的過程，這是我現在懂得的。從茹村那裏來到江南的路途我想有許多。遼、金、元、清，數次北方民族進中原，我祖先在此征戰中，充當一名冒死的小卒，總還有可能吧！一千年裏，遷徙的事情經常發生。洪洞縣大槐樹下，是移民出發的集合地，我祖先也許就是其中的一員。他們用馬匹馱著他們的一點衣物和稻種，匯入移民的大潮。這樣，他們就把這個北姓帶到了南方。我的直系的血脈也許應當在這裏。可是我追隨祖先的步履已經踏上了歧途，要回頭已經來不及了。我想，在我祖先併入突厥的那幾支裏，有一個智者，他將我們柔然姓氏的祕密，一人傳一人地傳了下來。他被人誤以爲是個瘋子，因爲他成天神神道道，嘴裏念念有詞。其實他是在一遍又一遍地溫習我們的歷史。我們沒有文字可記載這一切，只能靠口授心傳。話再說回來，大王降生的時候，我祖先在哪裏呢？

草原上爲大王以及大王先世收伏的部族有千千萬。《祕史》中最早一次收伏部族的記載是孛端察兒時代。這個日月之光的孩子在他放黃鷹捕野鴨的流浪日子裏，看見遠方有一羣百姓遷來，他對哥哥們說「身體應當有首，衣服應當有領」這話就是在這時。他看出那羣百姓是懵懵懂懂的一羣，「不分尊卑、好壞和上下」，便召集哥哥將他們擄了來做奴隸。孛端察兒從一個孕婦口裏，得知這羣人是扎兒赤兀勒阿當罕族人。這個部族，我找不到關於他們的詳情。和大王家族有著千絲萬縷關係的是塔塔兒族，他們戰爭連年不斷，娶親也連年不斷。這是一個聞名於世的部落，《史集》裏關於他們有專門的篇章，上面說：「他們的馬全都毛色斑駁，每匹馬都健壯得如同四歲的駱駝，一切器皿用具都是銀製的。」《史集》還說：「這個部落以好動刀子馳名」；「他們的天性中充滿仇恨、憤怒和嫉妒」。《史集》又分析道，如果塔塔兒部能夠同心同德，團結一致，那麼，「任何一種生靈，都不能同他們對抗」。我祖先會在其中嗎？蔑兒乞惕部和大王先世也有仇隙，最早一次我想是結於也速該搶了他們的新娘訶額侖。大王還是個青年的時候，曾被他們襲擊捕捉。大王曾下過決心，要將他們全部殺掉。這個部族裏只有極少數人活命，一部分是女人，嫁給了大王家的男人；另有一部分投奔了別部，最終也還是歸順於大王麾下。我祖先倘若是在蔑兒乞惕部，那就該屬於這極少部分死裏逃生的人。客列亦惕部和大王家有過交情。客列亦惕部的王罕是也速該的朋友，鐵木眞曾經獻給王罕珍貴的黑貂鼠皮襖，《祕史》裏寫道，王罕很喜歡，說「黑貂鼠皮襖的報答是：要把你的離散的部衆，給你聚集來」。他們後來轉親爲仇，是一句話說不完的。最後，客列亦惕部都做了大王的俘虜和奴隸。乃蠻部的太陽汗和大王作戰有史可查，太陽汗的結果用我們漢話來說，就是「賠了夫人又折兵」。他最寵愛的妻子古兒別速，最後做了大王的妻子。殺掉莫拏倫的扎剌亦兒部，我想他們對大王早有預見，所以他們自己便處罰了殺莫拏倫的那些人，並且責問道：「你們爲什麼犯下這樣的罪行？」他們將殺莫拏倫稱之爲罪行，說明他們已承認莫拏倫至高無上的權威。假如我祖先能潛伏於這一部中，就會成爲與大王親近的人。集合於大王旗下的部族，還有善用藥劑、以治病救人聞名於世的兀剌速惕，帖良古惕，客思的迷部；快活滿足的森林兀良合惕部，他們製造雪橇，馳騁於原野，追殺山牛；又有擅長攀登崖壁的別克鄰部。集全於大王旗下的部族各有能耐，技藝在身。無論我祖先身在哪個部族，他爲大王獻出過一臂之力是確信無疑的。總之，通向大王的道路有千千萬，歸向大王就好比江河歸向大海。部族是河流，我祖先是河流中的水珠。水流到大海才不會乾涸，部民歸順大王才不會消亡。我想，這就是我祖先苟延六百年，最終歸向大王的原因：這也是我祖先九死一生，終將骨血傳遞至我的原因：這便是我所以等待大王，等待了這麼久的原因。六百年的光景濃縮於一瞬，將是多麼輝煌的場面。各部族騎著馬，趕著車，從森林走出來，從雪原走出來，從山頂走下來，從海子那邊走過來，來到斡難河畔，九尾白旗下。從此，就有了「蒙古」的英名。

大王降生的祕密長久以來沒有人知道，只有極個別的智者，得到一些預兆，比如翁吉剌惕部人德薛禪。德薛禪夜裏做了個奇異的夢，夢見有白色鷹兩爪攫住月明，飛到他的手上。第二天一早，他路遇也速該和鐵木眞父子迎面走來，他斷定這就是夢境的應驗。他立即向也速該求親，要鐵木眞做他的女婿。他唱著這樣的求親的歌：「我們翁吉剌惕人從來不掠奪旁的部落和百姓。不侵伐他人的國土。使美貌的女子，坐在大車上，駕著黑色駱駝，一點一點地跑到，合汗你們的面前，讓她作爲妃子，和合汗坐在一起。」他分明已經看見鐵木眞做了合汗的樣子。他把女子走向合汗的情景，描寫成「一點一點地跑到，合汗你們的面前」，逼眞地流露出虔敬與忠誠的神態。這是少有的智者。泰亦赤兀惕部的鎖兒罕失剌也是一個。當他奉命搜捕逃跑的鐵木眞時，月明如晝，他銳利的好眼一下就看見鐵木眞仰臥在水溝裏。鎖兒罕失剌說：「你有才能，並且眼睛明亮，面上發光，所以泰亦赤兀惕部人才嫉妒你。」他說完就這樣走了過去。後來，他又收藏了鐵木眞，使他脫險。最後他送了鐵木眞一匹馬，一隻熟羊，一張弓，兩支箭，打發他上了路。這也是少有的預見，使他背叛自己的部族，放走了敵人。還有一種人，是情不自禁地爲鐵木眞吸引。他們是生性最淳樸、心底最明淨的人。他們受到大王降生祕密的感應，卻不得而知。他們只是像星星追逐月亮那樣，緊跟不捨，滿心裏都是歡喜。比如孛斡兒出那青年。鐵木眞是在追逐被偷盜的八匹白騸馬的途中，遇到了孛斡兒出。青年給他換了馬，也不回家告訴一聲，就跟了鐵木真去追白騸馬。他說：「朋友，你辛苦了，男兒的苦難都一樣，我想和你結成朋友。」他們一同奪回了白騸馬。兀良哈歹部的札兒赤兀歹老漢更不容易，他是在鐵木真最暗淡的日子裏，也速該被塔塔兒人謀殺身亡，他們孤兒寡母被部民們拋棄，苦苦掙扎的時候，老漢背著風箱，領著兒子者勒蔑來了。他要把者勒篾送給鐵木真：「給你備鞍子，給你看門戶。」大王降生，其實一草一木，一山一石，都有感知。蔑兒乞惕人夜間突襲鐵木真家。鐵木真逃往不兒罕山，追兵圍繞不兒罕山搜尋了三遍，一無所得。不兒罕山鹿走的崎嶇山道，榆樹條和紅柳條搭的帳房，保護他逃過了仇恨於懷的蔑兒乞惕人。他情不自禁地說：「生著密林的不兒罕山，搭救了我像虱子似的生命，保全了我像蛋大的生命。」在不兒罕山跟前，驕傲的鐵木真卻懷著這樣謙卑的情懷，這說明鐵木真對自然意志的派遣開始有所感知，是一個重要的信號，「最高眞理」的實現就在眼前了。他向不兒罕山發誓，從此將每天早晨祭祀它，並讓子子孫孫永遠祭祀。《祕史》中關於這一情景的描寫極其動人，它說鐵木眞「把帶子像念珠似的掛在脖頸上，帽子搭在臂上，手捧胸膛，向著太陽，給不兒罕山行九叩禮，跪拜祈禱，灑馬奶子奠祭。」鐵木眞獨自一人的祭祀場面，湧現在眼前，情景壯麗。太陽是初升的，火紅的一輪，將不兒罕山照成一座金山。我以爲，在這首次祭祀中，鐵木眞和不兒罕山立下了永恆的誓約。這不是一般的誓約，是天地和大王的誓約。立此誓約，鐵木眞稱汗的日子就不遠了。

這是眞正的大王，不像我祖先的可汗社崙，他就像露水一樣，太陽出來便乾了。這樣的可汗草原上遍地皆是，就像春天的花朵盛開。他們日長夜消，朝來暮去。他們將草原分割成一塊一塊的。他們使百姓今天屬於這，明天屬於那，永無歸宿，好像沒娘的孩子。他們勢均力敵，戰爭連年湧起，草原上血流成河。很多生命消亡了，很多部族被滅絕不留一人，他們的子孫無法和我們在一起歡樂地歌舞。

鐵木眞稱汗的關鍵第一戰是消滅蔑兒乞惕部。這一戰是蔑兒乞惕部爲了報復也速該奪妻之仇而引發。他們圍繞不兒罕山搜尋三遍也未找到鐵木眞的蹤跡，只得擄掠了鐵木眞的妻子。爲奪回妻子，鐵木眞發起了對蔑兒乞惕部的反攻。這時候，鐵木眞勢單力薄，他懇請客列亦惕部的王罕幫助。王罕沒有忘記他曾經說過的話：「黑貂鼠皮襖的報答，是要把你的離散的部衆，給你聚集來。」王罕說話算話，還召來他的稱兄道弟的、能守善攻的札答蘭部的札木合。王罕從右翼出兵二萬，札木合從左翼出兵二萬。這一次發兵氣勢凌厲，蔑兒乞惕部聽見鐵蹄錚錚，便倉皇而逃。鐵木眞聯軍乘勝追擊，誓不罷休，就像世代流傳的歌兒裏唱的那樣：「連他們的子孫，像吹灰似的屠殺。」這是何等的所向披靡，驚心動魄。蔑兒乞惕部還有什麼指望呢？他們爲了一個女人，結果全族覆滅。是他們引動了鐵木眞的殺戮之心，使鐵木眞打下了旗開得勝的第一戰。這次戰爭勝利，前來投奔的部族就好像颳大風時天上的雲彩，層層而來，陣陣而來。最早遷來的是扎刺亦兒族的兄弟三人，前邊已經說過，這個族的人向來有愚忠的特點。於是，當他們聽說鐵木眞打了大勝仗，便連夜趕來，等在鐵木眞的帳篷門口，天明一開門，鐵木眞就看見了他們。後來，扎刺亦兒族成了大王最忠心的部落，他們的部落王之一，木華黎成爲大王信任的大將軍，指揮左翼軍，爲蒙古的興起立下汗馬功勞。第二遷來的是塔兒忽惕族的兄弟五人，鐵木眞的祖母，就是這個部族的女人。爲大王的誕生，她獻出了自己的鮮血。大王高貴的世系表中，留下了她的名字。我想，這兄弟五人前來投奔鐵木眞，大約是因爲他們的血液相通相親。接著來到的有：做失兀惕部人、巴牙兀惕部人、把魯剌思部人、忙忽惕部人、別速惕部人、速勒部思部人、晃豁壇部人、速客客部人、捏兀歹部人、斡勒忽納兀惕人、豁羅剌思部人、朶兒邊部人、亦乞列思部人、那牙勒部人、斡羅納兒部人、匹阿鄰部人、蔑車把阿鄰部人。這些部族的名字聽起來是那麼奇怪，一旦念在嘴裏，卻朗朗上口，作爲一種聲響，它們具有一股推進的動力，好像念了上句必有下句，句句相連，永無窮盡。動筆寫下這些部族的名字，心生快感。我好像看見連綿不斷的部族趕著畜羣，車上坐著女人和孩子，男人則騎著馬匹，從四面八方，涉水跋山，來到鐵木眞母子的帳篷之前。他們走向帳篷的隊伍之中，我隱隱看見有一面小旗在獵獵移動，那是我的血脈之旗。我的血脈之旗從這些部族朗朗的名聲後面行進，在風中作著小小的飄揚。這大約就是我特別熱中寫下這些部族名字的原因。我寫它們的時候，有一種與我祖先親近的心情。我還好像也走入了投奔鐵木眞的隊伍，前後左右，全是唱著歌兒，笑容滿面的部族。爲什麼我們都爲這一個勝利的消息所吸引，走到一起來？札答蘭部的豁兒赤說出了眞諦。他說他看見有一個無角的黃牛拉著一架大車，車上有寬闊的大座，這其實是一座御駕，它從鐵木眞身後走來，吼道：「天地神祇都同意，使鐵木眞當國王，現在把他送來了！」是這個奇景促使豁兒赤投奔鐵木眞，離開了同祖所出的札木合。這奇景只有豁兒赤親眼看見，可是衆人或多或少都得到心靈的感召。他們朝鐵木眞走去，好像情不自禁，心中陡生希望和憧憬，他們沒有來由地想：美好的明天即將到來。豁兒赤是第一個向鐵木眞報告吉兆的，爲此他得到鐵木眞的許諾，一旦稱王，封他萬戶那顏，從全國挑選三十個美貌姑娘做他的夫人。吉兆鼓舞了鐵木眞，也鼓舞了前來投奔的部族。《祕史》中接著寫道：格泥格思部人來了，主兒乞部人也來了。《祕史》中特別寫道：他們是離開札木合來到這裏。這爲後來札木合與鐵木真長期的戰爭埋下了伏筆。然後，衆人擁立鐵木真的日子就來到了。

再沒有比《祕史》裏記錄的這首歌更能表達衆人的忠心和熱望的了。大王的威儀也表達得淋漓盡致。除去這首歌，沒有其他語言可來描寫這個重要的日子。歌子展現了大王統率部民，萬衆一心的場景。歌子是這樣的：「鐵木真，你當了可汗，則我們：在每次戰爭中，走在頭前，擄掠來美貌的姑娘，搶得來美好的宮帳，要送給你，鐵木真。出發征戰外國的時候，擄掠來漂亮的夫人，搶得來善走的駿馬，要奉送給你，鐵木真。往野外圍獵野獸的時候，把獲得的野獸，我們奉送給你；往林中圍獵野獸的時候，把獲得的野獸，我們奉送給你。往野外草原圍獵野獸的時候，給你圍趕得使牠們肚皮挨肚皮；到山溝溪澗圍獵野獸的時候，給你圍趕得使牠們大腿碰大腿。在作戰的時候，如果不遵從可汗鐵木真你發布的命令，你可以撇棄我們的妻女，沒收我們的財物，把我們的頭顱拋在荒郊野外；在太平的時候，如果不奉行國王鐵木真你發布的命令，你可以收去我們的屬民，奪去我們的子女，把我們的身體，拋在無人煙的地方。」我將此歌子一字不漏地抄下，想像萬衆齊聲歌唱的雄渾聲音，在天地間湧動，好像萬頃波濤。我從中還聽見我祖先的歌喉，他們幾百年來練習著草原上放牧與爭戰的歌曲，嗓音不亞於其他部族。他們飄泊草原幾百年，沒有可汗撐腰受盡欺凌，他們的熱情也不亞於其他部族。我滿心希望我祖先是在大王第一批的臣民之中，這樣，他們便可幫助大王建立功勳，參加所有輝煌征戰，然後跟隨大王西征。西征是後輩我心嚮往之的出征，我們趾高氣揚，勢不可擋，所到之處，生靈塗炭。花剌子模王國是我夢中的國度。「花剌子模」這字眼給我旖旎的印象。那裏繁花似錦奇情異事不窮，好像天上人間。如能追隨大王遠征花剌子模王國，戰死也情願。所以我起勁地抄寫著擁立大王的歌子，抄寫時好像我自己也在歌唱。歌子唱畢，餘音不散，在天地間轟然作響，好像疾風走過草原。從此，鐵木眞以成吉思爲尊貴的汗號。成吉思汗是大海可汗的意思，這汗名有一幅大海日出的景象，浩瀚壯麗之中又含有柔美。成吉思汗被喊出喉的第一瞬間，大王降生的上千年路途全展現在眼前：蒼色狼與白色鹿的美麗身形；日月之光照亮阿蘭豁阿豐滿的身軀；也速該追趕訶額侖的嫁車，翻山越嶺；鐵木眞從不兒罕山上走下來……此情此景，我要講述一個最最古老的故事，那就是大王的遠古歷史。在一次大規模的戰爭中，被稱爲蒙古的部落遭到了大屠殺，他們全軍覆滅，只剩下兩男兩女。這兩家人日夜兼程，逃到罕無人跡的羣山密林之中。高山峻嶺和幾千年的大樹，封住了所有的道路，惟有一條羊腸小道，歷盡艱難險阻才可到達外面。從此，他們就在這裏繁衍生息。兩家的名字爲揑古思和乞顏，乞顏就是我們大王的遠祖。「乞顏」在蒙古語中，是山上流下的狂暴湍急的洪流，這是個好名字，它意味著乞顏的後世將不可阻擋，洶湧蓬勃。那兩男兩女逃命的景象，可謂是千鈞一髮，追兵的馬蹄幾乎踢到他們的後背。他們終於死裏逃生是個天大的奇蹟。他們在馬背上死去又活來，他們死了一匹馬，又換了一匹馬，在他們逃跑的路途中，馬屍橫陳。光榮蒙古的一息存於他們之身，這就是他們的希望所在。也是後世我們的希望所在。

第五章

文化大革命創造了一個充滿奇遇的社會，它消除了社會一貫的邏輯性組織結構，偶然事故層出不窮，並且具有決定命運的功用。那個社會漫無秩序，隨心所欲。我們這些孩子打散與弄亂以往嚴格的編組，我們亂七八糟地成了一堆無組織無紀律的散兵游勇。我們今天這幾個一羣，明天那幾個一夥。毛主席有一句話非常符合我們當時的情況，那就是：「我們來自五湖四海。」「五湖四海」這個概念相當複雜，它不僅包含地域，還含有思想、階級的領域意義。在文化大革命的初期，我們這城市據說每分鐘有四十個戰鬥隊成立，刻字社裏圖章都來不及刻。這些戰鬥隊以各種名義和原則組合起人羣，人羣聚散在這時候呈現出最豐富、最戲劇性、最多情多義的面貌。我們這些孩子還沒有資格組織戰鬥隊，但我們也沒有錯過機會，我們乘著混亂的大潮，積極開拓我們的人際關係社會。我們乘人不防，脫離原先規定好的位置，打下一個人際社會的新天地。這是我們從我們自小居住的城市街道游離出去的一個短暫時機，是我們人生中一個浪漫插曲，它使我們稍稍有了些奇遇。首先是停課解散我們的學校社會，使同學間的關係停止生長。從學校回到家的最初日子，我們寂寞無邊，一個個成了社會的孤兒，無依無託。情況的改變不僅因爲栽種牽牛花和晚飯花，這其實是一種對現實的粉飾，它只可一時上蒙蔽我們的心情，使我們得到假想的安慰。

踢毽子又以傷心傷肺的方式結束，以後想起踢毽子就難過，誰也不願再提。事情眞正的改觀是因爲一個女孩的出現，她的出現帶有侵略性質、強盜性質，或者農民起義性質。說起來話長。

這女孩是在我們隔壁那弄堂，她是一個文明戲女演員的孩子。文明戲是近代文藝的產物，據說來自於日本，在我們居住的城市曾經非常流行。在老派人看來，它非驢非馬，不三不四。從老故事裏還讀到，文明戲演員敗壞了這個城市的風氣。他們男女混雜，禮儀顚倒，將男歡女愛從台上演到台下，幕前演到幕後。而在描寫大革命的著名小說中，則給文明戲以戰鬥的進步位置，男女主角還結下了崇高的革命情義。戲劇家從藝術的觀點出發，認爲文明戲培養了一批不可多得的好演員。新中國之後，這些演員編進方言話劇團，演出過令人難忘的劇目。在我極小的時候，我看過他們根據張恨水小說改編的戲劇《啼笑姻緣》。它以喜劇的形式演出了一齣悲劇，我雖然年幼，可也受了感動。它們那種洞察世故、以笑作淚的行爲方式，是文明戲演員的思想精髓。他們在混濁世間跌爬滾打，積累的經驗各人都有一大簍子，背負在他們傷疤累累的肩上。後來，方言話劇團改爲滑稽劇團，以引人發笑爲主，這表明世界觀本質的改變，純粹的喜劇越演越空洞，最終變成插科打諢。滑稽是我們居住的這城市裏一個獨特發明，它好像是一種潤滑劑，潤滑著疲勞生銹的神經，使之正常運轉。它使人對嚴肅的事情視而不見，減輕心理負擔，它盡找些輕鬆事情引人注意，好使人盲目快活。從方言話劇到滑稽戲其實是走了一條人生觀的下坡路。這女孩的母親就是一名文明戲演員，我看過她的演出，實在是神龍活現，她渾身上下都是戲，卻不動聲色，演什麼像什麼，簡直是一種魔術。從她的演技可看出她世故很深，並且很懂幽默，幽默是她的人生觀。再說那女孩，她長得很漂亮很豐滿，用今天時尚的話來說，很性感。她很小就被風言風語包圍。

在他們那條弄堂裏，一家的事就是大家的事，誰也瞞不過誰去。女孩的出生是第一樁流言，她沒有父親，她母親最後一個丈夫在她出生前三年去世。她的哥哥姊姊面目都很平庸，和她完全不同。他們對她還有一種敵視的心情，遠遠看見他們走進弄堂，女孩便收起活潑，鼠一樣地溜回家去。他們是她母親的代言人和左右手。她那麼漂亮可人，卻穿的是姊姊的舊衣服。她每天晚上都把這些舊衣服對縫地疊好，壓在枕頭下面，第二天穿上就像新的一樣。她長著一雙波光閃閃的丹鳳眼，嘴唇的曲線格外鮮明。她的性感是第二樁流言，人們總是背了她嘰嘰咕咕，眼神詭祕。這常常使她母親惱羞成怒，命她哥哥打她一頓。我看見過她背上的被她哥哥用雞毛撢抽出的傷痕，青紫斑斑。對這些皮肉之苦她已經很習慣，哭一場，睡一覺便沒了事。她天性熱鬧，喜歡說話，樂於交際，她的漂亮很容易引起男孩們的萌動。她手腳靈活，反應敏捷，是區少年業餘體操隊隊員。事情就是從體操引起。

我們的弄堂寬敞平坦，曾引來隔壁弄堂的男孩。他們在這裏踢小足球，闖禍連連。後來，小足球的風氣漸漸衰落。我記得我們城市的羣衆小足球運動自那時衰落之後，就再沒有復興，原因大約是城市面積越來越狹小，高樓占據了空地。此外，像電子遊戲機之類的個體遊戲的興起，也瓦解了集體性的遊戲，此話不談。男孩們撤離我們弄堂不久，那弄堂的一羣女孩便來占領陣地。女孩是她們的頭，帶領她們做體操訓練。這時候，學校停課，體操隊解散，大家無所事事。每到下午三點鐘時分，女孩便領了她們過到我們弄堂，彎腰、劈叉、跳山羊。她們的歡聲笑語傳進我們的院子，我們有時在三樓陽台以鄙夷的目光居高臨下看她們。那女孩格外引人注目，她矯健得像匹小鹿，她花樣百出，一會兒這樣，一會兒那樣。她除了是個體操家，還是個舞蹈家，她穿了家做的布鞋便可立起足尖來上一段芭蕾。這女孩的作派使我們又鄙夷又著迷。她有一種粗礪的下賤味道，卻魅力無窮。我們每天又怕看到她又想看到她，心情矛盾。我們開始只是小聲地唾罵她，罵她是個瘋子，「十三點」，沒有爹媽管教。「沒有爹媽管教」這一句並不是因為我們對她曖昧身世有所了解，而僅僅出於這是我們弄堂對他們弄堂孩子的籠統看法。這是我們實際上相當貧乏的罵人詞彙中自認為分量最重的一句。漸漸的，我們由小聲唾罵發展到大聲唾罵。這時候，我們總是站在我家院子裏，隔了一扇鐵門，大聲地說，聲音傳出門外。我們假裝自己對話而對她們冷嘲熱諷，這是一個新方式。起初她們以為我們自己在吵嘴，就靜下來饒有興趣地聽，聽到後來才發現中了計。還是那女孩第一個反應過來，立即反唇相譏。她的引喻和暗喻多得驚人，也妙得驚人。她口齒伶俐，巧舌如簧，沒容我們聽完這一句，下一句就來了。我們顯然不是她的對手，氣得滿臉通紅，我們死死咬住一句話，就是滾回你們自己弄堂去。我們的戰爭從此就開始了。每天下午三點，她們開拔而來，我們就準備口舌相迎。我們心底裏其實長久沉睡的惡意和下賤，全都被這女孩喚起了。我們大聲謾罵的樣子看上去像個小潑婦。我們詛咒她們不得好死，這樣的話說出口就叫自己嚇一跳，可是轉眼間，痛快淋漓的感覺便充滿了全身。我們還在她們將要來到之前到弄堂裏灑水、倒垃圾。可是不知是什麼阻攔了我們，使我們不能開了門去和她們當鑼面鼓地交鋒。我們很卑鄙地去打聽關於那女孩的隱私。樓上阿太是個收藏隱私的好手，女孩的出生之謎就是從阿太那裏打聽到手，我們好像掌握了祕密武器，心裏歡喜。就在下一天當鬥爭到最酣暢處，我們忽然拉開門門，挺身走出去。我們傲慢地看著她們，有一剎那的寂靜，她們紛紛退到牆根，背了手站一排。我們非常刻毒地說：你兇什麼，你爹呢？當我們傲然地嘲笑地說出這句話時，我們轉瞬間就變成了這城市的幽長弄堂深處的鄙俗的小女人。我們已經陷入這城市黑暗的角落，可自己毫無覺察。這話一出口，她們便不作聲了，女孩嚷嚷一句：他死了！我們笑了。她沉默了下來，再不說一句話。我們勝利地走到弄堂當中，在方磚畫下的格子裏，玩著跳房子的遊戲。這遊戲於我們的年齡來說，實在是太幼稚了，那是小一批的女孩的玩意兒，可除了這我們在弄堂裏再沒甚可做。這是我們不如她們的地方，她們在弄堂裏的事業可以逐步提高，隨年歲增長。我想這也是我們恨她們的原因之一。我們這時候玩得很歡暢，還大聲地歡笑。她們全都挨牆站著，背著手。天色暗了，那條弄堂裏有尖利的叫孩子回家的喊聲，她們中間生出一小陣騷動，可女孩一動不動。她們勸她：回去吧！她說：不要！這一聲「不要」明顯帶著哭音。別人便不敢再勸她，卻一個也不離開，緊緊靠在她身邊。這就是她們那弄堂團結對外的特徵。暮色降臨，這是初冬的晝短夜長的黃昏，弄堂裏人跡稀少。她們的身形變得很模糊，只留下一行沉默的影子。然後我們勝利地朝那排影子掃了一眼，轉身回家了。第二天下午，她們還是來了，翻跟頭倒立的遍地開花。可是無論我們說什麼她們都不還嘴，當我們走出門外占地方「造房子」時，她們就退讓到深處，依然做她們的事情。這時候，她們的翻跟頭打滾，看上去有一種很嚴肅的表情，她們少了些嬉笑，多了些認眞。女孩的神情可稱得上是端莊，她像一個眞正的教練似的輔導她們。有時我們看她們看傻了眼，女孩就會驀地回首朝我們一笑。她這一笑實在叫人琢磨不透，她笑得平和而燦爛，這對我們是一個打擊。我們憤憤然地轉過身子，不看她們。這樣的對峙時間長了也叫人受不了，有時我們很發愁，心想這樣下去怎麼是個頭。就在這時，我們之間出現了一個信使般的人物。

她是我們弄堂的，卻是那女孩的同學，她在家排行第五，大家都稱她小五。小五的父母也是南下幹部，說著道地的山東話，多年來鄉音不改，他們家也充溢著葱蒜的氣味。她們家還很奇怪的灶火冷清，每到吃飯，保母就拿著一捆菜票，去合作食堂打飯，這情景看起來很新奇。小五這孩子說一半上海話，一半山東話。她從小在上海的弄堂長大，特別喜歡串門，說著東家長西家短的閒話。她什麼樣的人都要搭著一點，對人還有點討好。我想這也是像我們這種「同志」的孩子，在我們這區域裏的心態一種。小五這樣長舌，其實是爲了免除寂寞，這種寂寞根深柢固，強烈地左右著我們的行爲。小五後來成爲有名的搬弄是非者，在我們中間挑起許多事端，終於成爲孤家寡人。這時，她卻是一個信使。當我們和女孩各據弄堂一端，她有時站在她們那邊看看，偶爾也去試試腰腿；有時則站在我們這裏，和我們跳一會兒「房子」。我現在想起來，女孩的出生之謎是小五透露給我們而不是三樓阿太。小五在知道底細方面，不比阿太少，可謂後來者居上。尤其在文化大革命學校停課的日子裏，她活動得更頻繁，收集的資料不得了。她到女孩那邊說什麼我不知道，可她時常對我們嘰嘰咕咕。她告訴我們女孩說我們些什麼，惹得我們火冒三丈。等事端起來，她則靠在一邊，做出事不關己的表情。有一個時期，我們其實被這小五控制著。我們完全失去主意，聽憑小五擺布。小五這邊站站，那邊站站，無形中爲我們與女孩架起一座橋樑。至今我不知道小五是不是受了女孩的驅使，她有一次跑到我們跟前，說了許多女孩對我們的讚美之詞和友好的心意，這確實使我們大受感動。接著，小五又一次接一次地替女孩向我們求和。最後，我們終於提筆寫了一封友誼的書信。寫信是我的特長，我終日苦於無信可寫。書信上的言辭我掌握得比嘴皮子上的好，我詞彙豐富，引經據典，語句流暢。我洋洋灑灑寫了有幾大張，自己先把自己激動起來。寫好之後，就讓小五送去。小五下一次出現，是攜女孩同來，免去了繁文縟節。那時我父母每天上班，接受文化大革命的考驗，家裏成了我的天下。那女孩由小五帶著逕直走到我家，她站在我家裏，羞澀而燦爛地笑著。這次見面是歷史性的，它將我和女孩的生活全都來了個轉折。在我們和解的最初日子裏，她天天來我家，每天下午弄堂裏的操練不解自散。她離開她的夥伴，終日和我在一起。她和我們說著她們弄堂的家長里短，她的敍述能力很強，說起來引人入勝。那些故事我聽起來就像是天方夜譚。她從來不說她自己家的事，那次給我看背上的傷痕是唯一的一次。她從小跟著母親在那方言話劇團長大，曾在多齣戲中客串過兒童角色。後來我發現她的名字非常像滑稽戲演員的藝名。後來，我還一直想，這城市的暗淡的帷幕是女孩第一個爲我揭開的。她使我看見那鱗次櫛比的屋頂底下微賤的生涯，這是我們光明的同志家所看不見的景象。我們光明的同志家已經將黑暗的歷史一刀斬斷。女孩向我揭示的生活卻與黑暗的舊時代有著千絲萬縷的關係，那生活奇光異色，以一種邪惡的下賤的魅力吸引我的好奇心。與女孩和解的最初日子是聽故事的好日子，她有時還帶來一包瓜子，我們一邊嗑瓜子一邊聽故事。她講故事嗑瓜子兩不誤，嘴唇的動作又靈巧又生動，叫人看了著迷。嗑瓜子也是他們弄堂人際關係的一個特徵，使閒聊增添了聲色。有一陣子我眞的被她迷住了，我不知不覺地學她行動、說話、遣詞造句。她那種活潑潑的眼神和表情，是我以前沒有看見過的。自從我們和解後，我再不在她面前提到「父親」兩個字，我的世故已足夠使我了解到這是一個醜陋的隱密。我們的世故是在女孩培養之下成長，我們漸漸地消除了我們無知卻淸純的表情，我們的臉上，有了一些滄桑。這全是女孩的功勞，不知是好還是不好。嗑瓜子聽故事眞是神仙過的日子，這些故事也吸引了我家保母。這時節我家還有一定的秩序，就全靠了保母她。她在我家其實是一個管家的角色，是母親派來監視我的，她對我嚴聲厲色，寸步不離。女孩走進我家，她奇怪地保持著沉默，一旦做完家務，就在一邊聽她說話。我家保母從十六歲走出揚州來到上海幫傭，至今已經五十歲，這城市的道理她讀得很深。我敢說女孩的故事，她比我們更喜愛聽，也聽得懂。有幾次我發現她聽得入神，忘了手中的針線。還有幾次，我看見她用刀子一樣的眼光剜著女孩。我想，我家保母第一眼就看透了女孩的下賤樣子，她心裏其實是不滿女孩到我家和我做朋友。她所以沒有立即作出反應，我想是因爲保母她在內心深處爲這女孩吸引，她料定女孩會帶來猥褻的故事，這故事引動了我家保母的心。過後想起來，我家保母對我們的辦法有些像甕中捉鱉。她先不作聲，等女孩故事講得差不多了，她也聽得差不多了，再開始發難。

事發那日我還睡在被窩裏，母親就將我推起。我一個夢正做到中間，睜開眼睛看見母親怒容滿面，不知出了什麼事情。母親說以後不許隔壁弄堂的女孩進門，如要進門，她絕不對我手軟。母親怒聲斥責我無聊至極，滿身俗氣，終日說著猥瑣的閒話，將一個女孩的天眞純潔都喪失殆盡。聽了母親的話，我十分痛心。痛心的不是母親的責罵，而是母親指出的事實。我想我不再是個無瑕的孩子，有了汚點，這使我痛哭起來。我一直痛哭到母親上班走了，這才收住眼淚，卻不肯起床，終於起床了又不肯吃飯。我決計不和我家保母說一句話，我冷著臉看也不看她。我聽見她在後門口拒絕女孩進來的聲音，我居然心平如鏡，聽而不聞。我躲在房間裏有好幾天，誰都不理。我就像在虐待自己，閉門靜坐。我悶得發慌，心裏卻得到了安慰。我極恨我家保母，我與保母她的仇就是此時結下的。我也恨我母親，因爲她殘酷地揭露了事實。我甚至還恨女孩，我想她使我墮落，使我變得下賤。我恨完了所有的人，然後平靜下來，孤獨的感覺湧上了心。這時候，冬天在女孩的陰晦故事裏過去了，春天午后的陽光明媚如畫。我將自己關在房裏，聽著鳥的啁啾，眼淚一點一點盈滿眼眶。這種春天午后的寂寞是揪心的，我好像是這世界的外人，這世界生氣勃勃，我卻參加不進去。我不出門還爲了怕見到女孩，可是有一天我們還是不期而遇，她喜出望外地迎上來，很親熱，好像一切都沒有發生過。這天春風和煦，太陽照在她臉上，她的臉色暗淡，蒙著一層灰塵似的，眼睛也很混沌。我發現這女孩的臉龐時常被一種晦暗氣色籠罩，顯出與她年齡不符的憔悴，這使她看上去像一個成年女人。一旦這晦暗退去，如雨過天晴，她的美麗便又光彩照人。她對我就像「一日不見，如隔三秋」，說了又說：這幾日又發生許多新聞，她等不及地要告訴我。我抵擋不住她如傾如洩的講述，可心裏已經淡漠。我怕被這些話題玷汚了似的，左躲右閃，可這些閒話還是進入了我的聽覺。它們聽起來是那樣稀奇古怪，與我單純的生活大相逕庭，聽她講述畢竟不是乏味的事。最後她竟邀請我到她家裏去。我本來應該拒絕，可是卻沒有拒絕，跟了她彎進她們的弄堂。她們弄堂這一日少有的淸靜，幾個老太靠了磚牆在春陽下打盹。她家住一間向北的大屋，北窗前正是一堵高牆，將房間遮得很暗。房間很乾淨，兩張床和兩個老式的櫃櫥，寬條地板被鹼水拖得發白。我不知道她們一家怎樣在這間屋裏住著，也想不出她母親如何在這屋裏活動。這房間有一股暗淡的神情，使人意氣消沉。我明白女孩臉上的晦暗之氣，其實是來自這房間。這房間還有一股猥瑣的氣息，床單下露出文明戲女演員的一雙繡花拖鞋。我腦子裏出現了她在這屋裏挨打的情景。聽小五說，她此外還有數不盡的哥哥姊姊，散落在這城市的各個角落。女孩忽然說起話來，聲音在空廓的大屋裏激起些微回聲。她說，她們家曾經也有過一個保母，待她很好，很冷的冬天，就讓她坐在被窩裏，將洗臉水和飯菜端到她的面前。我不知道她爲什麼忽然說起保母的事情，是委婉表達對我家保母的不滿，還是回憶起自己的一段美好時光。那保母將洗臉水端到她床前的情景，帶有一股隔宿的酸腐氣味。我待了一會兒，就離開了她家。她送我到門口，看我一直走出她們的弄堂。走了很遠我回過頭去，見她還站在門口的陽光下。我覺得，上海弄堂深處的帷幕這時在我眼前落下，遮斷了我和女孩的視線。過了許多年後，我和女孩再遇到，便像路人一般，招呼都不再打了。剛剛離開她時，我有一種輕鬆之感，我好像逃離陰暗的陷阱，回到光天化日之下。可是這並不能解釋我和我家保母的仇隙，也不能使我從心底與母親和解，寂寞又生出我心。

在寂寞的日子裏，我又去母親她姨母的大房子。這時，少年宮早已停止開放，大門關得緊緊，房子裏寂無人聲。我本想來聊解孤獨之感，不料卻更感孤獨。我站在大房子對面的馬路上，看著那紅瓦屋頂，汽車在我和大房子之間川流不息。我想這城市充滿一股隔絕的空氣，人們摩肩接踵，卻都素不相識，旁若無人。我想成語「形同路人」這「路人」兩字一定是從這城市街道的情景而來。它其中特定的互不相識之意定是從這城市街道上產生。我走在熙來攘往的街上，市聲好像和我隔著牆。我發現街上忽然多出許多聲形相異的人，原來是大串聯的一幕已經開始。「串聯」使我們城市蕭條多日後又熱鬧起來。「大串聯」這名字起得好，我以爲它不僅是這一運動形式的特稱，它還象徵著這一時期內社會的流動景象。這流動給寂寞無聊的我們帶來新鮮的事物，使我們的經驗世界豐富多彩。等我日後成爲了一名作家，我會發現我的故事多半來自於那個雜七雜八的社會經歷。這段經歷之後，我們的人際關係便重新進入同類項合併，或者說社會分工的狀態，這說明世界走上正常運轉的軌道，可是多姿多色的奇遇再不會有了。這是我生命中故事最多的季節，寂寞只是在一個故事和另一個故事的中間才會來臨。當然，這乘隙而入的寂寞也是相當折磨人的。下一幕的故事可說比上一幕更具戲劇性，進行的時間也更長。事情是這樣的。

在我們這幢房子隔壁，是獨門獨戶深居簡出的一家。他們的屋頂上，豎立著我們弄堂裏唯一的一桿電視機天線。他們的窗戶總是拉著厚厚的窗幔，透不出一線光。他家也有小孩出來讀書，一個女孩比我高一級，另一個女孩比我低一級。有時見她們放學回來，走到鐵門前，不知怎麼門就開了一條縫，她們便相繼從縫裏擠了進去。然後門關上，又悄無聲息。他家的院子挨著我家的院子，他家的夾竹桃的枝葉蓋滿我家的牆頭，他家還有一棵枇杷樹，結著青青的果實，有時也會落到我家院子的車前草上，「咚」的一下。文化大革命開始，紅衛兵開進他們家，搬動家具和敲砸東西的聲音響了一夜。第二天早晨，他家保母，一個浦東女人，就提著包裹走了。從此，紅衛兵接二連三地開進他們家，他家院子大敞了門，引來許多看熱鬧的人。當時，我也擠在人羣裏面，我看見他家客廳裏古老堂皇的紅木桌椅和明清瓷瓶。院子裏堆滿了衣料、毛線、銀餐具，還有錫紙做的元寶。這是我有生以來頭一次看見錫箔，我至今不明白，他家爲什麼要囤積陰冥中的財富，但這給我源遠流長、財富無邊的感覺。紅衛兵還有一次長時間地進駐他家，一駐就是七天。七天中，有一次我走過他們後窗，見一個美麗女人一邊淘米一邊同紅衛兵說話。她的態度溫和平靜，令我吃驚，我想這家已是大禍臨頭，這女人怎能如此鎮定。她的美麗也令我吃驚，她身著樸素的藍衣，卻玉潤肌膚，亭亭而立。他家的抄家在弄堂裏搞得紛紛揚揚，一夜間他家的來歷就傳遍了。我這就知道，美麗女人是那姊妹倆的母親，這家的媳婦。這家主人是上海這城市重要的民族資本家之一，他們的資本充實了我們開國之際被內戰消耗殆盡的積累。這裏是他的正房妻室，其他還有二房和三房。他長期以來和二房生活，這裏難得來。這就是這家門前車馬稀的緣故。這三房妻室情況各有不同，正房是媒妁之合；二房與他情深意長，可惜沒有生育；而生育是三房的特長，幾乎年年結果，孩子有一大幫。日後，就是這一幫孩子和我發生了緊密的甚至帶有命運色彩的關係。這三房生養的孩子中間的老大，由男人作主，過繼給了二房，以解膝下淒涼，這就造成家庭關係的錯綜複雜，爲日後的故事埋下了伏筆。等抄家高潮過去，已到了這年的舊曆年底。忽有一日，兩部卡車開來，將二房與三房兩戶人家一起遷移此處。從此，這家便喧騰起來，腳步雜沓，門開門關也頻繁了。我想，最初他們還是度過了一段相濡以沫的和平日子。那時候，風聲還緊，不時會有人找麻煩。等到他們逐漸習慣了這種擔驚受怕的日子，從這場重大變故中醒過神來，一場內患便開了頭。將他們三房妻室趕在一處，是極爲殘忍惡毒的事情，出這個主意的人是個心底陰暗、興味猥瑣的人。假如我沒有加入其間，還不會明白這些，可我後來身不由主捲了進去，個中的可鄙可憐咬嚙著我的心，損害了我單純光明的性情。

我和他家孩子認識是在春節前買年糕的隊伍裏。年糕給這一個蕭條的春節帶來了節日氣氛，這個城市已經打了個稀巴爛，是年糕喚起了過年的心思。糧店裏供應年糕的消息傳進我們弄堂，所有門裏的孩子都走了出來，一手拿籃子，一手拿板凳，奔向對面小馬路上的糧店。各條弄堂裏的孩子就像潮水一樣湧出來，這大約是學校停課後孩子們的最大一次集合，糧店前轉眼間就排起長龍般的隊伍，一眼望不到頭。當我們接近這隊伍時，就好像足球比賽進入禁區，尖聲叫著，加快速度，要搶前一步。我們剛在隊尾站下，後面便飛速地排起一長列。我們氣喘吁吁將籃子板凳排開，以充人頭，年糕是憑人頭供應，一人兩斤。我們一邊排著，一邊不知不覺搭起話來，我們商量怎麼以有限的人數去爭取到更多的人頭額，關鍵在於發號之前叫人領號。發號的消息傳來，隊伍裏起了一陣騷動。這家的一個男孩奔回去叫人，他一叫就叫來弟兄姊妹一大幫。而我徒有板凳和籃子，怎麼也變不出人頭。他們很慷慨地讓出一個人頭給我，然後就擠在了一堆。因爲突然間多出許多人，隊伍一下子變得擁擠不堪，我們前胸貼後背，氣都透不過來。而我們非常友愛，互相照應，號頭終於發到了手，這才鬆了一口氣。這時太陽已照到牆根，凍麻的手腳有了知覺，我們坐在板凳上聊天，等待開秤。經過領號頭這一場激戰，我們一下子稔熟起來，我們彼此都很少有這樣男孩女孩一大堆的情景，這時都歡喜異常。我們甚至希望糧店永遠不要開秤，隊伍永遠排不到頭。後來這種排隊活動，我們還舉行過幾次，主要是買黃魚。黃魚是我們城市裏一種大衆水產，牠味道鮮美，營養豐富，價格便宜。在文化大革命開頭的日子裏，牠忽然變得無比寶貴，我想原因有兩點：一是富貴之家急遽地貧困，他們不得已去搶食無產階級餐桌上平凡的黃魚；二是生態的問題，到了今天，黃魚在我們城市已變成昂貴的菜餚，位居海鮮的榜首。至今不知道，菜場來了黃魚的消息是從哪裏傳出，前一天我們就奔走相告，約定出發時間，出發總是在黎明時分，後來這時間越提越早，一是因爲黃魚供應日益緊張；二是因爲買黃魚的熱情日益高漲。黑天行動具有冒險意味。我們中間起來最早的那個，就趴在後窗下壓低聲音聲聲喚，等人到齊，便浩浩蕩蕩地出發，弄堂裏黑得伸手不見五指，並且寒風凜冽。由於困倦和怕冷，我們打著寒戰，牙齒格格響。我們中間買黃魚最拿手的要稱這家正房的孫女兒，那姊妹倆中的姊姊。她和她母親一樣美麗，明眸皓齒，頭髮烏黑。可她卻出人意外的潑辣，在開秤之時的激烈拚搏中很有戰鬥力。說實在，我們全靠了她，才能夠不被擠出隊伍，最終買到寶貴的黃魚。她的那個與她同年的叔叔，也就是三房中排行第三的男孩，則是有智有謀的一個。他可以判斷出說是在這裏賣黃魚其實在那裏賣黃魚的虛實之詐。但擁擠中他卻顯得很無能，原因是他太愛惜自己的外表。他的衣服總是一塵不染，我曾看見他在煤氣上燒烙鐵給自己熨衣。這家孩子有一個共同的特點，使我又佩服又不解，那就是大難當頭，他們都能應付自如，從容不迫。在他們臉上看不見一點愁慘，他們眼神清朗，笑口常開。他們還很警覺，一旦有抄家的壞消息傳來，便立即行動起來，將墨水瓶統統倒空，因爲紅衛兵一律有將墨水灑在床單上的嗜好。他們還分頭將自己心愛的東西堅壁淸野。有一回，那老三向我請求，爲他藏匿他的集郵册。這次的消息說，將有一批北京紅衛兵來到上海，進行毀滅性抄家。我估計這種消息來自於他父親工商界中的同仁，在那明裏不能往來，只能暗通信息的情況下，以訛傳訛的事情也經常發生。老三的集郵册使我很爲難，我無法拒絕他，可深覺這行爲有違天下之大不韙。階級的觀念在我腦子裏，鬥爭的觀念也在我腦子裏。其實他並不是他們孩子中和我最親密的，可別人不開口偏偏他開口。說明他看準我是友情爲重，原則性不強，像我們家這一級的「同志」在運動中還算安全。以後他還向我提出過許多請求，老實說，請求我做事的人不多，有人請求我，我便視作友誼的表示。由於這後來我捲進了我不該捲進的事情，後悔也來不及。開頭的時候，我們在一起度著快樂時光。和這家孩子來往，我家保母不會有意見，就不會去向我母親告狀。保母她只有貧富貴賤的觀念，階級鬥爭這根弦鬆得很。她曾經帶了羨慕的口吻說，他家的拖把比我們家的洗臉毛巾還白，明顯流露出對我們這種同志家庭的輕蔑。這樣，我就和這家孩子來往很熱絡。我想，這家也允許孩子與我來往，一是亂世當中管束不力；二是我們家的情況給他們帶來安全感。他們這種人家總有這麼一種心情，好像上海這城市是他們轉讓給我們，心中不服，表面上卻必恭必敬。他們這兩房搬來之後，這幢房子就有些亂糟糟。三房妻子顯然是個軟弱無能的女人，她金玉其表，敗絮其中。孩子們都有些欺負她，把她的話當耳邊風。最刺痛她心的，是她親生的兒子，過繼到了二房名下，即刻就轉移立場。事情就發生在這裏。

這一個孩子和他弟弟們長得都不同，他小小年紀面目就有些蒼老，神情沉鬱。他看上去有些呆頭呆腦的，總是被他的弟弟捉弄。他平時悶不作聲，可假如要求他來段說書，他便精神大振，神態全異。他說起書來好像換了一個人，聲音抑揚頓挫，眉飛色舞。我想他大約跟他父親經常出入書場，心中很羨慕那恣情汪洋的說書人。有時晚上，我們孩子在他家黑暗的灶間裏聽他說書。不許開燈是他家規矩，這是一種戰時的防空措施，現在用於對付紅衛兵的突然襲擊。我們坐在黑暗的窗戶糊了紙的灶間裏，彼此看不見臉，只聽他激越的聲音在起伏。他說的是《紅岩》，或者是《翠崗紅旗》。忽然間，我的衣袖被扯了一下，有人攙住我的手，悄無聲息地走出灶間。這時我看見，後門外亮堂堂的月光底下，大家全在捂著嘴又笑又跳，屋內是他獨自一人說個不休。當時我只以爲這是孩子間的玩笑，不曾想到在此幕後是一場妻室之爭。我和著大家又笑又跳，覺得這玩笑成功得不得了。我們的笑聲終於被他發覺，他住了口，不出一聲，悄悄離開灶間上樓去了。我想他一定生氣了，可下次見他，卻像沒事人一樣，因此我就以爲他很呆。可是他們卻叮囑我不可掉以輕心，他的呆實際是一種僞裝，也是一種武器。曾有一次，學校裏紅衛兵批鬥他，要他帶他們去家裏造反，他帶了紅衛兵從大自鳴鐘繞到八仙橋，足足兜了半天，也沒將他們帶到家中，你看，他簡直就像機智的二小放牛郎。果然，不出幾日，三房家中的水壺中就倒出一根生鏽的鐵釘。開始我他們的戰爭就此拉開帷幕。他們多半是在暗中較量，以三房與二房之間表現得更爲激烈。開始我以爲那老大不對，他怎可欺負自己生身母親一家。後來，我又感覺到三房的弟兄們對這哥哥心懷妒忌，這也使我納悶。那時候，我完全不能了解其中爭寵的實質，我只是充滿無名的義憤，情感與行爲上都站在三房孩子一邊。因爲他們都是我的玩伴。捲進這樣的糾紛實在不應該，我要有一點點世故就可避免參與這種醜劇，而我卻懵裏懵懂，好像一個無頭蒼蠅。我對這城市的事故完全缺乏常識和判斷力，或者說，是這城市銷毀了我的常識和判斷力，這種說法的疑慮之處在於，究竟什麼才是我的常識和判斷力？他們的戰爭多以雞毛蒜皮的形式進行，時間久了，他們彼此都養成了小心翼翼的習慣。比如穿鞋時先要將鞋子扣過來倒一倒，看裏面會不會放了一枚圖釘；喝水吃飯都先要用鼻子嗅一嗅，看有沒有倒進肥皂粉之類的東西。他們這種惡作劇彼此都幹了不下一百件，他們吃了虧也不動氣，只是心裏有數。他們這樣搞來搞去竟還能保持表面的和氣，灶間裏的書場照開不誤。於是在我眼裏，這鬥爭始終缺乏嚴肅性，我愈發以爲是一場孩子間的淘氣。這種淘氣使我興高采烈，它給我乏味的生活增添了樂趣。惡作劇對於我，久已心嚮往之，我設想過將掃帚架在門上，父親進來正好落在他頭上；我還想過在父親的拖鞋裏放一條蚯蚓，好叫他一下子跳起來。我惡作劇的對象總是父親，母親對於我太過嚴肅，是教育的化身。可我無論怎麼想，卻沒有幹過一回。而這些孩子是敢想又敢幹，這把我樂得不行。因爲有了這些作鋪墊，我才會聽從他家老三的吩咐，將滿滿一勺鹽興高采烈地倒進二房家正在沸騰的飯鍋。我以爲這只是以往做過的無數惡作劇中的一件，無數件惡作劇全都心裏有數表面沒事地過去了，依然一片太平景象。我做夢也沒料到這一次卻過不去了，他家爆發了前所未有的三方大戰。我其實應該想到，二房家的飯就是老先生他吃的飯，老先生發了火，二房豈不倚勢大吵。多少舊事全集於這一次發作起來。

三房自然不依，積極迎戰。而大房本來無事，卻見不得二房仗勢欺人，多年來的辛酸湧上心頭。這一場大戰驚動了弄堂，許多人聚在他們窗下屏息靜聽。她們互罵的聲音傳出窗外，聽起來粗鄙可怕，不堪入耳。小孩子全都鴉雀無聲。女人們哭罵的那些話句句都刺我的心，她們互罵對方是下賤的婊子，這話眞是要了我的命，我想我幹了人世間最下流的一件事。事過之後，再看見那老三，我羞愧無語，他倒沒事人一樣，和我說這說那。那事情雖然傷了我心，卻還不至於使我決絕到與他們不來往，我的寂寞比什麼事情都大。後來使我們中止往來的依然是大人們的意志。我們不知是怎麼，也不知是誰發明了一種打架的遊戲。我們分成男孩女孩兩隊，然後一擁而上，互相扭作一團。這種打架往往持續很久，而且勝負難分，我們打得筋疲力盡，心滿意足。我們彼此對這遊戲都有種歡喜，心照不宣。我們湊在一起，雖然嘴裏不說，心裏卻在想著這件事，一經有人提議，便都興奮起來。對於這遊戲我想可以有幾種解釋，一是精力旺盛，無處發洩；二是青春期來臨，對於男女接觸的渴望；三是閒得無聊，異想天開。也許其中第二條解釋比其他兩條都更主要，可是這種男孩女孩扭作一團的情景，在我腦子裏，卻總有一股絕望的意味。我們好像被潮水推到沙灘上的魚，徒然地在孤獨與死亡中間掙扎。這遊戲一旦被大人發現，他們便看出其中的危險一同起來制止我們。我們雖然還不能完全了解大人們的惱怒，卻已經足夠地感到了羞愧。從此，我們見了面就有些難爲情，不願駐步，匆匆擦肩而過。再後來插隊落戶開始，我們各分東西，天各一方，只有在春節時才可見到一面兩面。那時我們便格外矜持，漸漸地成了路人。成爲路人，好像是我們與人交往的唯一下場。我們這城市的街道上摩肩接踵卻素不相識的行人，是我們永恆性的關係。我總是在尋找並且企圖建設一種命運性的關係，以使我在人羣中位置牢固，處境明確，以免遺失自己，陷入渺茫。熙來攘往的街道上，人們最容易迷路，道理就是這個。文化大革命帶給我們奇遇的機會，僅只是生活中的偶然，它喧騰一陣過去，騷擾了我們平靜的心情，結果還是留下我們孤家寡人一個。

文化大革命帶給我的第三次奇遇，發生在紅衛兵運動高潮已經過去，青年運動在革命中的先鋒作用已經過去，革命深化轉折關頭，革命隊伍重新分化的時候。這一批青年是我們這城市的高幹子弟，文化大革命可說是由他們打開的局面。革命時他們身穿父輩們的黃軍衣，一夜間成爲這個崇尚時髦的城市的服裝新潮流。他們承著父輩的事業，成爲這城市裏最富有革命積極性的青年。在文化大革命的初期，他們是這個城市運動的先鋒，他們的普通話成爲這城市具有革命特權象徵的聲音。然而，隨著革命形勢的發展，他們的父輩成了革命的對象，一律是被打倒的走資派，他們從他們親手創立的血統論的堡壘中退下陣來，他們對這一形勢充滿疑慮、憤懣，卻信心不滅。當他們與我們遭遇時，他們的臉上帶著革命低潮時期茫然、激憤和堅毅的表情。他們還穿著那身黃軍服。穿得很隨便，腰帶不紮，風紀扣不扣，也不戴頂軍帽，但這更有一種理所當然的味道。我早說過，在我們城市裏，同志們的孩子基本呈現散兵游勇的狀態，在總體上屬中流水平。而文化大革命給他們帶來復興的機會，是他們將革命的消息第一個帶來學校，播下火種。他們從各個學校各個區域集合到一起，一下子在上海市民中樹起他們至高的形象。那一時期，大家都穿黃軍裝，並且推廣普通話。我們「同志」在這城市的解放者與主人的地位，又一次顯示出來。

現在讓我想想，我們與他們之間，奇遇是怎樣發生的。我記得那一年的秋天百無聊賴，樹葉落盡了，城市的天空看上去很蕭條。使奇遇發生的又是小五這個人，所以我說她是一個信使般的人物。那年秋天，她在弄堂裏學自行車，已經學得很好，運轉自如，在弄堂裏騎過來騎過去，車圈鋼條發出吱吱聲，在秋日的明澈之中，聽來使人愉快。她看見我就叫我也試試，我說我不會，她一定要我試。我一騎上去便掉了下來，毫無辦法。她就叫來兩個男孩扶我。那兩個男孩都穿了黃軍服和大褲腿的褲子，車子是他們的，他們是小五哥哥的朋友。我一生中學過幾次自行車，有一次幾乎摔斷了腿，可我到底還是沒有學會騎車。這城市的自行車像條大河，我只能站在岸邊。我想我明知沒有騎車的天才，卻一次又一次地去學，是因爲學騎車被我視作交友的好方法。學與教有一種命運般的聯繫，雙方爲一個共同目標而奮鬥。那時候，小五叫她哥哥的朋友扶我，我又窘又高興，我的身子在坐墊上扭成麻花似的，歪歪斜斜地向前走。騎車的時候，時間過得很快，中午到了，他們要回家，說明天再來教我。他們一人上了自行車，另一人跳上車前樑，就這麼走了。他們瀟灑的動作和違反交通規則使我很欣賞。第二天早上，他們中間擁有自行車的那個來敲我的門，說要繼續教我騎車。我很意外，又很害羞，當然也很高興。後來我知道，他們這些孩子與人交往的方式就是這樣單刀直入。後來就是以這種方式，我們和他們結成了夥。我跟了他出去，心裏很怕遇見小五，覺得這樣跨越小五自行其事，總是不妥。可小五看見我卻高興萬分，搶著也要騎車。我們三人有那麼幾天在一起騎車玩耍，相處得很不錯。可小五天生是個見異思遷的人，她過了幾天就又搭上新朋友，玩別的去了。這時，那人帶來他的另一個朋友，另一個朋友再帶來又一個朋友。他們都住徐匯區，說一口清脆流行的普通話，用詞多是書面語還有北方也可上得書面的俚語，顯示出主流語言的高尚，使上海話變得鄙俗了。大講普通話，我是從那時開始的。這時我對我們家使用的語言感到滿意了。我還有一種不堪回首過去的心情，嚴厲地否定自己的過去，熱情地嚮往回到「同志們」的隊伍裏來。這是我人生中一段非常特殊的時期，我違反了以往的一貫原則，我高興我們家是這城市的外來戶。我將這城市的正宗居民統統叫做「小市民」，我慶幸我們家在這城市裏一無瓜葛，孑然一身。這批青年以一種新型的形象出現於我面前，他們將「同志」這個字眼變成具體的高尚的形象。他們來找我玩，我感到很驕傲，我還注意到樓上阿太的膽怯而忌恨的眼光。她對我家保母說，我家保母又對我母親說，這些青年是一些危險人物。我就大吵大鬧，將她們一律說成俗不可耐的小市民。我極力摒除身上的市民氣，將一些口頭語剔除出去。我不願穿中式的棉襖罩衫，硬將男式制服套在外面。我日裏夜裏想要一件舊軍衣，可我們家的舊軍衣早就處理完畢。這下，我就惋惜我們家「同志」性的不夠徹底。其實我的心是一顆勢利的心，我趨炎附勢，我看到這城市換了主人，便也改了我的初衷。說來說去，我總是在追隨這城市的潮流，這更說明我的無根無基，隨風而去的本質。那時節，我和鄰家的男孩女孩都斷了來往。我還很有心地防止造成與他們邂逅的機會，我暗暗提防他們與我分享和這些青年的關係，這將使我的優越感遭到損失。而這些人見面熟的習慣，告訴我這種可能性的存在。有一次，他們看見樓上的女孩，就問我這是誰。我說是個「小市民」的孩子，並且加了一堆誹謗。他們對我說的話題主要是回憶他們光輝燦爛的造反經歷、抄家和鬥爭。折磨資本家是他們熱心的事情，那些話聽起來叫人毛骨悚然，而我欽佩和羡慕得了不得。他們還傳播上層人物的祕事，聳人聽聞。又有些時候，他們就模仿電影人物，《列寧在十月》、《列寧在一九一八》裏面的列寧、高爾基、捷爾仁斯基，還有那殺手，學得惟妙惟肖。《平原游擊隊》中日本人小野的《殺他一個回馬槍》，也是他們熱心的片段。他們的交際非常廣泛，父母的老戰友是一條線，同學中的幹部子弟是一條線，運動中的戰友又是一條線，此外戰友的戰友、朋友的朋友這些線就沒有窮盡，可以穿起一個世界。那時節我們家裏的人川流不息，這個走了，那個來。他們一個個都帶有打家劫舍的味道，進入我家總是旁若無人，長驅直入好像進他們自己的家。他們也帶來過幾個女孩，也都軍衣軍褲。她們頭髮正中分著路子，牛皮筋紮著掃把辮。她們的普通話說得字正腔圓，舉止作派有一股颯爽的風範。她們談論起國家大事好像談論自己家的事，分析形勢頭頭是道。在她們面前，我感到很自卑，我覺得我從頭到腳都透露出小市民的俗氣。在男孩子面前我要放鬆得多，我乖乖地做個聽衆，我們大家都滿意。他們說的那些我一點也插不進嘴去，有時候我感到無論怎麼努力，終還是遊離在他們的社會之外，就有點悲傷，還有點惆悵。他們的姓名也與衆不同，帶有一股大雅若俗的味道，顯示了他們父輩粗通文墨卻江山在胸的將帥之氣。他們有的「大」字當頭，有的又「小」字當頭。他們有的還用地名或戰役的名稱命名，反映出父輩們南征北戰的經歷。在這些名字的照耀下，他們顯得頗有來歷，名堂不小。我的名字在他們面前則顯得體系不清。我名字的第一個字「安」，是母親和父親翻閱蘇聯小說《日日夜夜》而來。蘇聯小說是我母親那時的主要讀物，「安」字多得不得了，「安德洛維奇」、「安東諾夫」、「安德烈」，隨手一點就是個「安」字。「安」字後面那個「憶」字卻不知他們是怎樣想出來，充斥一股「新月派」的風雅氣味。我的名字體現了我父母小資產階級知識分子革命同志的混雜的思想意識，使我在這批朋友面前自嘆不如。他們身上有一股令人震驚的草莽氣，揮灑縱情，好像天下都是他們的。他們騎的自行車都來路不明，今天這一部，明天那一部。那時候，我們這城市裏偷自行車的風氣很盛，鎖不鎖的統統不管用。他們遺失了一部自行車，就再去偷一部。理論有兩種，一種是他們絕不向這個世界妥協，另一種是天下大同，無產階級是一家。他們偷車的技術很高明，態度很從容，他們大衣裏有個鈎子，將上鎖的後輪輕輕一提，推上就走。這時節，他們的父親母親大都失去了自由，受著監禁和審查。談到這些，他們神情陡然暗淡，悲從中來，他們由此談到黨內殘酷的路線鬥爭。這話題又機密又深奧，我們關起門窗，拉起窗簾，壓低了聲音。這一陣子，我自己父母也正吃緊，顧不上我。我家保母沒我母親撐腰，她的話我只當耳邊風。保母她心裏痛恨這幫青年，罵他們「強盜坯」。他們也不買賬，罵保母「老巫婆」。他們雙方不相上下，針鋒相對。保母她正很寂寞，她的許多同鄉因爲東家落難，紛紛回了老家，她一個人成了沒頭蒼蠅，無門可串。尤其到了下午，她無所事事，就曬著太陽打瞌睡。因此和他們鬥法漸漸成了她熱中的事情。最後使我和這幫人分手的根源也是保母她。我家保母在我的人際社會中總是起破壞作用，成爲一種外力干擾的象徵，說起來也是奇怪的事情，此話暫不多說。總之，這批青年是我經驗中完全新鮮的一批，他們拓新了我對「同志」這類社會成分的認識。過去我只認識到「同志」在這城市的外來戶的位置，而沒有意識到他們的占領者位置。他們的「同志」後代的形象，在這一年的「八・一八」日子裏，達到了悲劇性的高峯境界。

「八・一八」這日子在今天意義已經平淡，而在那年頭，提起「八・一八」，青年們就會熱血沸騰。文化大革命的開初第一年，這一天毛主席在天安門城樓接見了紅衛兵。許多孩子將這一天定爲自己的生日，爲自己重新起名字。從此，每逢八月十八日，孩子們都要舉行盛大的遊行集會。然而，緊接著，一場激烈的甄別眞僞肅反清源的鬥爭開始了。誰是眞正的毛主席的紅衛兵，這個問題變成一個革命的首要問題。「八・一八」便有了一種帶有標誌性的意義，就是說「八・一八」是誰的節日，誰就是毛主席的紅衛兵。他們經常懷想前一個「八・一八」紀念日的情景，他們全身軍裝，腰繫武裝帶，由幾百部摩托車開道，馳向人民廣場。可是現在工宣隊進駐學校，重新組建紅衛兵。紅衛兵已成爲羣衆性的青年組織。「八・一八」這一日，各學校的紅衛兵聯合組織大遊行，歡歌歡舞地步行走向人民廣場，這情景帶有一股平民節日的氣氛；摩托車開道，全副武裝的遊行則有了一種貴族革命氣派。我後來才想起，這一年臨近「八・一八」的時候，他們不來我們家了，甚至連保母她都有點惦記他們，問我，「強盜坯」到哪裏去了。我嘴上不說心裏也很納悶。他們不來的日子，我很寂寞。那是盛夏的天氣，蟬在樹葉裏叫個不休，每天我都睡長長的午覺，醒來神志恍惚，不知身在何處。「八・一八」這一日學校通知我們去遊行，我是紅花隊的，手持紅花。遊行總使我們高興。那天的遊行空前盛大，那是大聯合的第一個夏天，大家都來關心國家大事。我已經記不起是在哪一條街道，我也記不起第一部自行車是怎樣出現。我記得遊行隊伍忽然起了一陣騷動，口號聲零落了。那一支身著軍裝的自行車隊從天而降，行駛在我們隊伍旁邊。他們的自行車隊是沉默著前進，與我們的喧騰形成一個對比。他們沒有戴紅衛兵袖章，他們神情莊嚴，懷有一種哀絕的氣氛。我是在他們被沖散並被毆打時才認出他們的。他們幾乎是悲壯的表情使他們完全變了樣子。遊行隊伍亂了，人們先是圍上去，然後發生爭吵，繼而就動起手來。他們的自行車轉眼間被砸扁，有血滴在了街道上。我們跑上人行道，在人家的屋簷下瑟瑟發抖。他們挨打沒有一聲叫喚，他們也不逃跑。我記得許多人參加了毆打他們的行動，忌恨心理這時大爆發。圍住他們的人成了一座山，自行車左一架，右一架，好像屍橫遍地。我們幾個小女生冰涼的手互相拉著，慢慢地離開遊行隊伍回家去。這悲壯一幕，我無法從眼前揮去，爲他們難過，又爲他們驕傲。越走近家，我驕傲的心情越滋長，我的心漸漸平靜，打戰也止住了。接下來的事情是無盡的等待，我天天等他們上門，而他們蹤影不見。我等過這個夏天，又等過秋天。這一年冬天來得很早，樹葉掉了，我心裏很荒涼。一個太陽高照，卻氣溫陡降的天氣裏，我在弄堂口被人叫住，卻見是他們中間的一個，戴著大口罩，穿一件工廠發的藍大衣，豎起衣領。他示意我跟他走，然後就穿過馬路。我心怦怦跳著，激動難捺。我們一前一後地走在僻靜的馬路，正午的陽光給梧桐的枯枝鍍上一層銀，看上去炫人眼目。走到一個公園冷清的小門旁邊，他才停住腳步，待我走攏去。他對我說：如今形勢險惡，有消息傳來，這城市馬上要開始一場大搜捕，他和他的戰友都已經作好逃亡的準備。他說他們決定分散出逃，最要緊的事情是錢。我立即說我有錢，但不在身邊，現在就回去取。他說等在這裏不安全，四處是便衣，還是換一個時間，也換一個地點。他約我第二天到某地方去等他，如到多少點還不見他的蹤影，就趕緊繞路回家去。他還囑我屆時要戴一個口罩，這提醒使我興奮，似乎我也參與了他們的危險處境，有一種共命運的感覺。命運的感覺使我生出莊嚴的激情，這就是文化大革命帶給我們的最大好處，它將我們捲入了命運的漩渦。在正常的日子裏，我們的生命走在平靜安全的軌道，而革命的動亂解散了秩序，我們的生命出了軌道，互相碰撞，交織在了一起。我想，這是我有生以來第一次有了命運的經驗，命運使我與一些人牢固聯結起來，正是我夢寐以求的關係。我懷了感激的心情走回家去，我拿出我夾在書本裏的寶貴的壓歲錢，那都是一些嶄新的角票，我將它們當作精美的紀念品。壓歲錢是小市民的產物，是我們家僅存的傳統風俗之一。觸摸它們時我心裏難免有點戀戀不捨，我想我總也不捨得用如今終於到了用它們的時候。次日下午，我在一個離家遙遠的陌生電影院前嘈雜的馬路上，將這錢交給了他。他將平整嶄新的紙幣攔腰一折，塞進大衣內側的口袋。然後他傷感又激昂地說了一番話。他說到我們的結識和即將到來的分離，說到我們戰鬥的友誼，又說到革命的曲折艱辛，低潮來臨時我們不應當喪失信念，他還說到如果今後不能見面，希望我永遠不要忘記他們這些戰友。有一顆眼淚從他眼睛裏落了下來，我不由也掉下了眼淚。他關於革命的論說我一點聽不明白，可是關於我們之間關係的話，句句記在心裏。我卑微地想：他們終於接納我啦！我想，以前我們的聊天、說笑、學騎自行車，全都算不上什麼，今天的分別，卻將我們緊密地聯繫在了一起。這是爲什麼？不就是命運的緣故嗎？和他分手後，我一邊哭一邊往家走，眼淚把口罩淌濕了。我由於激動而迷了路，我坐錯兩部車，最後口袋裏一分錢也沒有，我只得走回家去。我直走到華燈初上，這城市第一次向我顯示了溫情的面貌。它的街道、路燈、車輛、樓房的暗影，全向我伸來溫暖的觸角。我幾乎能感覺它們柔情脈脈的撫摸。我眼淚乾了，淚痕揪著我的臉，我感到暖洋洋的倦意。這城市的燈光還是令人喜悅，它使人懷想蹁躚。從此，我要好好地等他們，我含了新的眼淚在心裏想。等他們的日子多麼傷心又多麼快活，等待將我與他們聯結起來，每一天都有意義。我和其他孩子都斷絕了來往，有時見他們在熱烈地說話，我就匆匆走過，表情嚴肅，好像要去辦了不起的大事。這日子裏，我把母親的姨母的大房子忘在腦後，三孃孃也忘在腦後，這一些我都不要了，等待他們充滿在我身心。我日裏夢裏都想像著他們回來的雲開日出的日子。而當他們突然出現在我家門前，一聲高一聲低地喊著我的名字，我心裏湧上的，竟是一股強烈的掃興。我沒想到他們回來得這樣快，一個冬天還沒完，就已經結束了他們的逃亡。我還沒想到他們出現得這樣堂而皇之，沒事人一般。他們神清氣朗，衣著整潔。他們又換了自行車，鈴兒響叮噹。他們走入我家，坐了一堂，又開始了海闊天空的聊天。我想，失望就在這時候潛入我心，當後來事情發生的時候，這失望就好像種子一樣開花結果。我隱隱覺得，我與他們之間那命運的紐帶鬆了扣，這種鬆扣的感覺叫人痛心，我想都不願去多想。於是我也隨著他們有說有笑，重又快活起來。

這又是一段往來頻繁的日子。他們上午來，下午來。他們話題變得有些瑣碎，革命的事情不再放在嘴邊。他們也熱心談論人家的私事，與小市民的區別在於他們所談對象是偉人和名人，而非街坊鄰里。他們流露出革命失敗後的頹唐情緒。他們長久不來而後再出現我家，無形中與保母她消除了芥蒂，和平相處。他們甚至對保母她懷有興趣，因爲她談論家長里短是一把好手。這時我還沒有意識到危險的來臨，有一天，當保母她說起她曾受雇過的一位顯赫人家的生活，我很雀躍地鼓動她拿出那家女兒的照片給他們欣賞。我家保母形形色色照片一大堆，全是她幫傭過的東家，那家女兒在其中顯得出類拔萃。他們漫不經心地拾起那照片看了看，便拋回桌面上。我家保母一說起來就沒個完，從他家的日常起居說到節日菜餚，清規戒律到駐顏養身術。我想他們一定聽在耳裏，記在心裏。他們甚至還記下那家女兒的名字及家址。他們這一切都進行得不動聲色。那天保母她串門到這昔日的東家那裏，竟看見他們正坐在人家的沙發上，說東道西，保母她吃驚得話也說不出來。等他們一走，這家女兒就哭了起來，說這些人已是第三次上門。她弄不清他們的來歷，也不敢多問，只得應酬他們。文化大革命一開始，各路紅衛兵就衝進他們家，她已經被這些穿黃軍服說普通話的「紅衛兵」嚇破了膽。我家保母將她安撫一番，再回家來告訴了我。保母的信使的意義也就在於此，她們打開形形色色的關係的渠道，將消息帶來帶去。假如沒有她們，這城市的人際關係就要簡略得多，故事也要少得多。我聽到我家保母傳話的第一個反應就是憤怒，我忘記了當初他們也正是這樣地認識了我，成了我家的座上客。我也忘記了小五的豁達的表現，我一時氣不打一處來。緊接著，一股巨大的失望攫住了我的心，我沒有想到，他們原來是這樣廣泛地開展交際。我想，我與他們的關係其實只是他們廣泛社交中的一個。被我視作那樣神聖的命運關係，於他們僅僅是社交一種。我還明白，他們與我交往，並非因爲我是他們「同志」社會中的一員，我究竟是不是現在也變得可疑。後來我平靜下來，多次想到小五，我極力去理解他們的人際方式，做到像小五一樣。事後我與他們也有過幾次交心式的談話，我們越談越遠，還總談不到點子上去。那時候我的認識不可能像成熟以後那樣清晰，我說不清我究竟想要什麼，只是起心的難過。我終於做不到像小五這樣，原因是我在與他們的關係中寄予太多的希望，將人際關係看成是有意義的關係。而他們則覺得和人能認識白不認識。他們自以爲他們有這種特權，只要他們想認識，都可以認識。這是這個城市的眞正的占領者的觀念，「小市民」的含義其實就是「降民」的含義。這種觀念由於他們處在這傲慢的、富貴貧賤的城市裏的心理壓力而更加強烈和極端。這種觀念後來還會在一部分人身上演化爲另一種形態，那就是他們眞正領會了這城市的精髓，成爲這城市裏最前列的人物。他們像退潮一樣退出我們家，就像他們來時那樣一下子就完了。我家霎時間冷清下來，我重新又是一個人。我應當承認，我有很長一段時間無所適從，我心裏恍恍惚惚的，而且我負氣似的和誰也不搭理，一個人獨往獨來。有一次，我無意中走到母親她姨母的大房子，我心裏忽然掠過了一線什麼。我在那房子面前站住了腳，我看見它的模樣已經破敗，一個問題突蒽地湧上心頭，那就是：我是誰家的孩子啊！我不由地一陣鼻酸，我覺得自己很可憐，孤零零一人在世上，甚至還受了欺凌。這種自憫自憐的情緒在我心中膨脹起來，使我淚眼汪汪。眼淚洗滌了我多日來鬱結於心中的不快，使我輕鬆起來，我居然有些享受我的孤獨。我用手撫摸著牆上自己的影子，走回家去。

成吉思汗—窩闊合—忽必烈

成四子

成四子之子

第六章

這一章我專門用來描述我祖先從北方草原到江南村莊的過程。這要從大王成吉思之死說起。大王最後的日子是在出擊西夏的征途中。二十年裏，對西夏這個繁榮昌盛的國家，大王隔年發起一次進攻，這次，是決定性的了！關於大王死的傳說有四種。第一種是說那年冬天，大王出征途中，射獵野馬，坐騎與野馬相撞，落地受傷，這傷成爲致命的原因。大王從小熱愛射獵，與奔騰的野性勃勃的馬羣對峙，那驚心動魄的一刻，確是大王之死的場景。第二種傳說，是被雷電擊中，這有一股神旨的意味。雷電向來是蒙古人的對頭，在一望無際的草原上，雷鳴電閃的景象震懾人心。大王原本自天而來，必將向天而歸。第三種則說是戰死疆場。大王他進攻喀擊城時，膝部中箭。這種傳說我以爲比較平常。奇異的說法是第四種。第四種說大王征伐西夏，俘獲了美麗的后妃庫別路金豁阿，夜間共枕，庫別路金豁阿便向大王行刺，然後投身黃河。這就是黃河被蒙古人叫做「合屯・木淪」的原由。「合屯」是皇后的意思，「木淪」則是河流。這故事具有悲壯與柔美兩種激情，美麗絕倫的皇后投入滔滔黃河，作爲大王死的背景，是天上奇觀。那窈窕的身體最後入水的一刻，我想應有火紅的日頭噴薄而出，金水四濺。大王魂乘著太陽駕車駛入雲天。大王死的日子有說是公元一二二七年八月十八日，有說是這年的九月。死的地方有說是在西江畔，有說是在六盤山。無論什麼時候，什麼地方，大王都是死在出征的途中，這是大王的選擇。他在立下窩闊台爲繼位者，他最後的遺囑和訓言中有這樣一句：「我不願死在家裏，我要爲了聲名和榮譽走出去。」憑這句話，我們可以斷定，大王死於聲名和榮譽之中。聲名和榮譽的遺跡處處可見。比如六盤山地方的珍珠。當大王來到六盤山，女眞國王便來請降，他所送禮物中有一盤大圓珍珠。珍珠是多麼逗人喜愛，大王將珍珠賜給耳上穿孔的人，一人一顆。沒有穿孔的人立即也在耳上穿孔，結果人人得到一顆。就是這樣，大圓珍珠還是剩下許多。大王說：「今天是行賞的日子，全部擲出去，讓人們撿拾吧！」許多日子過去，還有人來到那裏尋找珍珠。西夏國王失都兒忽的請求和談，也是聲名和榮譽的一例。驕傲的失都兒忽竟說出這樣謙卑的話，他說：「我擔心他能否收我做兒子。」這個「他」指的就是大王。大王死前最後一個戰鬥的指令最讓人們對他的死祕不發喪，當失都兒忽和他的百姓在指定時間走出額爾吉牙，就將他們一舉消滅。就在一舉消滅失都兒忽和百姓之際，全軍舉喪，哀聲震天動地。額爾吉牙城前屍橫遍地，是大王之靈的祭獻。人們抬著靈柩，向家鄉不兒罕山走去，他們一路所遇的人畜全部殺死，大王是踩著血路回家的。這象徵著這世界的「易朽」。這是波斯人拉施特所寫《史集》中的一個用詞，他寫到大王死，就說：離開了這個易朽的世界。我想，消滅失都兒忽和百姓，殺死路遇人畜，全是證明「易朽」這兩個字。這兩個字用得好，它不僅寫出大王的永恆，還寫這世界被永恆的大王拋棄了。我們這些被遺下的孩子是多麼不幸，還將在這易朽的世界上行走。我們由於「易朽」這兩個字，忽然間變成灰塵與煙霧般的東西，一口氣便可吹得無影無蹤。送靈的隊伍裏一定有我祖先的身影，在夜晚時便點起火把。我祖先的執火者形象叫我感動，這火把還象徵生命的脈脈血緣。我祖先是大王最忠實的護靈衛士，他日裏夜裏不闔雙眼，眼睛裏也有兩簇火。這是我們最後的忠實的旅途，接下來，反叛就要開始了。我追溯祖先的身影，就好像追蹤一個黑夜行路的孩子，又好像追蹤一個浪跡天涯的遊子。我窮追不捨，走遍整個北部草原，南進的日子即將開始了。現在大王靈地還未抵達。我們回家的路有多遠，就說明出征有多遠，還說明大王的國土有多遼闊。現在，我們要去的地方是不兒罕山，這是與大王親如手足的大山。大王的臉，貼撫過山上的土，那是大王力量的源泉。這山有一個坡面，許多條河流從那裏發源，河流湍急，奔騰不息，河流沿岸有無數樹木和深遠的森林。這是大王自己選擇的墳葬地。大王生前打獵經過這裏，看見一片空地上立有一棵孤樹。他忽然心情喜悅，翻身下馬。他好像到了家似的，備覺親切。大王靈柩下土那一刻很寂靜，鴉雀無聲，萬馬踩靈才顯得驚心動魄。一千個兀良合惕族人世世輩輩在此守護這一片宏大禁地。兀良合惕族有著光榮的過去，他們參加過點燃七十座爐子的巨大工程，爲蒙古走出山林來到平原，作出了貢獻。他們和大王心心相印。就在大王下葬的那年，這裏長出無數樹木和青草，它們轉眼間葱蘢一片。如今，森林茂密，誰也認不出最初的那棵孤樹，連守護人都找不到通往那裏的道路。這就是禁地的意思了。大王歸天，我祖先便將開始卑賤的犯罪的日子，這日子還有上百年的序幕，我們的敍述要轉向忽必烈了。

忽必烈這孩子在大王西征歸來的途中就已展示了才華。那一年，大王結束西征，他的親屬們專程遠道前來迎接。他們騎馬駕車，載歌載舞，簇擁著大王，如衆星捧月。他們興高采烈，遊獵而來。從艱辛殘酷的西征中來，眼前是刀光劍影，血肉橫濺，和平的草原氣象使大王恍如夢境。他就像是第一次看見草原那樣，看著他至親至愛如初生太陽般新鮮的草原。歡快的捕獵人羣，在他眼睛裏跳躍、閃爍。他的孫子，十一歲的忽必烈和九歲的旭烈兀，就是在此時開始了他們生平首次射獵的經歷。忽必烈射殺了一隻兔子，旭烈兀的獵物是一隻山羊。於是，牙黑剌迷失就要舉行了。牙黑剌迷失是慶祝孩子第一次射獵收穫的隆重儀式，射獵象徵著馬背上的生涯從此開始，由尊貴的長者爲孩子的大拇指拭上脂油，脂油代表成功與致富的願望。這時候，乘著西征勝利的喜悅，孩子們的成績又帶來了吉祥的空氣，大王親自爲忽必烈與旭烈兀主持牙黑剌迷失。我想這一定是前所未有的不平常的事情，大王主持這兩個孫子有關一生意義的牙黑剌迷失就好像福音的降臨。這兄弟倆在儀式中的表現有所區別，這區別後來載入了史册，成爲歷史的重要的徵兆。那就是，當大王親自在他們的小手上拭油的時候，忽必烈輕輕地執著大王的拇指，旭烈兀卻緊緊的一把抓住，這孩子氣的粗魯使大王說了那麼一句：「這個壞蛋要將我的手指掐斷了！」當然，這一句話並不能說明大王對旭烈兀的不喜愛，「這個壞蛋」看起來也更像是一種又嗔又愛的暱稱。後來，「這個壞蛋」旭烈兀也很有出息，成爲波斯伊利王國的奠基者。他額上清楚表現出來的偉大、威武、幸福與治國之才的徵候，史書上也留下了記載。那麼大王對忽必烈輕輕執著他的拇指這一恭謹溫文的舉止有什麼表示呢？大王沒說什麼。含蓄和矜持是大王的風範。拭油的儀式順利完美地完成了。這是一個很好的開始，被大王說一聲「這個壞蛋」，終究是不悅的事。從中我們也可看出忽必烈的性格：沉著、自持、溫和，這些品質對於他將來成爲一代國王，有著不可小視的意義。

現在我應當敍述一下忽必烈的宗譜，再敍述一下王位的繼承路線。從這兩條線之間的複雜關係，也許可窺見忽必烈登位的艱苦卓絕的鬥爭。大王共有八子六女：長子朮赤；次子察合台；三子窩闊台；四，拖雷；五，闊列堅；六，扎兀兒；七，朮兒赤台；八，兀兒扎察。六女略，因她們與傳繼王位無關。第六、第七、第八子早年去世，沒有產生任何影響。四個大兒子全生於尊貴的大皇后孛兒帖，第五個兒子闊列堅則生於二皇后忽蘭。大王分給長子朮赤四千軍隊，次子察合台四千軍隊，三子窩闊台四千軍隊，五子闊列堅四千軍隊，此外還各有極其遼闊富饒的疆土。四子拖雷是正妻所生的幼子，這在蒙古人的社會裏，具有繼承全部家產的地位。拖雷他始終跟隨父親征戰東西，大王叫他「那可兒」。「那可兒」的意思是夥伴，這是多麼親切的稱呼啊！當大王發兵西夏的日子裏，窩闊台的兒子闊瑞和貴由向大王索取恩寵和贈賜的時候，大王曾說過：「我什麼也沒有，所有的東西都是大禹爾惕和一家之主拖雷的，一切由他作主吧！」「大禹爾惕」是牧地的意思，所有東西是「大禹爾惕」的，可理解為自然天地所有之意，是一種抽象的說法，而有實際意義的則是「一家之主拖雷」這一句話。可是很奇特的，在大王遺囑中，卻立三子窩闊台為繼位者。我想，在此就埋下了一個爭奪王位的伏筆，懸念由此產生。同時，這場鬥爭的主角也已決定，那就是窩闊台與拖雷。然後我們可以看見，王位下傳走的是這樣一條路線：窩闊台死後，窩闊台長子貴由立；貴由死後，拖雷長子蒙哥立；蒙哥之後，蒙哥之弟忽必烈立。王位走的是一條曲線，回旋於窩闊台與拖雷兩系之間，這就布下了一個戲劇性的結構。王位是如何從窩闊台家族轉到了拖雷家族，這其實要歸功於窩闊台的大皇后脫烈哥那的專斷弄權。她公然違背窩闊台的旨意：立孫子失烈門為汗。脫列哥那經過一系列籌措，將她心愛的長子貴由推上了汗位。而貴由有一個深仇大敵，他的堂兄弟，就是大伯父朮赤的次子拔都，危機就這樣種下了。貴由死後，諸王貴族共同商議選舉新的大汗，拔都率先提議拖雷之子蒙哥，窩闊台一系的宗王們提出應立失烈門，因這是窩闊台親立的繼位人。蒙哥一派的王親們便說：違背窩闊台旨意的，正是你們幹出來的。

總之，既然是窩闊台自己的人先破了例，接下來的一破再破就也由不得他們了。窩闊台家族在蒙哥即位的慶宴上突然襲擊，發起進攻，結果極其悲慘。貴由妻子海迷失皇后被處死；失烈門及貴由之子忽察、腦忽，禁錮終身；窩闊台的第六子合目、第七子蔑里、第五子合失之子，也就是失烈門的親兄弟海都，被流放。海都在後來我祖先所參與的叛亂中將再一次出場，他也是使我感覺息息相關的一人。爲鞏固汗位，蒙哥進行清黨很有必要，這爲忽必烈開拓了道路，也爲大元朝開拓了道路。可這道路卻艱險重重，蒙哥猝然死於南征之中，他沒有留下任何關於繼承的遺言，這便帶來一個混亂而緊張的時期。忽必烈先下手爲強，次年三月，自行召開大會，活動手下諸王擁立爲汗。兩月之後，阿里不哥也匆匆糾合宗親，自立爲汗。阿里不哥是忽必烈的幼弟，根據幼子傳接家業的蒙古傳統，阿里不哥具有繼承王位的權利，可忽必烈全然不管這一套。戰爭是難免的。忽必烈最終戰勝阿里不哥，我想總起來或許是這樣一句話：這是「漢法」的勝利。

在蒙哥登位的時候，忽必烈就受命出任漢南漢地總領。這使他得以優先接觸到成熟悠久的中原文化。從歷史上忽必烈和漢人關係的記載中，我們可看出這是一個富有理性的藩王。他謙遜、好學、自律、冷靜，使他區別於之前一切熱血沸騰的騎馬王汗。他同漢人的接觸記錄中有一句話引起我的注意，那是冀寧交城人張德輝對他說的。張德輝說：「農桑是天下之本，衣食所從出。」這一句「農桑是天下之本」所刻畫的生存方式是與一個騎馬民族所依存的方式截然不同的。這句話所描繪的那一種男耕女織、安居樂業的和平景象一定使這位藩王感到既新鮮又美好。草原上的飄泊與擄掠經過了幾千年的路程，到這位藩王的時候，已無可阻擋地感覺厭倦甚至憎惡。在溫文爾雅的禮儀和智慧深刻的政治的照耀之下，草原帝國不由就流露出粗陋與殘暴的面目。然而，草原上奔馳的人生卻是有著無限的吸引力，馬背民族經歷幾千年暴風烈日，熾熱的鮮血，不是那麼容易冷卻。當忽必烈進入中原之時，草原上的藩王們便意識到一個草原的王國實際已瀕臨滅亡。忽必烈親手所建的大元朝，其實已不再是草原王朝。我想，這就是後來北方諸王的叛亂屢平屢起的原因。這也是我祖先參與其間，賭上了性命與前程的原因。現在，忽必烈摒除了阿里不哥的勢力；正式改大蒙古國號爲大元，不可一世的大元朝開始了。改國號一定傷了我祖先這樣的草原之子的心，「蒙古」這稱號是他們的驕傲與光榮。「蒙古」這稱號於他們又像是一個親愛的血肉相連的嬰兒，「蒙古」這詞最初的意思是「孱弱」和「淳樸」，而今它威名遠揚，振聾發聵，「蒙古」的成長壯大，浸透了草原之子的鮮血與眼淚。「蒙古」這名字，在草原之子的熱辣辣的懷裏，一代傳給一代。忽必烈用「元」這字爲國號，是源於《周易》：「彖曰：大哉乾元！萬物資始，乃統天。」這是比草原大得多的天下，也是忽必烈的立意所在。這一個馬背帝王坐進平原重鎮之上的皇宮正殿時節，那心情是如何的啊！忽必烈命名的京城大都正是今日的北京，它左擁太行，右瀕渤海，挾五關天險而憑臨中夏。它是華北通往遼東和漠北的樞紐，也是中原王朝防拒北方游牧民族的重鎮，將京都座在這裏，顯而易見是將防禦騎馬民族作爲第一要職，也就是承認了騎馬民族是第一威脅。這是大可深究的一件事。我想，在草原民族侵襲中原的時候，除去經濟與政治的原因，一定還有個心情的原因，這也就是促使我祖先加入乃顏叛黨的原因。我不知道，當忽必烈坐在大都瓊華島金碧輝煌的宮殿之上，聽著關於北方叛黨海都、昔里吉和乃顏犯上作亂的情報，發著平剿戡亂的旨令，心裏有沒有想到草原一望無際的藍天，鐵馬奔馳。但在我腦海裏，忽必烈更像是個儒，在王惲的奏疏中對他有這樣一段描寫：「臨御以來，躬行儉素，思復淳風，如輕縕衣而貴紬繒，去金飾而撲鞍履。至衣服等物銷織鍍呀之類，一切禁止。」這樣，忽必烈的形象便是素衣常服，粗茶淡飯，好像是孔子的化身，流露出一副禁欲的面貌。傳說他兒子眞金有病，臥於織金被褥上，他便動了氣，表示出對兒媳婦的痛心和失望。這故事令我想起大王成吉思向花剌子模商人展示金銀綢緞的寶藏的場面，這與忽必烈節律淡泊的性情形成多大的對照啊！大王顯得性情使然，一派天眞，忽必烈則深謀遠慮，城府在心。忽必烈的大元國，眞是個奇特的不好說的國，它是個騎馬民族的王朝，可又是個漢民族的王朝。當忽必烈登上王宮大殿的時候，草原已經在他身後很遠，並且在他的彈壓之下。

北方諸王的屢次叛亂中，我祖先應屬乃顏那一黨。根據南村《輟耕祿》卷二中的一行：「至元二十四年，宗王乃顏叛，後伏誅，徙其餘黨於慶元之定海縣。」這是蒙古人從漠北草原來到江南的確鑿有力證明，於是我便將我祖先安排於乃顏的麾下。雖然最終是流放的下場，可畢竟轟轟烈烈，鐵馬金戈了一場。從草原來到江南是一件大事，平淡度過不管怎麼說有點可惜。類似洪洞縣大槐樹下集合起上路是一種遷徙法；作爲忽必烈的將士滅亡南宋也是一種下江南的走法；叛亂失敗，流放南地又是一種。我選擇這一種，一是因爲浙江有墮民這一說，二是因爲這其中有一股悲壯之情，悲壯之情可說代表了遷徙這一樁事的全部情感。離開祖先們生存的地方是多麼悲傷，離鄉背井一去不還是多麼傷懷，中原再好也不是我的家，血肉相聯的故鄉將成爲子孫們人生地疏的地方。他們定是一步三回頭，肝腸寸斷。我想，我母親流浪的歷史其實是從這時開始的，我們再不會知道，什麼才是我們眞正的故鄉，這是我們家永遠的絕望。乃顏之亂我想與海都、昔里吉的叛變都不同，只是因爲他們最終都是反對忽必烈，才走到了一起，海都的叛亂其實是窩闊台與拖雷兩系之間爭奪王位的延續。海都，這窩闊台汗的聰明能幹的孫子，他親眼目睹窩闊台家的汗位到了拖雷家手中。昔里吉又是一個窺伺王位的傢伙，身爲蒙哥的兒子，他認爲他才是正宗的繼位者。王位的事情弄得許多人心煩不已，蒙哥的孫子撒里蠻也動了念頭，這使得他們自我消耗很厲害，最終不得不歸順元廷，乖乖地稱臣。而乃顏的情況與他們都不一樣。

乃顏的來歷有些弄不清，有說乃顏是成吉思汗同父異母弟弟別里古台的曾孫子。關於別里古台最著名的事蹟是，大王初立汗國，在斡難河林中宴會上，被叔父不里孛闊砍破肩胛。成吉思大怒，而別里古台則以大局爲重，息事寧人。另有關於乃顏世系的說法，乃顏則是成吉思汗四弟鐵木哥．斡惕赤的後代。斡惕赤是大王最親愛的弟弟，他給他的軍隊，共有五千人，超過給他的親生兒子。總之，乃顏出身高貴，但他游離於王位傳遞的線路之外。他不是大王的正傳後裔，汗位與他無關，他對此也一無窺覷的記錄。什麼是他謀反的原因呢？我想直接原因是忽必烈派遣廉希憲爲北京行省平章政事。廉希憲只是個漢名，他其實是畏吾人。他父親布魯海牙是忽必烈的功臣，西征的隊伍裏也有他，廉希憲被忽必烈視作「皇弟」。他從小好學，「廉孟子」是忽必烈給他起的雅號。在忽必烈推行漢法的過程中，他是忽必烈最信得過的有力的實施者。行省的建立早已使乃顏生出一股末路之感。自由的好像他的家一樣的草原從此囚禁於戒律之下，乃顏他覺得自己似乎成了個奴虜。行省就好像在至高無上的草原加了一道柵欄，而廉希憲的上任則是給柵欄上了一道鎖。廉希憲是親領忽必烈聖旨而來。臨行前，忽必烈對他說的話言簡意賅，他先說了漠北草原的情況：「遼霫戶不下數萬，諸王、國婿分地所在。」然後他以信任的口吻說道：「彼皆素知卿能，故命卿往鎮，體朕此意。」其中一個「鎮」字就一切揭然，而後一句「體朕此意」則又加強語氣。

有了這些話爲廉希憲壯膽，他便敢說敢爲。當他嚴加法令，約束草原諸王的時候，乃顏他一定悲憤難捺，在心裏痛斥忽必烈背叛祖訓，忘情負義。乃顏在廉希憲的管轄下度過了十個年頭，他心裏在想些什麼呢？草原上太陽升起又落下，那景象在他眼裏一定又熟悉又陌生。關於乃顏有謀反之意的報告就是在廉希憲上位之後第十個年頭，由北京宣慰使亦力撒合通報給忽必烈的。從亦力撒合報告忽必烈乃顏有謀反之心，直至忽必烈派遣伯顏去偵察動靜，之間有三年時間。這三年內，我想忽必烈一定密切注意乃顏的行動，而乃顏的表現卻讓忽必烈琢磨不透。再說伯顏領命前往乃顏的封地，那一路前途叵測，四野荒涼，寥無人煙，與中原的景色多麼不同。史書上記載：「伯顏多載衣裘入境，輒以與驛人。」以此來看，伯顏心懷恐懼，深怕有去路無回路，因此便早早地打點了退路。這一行爲顯然是有遠見的。我想，伯顏一定是個老奸巨滑的東西，他一到乃顏處，就嗅出氣味不對。他就如同上了弦的箭，乃顏一有動作，他便脫弦而去。不知他是從什麼跡象上判斷出乃顏要逮捕他做人質。這時，乃顏動機暴露，便一不做，二不休，挑起了反叛的大旗。我想在挑起大旗的這一刻，乃顏一定感到一陣輕鬆，他壓抑多年的心情如今一振而起，那些年是如何過來的啊！他重又聞到了草原上清新的空氣，這是青草與泥土的香氣。他多年來第一次望了望火紅日頭，心中不由一陣狂喜。這一刻的喜悅使他付出了生命的代價，反叛忽必烈沒有好下場。忽必烈平定漠北已經鐵了心，他一接到伯顏的報告，便立即傳旨，凡是隸屬乃顏所部，都禁止互相往來，並且鎮協漠北諸王。他瓦解反叛力量，孤立乃顏。忽必烈的行動又機密又迅速，還相當審慎。他不顧年事已高，並且患有足疾，親自領兵，出擊乃顏。此次用兵，忽必烈用的多是漢軍。蒙軍將校都與乃顏友好，對陣時「立馬相向語，輒釋杖不戰」。這情景實在有些令人感傷。這也是乃顏之亂與海都、昔里吉不同之處。他的身後，站的不是爭奪王位的某一派系，而是一整個草原。「立馬相向語」，他們「語」的是什麼呢？這一幅圖畫印在我的腦海，久久不去。這就是我爲我祖先尋找到歸屬的時刻，我祖先也站在隊伍中，「立馬相向語」。忽必烈領兵漢軍，是他的鐵腕所在，也是決絕之處。他一筆抹殺了這場戰爭中難以言說的親情，將其推上勢不兩立不共戴天的疆場。這場戰役場面壯大，馬可波羅的描述繪聲繪色。

馬可波羅一生經歷豐富，記憶力驚人，他的舉世驚人的《馬可波羅遊記》是他在獄中，向囚犯作家魯斯蒂恰諾口述而成。我想像在堅壁森嚴的古牢裏，他們一個講故事，一個聽故事，度過難捱的囚禁日子。我不知道在那黑暗、寂寞、想像力卻分外活躍的時候，馬可波羅有沒有把幻覺當眞實，或者誇大事實，添油添醋。有人曾經勸說他刪去遊記中神話的部分，馬可波羅卻堅定不移地回答：「我才把自己的眞實見聞講了一半哩！」就讓我們相信這見多識廣的老人吧！他幾乎一生都在周遊，騎著駱駝。十三世紀又是個動蕩的世紀，許多離奇的事情都可能發生。那時候，歐洲還在沉睡，中國就像一顆明珠，在遙遠的東方閃爍，這使得它看起來具有神話的印象。乃顏之亂時節，正是馬可波羅深爲忽必烈寵信的時節。我想，他大約日夜伴在忽必烈身邊，關於乃顏謀反的報告送上朝廷時，他一定目睹了這場面。後來忽必烈親征乃顏，馬可波羅有沒有隨行呢？這個好奇的、精力旺盛的威尼斯商人，一定不會錯過飽眼福的機會。關於忽必烈親征乃顏，馬可波羅的記敍相當詳細。忽必烈爲了不驚動乃顏，就近集兵。在十日至十二日內，除了少數近臣以外，沒有人知道內情。那幾日朝廷上的空氣十分神祕。忽必烈一定如同往常一樣上朝，甚至歌舞。而就在此時，騎兵三十六萬，步兵十萬，就在京都的郊野整裝待發。總共四十六萬軍隊要進逼乃顏之境，顯得力量單薄。乃顏自己就有四十萬精兵良將，再加上海都支援十萬騎兵。忽必烈的軍隊都分散戍衛各方邊地，如要調集，定會打草驚蛇。忽必烈命星者卜卦，星象顯示的徵兆一定非常吉祥。星座的排列明暗有序有致，美觀無比。當忽必烈被告之「可以大膽出兵，將必克敵獲勝」，他滿心歡喜，立即率軍開拔。忽必烈這一日神祕地沒有上朝，衆臣相議論紛紛，人們萬萬不會想到，忽必烈的車輦正越過長城，行進在漠漠荒原。這大約是忽必烈挺進中原之後第一次返回草原，許多畫面從他眼前歷歷而過。他腿上的關節處很痠疼，這是老年的風濕症，與他一生征戰的經歷有關，這疼痛會使他湧起滄桑之感。他隱隱地感覺到他正走在人生的最後時期，落日常將他從緬想中驚醒。太陽觸及地平線時就好像一個燃燒的鐵錘重重一擊，砸開了鋼鐵的地平線。忽必烈一驚而起，他感到他的心被重重敲擊了一下，發出震耳欲聾的巨響。其時，乃顏兵將全在酣睡，營地悄無人聲。近一月的時間，乃顏沒有接到任何情報，他高枕無憂。他擁著他心愛的妻妾正在甜蜜溫柔的夢鄉。待他起身，已見忽必烈在了陣前。馬可波羅在這裏描繪的忽必烈形象，眞是美不勝收。他說：「忽必烈坐木樓上，四象承之。象環革甲，覆錦衣，樓上布弓弩手，樹皇帝之日月旗。」一象的儀態是多麼安詳而高貴，我不曾想到，征戰乃顏會有這樣輝煌的一景。然後，歌樂聲貼地而起，原來，蒙古人作戰以前，要在兩弦樂器的彈奏下歌唱。歌唱使即將爆發的戰爭顯得莊嚴而熱情。馬可波羅說，「其聲頗可悅耳。」我多麼想聽一聽這樂聲啊！這樂聲是我祖先走上流放之途的前奏，我祖先曾經很多次唱過這歌樂，我祖先還可能是一個高明的樂手，彈奏兩弦樂器無人可比。然而，沒有一次可比得上這次動人心魄。我祖先已經意識到了他們的命運，他們無意間將這歌樂彈唱得淒婉悲涼，許多美麗的旋律和表情符號在這一刻產生而又倏忽消逝，餘音全無。

當他們彈唱得盡情盡興，他們全身熱血沸騰，戰爭如同歌舞一樣使他們躍躍欲試。忽必烈催戰的鼓聲鳴響了，乃顏應戰的鼓聲也鳴響了。馬可波羅寫道，「人見雙方發矢蔽天，有如暴雨，人見雙方騎卒墜馬而死者爲數甚衆，陳屍滿地。死傷之中，各處大聲遍起，有如雷震。」「發矢蔽天」這一句寫得好，「大聲遍起」這一句寫得更好。人喊馬嘶，兵器相撞，以一「大聲」概括，盡其想像。將個轟轟烈烈的戰場，寫得一覽無餘。這一場戰鬥，從拂曉到正午，勝負不決。乃顏及其將士，死戰不退，生命已置之度外。這其中有我祖先，這是他們最後的草原，是他們幾千年草原的最後一刻了。乃顏已無退路，他看見草原已被鮮血浸染，火紅一片，他的愛妻也已折頸，她的體溫似乎還留在乃顏的懷中。他的坐騎在他跨下倒地，他又躍上另一匹。箭矢迷亂了他的眼睛，幾乎什麼也看不見，可忽必烈所乘的四頭大象，卻屹然不動在眼前。他知道，末日來臨了。乃顏的死是皇族的死，天空土地皆不願見皇族之血橫流，忽必烈命人用氈毯裹住乃顏的身體。一說是振死，一說是拖死，又一說是窒息而死。總之，忽必烈沒有辱沒乃顏的皇族身分。乃顏以貴族之體終其一生。我感謝馬可波羅對乃顏的詳細描寫，他說他「幼年驕傲」的性情，還告訴我們乃顏的宗教，他是正式受洗的基督徒，他的旗幟上以十字架爲徽。關於我祖先追從的乃顏，很少有文字記載，但我猜測他是極其出色的一個。出擊乃顏是忽必烈唯一親自出馬的一次，以此可見乃顏對於忽必烈的威脅，在海都等宗王之上。乃顏的滅亡也挫傷了海都，他對朝廷的騷擾雖又持續多年，可畢竟是小打小鬧，沒有造成如此輝煌的戰役。乃顏這一戰是前所未有，它雖負猶勝。

忽必烈的時代是一個民族大遷徙的時代，四方征戰，將蒙古人帶進中原內地，戍邊與流官的職務則將漢人帶去遙遠的邊地。我祖先是因罪愆而進南地浙江的一支移民。當我從今人所著《忽必烈》這一書中得知有因罪愆入浙地的一支，便聯想起我母親故鄉紹興，關於墮民這一說，再又聯想起我母親姓氏「茹」來自於柔然古族這一說。蒙人因罪愆入浙地就好像一條鎖鏈上的關鍵一環，將我母親家的歷史片段聯接了起來。這一句話是關鍵的一句話，否則我將怎麼也找不到我祖先南下浙江的通道。縱然我找到祖先他南下浙地的道路，也未必有這一條那樣具有歷史和審美的雙重價値。這一句話引動了我的激情和想像，我忙不迭地給作者、歷史學家周良宵寫信。周良宵每天接到的信一定多得數不清，他給我這從未謀面的讀者回信，實在是我的幸運。周良宵向我推薦南村《輟耕祿》，其中向我透露了這一次罪愆源於乃顏之亂。多雨而潮濕的南地使我祖先很不習慣，農耕生活與游牧民族愛好自由的習性大相逕庭。青山綠水阻隔他們的視野，世界宛如牢籠。一季一熟的莊稼使他們覺得生命有限。他們原本不計時間，永恆的觀念與生俱來。《輟耕祿》中這一條主要是說，延祐年間，蒙古人倚納脫脫公來浙江巡察，移居在此的乃顏餘黨便趁機訴苦，說水土不服，望能另擇合適之地遷往。倚納脫脫公的回答令人膽寒，他說：「汝輩自尋一個不死人的田地，當爲汝遷之。」這話說得聲色俱厲，將同族之情忘得乾乾淨淨。延祐年間距乃顏事發的至元二十四年，當有近三十年時間，這三十年的異地生活，病與死的事情一定經常發生，這就是倚納脫脫公「自尋一個不死人的田地」的譏諷的來由。我想他們的死，一半因爲病，一半因爲鬱悶。他們無望地想念故鄉，至死不能忘懷。他們想故鄉想得眼裏流淚，心裏流血。尤其是三月和九月的雨季，陰雨連綿，他們的身子好像被水泡爛了，他們泡爛了身子，心還忘不了家鄉。溽熱的六月也是難捱的日子，雷雨說來就來，天崩地裂，他們幾乎嚇破了膽。這是膽戰心驚的危險季節，他們天天經受神的責罰。游動的蛇神出鬼沒，他們想這是末日的徵兆嗎？這是壞消息的使者嗎？這樣的懲罰折磨他們起碼六代，還不算上從漠北來浙江那一路的辛酸血淚。每行一步，草原就遠一步，每行一日，草原就遠一日。他們一路上，斃命者不斷，那是殉情啊！對草原家鄉的夢迴縈繞，傳續六代是少說的，他們其實是受盡困苦十二代還久。這十二代之中，一定有人曾經用筆記錄過他們的家鄉和歷史，好叫子孫們永不忘記。這些記錄充滿了惟他們才懂的暗語和象徵，後來這暗語和象徵由於某個環節出了錯而失去遺傳。後人們再也看不懂他們的記載，無以續筆，記錄就這樣完結。我認爲他們後來還經過一系列的遷徙，他們對他們最初的遷徙地有一種深惡痛絕的心情。這裏埋有他們的先輩，第一代移民的傷心的遺骨，這是悲慟之地。當年倚納脫脫公冷酷的回答是最絕望的一筆，意味著他們最終最徹底地被草原家鄉拋棄。這就是他們立志要離開的原因。這還是後輩我要求他們舉行的遷徙，爲了讓他們與墮民的歷史相銜接。我的墮民的祖先在紹興等著他們呢！快來啊，請你們從定海這島上涉海而來。乘坐木船是你們又一番新的驚險的經歷。你們在船上說話要小心，千萬莫說「翻」啊「沉」的這一類不祥的字眼。你們要挑一個好天氣，你們要找一個好艄公。我的思想就好像是一艘船，引渡我母親的祖先。我想我從小就喜歡摺紙船，這是不是冥靈的暗示。我會摺兩頭帶篷的紙船，在臉盆裏游來游去，我的手指作它的槳。篷篷船後來做了我祖先的好夥伴，卻是用腳作槳。這時候，我祖先從定海出發的木船正在航行中，我想他們應當駛進杭州灣，再駛進錢塘江，在蕭山那裏登陸，這樣就離我母親家紹興柯橋不遠了。現在我越來越接近我母親她奶奶的遺訓了。

第七章

現在應當來談談愛情了。愛情是幹我們這行的人常用不衰的題材，這已經不成問題。可我還是要問自己，爲什麼呢？我想：這是因爲，愛情是將人聯繫起來的最好最簡單的理由。我們最怕的是人們分散各處，獨自一個。必須有兩個以上的人物，才可組織起我們稱之爲故事的那種東西。而有了愛情，什麼天差地別的兩個人，就都可以碰在一起，並且緊密相連，故事層出。所以，除開前邊第五章裏說的文化大革命，愛情又是一個能夠創造奇遇的東西。在我極小的時候，什麼事都懵懵懂懂的時候，我就很想有愛情這一樁事。我變得多情而憂鬱。其實這全是一個原因造成的，那就是孤獨。愛情是我愚蠢的少見識的頭腦裏唯一可想像的奇遇，這種想像還來自於看得太多的各路童話。那時我每天等信，說坦白些，其實是在等一封情書。我想像我已經暗暗被什麼人鍾情上了，這人等候我，跟蹤我，將我家地址探聽得一清二楚。這人還從別人喊我的時候了解了我的名字。我爲這個人創造好寫信的條件，然後一門心思等信。這信已經被我無數遍地讀過了，每一遍讀都不一樣，其實這就是我後來做了作家的最初的練筆。這也是因爲我小小年紀，不會有誰來找我，惟有愛情才可能使人來與我聯繫。可那時我瘦骨伶仃，臉上的表情很愚蠢，我走在人羣裏，一忽兒就看不見了。對了，那時我還有散步的習慣。我常常沿了我們弄堂前的那條街散步。我沿了這街拐到一條狹窄的小路，再由小路走上我們家後面的林蔭道。我期待能有人看見我，這街道是那時候的我唯一可抵達的世界，我能夠期望發生奇遇的世界。我在那裏走來走去，每一次都播下了愛情的種子，然後回到家中等待收割。可從頭到尾也沒來過一封信。那時候，我殷殷期待的，表面是愛情，實質卻是奇遇。這種渴望奇遇的心態一直保留到我成年時期，我對那些突兀的進攻總是抱有美好的幻想。有一次，那時我還在一個內地小城的文工團裏，拉著吱吱嘎嘎的大提琴。晚上，我乘公共汽車去一個地方，下車時，身後尾隨了一個人。他開始走在我身後，接著走到了我身邊。我預感到他已盯上了我，心如打鼓似的通通跳。我想拔腿就跑，可又捨不得。至今我還記得我們的身影被寥落的路燈映在牆上，牆上是一條大標語：「將文化大革命進行到底。」那是一個料峭的冬天，我戴著口罩，蒙一條鵝黃色的大圍巾，我的樣子一定很神祕。當他與我說話的那一瞬間，我手腳冰冷，膝蓋打哆嗦，這一刻我實在有些像「葉公好龍」。他問我叫什麼名字，什麼地方工作。我牙齒打著戰，一五一十地告訴了他，就好像受審似的。他又說，能不能交個朋友？我感到關鍵的一刻來臨了，我的回答將是一個重大的決定，這重大性使我望而卻步。我不回答，他就耐心地等待；我舉步要走，他攔住我不讓走；我繞過他奪步而逃，他就在後邊追著，還喊著我的名字。他聲音顫抖，還帶了哭音。我這才鎮定下來，說我馬上要去外地演出，一個月後回來，他可在那時來找我。我匆匆瞥他一眼，他細細的身子像一棵豆芽兒，他的眼睛給我留下很深的印象。他眼睛裏滿是淚水，顯得分外的亮和黑。我很久以後才想到，這個男孩爲了創造一個奇遇，也已等待了很久。他花了很久的時間去培養他的勇敢和果斷。那時候我十九歲，他最多也只有十九歲，我們雙方都魂飛魄散的，不知怎麼在了一條破陋的小巷裏，惶惶地分了手，全都嚇破了膽。

多年來，我有時還會想起這男孩，這一次奇遇於我們雙方都是一次冒險。我們誰也不知道前景如何，惶恐萬狀。我們勇敢地走出第一步，第二步又遲疑不前。我向他要求一個月的期限，是爲了容自己重整旗鼓，恢復勇氣，還爲了安全地享受一陣奇遇的快樂。這樣切實有期地等待奇遇來臨，和以往茫茫無知的等待大不相同。這一個月過得眞的很不錯。我當時沒發現，後來才想到我向他申請緩期一個月是大有深意。這是我在拒絕與接受之間選擇一個中間地帶，使看來只有兩個極端做法的事情有了一個折中的選擇。然而，當我提出一個月的寬限要求的時候，其實我已經從根本上摒除了這一樁奇遇的奇遇的性質。奇遇本來帶有的一觸即發的特殊狀況全爲我這一個月的延宕而消除。這眞是一個悲劇。而直接地親自扼殺這一樁奇遇的則是另一雙手。

這是我在校園裏認識的朋友，他是工宣隊派來做我們低年級輔導員的高年級同學。當他離開學校，待業在家的時候，我們開始了通信。其實我們所住之處只相隔一條街上的幾個門牌號碼，爲什麼要選擇這種交往方式，我想原因有二，一是滿足了我從小等信的渴望，這渴望使我對信這種東西抱有特殊的好感；二是寫信使我們的關係變得神祕化和神聖化。我們見面絕不說話，像路人那樣擦肩而過，我們的緘默加深了通信的意義，使之意味深長。後來我們分了兩地，他在上海，我在外省，通信這才變成通常的必要手段。我至今還驚奇我們能通上幾十萬字的信，卻一字不提愛情。後來我才明白，愛情其實是次要的事，重要的是通信。我們在信中淋漓盡致地表現自己，然後等待回應。回應總使我們失望，因爲彼此都不注意對方的表現，只注意表現自己。這是孤獨夠了的孩子慣有的表現，是他們經常會犯的錯誤。話再說回來，在那一個月的頭幾天裏，我盡情享受奇遇的快樂，憧憬接下去將發生的故事。但隨了約定日期的臨近，我日益緊張不安。我不知道將會發生什麼，對此懷了懼怕，膽戰心驚。漸漸的，我感到我一個人承受不了這樁奇遇的祕密了，因此我就將這事寫信告訴了我的通信夥伴。回信立即來了，並且言簡意賅。他向我提出一個問題：這個人爲什麼只問我的姓名地址，卻不告訴他的，由此可以斷定，他絕不是個誠實的好人。這就開始了我們通信史上第一次不求務虛但求務實的通信，我們在信中進行了具有實際意義的對話，雖然信是要簡短多了。我接了他的信又去了一封信，爲那人辯解道：他沒有告訴他的姓名地址是因爲我沒有問他。他回信中則將那人描繪得頗具用心，陰沉險惡。幾個來回之後，約定的日子到了。他的信確實影響了我，但在結束一切之前，我本來還想再拖延一段，好使這奇遇多生一兩個情節。可是當那人再一次來到我面前時，我卻毫無那份從容來進行延緩。那是一個雪後晴天，門房來叫我，說門口有人找，我的心劇烈跳動起來。應當說，這人比約定的來遲了兩天，可我還是驚訝於他的如約到來。他站在門口那條稀髒的小街上，雪化得東一攤、西一攤，屋簷在滴水，滴滴答答的。他顯然經過一番精心的修飾，裝扮得是那麼古怪。他穿了一件中長的黑呢大衣，西裝領口露出毛藍的中式棉襖領子，那領子被硬襯支得又高又挺。他還戴了一頂呢帽，臉在帽簷下小得就像一片瓜子。他看上去怪模怪樣，臉色蒼白。我幾乎不敢看他一眼，他的樣子使這奇遇增添了滑稽的色彩。我們彼此都愣了一下，我想我也一定面孔蒼白，血色全無。他先開口說：一個月前，我們說好的。我急匆匆地打斷他的話：我現在很忙，以後別來找我了。他的眼睛又濕了，眼圈發紅，他哽咽似地說：一個月前，我們說好的。我帶了一股凶勁再次打斷了他的話：我很忙，你別來找我。他的眼淚馬上就要奪眶而出，我不敢再看他，掉轉了頭，我又說：你有事可以來信。這句話我緩和了口氣，其實是網開一面。然後我就走了回去，那男孩再也沒有作聲，愣愣地站在污雪的泥濘的街上。後來，他沒有信來。一個男孩竭盡全力創造的奇遇全被我給破壞了。我們都對奇遇沒有經驗，不知道該怎麼辦才好。假如我們能互相鼓舞，或許還能有所發展。而我們都又脆弱又膽怯，我們雖然有好奇心卻沒有犧牲精神。而我這個人又是言語的巨人，行動的矮子。假如那男孩後來給我寫信，我一定會給他回信，我是個寫信的能手。所以我能與那校園的傢伙保持長久的關係，主要是因爲我們以通信爲方式。信來信去的，或許能使我們克服膽怯。那男孩卻不堪一擊，我想他掉一場眼淚之後也就罷了手。這場奇遇過去，留給我的主要是輕鬆的感覺。

後來我回到了上海，我發現這城市在一夜之間，誕生了一批英勇的馬路求愛者。他們在夜晚僻靜的馬路上，在路燈下走來走去，觀察著身邊走過的行人。他們一旦發現合他們心意的，便走上前去，叫一聲「朋友」。「朋友」這稱呼後來逐漸在上海這城市裏蔓延開來，代替「同志」這稱呼。「同志」似乎只適合一起去革命，「朋友」的範圍則很廣闊。「同志」這稱呼莊嚴神聖，「朋友」這稱呼卻帶有「天涯同命鳥」似的感傷氣息。叫一聲「朋友」，接下來就什麼都好說了。在我們這城市的街道上，馬路求愛者叫過一聲「朋友」後，你千萬不要以爲他將帶你去闖天涯，他們一般只是邀請你去看場電影。馬路上的奇遇僅此而已。

生活在我與生俱來的孤獨之中，當我剛剛讀到愛情這字眼不久，我就開始了我的漫長的、執著的、又焦灼又耐心的等待。假如我能將我的嚮往與等待化爲現實的行動，事情也許會是另一個面目，而我除去幻想和等待，什麼也不做。生活中還是有一些機會的。這些機會帶有轉瞬即逝的特性，它們從你眼前走過，浮光掠影一般，我想這些錯過的機會中，有那麼兩個人值得我特別提到。

那人是音樂學院的畢業生，因病待業，成了一名社會青年。他由他的學生推薦，去外省某文工團主演一齣歌劇，學生是他私下收教的一名熱愛聲樂的青年，並不說明他在哪裏執教。這時候，他幫完了忙，就又回了上海。文工團讓他帶給我一封信，因我那時正準備投考這個團。他來到我家，我正在散步，回來看見有個陌生人坐著。「陌生人」是我第一個想起來的詞，接著我想，這是一個成年人。最後是：這是一個漂亮的男人。陌生人、成年人、漂亮的男人，是以這樣三級跳的形式進入我的頭腦。「陌生人」是因爲我從來沒見過他；「成年人」是因爲在我十七歲的年齡，一個近三十歲的人絕對很成熟；漂亮則不待言說，他五官立體，頭髮鬈曲，像個希臘人。我想當時我是傻了眼。他交給我信，還聽了我的手風琴。然後他說我應該練幾個賣弄技巧的曲子，好去唬一唬考官們。他還說他可以幫我找個老師指點指點。他走了後，我一直在想如何通過考試，我愁腸百結地寫了一封信，請他幫我找個老師，他及時地回了信，信寫得很親切，叫人高興。我寶貝似的收藏起這信，是出於對信件的特別的珍愛，也是冥冥中一個暗示的指引。很多年後，收拾東西時我又讀了這信，它是用鉛筆書寫，十幾年來竟沒有褪色，字跡工整，其中有一句是：「我對你的看法和願望都是良好的。」我至今也無法確準這句話裏面是否有可趁之機，可是那一股溫暖之情卻又一次洋溢身心。我至今還記得他背著我的手風琴，和我去那老師家的情景。夏季裏，一個男人給女孩背著手風琴，走過綠蔭滿地的街道，是美麗的景色。以後，他就時常來我家。他很靜默，長長時間不說話。我有時會忘了他在房間裏，只顧自己向我家保母撒潑。後來想想很奇怪，其實我們有許多閒暇的機會，可是始終沒有談起愛情這一回事，不知道是什麼在意識上妨礙了我們。由於我們沒有談及愛情，我們之間便只留下幾個片段印象，組織不成故事。我們最終還是像夏夜的流星，各自穿越銀河。可是我想，我們其實是有過一次接觸愛情的經歷的。他對我說起他的失敗的戀愛，過後我還寫了一首詩，大意是他對我說他的戀愛，我既感謝他的信任，同時也感到遺憾。詩中情緒，大部分出自文學性創造，少部分出於眞實心情。這首詩後來不知丟到哪裏去了。我是在與他眞正分手之後，才發現我們之間這種可能性的。在這之前，我幾乎沒有注意到。我回想我們將近二十年裏往來的情景，覺得這有一種象徵的意義。在很長的一個時期內，由於上下班的路線，我們幾乎每天在某一個地點某一個時間見面，他騎自行車，我走路。我們有時只打個招呼就匆匆而過；有時卻停下來，他一隻腳支在人行道上，我則站在人行道上，說一會兒話；有時他還會掉轉車頭陪我走一段，再回過頭去繼續走他的路。我們的分手也具有象徵意義，我急匆匆地走在路上，去有關部門詢問我短期出訪的簽證，迎面遇見了他。他說一周後他就要出去，大約不會再回來。我問他去哪裏，他說去巴拿馬。接下來我便又問了一個無知的問題：巴拿馬是哪個國家的？他笑了。我知道長期以來他一直在一個中學教音樂，他一直想改變環境而一直不如願。他是我所遇到的最最不如願的人，他想幹什麼總是幹不成，不想幹什麼卻都幹成了。其中原委我統統歸之於命運這個東西。他想出國也已好久，亞洲、歐洲、大洋洲，他都出擊過了，最後才去了南美洲。我們說了幾句就像往常一樣分手，忽然他說拉拉手吧！於是我們就握了手，這是我們交往二十年來第一次握手，這一握手我便知道是再也不會見面了。然後我們便各自東西。我敢說這分手在誰的心裏也沒留下難過，分和沒分一樣。我們這二十年來始終保持路人的關係，路人的關係是對我們關係的最好解釋。我們二十年來每一個人生階段，彼此都沒有錯過觀望，可從來不介入，我們好聚好散，我們隔著情感相交相往。二十來年，我從一個女孩長成一個女人，他從一個青年長成一個中年，我們彼此從來沒有反感過，內心裏還都有些喜歡。而我們最終還是交臂而過，沒有在各自人生上留下印跡。我想我們偶然彼此想起，就好像溫和的水從記憶的皮膚上滑過，轉眼間點滴全無。我想事情這樣發展，在他一方原因不明，在我一方則全是因爲缺乏行動。在我們接觸的全過程中，我所做的事情只有兩件，都與紙筆有關。一是寫了那封請他找老師的信；二是寫了那首後來遺失的詩。反正我的行動最終總是落在文字上，這可說導致了我後來選擇文學作職業。當我每日與他在街上交臂而過，正是我三十來歲蓬勃發展的時候，而他四十多歲，臉上已有了遲暮之感。他常常告訴我他得了一個什麼機會，而下一次則告訴我失去了這個機會。我看著他失落一個又一個機會，終於來到五十歲的邊緣上。我從來沒有向他表示過同情和關懷，他的命運從未引起我內心的震盪，因爲我們從未去建設一個情感的碼頭。我們一個走在人行道上，一個走在人行道下的情景，頗像一人在岸上，一人在河中，自行車是他的船。這是我錯過機會的第一個典型，第二個典型還要將事情回溯到那人背著我的手風琴，帶我去找老師的那一日。

剛才已經說過，那是一個夏天，我要去請教一個老師。事先他就告訴我這人本是彈鋼琴的，手風琴拉得也不錯。他插隊江西，後來在縣文工團任指揮。他還告訴我他家出身資產階級，已被紅衛兵掃地出門。我記得我們走過綠蔭滿地的林蔭道，走進一條嘈雜的弄堂。然後從一扇後門，踏上一條樓梯。那人正站在樓梯拐彎角，對著一個譜架讀總譜。這是我有生以來頭一次看見總譜，密密麻麻，符號種種。他引我們坐進一個極小的亭子間，北窗下的弄堂吵吵鬧鬧。他長得很高，戴一副眼鏡，他本來只穿汗衫短褲，見我們到才去套了一條長褲。他當場替我編寫兩支手風琴曲，又簡單又熱鬧，手指的技術很花哨，足夠將外行唬倒。他還演奏了兩支曲子，那人唱了一首〈婁山關〉。他們一個拉得那麼好，另一個唱得那麼好，把我愣得目瞪口呆。這人留給我印象最深的，是他的一句話。當我看過他們的表演，深感慚愧，喪氣之下，說了句莫名其妙的話。我說：其實我並不喜歡拉琴。這人聽了我的話，本來伏在桌上爲我寫譜的，這時卻回過身來，微笑地看我，問道：那你要做什麼呢？所有的印象全因了這句話大放光彩。這句話是具有人生含意的，它後來在我苦悶的時候來幫助我振作。這種幫助其實是一種自我幫助，用別人的話來幫助自己卻可減輕一些孤獨感。這人微笑回頭來發問的樣子，也顯得很深刻，含有善解和批評的神情。直到二十年後的今天，我依然對他懷有神聖的想像。我的思想總是分外活躍，將我與這人之間可能產生的聯繫設計有成千成百種，而我卻沒有行動哪怕去實現最簡單的其中一種。這人我從此再沒有見過第二面，關於他的消息也一點沒有。我想他也許不錯，深造和奮鬥，現在已經相當發達。但他也可能很糟糕，搞這一行特別需要運氣，這世上總是走運的少，背時的多。這個人和這句話使我覺得他頗有內涵，這和我所見到的搞演奏的都不同。搞演奏的大多只懂技術，不懂人生。他們彈一曲〈悲愴〉，彈得氣喘吁吁，好像老牛犁地。他們從小在大人的棍棒下眼淚汪汪地練琴，練習曲練了一大堆。他們除了練琴別的什麼都不會幹，他們永遠不會發出「你要幹什麼」這樣人生選擇的問題。這個人打動了我，在心靈深處吸引我。其實我完全可以打上門去，進一步認識他，和他交朋友。而最終我什麼也沒幹，這人最終也只留給我模模糊糊的一個印象，和模稜兩可的一句話。當然，我還寫下了一點文字，也是一首詩。那時節我非常容易寫詩，我動輒寫詩，這詩的題目就叫做〈你要做什麼呢〉。這是一首帶有人生哲學的詩，對這人的懷想則隱在詩後，這首詩後來也不知丟到哪裏去了。過了很多年，我做了一名作家之後，我又寫了一篇短文，題目也叫做〈你要做什麼呢〉，刊登在發行幾百萬的這城市的晚報副刊。我心裏懷有一個隱密的念頭，那就是希望這人能看見這篇短文，給我一點回應。可是，沒有回應。這人或許不在這城市，或許壓根兒忘了這回事。有時候，我從做一個作家的角度去想：假如我們勇敢地採取行動，與人們發生深刻的聯繫，我們的人生便可成爲一部巨著。而我們與人們的交往總是淺嘗輒止，於是只能留幾行意義淺薄小題大作的短句。那些戲劇性的因素從我們生活中經過，由於我們反應遲鈍，缺乏行動，猶豫不決而一去不回。對於我們貧乏的人生，我們自己也是要承擔一些責任的。

最後，我只能落得一個寫信的下場。僅僅是寫信，再跑到弄堂對面郵局裏去寄信，已耗盡了我的勇氣。好在，在我們這城市裏，要找到寫信的對手，不是難事。這城市裏蟻巢一樣密密麻麻的房屋裏，哺養著許多寫信的能手。從他們的窗外，只能看見對面樓房上的一線藍天，還有些許陽光落在窗前晾曬的濕衣服上。這就是他們見到的所有自然。他們由於長期的居室生活，手腳纖細，身體軟弱。他們從幼兒園起，就做著模擬的遊戲。開始，他們做的是剪貼的工作，用綠紙剪成樹木，再用褐色紙剪成停在樹上的鳥，拼成一幅自然的景象。他們還玩著積木，用積木搭成房子和花園。再長大，他們上了學校，學習文字和數字。文字和數字其實都是抽象模擬世界的基本材料，文字是模擬具體的世界，數字則模擬概括的世界。他們學來這些模擬的手法，爲將來逃避行動，創造一條出路。寫信是他們將模擬應用於人生的最初的行爲，他們用去許多紙和墨水，將筆尖磨損得很厲害。他們描寫友誼和愛情，使用甜蜜溫柔和駭世驚俗的字句。他們還使用最精美的信封和信紙。那時有一種最流行的信封，我記憶猶深。信封左下角畫了一個粉紅衣裙的女孩，羞答答地背著手，手裏握了一束花和一封信。這和我們去寄信的情景很相似。我們寫完信就去寄信，這城市的街道上矗立著許多綠色的郵筒，是這城市裏唯一可見的綠色。這城市的郵政事業異常發達，部分應當歸功於我們這些人。我的那個寫信對手住在我家弄堂旁邊的沿街樓房，他從小站在窗前長大，看著街道上車水馬龍。他出門要經過一條黑暗的樓梯，地板已經鬆動，走過去就嘎吱嘎吱響，地板縫裏還擠出一篷一篷的灰塵。這孩子由於很少在室外活動，臉色蒼白，身體有病。他小小年紀就有些佝僂，看人的目光很暗淡。有時我從他家窗下的街道走過，回頭看一看，就看見他在窗前悄然而立，窗戶的欄杆使他們家像一個牢獄。我猜想他從小就悉心收集紙張，還喜歡書寫。他寫信的紙是一種特別白特別薄特別柔韌結實的紙，上面沒有格子，也沒有橫條，可他的字一行一行很整齊，看上去就好像印刷的書頁。我想他是先打一遍草稿，再一絲不苟地謄抄而成。他的信內容涉及廣泛，國際國內形勢，人生前途理想，他每一封信都是幾大張。給他回信眞是絞盡了我的腦汁，我詞彙貧乏，字寫得歪七扭八，也搞不到像他那樣美觀的紙。而無論我的信多麼簡短，他的信總是一如既往，幾大張。後來，我離開了這城市，去農村插隊落戶。他因為身體有病，留在家裏。我在煤油燈下寫信，信紙皺皺巴巴，字跡歪歪扭扭，話就那麼三行兩行。可我卻再無自卑心理，我很坦然地將信交給趕集的農民，讓他們裝在貼身的口袋裏，帶著他們的汗漬寄往上海這城市他的手裏。我毫不爲自己信寫得不如他而慚愧，我覺得我是在眞實的人生戰鬥中，他卻是個旁觀者。這是我頭一次窺破寫信這件事的虛假的本質，這種窺破當然只是下意識的。我想，他對我們間新出現的差異是有所感的，他的多病和多思使他極端敏感。就是在這時候，他開始講述一個顯然是杜撰的愛情故事。這故事共有邂逅相遇、花前月下和生離死別三個階段，讀起來實在像是小說，而不是現實。但這個故事在我們的通信史上卻起到一個意外的推進作用，那就是，它以講故事的方式提出了愛情這一個口號。

「愛情」這字眼以前從來沒有在我們信中出現過，我們雙方都很小心而巧妙地迴避這個字眼，雖然有時候想起這字，我們就心癢癢的。自從他在信中說了這個杜撰得並不高明的愛情故事，一道禁戒便打開了。關於愛情的詞句如同決了堤的潮水一樣湧上我們的信紙。我們好像是個愛情專家似的，譜寫下一篇又一篇愛情詩篇，卻沒有一個字提到自己。這時候我們關於愛情的討論還在抽象的理論階段，當觸及到我們自己的時候，我們便不由地要推推就就。我們先是說愛情破壞了我們交往的純潔性，看來到了分手的時候。關於這個，我們就有十來封信的來回。談夠分手的理由，我們又開始談分手給我們帶來的憂傷。憂傷是個寫信的好題目，我們直談得天昏地暗。我們被自己和被對方感動得肝腸寸斷，然後萬般無奈地決定不分手了。這樣，情啊愛的字眼開始出現在我們的信中，我們把「愛」這門子事說了個夠。在信上，我們已經愛得有模有樣，而現實中，我們卻連手也沒握過一回。當我們在信上已經愛得死去活來的時候，我們終於策畫了一次見面。見面的地點我們放在一個公園門口，我們分頭去往那裏的路上，已經抖得像一片秋天的葉子。見面時我們幾乎沒法說話，看一眼都很困難。我們進了公園，沿了水泥甬道走了一圈又一圈。我們只說了些不鹹不淡的廢話。沒滋沒味的，彼此都陌生得要命，這次見面有點像受罪。分手後回到各自家中，對了一張信紙，我們才又重新活了過來。後來，我們的見面可說統統都是失敗的。首先是我們理論與實踐的嚴重脫節。其次是我們彼此在信上塑造角色，到了現實中才發現特別的不對路。說到底，是通信害了我們，使我們無法深入對方，達成親密的關係。而經過一次又一次失敗的見面，我們的自信都被挫傷得很厲害。我們灰心、沮喪、彼此失望，通信也挽救不了我們了。

雖然在此之後，我們還斷斷續續地往來多年，發生過一些事端，使我們眞正分離的直接原因也是另一件不相干的事。但我內心裏一直認爲，是通信這回事破壞了我們的關係。語言和文字是不負責任的，它們可把一切都推至高潮，而不顧事實上能否達到。語言和文字還善於製造假象，當眞相來臨，便不攻自破。假如不是這樣長久的通信，我們可以一步一步，腳踏實地進展我們的關係。我們或許最終也不會抵達情感的高峯，可我們在關係發展的道路上，走到哪裏是哪裏，卻都是眞實可靠的。通信將我們的熱情和創造力白白地付之東流，最終，我們彼此都沒有發生深刻的影響，我們之間的關係虛無縹緲。虛無縹緲是我們和許多人關係的一種情形，這種關係使我們總是處在游移不定的狀態中。在我們搬家之後，我難得再回到我們那條街道上。偶爾走過，我本能的，就要去看那一扇窗。我再沒看見那窗裏的人影，取而代之的，是窗前常常晾曬的衣物。這些衣物對我發生了一種奇異的安慰的效果。它們是眞實生活的象徵。它們在窗外的竹竿上，使我想像有一隻手從窗欄杆內伸出來，悉心地用夾子夾住它們，使它們不致飄落。

可通信這一樁事，已深入我的骨髓。好像時間長了，信上的文字和語言倒成爲更加現實的現實。脫離文字和語言，我們似乎就無從體察和理解現實。我們在文字和語言上靈敏度極高，直接面對外界時，則麻木不仁。因爲這個，我們也錯過了許多機會。寫到這裏，我有些哀傷，我發現我們好像是專門爲錯過機會出生於世，我們永遠也談不上去抓住什麼，盡是錯過。我們的人生盡是損失，損失了這樣再接著損失那樣。等我們吸取了教訓，要去建設什麼的時候，腳下已是一片廢墟。其實，我們一生也不乏提醒我們的人，但不是親身經歷，我們什麼都不信。後來我很多次地回想，那解方程的孩子不給我回信，其實大有道理。他倒是悉心培養著我們之間的關係，希望能使之有朝一日達到愛情這樣深刻的程度。愛情這種深刻的關係是世上難得。沉浮於茫茫人海之中，愛情能使我們同舟共濟。愛情還是我們一種必要的羈絆，它溫柔地束縛住我們的腳，使我們不致像浮萍一樣無根地漂流。我後來回想他的做法，其實是一種先抑後揚的策略。那時候他已經看出我是個思想家，看出我具備無限的想像力。這想像力先是把人沖上浪尖，然後再墜入谷底。他很有預見性地發現我是幹這個的好手，所以他一上來所做的第一件事就是壓制我的幻想。他有意在我面前抽菸、喝酒，表現粗魯。他聲明他是個壞男人，缺點多得淹死人。可他還是低估了我的想像力，我的想像力具有左右逢源的能力。他的劣跡非但沒把我嚇住，反使我心嚮往之。抽菸使他看上去成熟，喝酒則說明他苦悶，苦悶是深沉的表現，他的粗魯更增添了他的吸引力。他眼看著我對他日益著迷，欽慕之情日消夜長。於是，他就開始不給我寫信。他不給我寫信叫我難過得要命，那時我一點不明白他要幹什麼，我只是一封連一封地給他寫信，然後一日兩班地等他回信。等信的味道我早已嘗夠，但這一回的滋味卻全然不同。原先我是漫無邊際、海水浩渺地等，現在則大海退潮，中間露出了島嶼。等信不來我自以爲是失戀了，我整天無精打采、衣衫不整。我把辮子打散，披在肩上，遮住半個臉，對著鏡子顧影自憐。然而一股欣悅之情悄然而生。失戀這情景說實在我很喜歡，它多愁善感，纏綿悱惻，它還刺激起人的自尊和驕傲。我對鏡子左照右照，用梳子把頭髮梳得又光又平，穿上我最好的衣服，然後走到書桌前去寫信。無論我寫多少信，他終是一封不回。他拒絕做我的通信夥伴，他早知道通信這事沒什麼好下場。他不喜歡這些務虛的玩意兒，他幹什麼都是實打實的。那時我在農村，他已經在城裏工廠，我一進城，他就問我想吃什麼。他先帶我去大魚大肉吃一頓，然後送我到澡堂洗澡，洗完澡他便教我做數學題，解一元二次方程，爲來年上大學作準備，雖然這時大學的影子還不知在哪裏呢！問題首先出在解方程上。有一次，他解一道方程給我看，我沒看他的演算，卻看到他捏了鉛筆的手。我看見一截粗壯的拇指，上面有一叢汗毛。這時，我便慌了神，他說什麼話我都聽不進去了。我心裏生出一股又是嫌惡又是害怕的感覺。從此，我就不願意靠近他，他身上濃郁的汗味叫我難受。有一段時間我簡直恨他，不想看見他。我用惡毒的語言挖苦他，嘲笑他的舉止作派。我還去批評他的人生理想，把他說得一無是處。他卻從不著惱，總是由著我說，他的不著惱反叫我更生氣。可我又少不了他，我回上海或者回農村，都要從他這裏中轉車船。他替我買票，安排我食宿，送我上車上船。我靠他已經靠慣了，離了他就不知怎麼辦好。春節時分，火車總是特別擁擠，他一手拉住車門把手，一手推開人羣，他不讓列車員放下踏板，就把我直接從站台提上了火車。像打仗一樣擠上火車，就是我們的約會，去飯館大進油水，也是我們的約會，解一元二次方程是我們約會的又一種。那時候我還不知道，其實我與他之間，已經開始產生命運關係的萌芽，這其實是同舟共濟的美好序曲。可我們那時什麼都不懂，腦子裏裝了些半成品的觀念，似是而非。這些觀念阻礙了我們本來出於自然的行爲，使我們的言行都變得不倫不類。首先是對愛情的觀念，我將此視爲至高無上，重於生命。和他在一起的活動實在太過平俗，與愛情相距甚遠。而在他，愛情則是庸俗平淡的人間情感，他以爲，假如他是爲了愛情來爲我做這些，便是一個卑鄙的人了。總起來說，這裏產生了一個命名的問題，我們都不願以「愛情」這詞來爲我們的關係命名，雖然出發點截然相反。但我們都同是那個浪漫主義末期的可憐犧牲品。在這裏，我們都同樣地遇到了一個理論問題，或者說，我們被現實問題難住了手腳，便來求助於理論。我們的現實就是，我們的關係往哪裏去？這是一個方向性的問題，是使我們陷於茫然和虛無的根源。這時候我們就迫切需要理論的指導，然而我們在理論上的認識是那樣謬誤百出，到頭來反更加擾亂了我們。我們全是觀念的奴隸，觀念是比寫信更高一級的對現實的模擬。觀念是可以拋棄像寫信這樣的幼稚拙劣的技術手段而獨立而存，寫信是一個操練的過程，而觀念已經形成了。我們這些教條主義的孩子，我們對現實的了解全是從謬誤百出的書本中得來，這些書全都不以商量的口氣，而是獨斷專行。我知道這孩子從小陶醉於崇高的觀念，他除了那些條規成行的教科書外，讀的是《牛虻》，還有《鋼鐵是怎樣煉成的》。《牛虻》裏亞瑟和神甫分手的一場最爲他激賞，保爾和冬尼婭的那段也還行。在他心底深處，在崇高背後，一直培育著一種禁欲的觀念，而我的禁欲觀念則隱藏在愛情至上背後。我們是一對禁欲的孩子，將眞實的身體視爲醜惡。很多年以後，當我們都已是成熟的男女，我們又一次見面時，他對我說過這樣的話，「我沒法碰你，你於我是神聖不可侵犯的。」這是一個無限悲哀的結論，證明我們命裏注定無法成功地建設那深入骨髓的關係。我們的關係從一開始起便發生在一個禁欲的基礎上，我們就好像小男孩和小女孩在一起，天眞無邪。但事實上我們早已不是小男孩和小女孩，我們兩個同樣都應付不了成長帶給我們的困擾，都採取了迴避的態度。有一個典型的例子，可以說明他是如何保衛著我的冰清玉潔。有一次，我們一同走在街上，迎面來了一個男人，粗魯地在我胸口撞了一下。他並沒有把我撞痛，那時我長得像根豆芽菜，胸部平坦，我完全不能明白他這一撞的用心。而他卻脹紅了臉，氣勢洶洶地去揍那人，那人一溜煙似的擠入人羣不見了。我覺得他有些小題大作，說：「何必呢？」他就叫我住嘴。後來我回想我與他之間的一切經過，我發現我們雙方其實已經開始接觸到人類關係深層的邊緣，那就是欲念。當他手指上的汗毛和濃重體味使我心生厭惡的時候，正是我欲念被引動的重要一刻，這引動是以厭惡的面目首次出現。這種出現方式是我自我保護意識的本能反映，這種自我保護意識則來自懼怕現實，怯於行動的懦弱本性。我想，假如他勇敢一些，現實一些，突破了這「厭惡」的階段，我們之間的關係或還有前途。然而他是比我更無現實精神，也更不勇敢，他的作盾牌的觀念比我更爲成熟。假如說，我還有些許可塑性的話，他則已經定型，除非有一個比他更強大的力量去擊破他。據說在我們分手以後，他一直很驕傲，因爲他這樣愛我，卻沒有占有我。這眞是一種古怪的驕傲。他特別想做一個崇高的人，渴望經受犧牲的痛苦，放棄我滿足了他的理想，這就是他的最愛。

在與人關係的道路上，也同樣用得上「逆水行舟，不進則退」這一句話。這時候，我們的友誼其實已經到了頭，而我們出於先前已說過的原因，誰也不願往前走了。於是，我們的關係出現了一段長久的停滯時期。我想，我與那通信夥伴的第一次見面，大約就發生在這個時期。前邊已經說過，當時我們沿著公園的水泥甬道，無聊地兜著圈子。我們彼此都很尷尬，「愛情」這個詞使我們很難堪。我們還爲我們遠遠達不到我們信上描寫的熱烈程度而著急和慚愧。這種心情對我們是有逼迫之感的，而像我們那種年紀的孩子是經不起逼迫的。我們都有些生性輕浮，容易激動。我們約會得很勤，幾乎天天見面，我們坐在公園的長凳上，心裏淨想著愛情這回事。這是我們見面的唯一理由。我們覺得我們必須服從這些理由。那時候，公園裏的遊人很少，尤其是午後一二點時分，我們坐著坐著便擁抱起來。那男孩是清秀纖弱的類型，有點像女孩，他手指纖長白淨，身上散發出天天洗浴的藥水肥皂的清香。他沒有使我產生嫌惡的心情，是因爲他並沒有引動我的欲念。我們的擁抱和小狗小貓抱團打滾的情形大概差不多，我們還接吻。後來當我眞正接過吻之後才明白，那根本不是接吻，也證明了他在信中寫的那段傷心情史全是一派胡言，不知從哪本小說上抄下來的。但這畢竟是我有生以來和男孩最爲親密的形式，它惹動了我的溫情和好奇心。那陣子，我們天天跑到公園裏，擁抱接吻，然後立下山盟海誓。那最初的擁抱確實使人有暈眩之感，幸福注滿我們全身。我們鄙夷所有的人生，將其視作平庸無色，都不如我們來得精彩。假如那解方程的朋友不是在這時來找我，而是在別的任何時候，事情也許還好商量，會是另一番面目。可他偏偏在我們這兩個人自以爲熱戀的時節來找我。我們見面各持一段距離坐著，我們只能說些不鹹不淡的廢話。這會兒，務虛的倒變成我們這一對，我們那一對則在積極行動。我和他在一起心不在焉，時時盼望他快走。我想他已經窺伺了這些，他先是不說，有一天卻無端的極其惱怒。他變得像一頭困獸，在夜晚的我們這城市的街道上飛快走路。我心裏害怕，緊緊地跟隨他，跟隨他使我喘不過氣來。我其實滿可以掉頭回家，可我卻跟著他在街上走到這一頭，又走到那一頭。他從頭至尾只說了一句話，就是，「我想揍你。」我本能地離他遠了一些，我心裏又一次升起厭惡的心情。而我後來曾經想，如果這時他眞的動手揍我一頓，事情會是怎麼樣呢？當他說出這話時，我就小心地與他保持了距離，時刻準備著拔腿就逃。而他終於沒有動手揍我。第二天他又一次來到我面前，他已經平靜下來。他的臉上有一種奇妙的神采，後來我知道，這神采的名字叫「驕傲」。他平靜的臉色對我是一種允諾似的，然後我就無憂無慮歡天喜地去公園長凳上，擁抱接吻。說起擁抱我想起我還是個小女孩的時候，和一個小女伴親密無間的情景。在下鄉勞動的日子裏，我們總是相擁而睡。我們相互摟著，說著悄悄話，然後進入夢鄉。人類爲什麼會有肌膚相親的要求？相擁相抱竟會有這樣的快感，它使我們格外地感到安心，這是一種大難臨頭時人們相濡以沫的原始動作。我們兩個小女孩唧唧噥噥地一夜擁抱而眠，這是一種什麼本能呢？難道說我們生來便感到孤獨和無望，必須以肌膚之親來緩解嗎？難道這就是擁抱對我們這些年輕孩子的吸引所在？然而，擁抱這一件事最終也沒有挽救我和那通信夥伴的關係。當擁抱的熱情過去，擁抱這事不再那麼激動我們，日益使我們感到平常，我們便又一次地感覺到我們之間關係的虛無縹緲。縱然我們之間除了通信又增添了擁抱的活動，可也無濟於事。相反，擁抱這一件事更加劇了通信造成的假象，它無法阻止眞相來臨。在我與那解方程夥伴分手之後，我們的關係便急劇地走上下坡路，然後我們苟延殘喘多年，終於在一個夏日分手。分手那一日我們一無傷感，之後又有幾回相處，沒有愛情作梗，我們反而處之坦然。這時，我和那解方程朋友的事情還沒有完，人生將再安排我們一次見面，是在多年以後。在此之前，還有一段路程，那就是欲念這泥淖。

像我們這些禁欲的觀念根深柢固的孩子，幾乎都要經歷煉獄一般的黑暗過程，才可抵達自然之子的彼岸。我們並不懂得，欲念是人與人達成關係的最深處的一個鎖鏈。這可說是個關鍵鎖鏈，它將人們在身心深處結合了起來。這是我們交往至深必定要遇到的一個困境。說它是困境，是因爲它實在不好解釋。它同時是黑暗與光明兩種，它可以將人變成畜生，也可將人變成歡樂神。我們走出我們深居簡出的禁欲的房屋，我們幾乎無一遺漏地遭受了泥淖沒頂的危險。欲念的活躍最初總是殘酷地撕裂我們的自尊心。它來臨得往往不是時候。它在我們還沒有做好準備，身心都很嬌弱的時候來臨。它帶有暴虐和廉恥的特點。它好像上天有意安排的嚴峻考驗，它像暴風雨一樣，摧殘著一棵幼小的樹。來不及等這樹長大，根深葉茂。也好像是有意安排的，欲念的來臨似乎總是超越社會的允諾，這使它帶有離經叛道、與社會對抗的色彩。有誰的欲念倘若能與社會法則保持同步，他便是一個幸福的和平的人。然而大多數人不是這樣。所以欲念撕裂了我們的自尊心之後又來衝擊我們的社會責任感。它是那樣暗無天日。它擺弄我們就像風吹小草。它還使我們的純潔觀念受到威脅，它使我們對自己信心掃地、希望全無。我們一千遍地對自己說：「我們不再是純潔的孩子了！」這其實是一種剝去僞裝的最徹底最殘暴的接觸方式，它將人赤裸裸地面面相覷。我說，欲念的聯絡絕不都是深刻的聯結，但我斷定，最深刻的聯結必須要通過欲念來抵達。這種概率很不高，這大約有些類似生命形成的機會。包含生命機會的精子有百億千億，但生命形成的機會卻只是百億分之一，千億分之一。多少生命的機會在浩浩宇宙間浪費和消失了，有一個生命卻誕生了。我想這就是人類中深刻關係的產生過程。這深刻關係的產生含有分娩一樣的絞痛過程，有時竟是生死攸關的。欲念在此成爲一種動力，這種動力是別的任何願望也取代不了的。它像黑色的雷霆一樣擊碎了那些粉紅色的風花雪夜，撕開了溫情脈脈的囈語的面紗。我們這些人幾乎無一遺漏地都帶有潔癖。欲念這東西使我們感到骯髒，自慚形穢的心情揪住我們不放。當我們中間比較堅強的那部分人終於掙扎而起，欲念在他們身心都留下印記。他們已不再是原先的無憂的快活的孩子，他們表情沉重，好像有了心事，他們的傲氣也減少很多，他們有些像經受了洗禮一樣。他們看世界的眼光起了變化，原先的世界只是一些風景，如今卻含了一些愛意或者恨意。他們心裏有了痛感。這時候，他們惟願藏進最疼愛的懷裏去休憩，安撫他們的欲念。刻骨銘心的孤獨之感是在這時候才眞正地湧上他們的心，他們特別地渴望與人聯結。並且，這時他們也懂得了與人聯成深刻關係的方程式和過程。他們懂得了人與人的深刻關係是怎樣的，同舟共濟是怎樣的。這一段路程是漫長的路程，一天等於一百年。當我孤孤單單再一次來到他跟前時，他已有了一個剛出生的孩子。失望來到我心上的速度相當緩慢，它像煙一樣，緩緩而起，瀰漫而來。我們三人，我、他和他的妻子歡歡喜喜在一起過了兩日，然後我就走了。那是他最後一次送我去車站，車站這一情景突然凸現在眼前，使我想起在此之前眾多的車站和碼頭的情景。這時我才發現，我們從開始便已經注定的分離的命運。失望在這時才觸到我心。當它觸及我時，我才發現我早已被它包圍了。我發現我們從來不具有這種可能，我們相交至誠，卻非至深，我們在關鍵的地方錯開了道路。這確實令人傷心，可卻談不上後悔。我們始終認認眞眞，我們從來沒有輕薄對待過之間的關係。我們已不通信息多年，其實什麼事都可能發生。我竟然還能隻身闖去，足見我的勇敢和果斷。總之，該做的我們都做了，不行就是不行。

當我和來時一樣隻身坐上火車往回去的時候，我想在這世上與人聯成生死不渝的關係是多麼困難。這要靠機遇，還要靠時間。時間是個寶貴的東西，它提供給我們積累的可能，我忽然感到時間無多。這是我從幻想走向現實的一個信號，我刹那間摒棄了對所有奇遇的嚮往，那種發生於一瞬間的浪漫傳奇如同水一樣從我心上流走。我重新地渴望著一種深刻的關係，這關係需要有時間的培育。時間像泥土一樣一層一層栽培這關係之樹，給樹添上年輪。我不再相信這世上會有什麼奇蹟發生，我只相信勤勤懇懇的栽培。我從一個極端的浪漫主義者一下子變成一個極端的現實主義者，我心中再不敢存有浪漫的念頭。孤獨簡直要了我的命，一個人在世界上走來走去的滋味眞不好受，無根無繫。這時候，我的朋友也不少，但都是泛泛之交，泛泛之交解救不了我的孤獨。孤獨有一種拉人沉沒的力量，有時我覺得我將從這茫茫人海沉墜、淹沒，直至消失。我必須要有一點羈絆，要有一點攀附之物，我將其寄託於愛情之上。這時候，我還沒有注意到愛情之下的孤獨內容，我只是一門心思地找尋愛情。這時候的愛情由於我極端現實主義精神變得極其繁瑣，我幾乎變成了一個事務主義者。我的眼睛注意著我最近的周圍，我從最平淡中提煉意義，最無謂的事情也可觸動我最深處的知覺。這時候的我，有些像一個絕望的溺水者，在撈一根救命稻草。我無形中誇大了愛情的作用，以爲愛情是一帖治療孤獨的良藥。我以最悉心又最瑣細的方式，可謂一點一滴地培育愛情。這一段愛情的瑣細平常與我歷來的浪漫精神相反。我們從雞毛蒜皮做起，幫學帶教自行車是我們主要活動之一。

自行車是我們最普遍的交通工具，幾乎人人會騎，不會騎自行車是一大缺陷。騎自行車還是一種平衡和靈巧的技術，掌握它絕非易事。我們一個推一個騎，走過了很長的路程。我們只注意騎車，而忽略了上車和下車，所以我最終還是不能騎車。這略微給我們的愛情史增添了一點浪漫色彩。他的先天的現實精神和我的後天的現實精神共同拒絕虛幻的精神活動，我們苦思苦想才想出騎自行車這一樁事情。有一陣子我們沒事就去騎自行車，將他的車鏈子騎斷一根又一根。後來，圍繞著騎自行車，我們還發展了課前和課後的談心活動，然而，事情還是進展不大。他這個青年出生於一個沉默寡言的家庭，沉默像個堅硬的蚌殼，他藏身其間。他那蚌殼一旦啄開了口，便不會輕易抿縫，這便是他一貫的審慎態度。而我的謹慎來自於經驗教訓。我深知這世上其實全是旅途中人，相遇全在匆匆之中，與人建立深刻關係難上加難。所以，每一點萌芽我都很珍惜。我曉得這萌芽包含寶貴的時間和心血，時間和心血的儲量，每個人都很有限。我已經消耗很多，以致身心疲乏。因此，這謹慎之中還含有疲乏的因素。這就是我們雙方的謹慎態度的來源，這使我們關係的進度保持著沉著和穩定，不急不躁，細水長流。當我們騎自行車騎得已經膩味，卻又沒有找到下一個活動項目，我們就繼續一個教一個學地騎自行車，不使我們之間的交往陷入無所作爲的空白狀態。在我們的關係需要深一步掘進卻又缺乏動力的時候，我們都能夠耐心地駐守在原有位置上，既不失望倒退，也不急躁冒進，左的錯誤和右的錯誤都沒犯。學騎自行車是一個象徵。我們一個騎一個跟地跑著一圈又一圈的圓場，心裏其實都充滿了等待。幸好後來發生了打倒「四人幫」這件事，才使我們茫然的等待有了著落。否則，我們終於會有一天，被這瑣細的事務斷送了關係。說起來，打倒「四人幫」眞是件好事情。它使得本來已到了頭的我們，面前又洞開一個天地。我們的人生重新充滿了可能性，又一次來到命運的關頭。這時候，我們就有了要去做的事情，這事情很重要，關係到我們的命運。有了這樣的大事，學騎自行車便一下子被我們丟到了腦後，它顯得那樣無聊也無趣。這重要的事關前途的大事，在我們主要體現於兩個問題，一是考大學，一是回上海。我想，我當時做的於我們關係最要緊的一件事，就是爲他報考大學。這事情的重要性在於我直接揷手於他的命運，使他的命運同我的情感聯繫在了一起。那時，他正在遙遠的長沙出差，夜裏日裏忙著抄譜，要將大型歌劇《驕揚》搬回我團上演。他抄譜抄去有上百支鉛筆，他就像個抄譜機器似的。可是在一個星期天裏，忽然間，他再也抄不下去了，好像他二十五年的煩悶一下子湧上了心頭。於是他便獨自來到著名的橘子洲頭。我猜想，這時候他感到了孤獨，他望著蒼茫的江水，覺得自己孤孤單單，二十五年積蓄的語言一起來敲擊他的心。後來他從長沙回來，第二天就進了考場。白天考試，晚上我們見面。在考試和等待發榜的日子裏，我們心頭焦慮，臉上輕鬆愉快，甚至又騎了一兩次自行車。我們嘴上不說心裏都想的是另一個問題，那就是他考上大學之後即將來到的離別。「離別」其實是一個命運性的題目，它使人們無可迴避的直面彼此間的關係問題。簡而言之，就是在一起還是不在一起。它還制約了人們回答問題的期限，刻不容緩。這段日子，我們之間充斥了一股人生的無奈之感。我們知道這世界是由不得我們性情的。我們雙方的情感都很節制，有後顧之憂，我們甚至有種悲愴的情緒。然而，正是這情緒徹底地滌蕩了那些瑣細的事務，將那些瑣細的情感一掃而空。這一個階段以他考試落榜爲結束，完成了一個人生的失敗。「失敗」是個好機會，它使我們體會到人生的嚴酷無情，使我們產生相互撫慰的需要。緊接著，下一個階段開始了，那就是我的回上海，別離又一次來臨。後來回想，我們之間關係的發展，繼自行車活動之後，離別是一項主要的內容。最初「離別」是在思想階段，它成爲我們討論的中心和題目，我們的許多心情和行動都生發於這個內容之上。而後，「離別」終成現實，這於我們的關係過程是一個新階段，這是一個充滿危險的建設階段。

我至今還記得初回這城市的孤寂之感。這城市街道上的人流是最叫人心生孤寂的。從我離開到回來這城市，其間有整整八年的歲月，我經歷了「搬家」和「文化大革命」以及打倒「四人幫」，我熟悉的人和事均已遠去，面目全非。上班與回家的道路是一條陌生的道路，它遮滿美麗的綠蔭。可是它顯得面目生疏，每日晨昏從上面走過，要與此建立默契顯得時間不夠，它是要留作日後的懷念的。我與這城市舊日的關係已經疏淡，新的關係有待建設。我必須要有一點陪伴和支持，才可度過這最難熬的最初時期。我是從已有的關係中去尋找陪伴和支持，我找的就是他。那陣子，我有些拖住他不放。我要他來上海，每天送我上班，又接我下班。這條林蔭道因爲有了他的陪伴，稍稍有了一點親切的表情，又留下一些紀念，這些紀念是供我多年之後享用的。我還趁節假日回那內地小城，我住在他家平房裏，吃水要到巷口擔，而我住得其樂無窮。我度過假期再回到上海，便可抵擋一段孤寂。坦白說，這時我們並沒有決定開拓我們的關係，這關係很難辨，雙方都舉棋不定。我一方面少不了他，他像一根繩索一樣繫著我，使我不致從茫茫人世墜落與淹沒，他使我有了一點可攀附的東西。另一方面我也並不放棄建設新的關係，積極性還挺高。應當說，這積極性有他的功勞，是在他的支持下我才可悉心培養積極性。說起來，我們倆有點像那則伊索寓言「農人與蛇」，他是農人，我是蛇。後來，這條上班與回家的路無須他陪伴，我也熟了。我晨晨昏昏走來走去，心情很愉快。自行車在街沿下，我在街沿上。這時候我內心充滿了摒棄舊世界、開創新世界的願望。我在這城市裏建設了許多新的關係。這時我在一個雜誌社裏做編輯，這是我做一名作家的序幕階段。編輯的工作就是聯繫的工作，我們成天給人寫信和人談話。寫信和談話是與人聯絡，建立關係的基本技術性手段，我每天認識的人數也數不清。這工作在某一點上使我喜歡，它使我處在人羣之中，和這個和那個結成關係。我以爲它可解除我的孤獨，以爲我掌握了與人建立聯繫的主動權，這想法迷惑了我的心。我上班不久就給一個叫做李華嵐的作者寫了約稿信，名曰約稿，其實是爲滿足我多年來的一個私心。他的散文寫得很清麗，尤其在那一個才情枯萎的時代顯得格外突出。我內心很想認識他，我便寫了一封長信。此時我已不再有等信的心情，我每天都有看不完的信，桌上堆了一大摞。可是，李華嵐的信沒來，卻收到李華嵐的女朋友的信。信寫得簡單，卻斷人肝腸。她說李華嵐在我信到的前一日去世，死於肺癌骨轉移。這女人一定善解人意，在她這樣心如刀絞的時分，竟也了解了我對李華嵐的心意。她給我寄來李華嵐的書，還有照片。照片上他是個清秀的男人，圍一條方格圍巾，具有「五四」青年的風貌。我對著這人的照片沉默良久，這種結果我始料未及。我因此想到一個機緣的問題，這其實也是一個前提性的問題，那就是，我們與其達成聯繫的人，必須同時間存在於世。我們在同一時期存於世上，須有多少機緣作條件。這就是禪家所說：修百年才可同舟的意思吧！這件事應當說是有益地打擊了我的驕矜之氣，使我能夠保持對人際關係的愼重誠摯態度，也或多或少地影響了我與那自行車朋友的關係。

我們雜誌社的大樓，形狀像一艘輪船，有著舷窗那樣的圓窗。我將這也當作一個象徵。我們接觸的人很多，來自四面八方，可我們都是旅途中人，我們匆匆相識，又匆匆分手，許多人是擦肩而過。我們與人的關係大多是一次性的，寫和編的工作一完成就握手告別。許多信塞滿了我一層又一層的抽屜，可它們對我有什麼意義呢？發展新關係雖然是我熱心所在，可是每每使我失望，我找不到發展關係的動力和手段。寫信和談話一旦成爲職業性的，平時就懶得去碰它。這時候的相交已比不上少年時代，那時各人都是一張白紙，現在我們的身心已塗滿歷史的墨跡，交流的障礙日增夜長。我們還都不如少年們那樣活力充沛，我們多少有了些惰性，我們還患得患失，吃虧思想很嚴重。一場海闊天空的聊天之後，我們總是又累又落寞。談話變成一種潤滑劑之類的東西，使我們不留痕跡地互相滑了過去。我們誰也抓不住誰。在一段新印象引起的激動之後，我陷入了更深的茫然。我又須拉住我的自行車夥伴，他是我的一段歷史，使我在這人流洶湧的城市裏來歷清楚，有根有源。他還最大可能地保持了我的完整性，使流動飄移的人生不致將我切割得片片段段。這就是深刻關係對我們飄泊人生的一種解救，這也是我們尋求創造深刻關係的心理根源。我與他的關係便是在這樣的背景下保存下來，幾經波折而抵達彼岸。可這時候，事情遠遠還沒完。我們又到了第二次考學的命運當口。這一回的考學不僅有關他的前途，還有關我們關係的前途，我們要以上大學來解決我們的分離。這次考試他是帶病參加，心情緊張和旅途勞累，以致我們偷嘗禁果，使他高燒直達四十度。我們去藥房買了退燒片，大膽地吞服了超過醫囑的劑量，以致高燒猛退，大汗淋漓。這一景象帶有一種拚死一搏、背水一戰的味道。考場門口人頭濟濟，誰也不認識誰，我們手挽著手等待開門的一刻。那時我們是不大不小的年紀，剛度過希望燦爛的階段，來到充滿絕望的年代。我們不知道希望這東西不多也不少，機會雖不可失，可絕非失不再來。我們當時臉色蒼白，手腳冰涼。這是我們關係過程中最鄭重的一刻，這是我們關係過程中最後一個事件了。這事件的尾聲是「落榜」。從此，那發榜的街道我們都避免走過，這是叫人心痛的街道。心痛是使我們關係深入骨髓的最大動力，它使我們產生相濡以沫的心情。相濡以沫是最絕望的愛撫的情景，它將人的關係一下子推入至深之處。這便是我們的關係從平庸的瑣細事務走向命運的悲劇境界的過程。我想，僅從這段關係本身來看，應當說是成功的關係。它是機緣、時間，以及我們各自的人生準備的結果，它證明了深刻關係不僅在於誰同誰相遇，更是在於兩個人在什麼地點、什麼時間、彼此什麼樣的人生階段相遇，錯一步也不成。與他完成這段關係，使我有一種長久飄泊終於回到了家的心情，我歸宿感極強，我有很大的安全感，我還有一種成就感。這可說是我遭受一連串的失敗之後第一次成功，我從我的令人傷懷的失敗上走過來，那些關係的殘骸在我身心留下了紀念，而我沒有一分鐘懷疑過是否要再去做下一次爭取。

開始的時候，我們確實覺得不錯。我們在事實上建立深刻關係之後，又接著動手去做形式的建設。首先我們以婚姻的制度來約束和固定我們的深刻關係。要將這一關係物化的一刻叫人興奮，我們使這一關係有了可見可觸摸的形式，那就是一份大紅的喜氣洋洋的結婚證書。爲取得這證書我們還費了些周折，第一次去忘了帶戶口簿，第二次去又忘了單位證明，第三次去什麼都帶了，可是民政局的結婚證書用完了，讓我們過一日再去。那是喜結良緣的好日子，結婚證書消耗得特別快。後來我們終於領到了這紅卡，共有兩張，他一張，我一張。一張我的名字在前，一張他的名字在前。我知道這是一種相交擰結的表示，把我們這兩個人像兩條繩子一樣打了個結。就這樣，我們的關係有了法律的形式。接下來，面臨的問題是調動。如前所說，我已回到了上海這城市，他仍在那內地小城。調動這事延續了足足五年的時間。這五年裏，我們將一條鐵路線走得爛熟，你來我往。旅途生活成爲我們生活中的重要部分。我們購置了一系列的旅途用品，保溫瓶、飯盒、背囊，還有供旅途消遣的書籍，阿略莎・克里斯蒂是我們旅行的好夥伴。旅行起先使我們高興，千里相會增添了柔情蜜意和幸福之感。形式上的距離還使我們產生向心力，穩定了我們的深刻關係。我們甚至有些故意地拖延調動，享受著離別。其實，這種在深刻關係下有意保持的距離，帶有造作的意味。假象掩飾不住眞相，要發生的終要發生。煩悶是一點一點地侵襲我們，蠶食著我們的快樂心情。小不愉快時有發生，有時在嘴上，有時在信上。我們將這歸結於動蕩不安的旅途，那時我們還搞不清這煩悶的來源，只是加緊了調動。我們想，如調不到一起，我們之間就算是玩完了。我們跑調動的熱情似乎在一夜之間爆發出來，達到高潮。我們昨天還很超然的態度突然變得緊張、激動。我們有些急不可待，將調動過程中每一次困難都誇張成失敗，於是我們很快就被打擊得灰心喪氣。我們只得以發火吵架的方式宣洩我們的沮喪心情。這一陣的情景眞是很慘，我們辦事不順，就窩裏鬥。自己吵架發火有一種無助的味道，吵著吵著我們彼此都生出憐憫之心。可是我們由於太過稔熟，我們已經羞於表達溫柔的撫慰。愛情這東西已被我們使用得差不多，它所含有的最溫存最善解最寬諒的能力，已被我們使用得差不多。而其實我們所以自己和自己吵，就是因爲我們是世上最最親密，關係深刻的兩個人。這時候，我們相互間的撫慰便表現作一種互相傷害，沒有針對這互相傷害的武器了。我們吵啊吵的，然後去辦我們的調動。那是一個多雨的季節，我們外出活動時就打一柄大傘，走在雨濛濛的街道上，這使我們有一種同舟共濟的面目。我們的調動活動貫穿了整整一個雨季，雲開日出的時候，好消息不期而至。

建設我們的家，也占用了我們的時間。家這個巢穴，使深刻關係具體化和細節化。它不免磨蝕了我們深刻關係中的詩意性質的情感，它使我們在一些細枝末節動怒、著惱，變得囉囉嗦嗦。可是這些細微小事轉移了我們的注意力，它反使我們迴避了眞正的危險。在這一階段中，我們的瑣細的興味也往往容易得到鼓舞，很小一點成果就可使我們高興。我們就像燕子銜泥一樣，一點一點地築著我們的窩，我們對此寄予許多希望。我至今還記得我們去買瓷磚的情景。我們走過一個雜品商店，見門口貼有布告，說來了一批處理瓷磚。這瓷磚在搬運過程中受了震動，所以低價出售。出售的規則有一條，就是不許開箱，點到哪箱是哪箱。布告前的人越圍越多，可卻沒有人敢去試一試。我們決定碰一碰運氣。我們心裏忽然沉重起來，雖說只是幾塊瓷磚，可我們卻覺得它還包含有命運這一回子事。他堅持要叫我去選擇，考學的失敗使他自認晦氣不說，還變得非常宿命。我是閉了眼睛指下一箱瓷磚的，開箱時心情激動。我們蹲在馬路邊就開始檢查，總共只碎了三塊。這確實叫人振奮，他不由也有些手癢。於是我便一個勁兒地慫恿他，說這是一個時來運轉的好機會。我覺得我的這箱瓷磚，對於人們有著鼓舞作用，接著就有人來買瓷磚，打開箱後總是好的多，破的少。這使他下了決心，上前指了一箱。那箱裏只碎了一塊，創了這一氣買瓷磚的紀錄，可把他高興壞了。我們一人抱了一箱瓷磚往家走，幾乎累斷了腰。可我們喜氣洋洋，這是個好兆頭。第一次有了我們共同的家，確實是高興多，憂愁少。這是我們關係中最甜蜜的日子，買東西是我們主要的愛情、婚姻和家庭活動。每月發工資後第一個星期日，是我們的活動日。我們事先作好種種消費的計畫，然後走上街頭，一一實施。我們買的東西，大到沙發，小到鈕扣，美麗精彩到壁毯，日常平凡到去污粉。買東西的快感在於有商有量，有爭有議，利益與共，休戚相關。在這城市的街道上，我們除了去買東西，還能做什麼？我們除了買來有用的東西，還買來許多無用的東西，消耗東西的速度趕不上我們購買的要求。這是城市裏人的通病。我們的櫥櫃越來越滿，櫥門一開，東西就滾滾而下。這其實是我們不斷物化我們的關係的表現，是我們深刻關係的形式建設的慣性表現。形式建設使我們嘗到了甜頭，這甜頭就是它將我們的深刻關係變成可見可聞，簡單平常，人力可掌握的存在，所以我們拖延著這工作。我們盲目地、熱情地、衝動地去買東西，使這深刻關係增添了重重累贅。

當我們把這家建設完畢，又享用完畢，上街買東西又維持了我們一大段路程，無可抑制的煩悶便湧上心頭。我們經常吵架，吵架的起因千種萬種，不可開交時我們就拿出一個撒手鐧：打起包裹回娘家，也就是出走這一武器。這是娜拉教給我們的法寶，現已爲我們男女雙方所繼承。我們都怕對方不回家，自己卻想不回家或者晚回家。我們內心都有一個自私的不近情理的卻暖意蕩漾的願望，那就是我們在外遊蕩，直至深夜才回家轉，家裏有一個人亮著燈等我們。這情景果然動人，情深意又長。可是我們雙方誰也不願扮演那個等待的角色，那個等待的角色即便等待了也不甘心，必定會怒氣沖天，吵鬧不休，將那等與被等的意境全部破壞掉。從這裏我們其實透露出有兩重憂心忡忡的心理，一重是我們深恐這深刻關係的解體，家裏沒人使我們有一種被遺棄的悲哀感覺；另一重則是我們又深恐這深刻關係的束縛，這束縛妨礙了我們哪怕是假想當中的自由。於是，在我們某一方晚回家的夜裏，我們總是吵啊吵的。後來我們就採取一不做二不休的辦法，我們同時不回家。我們分頭在街上流浪，暗暗計算對方到家的時間，然後再回家。走近空蕩無人的家心裏實在悽惶，電燈一開，眞是滿目荒涼。這不由使我們採取了妥協的態度，那就是兩人都回家。兩人日夜廝守的日子也很不妙，起心的寂寞充滿了四周，我們好像一同被世人拋棄了。在我們這一個一個的小家裏，所有的爭吵都流露出無助的表情。他們無法指望別人去調解，調解也調解不出個所以然。這種緩緩的、溫柔的、如歌的、綿綿不斷的吵嘴貫穿了我們的日日夜夜，我們的眼淚流成了河。有時候我們那樣絕望，好像萬劫不復。這些細水長流的爭吵蠶食著我們的心和希望。而當我們萬念俱灰，或許我們又會獲得契機新生。這天夜裏，我們被長久的爭吵弄得疲憊不堪，倦意叢生，我們灰心地沉入夢鄉，要以睡眠來掩飾一切。睡眠眞是個好東西，它使我們忘記現象，遁入無憂的快樂境界。睡眠的又一功能是製造夢，這是比遺忘更進一步的安慰，這使人懷疑現實的眞實性，從而有了逃遁之路，「莊周夢蝶」便是一個好例子。這天晚上卻好像是無夢的，不知爲什麼我有一種特別黑的印象，黑雲籠罩了我們這個城市。當事情來臨的一刻，我覺得我是有所準備的。我想，是該有事情來臨了，如沒有事情來臨，我們將怎麼辦啊！地震的印象在我就是玻璃的格格聲，所有的玻璃門窗全在這一瞬間尖銳地搖響起來，這是一種破碎的聲音。天就在這一刻裏亮了。我睜開眼睛，就被玻璃窗射進的光刺亮了眼睛，這是一種破碎的光芒。他第一個動作，就是將我從我的被子裏拖進他的被子，我們無處可逃，要死就死在一起！玻璃的格格聲充滿了雙耳，這世界碎啦！我們已經聽見碎片四濺的聲音。我們從來沒有這樣柔情蜜意地相擁過，我們心中洶湧而起的親愛之情沒法說。我們嘴上不說，心裏都在想，永不分離這句話。據地質學家說，我們這城市的地基是沙土性質，一般不會發生地震。可是墨西哥大地震敲響了警鐘，墨西哥城的地質據稱與我們這城市很相近。果然，不久我們這城市便有了地震的紀錄。這給人末日的感覺，這世界再沒有一個安全地帶啦！這城市的樓房密密匝匝，我推想房屋倒塌的情景就像多米諾骨牌，我們沒有逃身之處。我們相擁而坐，心裏一片寧靜。玻璃的脆響漸漸消失，屋外人聲噪起。「地震啦！」人們惶恐萬狀地喊道，所有的燈都亮了。這城市在凌晨時分萬家燈火是有史以來頭一遭。我們沒有出門，我們相擁而坐直至天明，這是生死不渝的時刻，所有的芥蒂煙消雲滅。地震使我們的大陸變成了一塊飄移的島嶼，世界是鯨魚背的觀念大約就是來自地震的經驗。照此說來，再沒有岸不岸這一回事，諸事都在飄流。地震之夜是具有象徵性的一夜，我們情意綿綿永無絕期。然而，平常的日子是有毒的日子，它又來侵蝕我們的希望。「地震」這毀滅力量的徵兆顯現畢竟人生難得，現代科學又將這徵兆顯現解釋成客觀規律。於是，徵兆顯現便成了宇宙奇觀，成了天文的節日，這就是科學化險爲夷的特性之一。安全的日子裏，煩悶又襲上心頭。那一天，我們又爲一樁小事爭吵，這樁小事在我們的爭吵中擴大著範圍。我們吵到頭來，發現一切都無法解決。我們想，我們之間的關係算是個什麼勞什子呢？它綁住我們，使我們雙方都無自由可言。可我們卻都牢牢地抓住對方，不肯鬆手，就好像一個溺水的人去救另一個溺水的人，結果雙雙下沉。這一回是我第一次出走，門外下著使人愁慘的細雨，我絕望滿心卻還沒有忘記換一雙雨鞋，再拿一把雨傘。我走過黑洞洞的飯菜飄香的樓道，走在泥濘的弄堂裏。我家周圍永遠是工地，造了這幢，造那幢，如蟻穴和蜂窩那樣密密匝匝，漸漸把我家的樓房包圍。水泥和黃沙攪拌起泥漿汚染了我的雨鞋。我走出弄堂上了大街，雨水將街道洗得鏡子一般光亮，車燈照耀。我靜靜地漫無目標地走著。街上行人都在匆匆走路，但表情茫然。匆匆走路是我們這城市街道上固有的情景，表情茫然也是。這是晚飯剛過的時候，路燈已經亮了。前邊有一個電影院，票房前的人密密匝匝。電影是個好東西，它可帶我們去作精神的飄流。走過影院，天更黑了一層，路燈也顯得明亮了一層，燈下開始出現形跡可疑的人。我心裏漸漸平靜了，眼睛裏還不斷湧出新的眼淚。我沿了街道向前走，走過一條又一條。我不能放慢我的腳步，這城市街道上都是這樣的匆匆的腳步，管你有方向還是沒方向。這時候，我聽見耳邊有人說話，那人說：「朋友，看電影去吧？」我不理睬他，只顧走自己的路，靜靜地流著淚。那人不再說話，他跟隨我走了一段，然後悄悄地離開了我。我想，他在這樣的憂傷的夜晚，要找的一定是個快樂的傢伙，像我這樣眼淚長流只能叫他掃興。我又走過幾條馬路，看見了前方岔道口的紅燈，在濛濛水汽中滯重的閃爍。我知道那是鐵路，將有一列火車通過。我看見路障後邊人頭鑽動，雨打在傘上噼啪作響，蓋住了一夜的市聲。然後我看見白煙滾滾，火車無聲地駛過。火車使我想起了旅途，我想起在那搖搖晃晃的車廂，獨倚一隅，讀著阿略莎・克里斯蒂小說的情景，恍如隔世。最後，我收起了眼淚，轉過身子，走上了回頭路。

第八章

我想，現在茹家漊該出場了。我母親家的歷史，在這裏再次出現歧義。茹家漊這地名來自母親她奶奶的遺言。在那些淒慘的飄零日子裏，辛勞惶恐的白晝過去，夜深人靜，她奶奶就會說：「我要帶你到茹家漊祖墳上去磕頭。」奶奶說這話的時候，就好像自語似的。她的思緒到了很遠的地方，神志有些恍惚。「茹家漊」這三個字被她奶奶念在嘴裏，使母親覺得這是個神聖不可及的地方。我想，她奶奶老是念叨要帶我母親去茹家漊磕頭，最終卻到底沒有去，一是沒有盤纏；二是她奶奶覺得沒有臉面。她奶奶是個很要臉面的人，我母親說過：當年她們祖孫所以沒有沿街乞討，就是因爲她奶奶牢記她們家是書香門第。「書香門第」這四個字，就是我尋找歷史的歧義所在，暫且不提。她奶奶還牢記早年從杭州去茹家漊上墳的風光景象，這風光景象她不曾對我母親說過，我是後來從茹家漊的鄉人王阿丑老爹口中聽說的。我想她奶奶在那寂靜的尼姑庵裏的夜晚，眼前一定出現了去茹家漊上墳的子孫隊伍。尼姑庵是她們祖孫經常寄宿的地方，母親甚至還記得天井裏青石板地上如洗的月光。母親她眞是個末代子孫，她連一次上墳的日子也沒趕上，而且她還錯把「茹家漊」當成「茹家樓」，爲我後來的尋根帶來麻煩一樁。尼姑庵的夜晚，風在庵堂裏嗖嗖地游蕩，她奶奶翻來覆去地嘆氣，小小的母親也跟著一起發愁。母親她一心只想著吃飯的事情，她這一個小孩子，只有眼前，沒有過去。人世滄桑，她遠沒有體驗。去茹家漊磕頭的話，根本進不了她的心裏。我們這些後輩再也無從想像茹家漊的景象。我們無法知道，在夜晚時，浮現在她奶奶腦海裏的茹家漊的景色。從此，我們便相隔天涯海角，我們將怎樣找到茹家漊呢？在那窮困潦倒的生活裏，去茹家漊磕頭還成爲支撐她奶奶的信念，這信念無比哀婉。我想，她的原話應當是：「總有一天，我要帶你去茹家漊祖墳上磕頭！」她奶奶其實是一個歷史學家，一個心碎的歷史學家。她牢記自己的責任，這責任壓碎了她的心。可是，茹家漊在哪裏呢？我的曾外祖母她夢裏縈回千百度的茹家漊是個什麼樣的地方？那時我不知道茹家漊是個有水的地方，我一心以爲是「茹家樓」。這使我將它想像成一個祠堂，寂寞地站立著。有時候，它也呈現出歡聚的景象，當我的冥想走近它的時候，它忽然間爆發出了歌舞。我也懷疑是不是眞有這個地方，我常常以「將來」安慰自己的決心。我說：將來我要去找「茹家樓」。茹家漊是那樣迷茫的一種景象，特別適用於「將來」這個詞。我那時處在等待之中，茹家漊就像一個活物似的，自己迎著我駛來。我們終於有一日，穿過時間的迷霧，走到一起來了。當我在這城市的街道上茫然地走來走去，像呑食空氣一樣呑食著我的孤獨，想著人多麼像無根的浮萍。這時候，茹家漊就浮上我心。我想起我的老病交加、身心交瘁的曾外祖母，她喃喃地又殷殷地留給我們後輩一個地址，這地址是我們的發源之地，這地址還是一個歸身之地，供離散的孤寂的我們去做一個聚會。這時候，我就體驗到茹家漊於我曾外祖母的又一層支持的意思。當她在杭州城紫陽山下，厚著臉皮拖欠了數月房租，最終死在黑暗的閣樓上，在我十三歲的母親哀哀的哭聲裏，棲身於一口薄皮棺材，葬於義塚之中，她的精神早已回到了茹家漊。這是我曾外祖母永難忘記的歸身之地，它是使她永遠不與無家可歸的流浪漢爲伍的堅強信念。現在，我感到我曾外祖母的精神與我的匯合起來了。我與她老人家跨越了兩代人：我的甘願做了孤魂野鬼的外公，和我那以吃飯爲準則的母親，他們是兩代快樂的流浪漢，他們一個只要尋歡作樂，另一個只要有飯吃，他們根本想不到回家。而我和我曾外祖母卻不同，他老人家是離家不久的飄泊者，而我在整整兩代人的飄泊之後，已經飄泊得累了。茹家漊的溫暖的光輝照耀了我們這曾祖孫倆。當我決定去尋找茹家漊的時候，我不由地激動起來，這好像是去赴一個日思夜想的約會。經過歲月曠久的思念和等待，這一日終於來臨了。

後來，我時常想起那一個走近我曾外祖母的茹家漊的早晨。雨霧瀰漫，如同一張帷幕，漸漸在我眼前拉開。這時候我還不知道這就是我要找的，我曾外祖母日裏夜裏縈繞的茹家漊。茹家漊在紹興原來不止一個，尋找茹家漊已使我疲憊。一場重感冒將我擊得垂頭奄腦，我表情漠然地走進了茹家漊。而當一切都確定無疑之後，所有的暗示便一下子變成輝煌的照耀。還鄉那一日春雨連綿，我在茫然無知中還了鄉。由於流感和春寒瑟瑟抖著，流露出一副孤獨無依的面目。這一刻的情景在我後來的腦海中，有些像電影中不斷重複的慢鏡頭。我一回走近茹家漊，二回走近茹家漊，三回、四回地走近茹家漊。現在，我要去找茹家漊了。母親告訴我，茹家漊的位置當在離柯橋四十里的地方。柯橋是個著名的地方，人人知道。母親在這裏又犯了一個傳達上的錯誤，只差上那麼一點點，可也夠我們受的了。去紹興的早晨，滿天陰霾，路上就開始下雨，一下就是整整三天，濕透了我的衣服鞋襪。我一路發著三十七度五的低燒，頭昏腦脹。下雨和發燒使得一切變得恍惚，做夢似的。我記得雨水在車窗上淋淋漓漓的，模糊了窗外的景色。車廂裏煙霧騰騰，人聲嘈雜。我心裏充滿一股哀傷的情緒，心情憂鬱。有幾陣我打了盹，做了幾折短夢，醒來就有不知身在何處的感覺。我還有一點想退縮的心思，可是後悔也已來不及了。我發現我給自己出了個難題：也許這世上壓根兒沒有茹家漊。關於茹家漊的傳言於今相隔有半個世紀，曾外祖母已化為泥土煙塵。而我竟眞的來找茹家漊了。這一趟出發實在有些冒險。發著低燒走在雨地確有一股悲壯的味道，是那種細綿無聲的雨，它一下子把你包裹起來，滲透了肌膚。我打著寒戰，牙齒格格響。我至今也無法斷定，去找茹家漊是對還是錯。茹家漊使我母親家的歷史產生歧義，這是消滅家族傳說的一個表徵。可是，茹家漊中的「家」字使我怦然心動，這是一個巨大的安慰，安慰我們這一個七零八散的家族，我們這一百年的飄零生涯。我們有一個家園，這個念頭召喚著我，我實是受它召喚而來。現在，反正說什麼都晚了，我必須去找茹家漊。曾外祖母的話響起在我耳邊，總有一天，我要帶你去茹家漊磕頭。話中的「你」這時候指的並不是母親她，而是曾外孫女兒我。這「總有一天」已經到了眼前，曾外祖母，我去了。

　　現在我終於明白了，茹家漊是三點水旁的「漊」。這個字過去從未接觸過，這說明我與我的水鄉老家隔膜得多麼深啊！這個字，在我老家紹興有著獨到的解釋，和《辭海》上的不同。《辭海》上關於「漊」這字，有兩條解釋：一是形容詞，形容「密雨不絕貌」，我忽然想起，去紹興的景象，就正是這「雨漊漊」之狀；二是作名詞解，即漊水是澧水支流，長二百二十二公里。僅此而已。在我老家紹興，「漊」是斷頭河的意思。斷頭河就是河流的盡頭。在我的水鄉老家，河流就像是大樹上的枝杈，在枝杈的盡頭就是「漊」，枝杈盡頭的葉子，則是村莊。這村莊總是以「什麼什麼漊」來命名。在我的水鄉老家，漊多得無數，猶如星羅棋布。單是「茹家漊」，不尋則已，一尋就是七、八個，遠遠近近。人們說，幸而「茹」姓不常見，倘若是常見的姓，那許會有幾十上百個漊，叫你找斷了腿。可茹家漊多至七、八個，卻是我始料不及，這使我欣喜，因爲確有一種回了家的感覺，可也使我擔憂，哪一個才是我家的茹家漊呢？母親說：離柯橋四十里，是一個重要的線索，也是唯一的線索了。當我著手尋找時，心情陡然平靜下來，所有縹緲虛幻的感覺全都離開了我。這時候我很像個推理專家，我在地圖上看來看去，將母親她告訴我的話琢磨來琢磨去。這時候，雨已經下緊了，我的低燒變成了高燒。高燒使我通紅了臉，情緒很亢奮。好心又熱心的朋友圍著我，說這說那。他們與我都是第一次見面，原先我們只是在文章裏見面。是尋根這一樁事使我們聚到一起，他們互相傳說：王安憶要來找外婆橋了。「外婆橋」這三個字眞是說到了我的心坎兒裏。其實這與事實有所出入，因爲我找的是我曾外祖父的家，然而，曾外祖父的家哪抵得上「外婆橋」這三個字感人心懷？尋根這事於我們平凡的生活是美麗的插曲，懸念迭起，人人起勁。次日，我們便向著柯橋四十里外的桃源村出發了。

我們選擇桃源村一是它符合母親所說的距離柯橋四十里的位置；二是因爲它是所有茹家漊中最大的茹姓村莊，共有二百戶姓茹人家。疑義則在於它不是名正言順的茹家漊，「桃源村」是人們公認的村名。這次出訪的整個尋找中最具喜劇色彩的段落，每一筆都令人忍俊不禁。它使我們的尋找從一開頭起就變得輕鬆詼諧。開始，那村長問我的曾外祖父叫什麼名字。我說曾外祖父的名字叫做茹繼生，這是母親她給我的又一個線索。村長說：村裏曾有過一個茹繼堂，死了多年，但這個「繼」是一個輩分，還是隨便叫的，就不知道了。他說此地人喜歡用「阿」字來替掉輩分的那個字，比如「茹阿六」、「茹阿傲」，還有後來的「王阿丑」。「阿」字是個具有戲謔精神的字，一旦叫了「阿」什麼，便有了種什麼也不在乎的表情。我們還發現這村裏的人，所起名字都有一種奶名或諢號的味道，比如「雙喜」，比如「阿元」，比如「小發」，比較起來，還就「茹繼堂」這名字像是個名字。這樣一來，根據姓名輩分排查的可能就沒有了。我再問村長，這村裏有沒有高壽的老人，他們許會記得某些往事。村長回答我說：這地方是血吸蟲病區，人活得壽長的不多。他這回答裏有一種特別好笑的地方，很難一筆指出。他是那麼誠實地周全地回答了你的提問，但這誠實和周全中卻含有一個極微妙的嘲弄。這使我的尋找進入一個有趣的境界，好像我所尋找的其實並不存在，但人們為了安慰我，都認眞地幫助一起找。這使我的尋找還帶有一股荒誕意味，但這荒誕不象徵虛無，而是象徵了最善良與最善解的同情。我應當說，尋找眞是一樁美事，令人心情愉快。高燒使我的脈搏歡快急驟地跳著，小鹿兒似的。這裏人回答問題還有一種指東道西的戲謔味道。我問茹繼堂家中有沒有人走出去謀生，就有人回答說，有一人在鎮上做燒餅。這回答引起了哄堂大笑。這時候，我已經被這地方人的談吐吸引住了。我們一夥人擠在村長會議室裏，個個褲腿上都是星星泥點。那名叫阿傲的八十老人回想起他七、八歲時，他家台門裏有一個女人，四十多歲，胖胖的，臉黃黃的，她男人在外頭開店。阿傲少年時就出門學製鍋手藝，成年後回來聽講，那女人去了他男人地方，雙雙死在了外頭。這聽起來有點像我的曾外祖母了，可阿傲他卻講不出她男人名甚姓誰。茹阿傲就和他的名字一樣，神情驕傲，他愛理不理的，他要等你問出三個問題之後，再回答第一個，這使我們的問答呈現進一步、退兩步的形式。我覺得他長得有些像我母親，細眼吊眉，顴骨高高，身材魁梧。和他們在一起我很願意，我由著他們扯開話題，說東道西。這樣的雨天是閒聊的好天氣，也是懷舊的好天氣。他們回想起往昔歲月，這裏的人都沒有田，田主在紹興城裏，到收租時候才下來。他們有的做佃農，有的做挑腳。他們挑的主要是石灰，從蘭亭挑來，挑到村前的阮江碼頭，裝上大埠船。阮江是一條河，通柯橋，茹家漊便是從阮江引出的一條小支流，然後斷了頭，所以「茹家漊」還叫「江里漊」。每日裏，兩部大埠船對頭跑來回，還有無數的烏篷船。我想，我曾外祖父也許就是從這裏，坐了烏篷船去柯橋，再去杭州。這裏的人出外做夥計做生意的不少，我曾外祖父許就是其中之一。阮江九曲十八彎，有俗語說：「會搖船，阮江河，不會搖船光身拖。」用我家鄉話來念，又合轍又押韻。他們還憶起種田的難處，說這是一塊「餓死畈」，十年九荒。水從後山頂下來，又從阮江底上來，正是大禹治水前的惡濁面貌。聽起來，這地方生計艱難，這符合我關於祖先是墮民的想像。我這問題一出口，他們便一下子靜了，這倒使我有些難堪，這問題傷了他們的心。他們沉默一會兒，然後就提出了狀元的問題。他們說如若是墮民，絕不能赴科舉考場，而他們祖上出過一個狀元，卻是千眞萬確。「狀元」這說法又碰撞了我的心，這是母親給我的第三條線索，那就是，在我母親的家族，曾經有過一個狀元。現在，他們要帶我去我們的茹家祠堂。

去茹家祠堂是我們一大幫人。村長領頭，我和我的朋友走在中間，後邊是神色莊嚴的阿傲他們。他們一律頭戴氈帽，袖著手，挺著胸，氣昂昂的樣子。村路泥濘，泥漿在我們這一幫人的腳下咕吱咕吱響。我們一路都不說話，氣氛凝重，惟有那茹村長臉上閃爍著隱約的笑意。他是個五十多歲的漢子，他聰慧的眼睛一直留在我的腦海裏，流露出一股溫存的調侃之意。這村落沿著阮江的支流，一條斷頭河，房屋挨著房屋。茹家祠堂在村莊中央的位置，共分兩進，前進就是狀元台門。「台門」在我家鄉是宅院的意思，而「台門」這二字且有一股高堂貴門的氣派。在狀元台門的門楣上，曾經有一塊橫匾，上書「狀元及第」四個大字。這四個字又觸動了我的心，我眼前出現了兩個大紅燈籠，蠟燭照亮了「狀元及第」的字樣，這是我外婆靈堂前的大紅燈籠。我照理應當很激動，可是一股輕快詼諧的情緒充斥了我心裏，我說：這狀元姓甚名誰呢？爲這他們爆發了一場爭吵。有人說，他可以發誓，那匾上「狀元及第」四個大字底下，是「茹芬」兩個小字。另有人則斬釘截鐵地說，姓茹是不錯，但「芬」字下面卻還有個「木」字，是「棻」。「茹棻」這名字合上了母親的話。這個字很少見，我還特意去查了字典。字典上說，「棻」這字是指「香木」，多用爲人名。這名字古氣淳淳，這符合一個狀元的形象。可是沒有人聽我的，他們吵個不休。這匾在文化大革命破「四舊」的日子裏被劈成木柴，燒成了灰，如今無案可查。主張叫「茹芬」的那一派說，正是這個「芬」字害了狀元。因這是個女人名，壓住了他的官運。後來他果眞遭到奸臣的誣告，被貶了官。奸臣說「茹芬」本是「茹棻」，有意將「棻」字一拆爲二，暗指要與皇帝共分江山。另一派說，確實有這樣的事情，可卻被你們聽錯了。「茹棻」本是「茹棻」，是朝廷上的奸臣有意拆作「茹芬」去告歪狀。這時，忽然有人插進來說：聽我公公說，茹狀元是個大痲子，不出息的！這話沒頭沒腦，倒叫人們一愣。就又有人趁空辯了一句，茹狀元還是不錯的，給鎭上造過一座洞橋，至今還在，又給村裏捐了個尼姑庵，叫做「謹華庵」。於是大家就說，可去看看謹華庵，還有個老尼姑，八十多歲了，患了風濕痛。說著我們跨過昔日的狀元台門，到了第二進的茹家祠堂。祠堂只剩個屋架子，說是文化大革命中一起拆了的。原本凡是茹姓人娶親，都要到這裏拜一拜的，如今也不必拜了。我問有沒有家譜呢？人們愣了愣，然後說有，文化大革命燒掉了；卻又有人說沒有。兩方意見的人都指天指地的發誓。茹村長卻插話了，他說有，是他親眼所見，放在一口牛皮箱裏，但卻不是在此地燒的，而是送到縣城去燒的。這樣，就又有人出來作證，說這牛皮箱是送去了縣城，可最終還是帶了回來。我們站在茹家祠堂的泥地上，頭頂上是片瓦不留的屋架，再上面是雨雲密布的天空，我們這一羣人說東道西，吵個不休。這不就是我夢寐以求的聚會嗎？這不正是我日思夜想的情景嗎？我滿心裏都是歡喜，這些昔日的挑腳和佃農，生命力活潑潑。他們的皮膚是紫銅色，經歷風霜雨雪而堅韌發光，他們走山路過水路都是一把好手。他們莊後頭有一座墳山，生滿刺人的野棘，沒膝的荒草，有粗礪的石碑這裏那裏矗立，一面嶄新的幡旗在寒冷的早春的風裏獵獵飄展。這就是我要去磕頭的地方嗎？這墳山上的故事多得不得了。我的鄉黨們曾把惡霸任老虎騙上山，戳瞎了他的眼。任老虎他勾搭土匪，霸占水源，竟敢騎到我們姓茹的頭上作威作福。人們怎麼騙他上的山，用酒？還是女人？四下裏漆黑一片，只有蕭瑟的風聲，還有狼嚎，這簡直太棒了。他怎麼弄得過這些挑腳的啊！他們一個個比兔子還敏捷，而且力大無窮。那山上還有過土匪和平軍的砲樓，一等天黑，便下山搶糧搶東西。我的鄉親們也沒饒過他們，手持鳥銃追得他們屁滾尿流。說實話，我鄉親們的生活眞有股子墮民的味道。據說，他們這一幫子茹姓是從嵊縣過來，爲什麼來？怎麼來？嵊縣也是個墮民集中的地方，可無奈他們就是不承認。他們手無寸土，種人家的田，做挑腳的活兒，他們受人欺，他們在野棘叢裏做墳地，可是，那狀元茹棻又是怎麼回事呢？一個疑團浮上了我心，這就是我們家歷史的歧義所在了。

不管怎麼說，現在，我母親家的歷史上，一位狀元出場了。是這狀元，阻止了我曾外祖母最後墮落到沿街乞討，他保持了我曾外祖母人生最後一點尊嚴，他是我們這個一敗塗地的家族裏最後一線光榮。我決定追根究底地查一查。我先去翻閱《清史稿》，沒有茹棻其人，卻見另有一個茹姓者，名茹敦和。我心想會不會是這人的別名，於是翻到「茹敦和」這一節。卻不料這茹敦和竟是茹棻他爹，這可叫我喜出望外。關於他兒子茹棻，只有簡略的一句「子棻，以一甲一名進士，官至兵部尚書。」可這卻提供我一個信息，那就是這茹棻不會是個等閒之輩。我相信，在其他史書裏，一定可找到更詳細的記載。一甲一名進士，可不是玩的。兵部尚書也不是玩的。后來的事實果然證明了這一點。現在先來說說他老子，有了他老子，茹棻這狀元才叫人覺得信服而且親近。

敦和的一生看起來是克勤而愼篤的一生。《清史稿》上說，「初嗣婦翁李爲子，占籍廣東。」這叫我猜想他是個無根無基的窮小子，興許還無爹無娘的，就和後來的我母親差不多。他一定出身微寒，是不是墮民就不知道了。「占籍廣東」是在什麼時候呢？是敦和原本已離鄉在了廣東，然後做了招女婿，歸了李氏的籍貫，還是說做了招女婿之後，再隨李家來到廣東入籍？如是前一種，那麼茹敦和他不僅出身微寒，而且還離鄉背井，四方飄零，做一個上門女婿而獲得戶籍是個站住腳跟的好辦法。如是後一種，我就猜想李氏是個官宦人家，走南闖北是朝廷對職官的例行調任，作爲寒士敦和，做一個官府人家的上門女婿，也算是適得其所了。但不管時間順序如何，茹敦和是居住在了離本土會稽迢迢千里的廣東，並且入了正式戶籍。後來他參加科舉會試，我想也是以廣東籍人而在那裏進行。這也使我想到，倘若前一種情形，他早早就離鄉在了廣東，要考試還必得趕回原籍，這盤纏遠不是這窮小子能負擔得起的。所以，「嗣婦翁李爲子」也許正是出於考試的需要。後來成了進士的茹敦和，少年時一定溫文爾雅，知書達理，很得李氏的歡喜。要挑一個做兒子以繼承家業，也不是一件簡單的事。茹敦和是他們經過長期挑選和考察而確定的一個人選。以此我們不僅能看見茹敦和清秀文雅、溫良恭儉讓的樣子，而且還應該體會到他身在婦家，上孝婦翁、下敬妻室的謹愼心情。我還懷疑他「占籍廣東」的又一層更深刻的用意，「墮民」這念頭纏著我，使我窺伺到茹敦和身世的可疑。從後來的事實中，我還知道敦和是一個城府頗深的人，他的給李家做「子」和「占籍廣東」，內中似乎包含有一個祕密。現在讓我們再讀下面一行：「乾隆十九年成進士，歸本宗。」這就是他所以保持了我們的「茹」姓的原因所在。「歸本宗」這一句意義實在奧妙極了。我敢斷定茹敦和在李氏家中沒有一刻忘記這三個字。他夜夜秉燭讀書，「歸本宗」是他的精神支柱。「茹」姓這個字，是他最傷懷的一個字，內中情由獨有他知。我想無論是他先來到廣東還是隨婦家來到廣東，這一行爲都大有深意。廣東那山高水遠的地方，對於「墮民」這一說一無了然。也因此我更傾向於他先到廣東這一說。「茹」這姓氏中的屈辱和光榮，我想他是全部知了的最後一人。自從我知道茹姓中出過這樣的知士名人，我便四處尋查「會稽茹氏」的家譜，我從上海到北京，又到杭州，還去了寧波的「天一閣」，卻都沒有這家譜。我感覺到這家譜神祕地消失了，我甚而懷疑，那茹家漊村長所說的牛皮箱裏，究竟有沒有家譜。當茹敦和以嗣人爲子而占籍廣東，考上進士再歸本宗，這一個「茹氏」猶如經歷了煉獄，脫胎換骨，再不是從前那個「茹」了，這才有了後來的茹棻。可是我們有誰能夠了然茹敦和在李家的歲月呢？他成進士的乾隆十九年，是個災年，還是準噶爾作亂之年。史書上這一年的記載，幾乎全是賑災、免賦，以及準噶爾的降和戰。在這些緊鑼密鼓的記載中，夾有那麼一小條：「閏四月庚戌朔，賜莊培因等二百三十三人進士及第出身有差。」敦和就在這二百三十三人之中了。賜進士名次的典禮叫做「傳臚」，乾隆年間，大約已是在保和殿舉行。乾隆皇帝坐在龍椅，親自宣布。皇帝他一字一句地念出這二百三十三人的名字，字字擲地有聲。這時，長安街上便掛出了大金榜。傳臚三日之後，敦和便步入保和殿進行朝考。我想，這是敦和他第一次進北京，也是第一次進皇宮，他在想什麼呢？關於保和殿的肅穆凝重，他曾在夢中體會過數次，他一定感慨萬千。他這時的心情要比三十年後兒子茹棻在這裏時複雜深刻百倍。茹棻是個幸運的小子，前人已為他鋪平了道路，他可說是平步青雲，直上九霄。他對「茹氏」這個姓沒什麼特別的記憶，他以為這就是百家姓中普通一姓。他熱中寫字作畫，字成畫成，就洋洋灑灑題上「茹棻」二字。而茹敦和則比他緘言多了。在那傳臚之時，多少個秉燭的夜晚浮在了眼前，人影相吊的情景傷人心懷。這是長安街上最熱鬧的日子，人頭濟濟，人們大聲讀著二百三十三人的名字。我想這時茹敦和應做李敦和，這姓名聽起來是多麼不入耳啊！現在好了，「歸本宗」的日子就在眼前了。朝考之後，授官職。《清史稿》〈茹敦和傳〉上寫：「授直隸南樂縣知縣。」南樂縣在河南東北端，鄰接河北、山東。這樣，茹敦和就將又一次遠行。可這是光榮的上任，和以往的飄零截然不同。他攜妻帶子，當然，茹棻其時還未出世。敦和告別婦翁家時，翁婿倆一定會有對酒長談的情景。我想雖然敦和歸了本宗，李家老人也不會太失望，從此他們女兒就做了知縣娘娘，日後還會有更大的發跡。而敦和以他愼重敦厚的品性，在此時決計不會妄自輕薄，他會說許多感恩撫恤的話。酒喝到酣暢處，兩人都會落下淚來，這多年來畢竟是情若父子，恩深義長。次日清晨，風和日暖，敦和便上了路。

《清史稿》說，南樂「地多茅沙鹽鹹」。敦和他來到南樂，白花花的寸草不長的一片便襲入眼瞼，那是何等的荒涼。寒鴉在枝頭叫著，如泣如啼。這正合了敦和他的心境。我想敦和由於家世的緣故，又由於遭際的緣故，他是個憂鬱主義者，他覺得這地方就好像是對他的心情作了一個描寫。於是他會想：這眞是一個如畫的地方。然而，卻是淒楚的畫面。敦和緊接著想：民將何以為生啊！這時候，他心裏就生出了一股激情，他想他身為父母官，當為民造福！所以我還想，南樂其實是治療敦和的憂鬱主義的一個好地方。他是一個最最合適的地方官，做一個地方官既合乎了他隱居鄉間的心願，又使他對人的寬仁厚愛有了用武之地。《清史稿》所寫，他初來南樂時，「鄉民以麥秸編笠爲生」，我祖上茹敦和卻認爲民當以農爲本。這一種經濟思想在今天看來有其保守的一面，但在以農業經濟爲主體的中國封建社會，卻是現實而積極的生存之道。那是在十八世紀中葉的乾隆年間，資本主義經濟因素還沒有進入我國，又是在南樂這樣遠離海岸河口的內地縣分，這注定我祖上敦和不可能成爲張謇這樣的資產階級實業家，這就是時代的局限性。敦和又是一個遵其本分、順勢而行的知縣，他溫良的性格使他不會作非分之想，這便是性格的局限性。但我還是以爲敦和他對南樂縣所做一切是有推動經濟的作用，因爲說到底，麥秸編笠也不算個什麼。這樣，敦和便「教以土化之法，廣植雜樹」。「土化之法」大約就是深翻土地，以溶解鹽鹹。植樹造林也是改良土質的有力措施。《嘉慶一統志》上寫道敦和曾寫碑文勸民務農桑；我想那大約是一篇好文章。敦和寫文章是一把好手，否則他哪能成進士？這篇文章一定體現了他的農桑思想，這思想裏不僅包含了農本觀念，還含有他「種豆南山下」和「雞鳴桑樹顚」的天上人間意境。關於改良土地還有一個措施那就是水利。我想，敦和幼年時候，就聽過家鄉會稽大禹的傳說，祭大禹靈是他記憶深刻的典禮，大禹的克己勤奮是他的榜樣，而鯀以堵治水爲敗、禹以疏治水爲成的事蹟一直牢記在他心中，他眞不愧爲大禹的後代。關於南樂治水的情形描寫簡略，當他調任大名，那治水的場景則要壯觀得多。大名爲府，在清代轄地包括今天的河北大名、河南南樂、清豐、濮陽、長垣及山東東明縣地，這應是一次升任。大名境內有漳衛二水經流，書上說，「漳水患劇」。「劇」這一個字將漳水氾濫的情景推到了眼前。我們可以想像兩岸居民不得安居的景象。書上說，「旁有渠河，敦和謀開渠以殺其勢」。但當一切議定，治水藍圖想也繪出，卻朝廷來旨，又一次升任茹敦和爲大理寺評事。這是敦和前途大有展望的時候，可說是一步一趨，步步青雲。然而漳水之事迫在眼前。治水這一樁事，總是引動敦和的心弦，是使他最富激情的場面。於是，最壯闊的一幕出現了：「乃手書揭城門，勸民刻期集河幹，親爲指示，民具畚鍤來者以萬計。」這一「手書」，又是一篇好文章，且慷慨激昂。他一定曉諭利害，深入淺出。他還會提及子孫後輩，以「前人種樹後人涼」的道理鼓舞人心。此時敦和已不再是大名知府，無從下令，因此，他只能「勸」民。這一個「勸」字道出多少眞摯殷切之心。而後一句就更激動人心了，「親爲指示，民具畚鍤來者以萬計」。在那事先約定的日子裏，已卸知府之任的敦和出現於河岸之上，上萬民工集合到此，如潮如湧，那場面是何等壯觀啊！那敦和立於民衆之中，一定是簡衣素帶，飄逸凝和。萬衆一心的氣象使他內心激動，這時他會對鄉民們生出留戀之心。但我以爲，我祖上敦和在任評事期間，沒有出色的表現。一是因爲關於他在任期間，史書沒有一點事蹟記載；二是因爲不久之後他又回到地方，去湖北德安做同知了。這顯然是一個降職，書上說，「緣事降秩」。究竟是緣何事呢？《清史稿》和《嘉慶一統志》上都沒說。這是令人猜度的。我懷疑他受了小人的暗算，因他從一個知府，陡地升到評事，進了大理寺這樣的重要機構，嫉妒他的人一定不少。再說敦和口碑極佳，衆人感戴，這也是遭忌的事情。人已調任卻還指揮千軍萬馬修築水利工程，這行爲也有出格的地方。我還想起茹家漊中關於茹棻被貶官的衆口如一的傳說。而我後來找到的有關茹棻的記載，他一直平步青雲，正應了俗話「水往低處流，人往高處走」，直至兵部尚書，沒有一點受貶的痕跡。所以我想是茹家漊的鄉黨們弄錯了，把老子的事弄到了兒子頭上。我又想到，茹家漊裏傳說奸臣佞人陷害的由頭，是茹棻這名字，而我則猜測，會不會有人提出了敦和的出身問題。關於茹敦和的身世，也許長期以來都是引人猜疑的事情，他先嗣婦翁，再歸本宗的生平，也令人嚼舌頭。這樣我們就可想像，這「緣事降秩」對敦和的人生是如何嚴酷的打擊了。關於敦和到湖北德安府做同知之後的情形，書上沒有記載。對比前邊，對他的政績熱情溢於言表的記載，這一段就更加顯得平淡無光。這令人想到敦和來湖北的心境，他忽感暮色降臨，心情灰暗。然而，茹棻卻在此時此地生長成人，並顯示出優異的秉賦。我想，這是晚年時分敦和的希望和安慰，這也是茹家漊的希望和安慰。

從茹棻捐那尼姑庵在茹家漊的事實來看，這茹家漊確是茹棻原籍無疑了。捐立一個尼姑庵的用心也頗費猜測，這是不是有點贖罪還債的意思？尼姑庵眞是個古怪的東西。我想捐一個尼姑庵也許是敦和的意思，他囑咐茹棻去做這事，並將原籍的地址方位告訴茹棻。他大約還在紙上描摹了村莊的風景，這情這景，絞痛了敦和的心。爲建造庵堂，茹棻大約親臨故鄉。他還鄉的那日，就像是茹家漊的節日。他走進茹家祠堂，覺得一樹一木，都像是曾經見過似的，起心的熟悉。那要是個好天，有千縷萬縷的陽光從屋縫裏漏進。他還翻開家譜去尋找他家的這一支，那家譜就是後來藏於牛皮箱裏誰也沒見到的那本。茹棻就著漏進屋的天光，終於找到他們遠涉他鄉四處漂流的一支，這時他才覺得眞正地到了家。「狀元及第」的大匾這時便升上了台門。

我共找到關於茹棻的三份資料，一是《清代碑傳全集》一千二百七十八頁；二是紹興蘭亭文物管理處存有的茹棻墓碑上的一篇諭祭文；三是《碑傳集補三》上一小條記載。沿著這些材料提供的線索，我在《清史稿》〈紀〉中也找到了茹棻的身影。所有記載給我的印象總起來說，茹棻這狀元才賦極高，修養也極高，繼承了父親敦和溫良正直的性情，且更富詩意。他的一生看上去似乎過得很和順，坎坷不多。我眼前甚至出現了他極其清秀寧馨的面容。現在，讓我們順沿著這些史料，來想像與描繪這一個以書香之光照耀了我們幾代的狀元吧。

我想，茹棻是要比父親敦和清秀俊美得多，茹家漊裏人說他是個大麻子的話，決計不可信。他也不像父親敦和，心靈上負了那樣的歷史重荷，父親已爲他鋪平了道路。他出身於官宦之家，父親口碑極好，走到何處都受到擁戴。在京城大理寺任評事的日子，也沒有給茹棻留下什麼暗淡的印象。他青少年時期的大部分歲月，想是在湖北德安度過，三江景色銘刻在他胸懷。《清代碑傳全集》上寫道：「棻幼而穎異，舉止端凝。」「穎異」、「端凝」，都是美好的詞彙，使狀元的形象陡生光彩。《碑傳集》上又說他二十三歲通過鄉試，成爲舉人。鄉試可不是玩的。那總是在八月初八舉行，正是大暑的天氣。考試分三場，每場須兩日。初八進，初十出；十一日進，十三日出；十四日進，十六日出，眞正要把人考糊了。那貢院的規模極大，我看過畫片，數十進的大院，連成無邊的一片。這日子實在叫人揪心，髮懸樑、錐刺股的寒窗苦讀，就在這時見分曉了。第一場是考八股文；第二場是詩經題，純以四字爲句而押韻，仿《詩經》而作；第三場是策題，也就是論說文吧，內容是論說歷代典章制度，政治沿革。不知道茹棻是以什麼爲側重。據說八股文最重要，可我卻覺得茹棻也許在第二場發揮得最好。作詩是他最樂意的事。那年他二十三歲，模樣兒很清俊，做了一個新舉人，在鹿鳴宴上，一定很出衆。他的金榜題名是在七年之後的乾隆四十九年，這一年是閏年，是不尋常的一年，國家安定，皇帝又下江南，一路祭江神，免稅賦，一派和平氣象。四月，《清史稿》上赫赫記道：「甲寅，賜茹棻等一百十二人進士及第出身有差。」北京孔廟的碑林裏記載有茹棻的名字，是我親眼所見。這是我們茹姓家史中極其輝煌的一頁，它照耀了之前與之後的慘淡歲月。然後，他如歷屆頭名狀元一般，進翰林院做了一名修撰。這是他平步青雲的第一步。他一定兢兢業業，早進晚出。每當日出或日落，茹棻望著紫禁城九龍十八柱七十二條脊的角樓，在霞光中變得通體透明，金碧輝煌，胸中的感動是無法說的。這是我們家歷史的轉瞬一間，茹棻他耳邊響著鼓樓裏莊嚴的更聲，身後是巍峨紅牆。紫禁城的角樓映著天邊變幻的彩霞，如同海市蜃樓。霞光鋪滿天空，一展無際，晶亮的雲隙裏，流出音樂般的光色。

《清代碑傳全集》記載有茹棻的兩次顯政。一是在他任奉天府丞兼學政時候。由於地理僻遠，奉天士子向來很少進京做官。而茹棻則「疏請允行」，改變了這一局面。後來，奉天士子有官至工部學郎的。茹棻這一行不止是抑制了奉天士子的不滿情緒，在某種程度，還做了統戰工作，消滅分裂的因素，保證了大清王朝一統天下。我不知道當時茹棻的疏奏是怎麼寫的，例舉了哪些理由。但他一定是使皇上心悅誠服了。寫疏奏也是茹棻的一大才能，他措辭得當，以理曉諭。這樣，你就不難想像奉天士子對我祖上茹棻感恩戴德之情了。而皇上也對茹棻留下了深刻印象，這從後來茹棻去世，皇帝諭祭文這一事實即可看出。茹棻另一顯政是在嘉慶十八年，任江南正考官的這年冬季。碑傳上寫，「五城編查保甲，棻以分別造册更換稽查爲請，兪允施行」。這表明茹棻爲我國的戶籍制度貢獻了他的一份意見。嚴格的戶籍制度是統治庶民的保證，這使散沙般的百姓得到整頓管理。這標誌著一個國家行政的進步。而作爲我，一個茹氏家族的外系後人，卻無中生有地從這一句「棻以分別造册更換稽查爲請」裏面看出一個端倪。我想茹棻那樣熱心參與江南五城的戶籍清理，除去他的社會責任感，其中是否還夾帶了一些私貨呢？我想像他在更深人靜之時，親手拿來五城之一城的戶册，在燈下翻閱。這一定是他的原籍會稽的戶册，他的目光在「丐戶」這一欄內反覆流連，關於墮民的身世來歷，他從父親那裏略知一二，如今他要來考察個究竟。他的心顫抖著，怦怦地撞擊著胸膛。他將一應差使都支走了，內書房裏只有他一個人。這一個重大的性命攸關的祕密就在這時揭開了。燈芯爆著火花，使他一驚一驚的。光影幢幢，他感覺到身後的巨大的沉重的暗影。他走到哪兒，這暗影就跟到哪兒。更樓上傳來更聲，他膽戰心驚。這一夜要特別的萬籟俱寂，四下無聲。沒有月光，也沒有星光。這是茹棻人生中最痛苦的一夜，誰也不知道他是如何熬過。次日清晨，大雪遮白了天地。「分別造册更換稽查」這幾個字駐足於我心間，久久不退。我無法深究，但我以本能感覺到我家的錯綜與混淆是從這幾個字開始的。在這裏，我們家的歷史出現了一個斷裂和錯節的徵象。這要從我第二次出發去尋找第二個茹家溇說起。現在，還是讓我把茹棻這個人說完。在此之後的數年內，茹棻他，可說是一步一升遷。嘉慶十九年，「擢左都御史」；二十一年，「遷吏部侍郎，擢工部尙書」；嘉慶二十五年，至兵部尙書。在此之前，《碑傳集》茹棻傳還寫有一事，就是乾隆五十六這一年裏，茹棻的父母相繼過世，茹棻丁憂回湖北，「倡議捐賑及監修三江應宿閘」。想來這是敦和的遺願。敦和的死使我很傷感，他遠離家鄉紹興，死在異鄉異地。他的死使我想起我曾外祖母的死，在他們彌留的眼睛裏，最後的景象定是那茹家溇無疑了。那茹家祠堂前的一座山陰橋，久久地流連在他眼前，經久不去。後來我知道，我曾外祖母眼中的茹家溇，其實是另一番景色。再後來，當我得知茹氏父子的靈柩都遷回原籍，葬於家鄉的蘭山腳下，便感到了徹心的安慰。

茹棻爲兵都尙書的這一秋是個多事之秋。這是皇位交接的一年。嘉慶皇帝駕崩，道光皇帝繼位，是這一年裏最重要的大事。從此，道光年就揭開了帷幕。我祖上茹棻，就是在此背景下官至兵部尚書。將這一年的史書逐月讀來，似乎很平淡。這些文字面無表情，於發生的事情也無評定總結，事件與事件之間的關係極少解釋，大約，這就是「史」的面目了。而我卻感覺到這一年的光景已大不如先前。整個嘉慶年間平淡而冷清，而這一年就更爲尋常，幾乎沒什麼值得一提的事似的。我還感覺到這一年紀錄的神祕，在這些枯燥的文字底下，似乎隱匿著什麼祕密。這使我意識到，茹棻這一次晉升具有不同尋常的含意。這一年裏，兵部出了一件事情，這事情叫人生疑，那就是三月裏，「兵部遺失行印」。行印可不是鬧著玩的，兵部行印更不是鬧著玩的。「遺失」這兩個字未免說得太輕巧了，兵部行印可不是想「遺失」就「遺失」得了的。從另一種角度來看，「兵部遺失行印」也是一個不祥之兆，它象徵著軍權旁落，天下大亂。這樣一件非同小可的大事，卻被冷漠無奇地一筆帶過，便更叫人懷疑了。在「兵部遺失行印」之後，史書又接著寫道：「事聞，明亮以次罰降有差。」明亮是有功之臣，他於乾隆中就以護軍統領參加大小金川戰役，嘉慶初則率軍出擊白蓮教起義軍，屢立功勳，嘉慶十八年十月壬戌，爲兵部尚書。然後到了這年的七月，皇上先還「巡幸木蘭」，然後，「駐蹕避暑山莊」，緊接著，就「上不豫，向夕大漸。」當說他病得也有些蹊蹺，一向好好的：二月裏，「閱火器營兵」，看望病危的慶郡王；三月，連著祭祀東陵、明成祖陵、宣宗陵、孝宗陵；四月，照例賜了進士；直到六月，還發布一道命令，「禁王公私設諳達及買民女爲妾」，又貶黜了一個官，即松筠。他親臨政事，相當活躍，突然間卻病重垂危了。這是繼「兵部遺失行印」之後第二件神祕的事情。再接著說，皇帝病重，大約自知大限已到，即「宣詔立皇次子智親王爲皇太子」，然後，就「崩於行宮，年六十有一」。這樣，仁宗本紀結束，宣宗本紀開始。「宣詔立皇次子智親王爲皇太子」，這事本來很正常。然而卻另有幾處記載莫名其妙地令人不安，總覺得事情不那麼簡單。我的疑惑在於緊接其後皇后補下的一道懿旨。關於這道懿旨，史書上有長長的記述。她先是表揚了皇次子，即後來的道光帝的美德，以證明他繼任王位的無愧，使用了「仁孝聰睿，英武端醇」這樣的美好的詞彙。接下來卻是：「但恐倉猝之中，大行皇帝未及明諭，而皇太子秉性謙沖，予所深知。」於是她又寫道：「爲降諭旨，傳諭留京王大臣，馳寄皇次子，即正尊位。」這裏透露出一股焦慮和憂懼的心情，似有些氣急敗壞。那邊明明有皇帝的遺詔，你這裏著什麼急呢？要我說，這一道懿旨，整個兒是畫蛇添足。這樣急猴猴的，也大失皇太后的風度。然而這畢竟還只是感覺上的不舒服，再細細推敲，這道懿旨的本身內容也似有問題。她頌揚了皇次子的德行以及傳位於他的理所當然，繼而卻一個「但恐」。她「恐」什麼呢？她恐的是「倉猝之中，大行皇帝未及明諭」。那麼就是說她並不知曉嘉慶皇帝詔立皇次子的事，她本來就有讓皇次子當皇帝的念頭了。換句話說，就是不管嘉慶皇帝有沒有「明諭」，她反正是要皇次子做皇帝了。這就是令我不安的第一件事。接著，第二件叫人不安的事就來臨了。懿旨下後，皇次子便將鐍匣內嘉慶四年四月所立的硃諭送給皇太后瞧了，總算安了她的心。皇位擺平之後的一整個八月就是在辦喪事、梓宮還京、持服行喪、奏廟號、頒遺詔、赦罪、免賦，等等，不亦樂乎。到了九月，就動起手來了。九月，「庚申，切責軍機大臣，以擬遺詔錯誤，罷托津、戴均元軍機大臣，文孚、盧蔭溥仍留軍機大臣，均下部嚴議。」「擬遺詔錯誤」是什麼意思？是什麼樣的錯誤，這錯誤又造成什麼後果？史書一字未提。這一年裏的記載，有一個普遍的毛病，那就是吞吞吐吐，藏頭露尾，叫人丈二摸不著頭腦。因此，我敢斷定，在道光皇帝即位的過程中，一定發生過妙不可言的戲劇性事故，種種跡象都暗示出這是一場蓄謀已久的權力大更換。我的祖上茹棻，就是在這次人事變動中，坐上了兵部尚書的位置。而這位置，自三月裏前尚書明亮因遺失行印而卸位之後，整整空缺了半年。我始終以爲，「兵部尚書」於我祖上茹棻，不是個合適的位置。他從來是個文官，沒有戰功，與他的前任明亮不可同日而語。他那時代戰事紛繁，一波未平，一波又起，而茹棻從來不染刀槍。在道光帝登位之際，由茹棻這個文官，坐上兵部尚書這個軍事要部，或許是一種權宜之計，一個過渡時期的策略，這也是一樁微妙的事情。以此看來，這年三月的遺失兵部行印，然後七月嘉慶皇帝由病而終，九月的人事變動，及至茹棻當上兵部尚書，這其間一定大有關聯，絕不是偶然的。我想像茹棻這樣一個天智聰慧學識豐厚，且又在官場深入淺出幾十年的官宦，一定不難了解他此時此地的眞實處境。此時此地的他，就像一顆棋子似的，憑人擺布，走到哪裏算哪裏。他還深諳他處境的危險性質，可說是朝不保夕。他想他此時是身不由己，一切聽從天意吧。在兵部尚書這位置上放我祖上茹棻這人物，其實大有講究。我想茹棻他秉性端莊寬仁，口碑極佳，又常在地方做官，於朝廷中的內幕涉足不深，是個各方面都可接受的人。這類人似乎是專用來放在權力交換之際的衆目睽睽的要位的。而九月裏這次人事安排僅過了一個月，到了十月，吏部尚書、工部尚書、禮部尚書、理藩院尚書就又一次大換班子，以此可見九月裏人事安排的臨時性質及過渡性質。此時茹棻的位置尚未變動，可是日子也不長了。現在，我總是在想茹棻的死。我想他是懷著什麼樣的心情死去的呢？他在官位上的克己明義一定給道光帝留下了深刻印象。儘管他只在道光年做了十一個月的兵部尚書，並且無所作爲，可道光帝卻給予了極高的評價。這從諭祭的碑文上可以見得。碑文稱茹棻「性行純良，才能稱職」。這幾個字的背後，其實是對茹棻「無爲而治」的描繪。他的「無爲而治」，可說是最深地領會了道光初年複雜的政治局面與皇帝的良苦用心。由此我想，道光帝對於他的辭世是眞切的痛心了。然而又有誰知道茹棻他生命中最後十一個月的壓抑心情呢？他從來是個以詩書爲伴侶的儒士，是書齋中人，這樣被推上政治風雲的前沿實在不是他本心所願。我想他是鬱鬱而死，留了一肚子的話也沒處說。他終年六十七歲，在那缺醫少藥的時代，也可說是壽終正寢。而我卻無論如何也揮不去他留在我眼前的憂鬱寡歡的神情。到此，我對茹棻狀元的記敍可以告一段落了。

現在我可以來說我第二次出發找茹家漊的經歷了。說實在，當我在柯橋四十里處桃源村的茹家漊裏，發現茹棻這個狀元，這與我母親家族中關於狀元的傳說不謀而合，我心下就認定這就是我要找的茹家漊。這茹家漊還暗暗符合了我對老家撲朔迷離的想像。在我一整個兒的尋根活動中，自始至終都籠罩一股虛擬的空氣，我要找的正是這樣的茹家漊。曾外祖母的瞑目將茹家漊的景象帶入杳杳太虛，歲月的煙霧遮蔽了它。我無意眞正走近去，識破它神祕的面紗。反正，桃源村的茹家漊正合我意，我沉浸在找到老家的喜悅與感傷之中，我的祖祖輩輩已經在這茹家漊活躍起來，我心甘情願肩負起「狀元及第」這塊橫匾，順從地做了茹棻的子孫。後來又去尋找茹家漊完全是爲不辜負熱心朋友的好意，我們再一次去茹家漊是懷著旅遊一般的心情。這天的天氣霧濛濛，飄舞著毛茸茸的細雨，我們乘著一輛越野車，顚顚簸簸，嘻嘻哈哈。田裏的秧苗喝足了水，碧綠碧綠。我們穿過村莊，有頑皮孩子用石頭扔我們的車，還有幾頭家豬與我們爭奪狹窄的村道。我們迷路了有一兩回，就向路邊的鄉人問路。人們的回答在雨霧中聽起來有迷濛的感覺，他們伸出手臂，在早晨潤濕的空氣中划過來划過去。我的感冒已到了高漲的中期，蓬勃地發著高燒，臉頰通紅。高燒使人亢奮，好像進入了一個不同凡響的境界。我們的車走在水網密布的道路上，茫然行駛著。當我們終於接近目的地時，卻被一根新立的電線桿子阻擋了。這電線桿子就在昨日豎起，它赫然而立路當中，叫人左也繞不得，右也繞不得。我們只得下了車，潮濕的土地柔軟地在腳下陷了下去。這時，我看見了茹家漊。這個村落在雨霧中顯得身影婆娑，靜若處子，它臨水而立。那電線桿子就像是一道分界線，一座界碑，它就在我來到的前一日豎起，像是一個有意的安排。走過電線桿子時，我聽見高壓電波從天空嗡嗡地流過，雨霧掩住一切雜音，這一刻顯得特別寧靜。後來我明白，在那一刻裏，我終於看見了我曾外祖母眼瞼裏的景色。在這一刻裏，我的瞳仁與我曾外祖母的瞳仁終於合二而一，一百年的時光流逝而去。我繞過電線桿子這界石，朝著我曾外祖母夢縈魂繞的村莊走去了。這眞是哀傷與歡樂的一瞬，雨絨在空中歌舞，我從頭到腳，從裏到外都濕透了，我冷得打哆嗦，高燒卻燒紅了我的臉，濕土在腳下柔軟起伏，富有節奏。這一回尋找充滿戲劇性的偶合，假如事情不是那麼一籌莫展，沒有絕望到要去找那位道士，假如找道士的途中沒有突然興起去看那共濟橋，假如去看共濟橋時沒有遇到那個青年，假如青年的父親王阿丑沒有在前一天下山回家……那麼，我便將和茹家漊永遠擦肩而過，我和我的曾外祖母將永遠擦肩而過。

事情本來一無希望。這村叫做管墅村，離柯橋四里水路。這是我們熱心的朋友們設想我那曾外祖母也許會將四里記成了四十里。這管墅村有二千多人口，主要三大姓爲胡、沈、趙，這三家都有自己的祠堂。而茹姓僅是個幾戶人家的小姓，圍漊而居，這就是茹家漊的來歷了。茹家漊人沒有田地，歷代以箍桶爲生，人稱圓木工。村長姓徐，是個年輕人，搞工業有一套。他在村辦的滌綸布廠辦公室接待我們，廠址就是昔日的趙家祠堂。他從懷裏摸出一張縐巴巴的紙片，上面寫著所有茹姓人名，其中最年長的也只有五十多歲。村裏人不記得有茹繼生，倒記得有一位茹繼衛，早已死在外邦，不知這茹繼衛和茹繼生有無什麼聯繫。這村長說話簡捷幹練，他對我們對尋根都一無興趣。他和桃源茹家漊的村長完全不同，他是那種頭腦實際，敢想敢幹的青年。他沒有那村長的閒情逸致，和他說話沒幾個來回就沒詞了。對我們所提問題，他知就說知，不知就說不知，絕不用模稜兩可的話與我們周旋，這使談話索然無味。不消說，我們都有些消沉，有碰壁之感。他將我們撇在一邊，一會兒進一會兒出，日理萬機的樣子，車間裏傳來隆隆的布機聲，我們坐在那裏顯得又多餘又無聊。至今我也不記得徐村長怎麼會提起那道士，當他提起那道士，臉上露出了笑容。這道士眞是個古怪的東西，他十四歲就幹這營生，至今已經九十整。他的名字叫個阿坤，一無仙氣。我想，這一個道士撐著雨傘，在這樣雨濛濛的天氣裏，走在路上，有人喊他：「阿坤，做什麼去？」他便如實回答做什麼去。這一幅情景是多麼有趣啊！徐村長含笑說，有一次，我問他：阿坤，你十四歲做道士，至今爲止，送出去的人有多少？這話問得就有意思，其中的諧謔含有一種樂天的知命觀。道士的回答出乎意料的老實，他說：「一日一人不止，總共大約有二萬多人。」這老實裏也埋藏有淘氣的意思。頓時，一個忙忙碌碌走東走西的道士出現在了眼前。我想他臉上綳著，肚子裏可是樂樂的。徐村長被這道士喚起了興致，躍躍地說：我們去找那道士問問，他興許曉得些什麼。去找道士的事情就是這樣開頭了。我們這一夥人紛紛沓沓走出滌綸廠，也就是昔日的趙家祠堂。我們一下子變得意氣奮發，熱情洋溢，七嘴八舌，喋喋不休。鄉人都看著我們，不知我們要做什麼。我們應當說是茫無目標地走在管墅村的七河八岔上，徐村長也弄不清這時道士在哪裏，他問：老公公，你曉得阿坤往哪裏去了？老公公就說村長你問阿坤做什麼？這裏的人都有一種俗話叫做七拉八扯的特點，還愛管閒事。而村長一改嚴謹的態度，饒舌地向老公公說找道士的緣由。說的時候，便圍起了人，有抱孩子的女人，孩子的小手在雨霧紛飛的空中揮舞。人們你一句我一句，說來說去，既不知道有否茹繼生這個人，也不知道阿坤今日去送誰。他們一下子把事情扯開了，他們說，一百年前，村裏人合資修了一座共濟橋，橋頭有塊碑，碑上刻了捐資人姓名。如是像茹繼生這樣去了杭州又發了財的人，是不會忘記本鄉本土，一定也在捐款人之列。在這水澤之鄉，最大的善德就是修橋。修橋帶有禪的味道，它象徵從此岸往彼岸的引渡。我的水鄉老家眞是個充滿象徵的地方，橋是一個典型。聽了這話，我們便把道士他拋在了腦後，調轉方向，朝著村頭共濟橋走去。共濟橋，橋墩高高，橋面寬闊。碑在文化大革命掘了起來，後來又拿去鋪了路，現在收在橋頭草棚裏。碑上的字早已磨平，密密麻麻一片，無以辨認。棚子裏剎那間擠滿了人，棚子外也是人。我老家的人特別喜歡熱鬧，每年的社戲就是一例。他們看見人多就由衷地高興，見了生人止不住要問長問短。還有人從遠處看見我們，扔下手裏的活兒飛跑而來。共濟橋頭是個高地，我們就像站在戲台上。這天村裏的生產算是完了。後來我明白，這是一個隆重的歡迎儀式，這是一個推遲了一百年的歡樂的歡迎儀式，是令人淚下的場面。當我們討論熱烈、天高地遠的時候，有一架自行車飛馳而來，車上是一個瘦瘦的青年，他的胸前別了兩支鋼筆，是要進城辦事的樣子。他站著才聽了幾句，便明白了大意，他說：你們找我爹爹去，他七十八歲，記性好得了不得，茹家溇的事沒他不知道的。旁邊就有人問：你阿爹不是去香爐峯燒香了嗎？他說，昨晚剛回來。人們說：找他阿爹，他阿爹記性好。於是，那青年前面帶路，我們一逕往他家去了。事情到此終於有了轉機，可去的路上，我們半信半疑。那會兒，尋根可說是一無頭緒。且被好心而多嘴的鄉黨們攪得混亂不堪。去阿丑家的路上，我們才算暫時有了目標。阿丑是他阿爹的名字，「阿丑」這名字叫起來沒大沒小，沒規沒矩，親切倍生。青年帶我們去找他爹，臉上的表情又歡喜又嘲弄。我想他阿爹大約嘮叨得夠嗆，老是用回憶折磨孩子們的聽覺，這會兒他找到我們這羣替死鬼，心下竊喜不已。他在家門口高叫一聲「阿爹，有客來了」時，有一種邀功請賞的味道，還有一種安撫的味道。那阿丑卻也不是個等閒之輩，青年連連喊了幾聲，也還是只聞其聲不見其人。最終，他才出現在屋內迎門的地方，表情矜持。我們一個個滿面笑容，說了許多恭維的話語。這阿丑想是已窺得我們少他不得，頓時變得金口難開。朋友們將我推到他面前，想讓我這遠道而來的上海人打動他的心，他卻看都不看我一眼。我們向他大獻殷勤，他尊貴得像皇帝。我想他是等待了許多年才等到我們這夥來聽他追溯往事的傢伙。這麼多年裏，他的絮叨已經煩透了他的兒孫們，他見我們來心裏其實又歡喜又委屈，他得擺夠了款兒才能與我們合作。我們只得耐下性子，好生哄他。這一個僵持階段大約有半個小時，他坐在靠牆的板凳上，身後牆上懸掛了一束醃肉。醃臘食品是我老家人喜歡的食品，醃臘是長期保存食品的方法，它合乎飽年不忘飢年的節儉精神。阿丑他頭戴氈帽，身穿對襟小襖，他赤腳穿一雙膠鞋，小腿上有樹節一般蒼勁的青筋。然後我們斗膽提出第一個問題，也就是最關鍵的問題，那就是有無茹繼生其人。阿丑負氣似的一擰脖子，說：茹繼生他，就是茹繼衛的阿哥嘛！事情竟是如此簡單，我們幾乎不敢相信自己的耳朵，於是又問了一遍。他以那種極不耐煩極輕蔑的目光看了我們一眼，意思是你們這些人眞是夾纏不清。我有些懵懵的，事情眞像是「踏破鐵鞋無尋處，得來全不費工夫」。阿丑又說：茹繼生和茹繼衛是兄弟倆，早年茹繼生去了杭州，茹繼生去杭州，是一串草鞋，兩吊大錢。有沒有乘船？我插嘴問道。阿丑不搭理我，接著往下說：茹繼生先是學生意，後來同人合夥開了箍桶店，箍桶是茹姓人的老營生；再後來，茹繼生關了箍桶店，開了蠶繭行；最後敗落了。這與母親告訴我的一鱗半爪全合上了，事情全對頭啦！再後來呢？我緊追著問，阿丑終於看了我一眼，這一眼幾乎說得上是溫柔的，他說：再後來，他兒媳婦走了人家。不，他兒媳婦，也就是我外婆，她沒有走人家，她死在上海，死於白喉。阿丑卻堅持說她走了人家，做了人家的外婆。我無法和他爭，只好不說話。這時，阿丑又說他見過茹繼生，可我懷疑他是否眞見過。那時，阿丑應當只是個小孩，他能記事嗎？我發現阿丑這時已經進入了想像的境界，他臉上流露出神往的表情。他說看見我曾外祖父的日子是每年的清明。每年清明將到的時候，有個叫仁婆婆的就收到茹繼生的信。然後仁婆婆就按信中的囑咐，備好一條四明瓦大船，搖了去蕭山西興錢塘江邊接船。茹繼生一家早一天就從杭州出發，已來到西興等候。仁婆婆接了他們上船，就搖回了茹家漊。次日清晨，再去湖塘鄉次里大湖祭祖掃墓。茹繼生一家回到茹家漊時，全村老小都跑了去看。說到此處，阿丑忽然孤傲地插了一句：我是從來不去的。茹繼生長得很高大，臉色紅紅，他兒子也是高高大大，兩頰紅堂堂。他們父子穿了黑綢馬褂，一老一少，還有茹繼生他女人，小腳伶仃，一副精明能幹的樣子。這就是我的曾外祖母的形象：小腳伶仃，精明能幹。仁婆婆是茹繼生的嬸娘，年輕守寡，無兒無女，還是個獨眼，名叫阿仁。每年清明，仁婆婆就忙前忙後的。次里大湖的風景可是好得很，六月裏，遍地的楊梅就紅了。我想曾外祖母要帶母親去磕頭的地方，就是那次里大湖，盛產楊梅的地方啊！我還想，磕頭原來並不是那麼簡單，而是風光赫赫，興師動衆，是那樣美麗倜儻的一船人啊！我母親她到底無幸躋身其間，她眞是個倒楣蛋。祭祖的那一日，是我母親家最堂皇的一日，是令整個茹家漊矚目的一日。這情這景，在後來的孤燈長夜裏，是如何煎熬著曾外祖母的心！後來，阿丑接著說，他們就不來了，那個兒子不對了，家給敗光啦！再後來，仁婆婆死了，是茹繼衛料理的喪事，下葬的時辰沒有定好，是個凶時，不久，茹繼生就死了。

原來，這才是我的茹家漊，雨霧瀰漫，我忽然想起「清明時節雨紛紛」這一行詩句，繼而想起這便是將到未到清明時。我曾外祖父一家來到茹家漊，正是這樣的季節。可我想那一定是陽光普照的日子，彩蝶紛飛。我曾外祖父當回想起一串草鞋兩吊大錢去杭州的往事；而我外公望著一河綠水，兩岸青苗，牽掛著昨晚杭州綺靡的燈火酒樓。他們兩個人心想著兩樁事，一逕來到了茹家漊。我想像我曾外祖父每次清明還鄉，都曾決心建造茹家祠堂。茹家沒有祠堂，只有一個香火堂，立有祖宗牌位。造一個祠堂是我曾外祖父的心願，他從小走過趙家大祠堂時就這樣想。後來，他要離鄉去杭州，一定走進香火堂磕頭，這時，造祠堂的念頭又一次升上他的心。我外公從來不想什麼祠堂不祠堂的事，清明掃墓，於他就是一次心曠神怡的郊遊，紹興黃酒也是吸引他還鄉的原因之一。我想他去次里大湖還應帶一只鷂子，那種竹骨絹面的精緻的鷂子，呼啦啦就上了天，那青天白雲的扶搖之感使我外公陶醉。我曾外祖母對祭祀的事情總是一絲不苟，她神情莊重，還有些頤指氣使。那時候，她對這個家族的前程有著無限的嚮往。她的身體相當硬朗，精神也十分清明。祭祀的酒菜應是她親手預備，一件一件都很精細。仁婆婆這苦命的寡婦只能人前人後的打雜，做些粗事。她對我曾外祖父這一家又敬畏又羨慕，她的那一隻獨眼裏成天價流著混濁的淚。搖烏篷船是她的特長，她搖著四明瓦大船去西興錢塘江接人，那一刻忽然間變得喜氣洋洋。我想我外婆至少有一次同來掃墓的經歷。她這個南潯龐家的女兒，氣質高貴，與箍桶出身的生意人我外公這一家迥然不同。她來到茹家漊的一日一定相當轟動，連大戶趙家台門裏都受了驚動。她靜靜立在次里大湖的祖墳前，情景婉約動人。還有什麼能比得上我曾外祖父這一家的烏篷船行走在錢塘江的景色更美的嗎？現在只剩下最後一個問題了，這個問題對了頭就樣樣事情都對頭了。那就是關於狀元的問題。我說：阿丑公公，茹家祖上有人做過狀元嗎？沒有！阿丑一口回絕了我。從來沒有？從來沒有。這時候，他的眼睛裏射出一道銳利的光芒，他扁扁的缺牙的嘴角邊露出嘲諷的微笑：他們世代箍桶，早就把個狀元應掉啦！他們箍桶的，腰裏紮根汗巾，好比狀元的玉帶，跨下騎條長凳，好比狀元的白馬，這不把個狀元全應掉了？他們祖祖輩輩再不會出狀元的。他說這話就好像一槌定音，他那蔑視的表情也叫人難堪。倘若眞如阿丑他所說，那我母親家的狀元是從何而來？這狀元約束了我曾外祖母到我母親整整三代人的行爲，支撐了她們卑微的精神世界，這難道全是自欺欺人的把戲？後來我在茹家漊訪問了幾家茹姓，我們遙遠的祖先當是親密無間的一家人。我們就像一棵樹的枝杈一樣，逐漸分離，越來越遠。他們中間有的人至今還在做著箍桶的營生，刨光的木板散發出苦甜的氣息。當我問他們有沒有狀元這檔子事，他們都說沒有，甚至也說了阿丑那故事。我問他們這茹姓與桃源的茹姓有無淵源關係，回說沒有。再問他們這茹姓人從哪裏來，則衆口一致道是本土生長。我都被搞糊塗了，當我母親家族確鑿無疑之後，我對這家族所有的嚴密推理卻變成了一場空：遷徙不存在了，狀元也不復存在了。但是阿丑有一句話卻留在了我的心上，他說茹繼生茹繼衛兩兄弟長得又高又大，很不像紹興本土的人樣，這暗示了茹氏人種上的祕密。還有我也不會忘記當提到狀元時，阿丑臉上的輕蔑表情，這使我想到茹氏來歷的祕密。還有，茹姓人那樣安命知天地認爲祖上絕不會有狀元出現，這是一種什麼樣的心理呢？他們沒有田產，做著箍桶這樣的營生，「墮民」這個詞又一次湧上我心。也許，「狀元」這件事本來就純屬子虛烏有，完全是個杜撰。是我曾外祖父為掩飾他卑微的出身杜撰而出。他遠在杭州，與家鄉阻山隔水，本以為這謊言無人會去識破，不料有了我這麼個後代，追根問底，竟揭出了眞相。可是像我曾外祖父這樣詩文不通的鄉下人，又是從何知道茹棻這個人，並且將他頑強地流傳下來，使後輩牢牢記住了這名字。我猜想，我曾外祖父到了杭州以後也許結識過一個桃源的茹姓，他們老鄉見老鄉，兩眼淚汪汪。他們說天下姓茹是一家，論兄道弟，敍新話舊。狀元茹棻就在這時出現在我曾外祖父的耳畔。我想我曾外祖父其實是知道我們箍桶的出不了狀元這一說的，這種「應掉了」的說法其實是對宿命的悲嘆無奈的自嘲，自嘲是這方水土的精神特徵。我曾外祖父拿來人家的祖先為己所用帶有竄改歷史的意味，此外，他為兒子迎娶南潯龐家的女兒也帶有竄改歷史的意味。由此可見，我曾外祖父身上背負著何等沉重的歷史包袱，這又從某方面肯定了我的追根溯源。我母親家確實從北方過來的墮民無疑了，他們世世代代被擠住在這個淒邊，他們世代箍桶，趙氏家族對於他們是一個巨大的壓迫。他們從趙家祠堂的陰影地走過，就好像落葉從秋風中走過。他們那一個小小的香火堂是他們唯一的精神支柱。香火堂是一種靈魂的聚集地，它使一條血緣上的人聚集不散。同時，這香火堂還是茹姓人心靈上的沉重壓迫。我猜想文化大革命砸爛所有祠堂和香火堂的行動，茹姓人一定積極參加，這是他們摒棄歷史重負的一個好機會，這好機會他們已經等了很多年。他們興高采烈，鬥志沖天。他們這樣做的結果一方面是卸下了歷史的重荷，另一方面也使我們家的歷史模糊不清，呈現出斷裂的現象。而我多麼想知道，我是從哪條道路上來。身上湧動的熱血究竟來自哪一條河流，勃勃的生命時時為我所感，它的緣由令我著迷。到了茹家漊，就已經接近了我的河流，可卻是條斷頭河。我從漊底沿了河流走去，想像我曾外祖父當年一串草鞋兩吊大錢去杭州的情景。後來，徐村長駕了一條機帆船。載我去了柯橋，他說：這就是你曾外祖母說的柯橋啊！柯橋的景色果然壯觀，石橋座座，萬舸爭流。柯橋是我曾外祖母記憶中的路標，去茹家漊是以柯橋爲中心。繁忙美麗的柯橋定在她心裏留下不可磨滅的印象。這記憶似乎也埋藏在我身上，這時受到呼喚。我就好像曾經見過它似的，那裏停泊過我們家的四明瓦大船，他們向岸上小販買過善釀、豆乾、烏乾菜以及一些山貨。柯橋的熱鬧使我外婆也很喜悅，她隔了船艙的窗戶，望了岸上岸下的生意人，剝著熟荸薺吃。這樣的情景再不會來了。這回不會錯了，這確是我要找的茹家漊，一切如同就在眼前，我到底是回來了。

可是，那狀元怎麼辦呢？那狀元究竟和我們是什麼關係呢？天下難道有兩個「茹」不成？這是一個摧人信念的問題，可是疑慮充滿了我心。然後，我就去請教一位姓氏學的專家，葛建雄先生。葛先生果然說，除去「蠕蠕入中國爲茹氏」的那「茹」，江南也有一「茹」。這「茹」從何而來，由何而起，無甚資料可查，可他能舉出一個確鑿的例證，那就是《南齊書》與《南史》上，都曾記載過兩個江南茹氏。一是茹法亮，吳興武康人；二是茹法珍，會稽人。這兩人的名字聽起來就像同宗兄弟，其實卻是前後世代人。茹法亮是宋大明世人，做官直到南齊東昏侯的永泰年，正好與茹法珍接上。南朝宋大明年間，正是公元四百六十年前後，柔然在北方草原方興未艾，還有一番作爲。而江南這邊，這兩個姓茹的小子已經在作威作福。關於他們的先世，《南史》、《南齊書》均未作交代，但看起來，兩人做官都有年頭了，想來會是來自官吏之家。兩人在列傳裏都屬「恩倖」或「倖臣」這一檔，很爲朝廷器重。而從後世寫史人的口氣裏聽來，這兩人都很遭人嫌惡，沒幾句好話。我想妒忌是難免的，這兩人恃寵仗勢，盜世欺名也是難免的。尤其是那茹法亮，經歷幾朝天主，終還能爲其寵幸，個中奧妙自不待言說了。而後一位茹法珍能爲殘暴奢靡的東昏侯所重用，也足以見得是何種人等了。我想，東昏侯幹下的壞事中定有他的一份。最後，和帝追殺東昏侯，將這些寵幸們一舉全滅。此時此刻，柔然族還在漠北鐵馬金戈地奔騰，對他們的命運一無所知。而北魏正夾在南朝與柔然之間，腹背受敵，這南北兩茹各自爲陣，與拓跋政權作著對，倒是一次無意間的攜手。然而茹法亮、茹法珍這兩位在南朝史上的露面，卻至少證明了江南原本就有茹氏。當我知道我母親的箍桶茹家不會有狀元出場的時候，我不能不想到，也許茹棻是茹法亮、茹法珍的後世。這不管怎麼說，總是個官吏之家，讀書成風，而不像我們家，世輩箍桶。抑或我只是個土生土長的江南水鄉人，是鄙陋的茹法亮、茹法珍的後代，我們家走的是一條平常的爲官爲吏的道路，當和帝滅了東昏侯之後，便世代貶爲下民，箍桶的出不了狀元只是一種隱喻的說法。而茹棻倒確是從北部中國而來，他們百回千折，再次步入政治舞台。就是說，桃源的茹氏是北部茹氏，管墅的茹氏是江南茹氏。當發現江南原有一茹，我便感到有危險來臨，尋根溯源將從頭來過。我處在這樣的境地，樣樣都捨不得放棄，每一種可能我都要。柔然我割捨不得，蒙古我割捨不得，乃顏我割捨不得，狀元我也割捨不得。狀元這一段豐富了我們家的歷史，它使我們家有機會與上層政權相親，我們祖先一直是飛馬橫戈，狀元爲我們增添了詩書氣息。我還忘不了我的可憐的曾外祖母，她是怎麼將這狀元當做我們一家的精神領袖，我那外公是怎樣忿忿撕掉闊綽親戚送來的「紹興茹氏」的燈籠，而掛上「狀元及第」。我想，茹棻這狀元我要了，茹法亮、茹法珍統統去他媽的！我要將茹棻編進我母親家的歷史，其中所有的矛盾與歧義我都將努力解決。

就在這時，我找到了茹棻的兩首詩。

茹棻這兩首詩，是被北洋軍閥政客徐世昌編進《晚晴簃詩》中的。我終可以從這兩首詩中，體味到我祖上茹棻晚年的心情，這使我與他又近了一步。他的詩還證實了我先前對他晚年際遇的推測，他果然是暗淡的。他的詩又證實了我對他性情的描繪，他眞就是多愁善感，心魄恬淡的啊！詩是這樣的，第一首是七言絕句，題名〈刺桐花〉，四句爲：「黃童墓下聽排衙，定省餘閒坐碧紗。今日重來遺老盡，道旁開遍刺桐花。」這四句詩不僅告訴我他重歸故里，人事皆非的感慨，還描繪了他幼年時代的生活景象。我好像看見幼小的茹棻在開遍黃花的野地裏玩耍，身後有古人之墓，耳邊傳來官吏們向父親敦和的參謁之聲。還有，這「墓下」會不會是「幕下」，是抄本筆誤。那麼茹棻便是在大堂的帷簾之外，「聽排衙」還是一種抽象的說法，它的意思在於這一個官府之家的威嚴尊貴氣氛。參謁長官的隊伍立於廳堂之下，一片頂戴花翎。這正應對了最後「道旁開遍刺桐花」的那一句。這時這地，道旁的刺桐花越是開得熱鬧，門庭則越是冷落了。再一首五言律詩〈晨起〉，也是這樣的意境。〈晨起〉正面描寫了他晚年的生活，大約可由兩個字來概括，那就是「病」和「閒」。這當是他任職「兵部尙書」的日子，這又一次證實了我對他身任要職的眞實性質的推斷。那一年，喀什噶爾有張格爾作亂，雲南起義蜂擁，朝廷四下出兵，這一位新上任的兵部尙書卻賦閒在家，養花品茗，實叫人難以相信。詩中說：「晨起竟何事，簷前宿鳥催。履畦嫌水漫，倚檻待花開。藥餌供多病，關山老散材。奚奴解常課，先洗品茶杯。」這是多麼百無聊賴的情景啊！雖是淡泊，卻依然流露頹唐之感。這完全不似於一個新任高位、前途無量的人。他心境疏淡，於人於事都不抱興趣與期望。尤其是那句「倚檻待花開」，叫人傷心落意，他那垂垂老態呼之欲出。我們家歷史上入仕的這一段就這樣走完了，我們逐漸又爲草民，等待下一個崛起的機會。聽我朋友說，茹棻墓在蘭渚山下，墳前尙有石人一對，華表已傾倒在菜地裏。到了春天，田裏的油菜花開了，便將那華表與石人掩埋了一半。

第九章

有時候我也想，我所以幹上寫東西這一行，是不是承繼了祖上茹棻的某些遺傳。他也是那樣熱心於文字，到一地便有一本《詩草》誕生，他的政績不怎麼樣，《詩草》卻一本連一本。從這些《詩草》我們可了解他做官的路線和經歷。耍筆桿子，是我與他的共通之處。詩這玩意兒我以前也寫過，還配上了畫。我寫過一首關於我和鄰家男孩友誼的新體詩，題目叫做〈布穀布穀〉。第一句是：布穀布穀，他又在招呼。這確有其事。當我父親母親在家的時候，他要叫我出去，就在我家門口叫著：布穀布穀。而我多半是出不去的，而他就這樣一逕無望地「布穀」下去。這樣的詩我還寫過很多首，匯集成一本，取名爲《詩情畫意》。再聯繫茹棻直至目前爲止被我找到的僅有兩首詩，〈刺桐花〉和〈晨起〉，我便又發現了我們還有兩點共同之處：一是我與他的寫作，都是源於自身的經歷與體驗；二是我與他的寫作，都並非爲了發表這一社會化的目的。我們寫作僅止是一種個人的需要。但是，這只是在事情的起始階段，當我的詩歌階段過去並且一去不返的時候，我的創作情況就與茹棻他產生了分歧。這分歧簡單說就是他一直將詩的道路堅持到了底，而我卻去寫小說了。我想，小說這樣東西是與詩完全不一樣的。不一樣在於，詩可以堅持抒發源於自身經驗的情感，而小說卻非逼得人創造出一點超於自身經驗的東西。這種不同也可以集中爲抒發和創造這兩個詞彙。創造這事就有些麻煩了，它不僅源於自身的經驗，還源於想像力。想像力這玩意兒很奇特，我以爲它是由看上去似乎完全相反的兩個方面組成。一方面是自己擁有的經驗，另一方面則是自己不擁有、甚至嚴重缺乏的經驗。我們往往是從已知的經驗出發，然後再走得略遠一些。一開始我們不敢太冒險，只敢超出那麼一點點。接著，我們越來越大膽，渾身的好奇心和冒險心都被激動起來，我們是可走到天邊去了。小說這玩意，從一開頭起就要求人無中生有地編一個故事。老實說，大家的經驗都很平凡，歷史以百年爲一計時單位地演進，短暫的一生中能有那麼一鱗半爪的好事發生就算可以的了。任憑我們自己的經驗，怎麼能構成一個完整的故事？所以，小說的別稱應當就是虛構，它從一出發時就走上了虛擬的道路。反正，你看小說就別指望這是眞的。我想，我是怎麼走上小說的道路的？起初似乎是因爲，詩的韻束縛住了我的手腳。那時候，詩只革命了一半，句子可以長短自由，聲律當然也無從講究，然後就剩下了韻。那時候，韻似乎是詩的殘存形式了，所以是必須注意的。這韻可把我憋得死去活來，許多好句子就是因爲不押韻不得不捨棄。要從那麼多字裏挑出又合意思又押韻的，眞好比大海撈針。後來我想，我何苦受這個罪呢？又沒人逼著我寫詩，於是，我就放棄了。到了今天，我看見那些連韻的命都革掉了的新詩，就有些遺憾。倘若這時代早二十年，我大約已成爲一名詩人了。詩人這名字比小說家眞實得多，「小說家」這三個字聽起來就有些招搖撞騙的味道，無奈我生不逢時。但韻其實只是個表面現象，更深刻的原因是我實在沒有多少經驗可供詩作抒發的源泉。我可說連一小點情緒都沒有放過抒發的機會。比如，和那後來去了巴拿馬的唱歌朋友之間的一點小感覺；再比如，與那萍水相逢的拉琴朋友之間的又一點小感覺，全都寫了詩。那時節，我可謂是絞盡了腦汁，想著究竟可以寫點什麼，再想著如何押韻。而這點情感抒發，是遠遠趕不上我要筆桿子的欲望的。也就是說，原料嚴重缺乏，完全滿足不了先進的生產力。我不知道我爲什麼要這樣不停地寫啊寫的。當我最終放棄了寫詩又沒有開始寫小說的時候，我老實了一陣子，也苦悶了一陣子。我好像生下來就必須寫點什麼似的。我從小對紙和筆就非常鍾愛，它們好像與我有著什麼親緣似的。我對書寫也有一種鍾愛，我的字一開始就寫得糟透了，又由於書寫過多越寫越壞，這合乎南轅北轍的道理。後來我知道，當我用筆在紙上無限情深地畫來畫去的時候，其實我就已經開始在上面展開我的一個世界，這世界帶有空中樓閣的味道。當我在海灘看見孩子們用沙子堆砌城堡的遊戲，心裏總是非常感動，我覺得他們是我的化身。他們的小手那麼執著，充滿信念，要將鬆散的沙子築成堡壘，和我在紙上畫來畫去同出一轍。當我在寫詩和寫小說之間停筆的那當兒，我就準備著去建立沙上城堡，從無到有地創造一個情感與經驗的世界。因此，當我向著小說出發的時候，一是受了不爲韻所束縛的自由動力驅策，二是受了不爲自身經驗所束縛的自由動力驅策。我以爲這是一種積極的，化被動爲主動的生活態度。意味著我們對於自然的世界不滿足於僅僅是服從，而要再創造一個自然。

書寫眞是一件快事，它使一張白紙改變了虛空的面貌，同時也充實了我們空洞的心靈。它是使我們人生具備意義的最簡便又有效的方式。它可使我們人走在冷清的街道，內心卻熙熙攘攘，或者人走在熙熙攘攘的街道，內心卻曠遠遼闊。回顧我最早的那首〈布穀布穀〉，便可窺察出我嚮往創造令人滿意的新經驗。每一段開頭總是「布穀布穀，他又在招呼」這一句，接下來就寫我們在一起怎樣玩耍遊戲，快樂無比。事實上就如前面所說，我通常是無法響應他的召喚。在屋裏聽著他的招呼，急得就好像熱鍋上的螞蟻而一籌莫展。他直呼喚到筋疲力竭，然後掃興回家。「布穀布穀」其實從來是個沒有回應的呼喚，它是我童年時代寂寞的聲音。這一種在茫茫人海中尋找聯繫的焦灼的呼喊，帶有我們後來一生的象徵。小小的我們，選擇「布穀」這鳥兒的叫聲做我們的聯絡暗號，反映了我們對自然世界的嚮往。我們是在兒歌裏讀到這種提醒人們播種的鳥兒，爲我們拿來當做一個吉祥的使者，雖然結果牠總是帶給我們失敗。我寫〈布穀布穀〉那首詩，是爲了重建我們的經驗，這經驗是喜悅的。在我幼年的時候，已經學會用重建經驗來鼓舞自己的信心，再後來，寫關於那後來去了巴拿馬的朋友的詩的時候，我其實也無意地誇大了我與他之間的關係。他講給我聽他的戀愛故事本是平常的事，閒話一樁而已，隨了時間過去不留痕跡，而我卻以詩的形式挽留下來，使其固定存在。我強調這閒事對我心情的影響，意在建立一種我與他之間的超乎現實的聯繫。現實中的關係總是很疏離，使人孤獨從心中來。我是想給人際交往的一切瑣細過程都賦與意味，這些意味不同尋常，它可使我們間的聯繫變得穩固可靠。還有那首〈你到底要做什麼〉的詩，我則是要將萍水相逢的遭遇變成永恆的。我注入這種相逢以人生的教育的意義，讓它煥發出照耀我一生的光芒。這種擦肩而過的關係是我們現實中關係的一半以上，假如我們能使這關係全停滯下來，便可成爲錯綜交叉的一張密網，沿了這網絡，我們也許可以走通一個世界，從而開放我們封閉的空間。這些詩裏已經透露我要重建自己經驗的渴望，但我還只是在我確有的經驗基礎上，進行一些改造、誇張、強調，我著重的還是抒發。甚至在我開始寫小說的最初的年頭，我還拖有一段抒發的尾巴。我敍述我的已有的經驗，然後發表感想。其中有一些是我詩中內容的重複，但重建經驗的嚮往卻日益強烈和鮮明，最後將徹底摒除抒發，而抵達一個徹底創造的世界。

我小說的所謂處女作，是從生活中一件小事出發。那一天，我在車站等車，天忽然下起雨來。

這路車是二十四路車，二十四是個吉祥的數字，它可以被二、四、六、八的雙數統統除盡，雙數總是個好兆頭。我在二十四路車站等車，雨打在我的頭上。車站這種地方是集合的地方，也是離散的地方，還是邂逅與錯過的好地方。在這城市的街道上，車站也可算做一個景觀，那裏濟濟地站著許多人。他們好像是親朋友好似的站成一團，這顯然使他們有些窘迫。好像是爲了說明他們其實互不相干，他們便有意作出漠然的表情。他們目光分散，各朝各的方向。他們甚至還過分地做出不友好的惡狠狠的神態，這樣子看上去眞有些滑稽。而汽車又常常脫班，這城市的街道日益擁擠，堵車的事情時有發生。於是，車站的人越來越多，氣氛也越來越緊張，劍拔弩張似的。等車的時刻最叫人難熬了，人和人的距離眞是咫尺天涯。這時天又下起雨來了，我身邊有個男孩撐起一把黑傘，雨點打在雨傘上噼啪作響。身邊站著一個淋雨的女孩叫他很不安，我看出他有幾次想要收起傘。這樣陪著一個陌生女孩淋雨，就更叫他不安了。他大約是痛苦鬥爭了幾分鐘，最後他走過來說：「一起撐吧！」我站在他的半邊傘下，傘簷上的雨水濕透了我肩膀，那一邊的雨水則濕透了他的肩膀。我們就這樣一人一半地站在傘下，窘迫地等著車來。這情景其實非常動人，這還是個好故事的開頭。可我們是那種嚴守路人不說話原則的標準路人，等車一來，我們便分頭上了前後車門，消失在擠擠人羣中，從此再也見不著了。我那一篇小說裏以這次經驗作故事的基礎。我延長了這次雨中邂逅的過程，並且將其暗示成一個愛情的前奏，我讓那女孩盼望那男孩再次出現，而男孩卻從此消失。在此反映出詩和小說兩種東西在我心中打架的結果。從詩出發，這種淺嘗輒止的情緒過程已足夠發揮施展的了，那男孩如要再來倒反畫蛇添足，破壞了餘韻。而小說強烈要求創造的衝動在此已經不可覆滅地抬頭，它力求創造一個完整的故事。這故事所以沒完整，是那殘存的詩意在作祟。應當說，故事已進行大半，只差個結局，我差點兒就讓這次邂逅成爲一段愛情了。前邊已說過，愛情是一種深刻的關係方式。前邊也已說過，要成就一個愛情的關係方式是怎樣的難上加難。而小說則是多麼輕而易舉，心想事成，這是小說最最吸引我們的地方。當我寫作這篇雨中小說的時候，我心裏就隱隱起了一個念頭：生活要改變面貌了。這小說的事情還沒完呢！應當說，我就是靠了這篇小說起家的，從此後，我的小說源源不絕，可是，人們卻格外地記住這篇小說。我想大約是因爲它在某種程度上滿足了人們的一個幻想，幻想在擁擠而疏離的等車地點獲得一個相遇。等車是這城市人們必不可少的生活內容。

在這城市裏編織故事的最大問題是，沒有對手。這也是這城市湧現出一大批所謂心理小說的緣故。心理小說在我看來，其實就是一個人的獨白，這也是不得已而爲之的事情，也是在長期尋找卻尋找不到之後的權宜之計。這些小說從頭至尾只有一個人，喃喃自語，將一顆心像翻口袋一樣兜底翻過來，角角落落地搜尋著。人們耐心地等待接著會發生什麼故事，到頭來什麼故事也不會發生。這城市還出現了一種抽象小說，這是比較心理小說而能夠正視現實的小說。它首先接受這城市裏已經概括化了的社會關係，然後再設計人物來代表各類社會關係，組織那種總和性、歸納性的演變，這帶有卡通的效果，還帶有理論形象化的傾向。描寫夢境的小說也漸漸像一種流行病一樣蔓延開了，那裏的人們說著夢囈一樣的話，行動詭祕，神出鬼沒。他們無所不能，想和誰搭上關係，就和誰搭上關係。可是在這夢境中，故事呈現出游移不定、支離破碎的狀態，叫人摸不著邊際，就像拼一副殘缺的七巧板，拼來拼去拼不成。但是有一天，我們這裏出來一個小說，它的名字使我深受感動，那名字叫「信使之函」。我想，信使是我們這城市裏多麼重要的人物，他使我們彼此間有了聯絡。他像騎馬一樣騎著綠色的自行車，在擁擠的街道上穿來穿去。他連最最偏僻最最狹窄的陋巷也不會錯過。他背著一個綠色的大背囊，他要把這自行車騎得很熟練，賣弄地撒開雙手，像一個祖傳的雜技藝人。他應當是一個快樂的信使，誰也抵不上他美好。我想起我的那些等信的日子，望眼欲穿。信使幾乎是我鍾情的人物，這篇小說的誕生好像是對我多年前的等待作一個回答。寫一個信使的故事，我怎麼早沒有想到？

童年往事是我們一大個題目。童年時期總是帶有自然的面貌，它與房子、街道、天井、天空都可構成關係，進行對話，並且結下友誼。這是因爲兒童的人格還未成熟，他們將一切靜物都看作是自己的同類。這還因爲敍事者我們給予房子、街道、天井、天空以人格的意義。這是一種擬人化的關係，它只可應用於兒童身上。兒童時期是多麼美妙絕倫，樣樣都可成爲夥伴，演出戲劇。這也就是我從小至今特別喜愛童話的原因。我看過的童話無數，直到今天我還有童話必讀。童話總是無所不能，可以在任何事物之間，隨心所欲地建設關係。中國有個童話大王曾經寫了一個「魔方」的童話，這念頭也是妙不可言。那時候，我們這裏也捲入了魔方大潮，馬路上到處可見大人孩子手持一個五彩繽紛的魔方，「格啦啦」地旋轉。這時「格啦啦」的聲響幾乎充滿了這城市的上空。這童話大王將「魔方」想像成一個世界，每一個小方格是一個王國，而每一次「格啦啦」旋轉便是一年間。這樣，每一個國家每一年就要變換一次鄰國，每一次變換鄰國就要重新調整建設一次國際關係，每一個新的國際關係誕生就必定會產生一個新故事。從此，童話大王就依次敍述一個又一個的無窮無盡的故事，就像《天方夜譚》裏那個講故事人。真不知這傢伙是怎麼想起這樣一個世界，他大約白天想，黑夜想，做夢也想，然後，街上「格啦啦」的魔方旋轉聲便觸動了他的腦筋。他的腦筋因爲日夜運轉已變得非常發達，於是靈機一動，火花一閃，一個魔方世界誕生了。這世界的誕生對於一個童話大王來說，簡直無異於解決了地球的第一次推動，這爲所有的童話奠定了發生的基礎。它創造了建設各類關係的可能性，有了關係，故事便隨之而來。這些故事所以不是一般的故事而是童話，是因爲他所建立的關係是在一個非現實的前提下，這前提就是：魔方是一個世界。這設想多麼激動人心，我們將處於一個不斷更新不斷替換的人際關係之中，我們的生活將發生多少戲劇性的變化。我們將站在一個瞬息萬變的世界裏，體嘗各種社會關係，並由於出自偶然的位置變化，將屢遭奇遇。我還想，這些全神貫注、「格啦啦」轉動魔方的男女老少，他們其實沒有意識到這魔方眞正吸引他們的地方，是在於這些五彩的小方格互相遭遇的機會是那麼不可捉摸，無法言說。旋轉魔方的情景是孤獨的情景。那陣子，我們這城市快被魔方弄瘋了，幾乎人手一個，還舉行各種比賽。童話大王眞是了不起，他想出了這個點子後，就高枕無憂，每天睡到日上三竿，再起來寫童話。二十六塊小方格可有數百上千種外交關係，他就一個一個地寫吧。這就是童話的偉大之處，它可假設非現實的關係前提，這一假設可不得了，一切都改變了面貌。我也曾經試著去寫童話，我就是設計不好這個前提，我設計前提總是受到眞實事物的限制。我寫過一個孩子和布娃娃的故事，我想像布娃娃有一顆人的心。這其實是因爲布娃娃有一個人的軀殼。我的想像力總是受到現實的羈絆，這注定我幹不了童話這一行。我寫布娃娃還因爲布娃娃是我童年的忠實伴侶。說忠實伴侶是相對於所有的布娃娃而言，具體到個別，我是絕對地喜新厭舊。我每到節日就向媽媽要一個新的娃娃，假日媽媽總是帶我去買布娃娃，我每買一個就對媽媽說這是最後一個。這時候的我，就像花花公子，生性輕薄。我頻繁地掉換布娃娃其實是不滿足與布娃娃的這種假定性的關係，我只能以新鮮感來刺激自己。我童年的布娃娃堆成了山，這是想像力的殘骸。我從小就是個現實主義者，這也是我後來寫不好童話的根源。我寫那布娃娃是一個被孩子拋棄的老布娃娃，孩子不知怎麼有一天覺悟過來，想起布娃娃年輕時候與自己一起度過的好日子，然後這孩子就浪子回頭。我將這孩子與布娃娃的關係寫成一種情人關係，這是我能想像的與布娃娃的最親密關係，這就好像是對童年時期的背信行爲的一個懺悔和檢討。這是我第一篇童話，也是最後一篇，童話對我不合適。這使我處於困境，寫詩那樣抒發我不滿足，童話這樣想像我又做不到。我只能走一條中間道路。我既要虛構與創造，又只能根據現實的邏輯，這眞是給自己找麻煩。童話那世界我只能站在門口看看，進是進不了的。

童年往事還吸引我們的是，回想童年往事本身就含有一種既定的兩人關係。這關係建立在過去的我與現在的我之間，這是一種自我關係。童年的我是我的故事對手，與我達成時間性的社會關係。我們常常到童年去尋找故事，其實是去尋找故事對手。時間將我們一分爲二，一大一小。有人說，童年往事是因爲時間的距離，顯出了意義。意義這個詞太抽象，這樣說也太簡單。意義是誰給予的，是現在的我給予的。那就是說，童年往事因現在的我參與，才有了意義。童年往事往往是一種哲理性的故事，也就是意義的故事，它的情節發展是一種認識發展。人們有時將回顧童年往事的小說稱之爲「教育小說」，想必就是這個道理。回顧童年往事總是令人愉快，我們覺得故事特別多，隨手便可拈來。那些極平常的瑣事，都可成爲一個故事的核心。比如說我曾經情意綿綿地描寫過我家老房子弄底的一扇窗戶。那窗戶在我幼年記憶裏總是黑洞洞的，它長久以來成爲我惡夢的根源，我到天黑時就不敢從它底下走過。我那時聽來許多恐怖的故事，都提供我培養對這窗戶的懼怕心理。我很模糊地認爲那裏面藏匿有鬼怪和罪人，它給這條狹窄的後弄增添了陰鬱的氣氛。這是一個相當晦暗的景象，可說是我童年的陰影之一。這扇窗戶是眞有其事，我對它的恐懼也是眞有其事。這扇窗戶的陰森氣息還在於它底下是一塊荒蕪的空地，散落著一些垃圾。它在弄底的位置也使這荒涼感有增無減，這就像是被遺棄的一角。它正對著我們的後弄，就像是一種逼視，壓迫著我小小的心靈。後來隨著我長大，這窗戶的恐怖色彩便不斷地淡釋，我漸漸不再注意它，甚至有些將它忘記。我想那是由於心靈的逐漸健全與成熟，這種帶有夢境色彩的偏執心理漸漸消除。我想起有一種古老的說法，它說嬰兒能看見鬼魂，所以他們會莫名地驚嚇與啼哭。但等他們稍大，會說話時，鬼魂的情景便永遠從他們眼前消失。這種說法聽來像是無稽之談，實質上卻不無道理。幼年時我對那弄底窗戶的恐怖便可說明這一點。反正，有一天陽光明媚，我走過那窗下，無意中一抬頭，看見了那窗戶。幼年時所有的記憶一下子湧了上來，然後就像潮汐一般退了下去。那窗戶周圍的牆上有一些蘚苔，綠茸茸的，窗扉打開，微微晃動，陽光在上面一閃一閃。這是事情的眞實經過，而我爲這緩慢的漸變的過程設計了一個絕妙的細節，這一細節我至今還很爲之得意。我讓幼年的我有一天得到一個機會，那就是走進這座房子，登上樓梯，來到這窗前。這時候，她看見了她熟悉的後弄。她家的後門，後門口放著她的伴侶似的小板凳，小板凳旁是一籃碧綠的蠶豆。這情景此時此地顯得又陌生又遙遠，這孩子不由愣住了。我要她在窗前愣愣地站一會兒，好好地觀望她的後弄，這是一個有益的陶冶的過程，籠罩未知世界的烏雲漸漸地驅散，露出了藍天。孩子的心漸漸明朗起來，那股於身心健康都有害的陰鬱氣氛消散了。這孩子站在人家的窗戶前的情景，就好像在我眼前一樣清晰。我好像聽見她的心靈嗞嗞成長的聲音，就像麥子拔節兒的聲音，我看著那孩子惘然若失的樣子，心中湧起無限柔情。讓她走上人家的窗前，是成年的我的主意，我要爲她的成長設計一個情節化的動作，這是小說創作的要素。走上人家窗前這一動作，我以爲符合了這孩子的這一成長過程，這有一種消除盲點的意味，而且也帶有喜劇的色彩，這使成長過程故事化了。

窗戶似乎是潛伏在我心中的一個情結，我講敍關於窗戶的故事至少有三個。現在看來，這裏面好像有一種暗示。它首先暗示我是處在一個封閉的空間，猶如房間那樣的，這是一個孤獨的處境，一人面對四壁。其次它暗示這空間與外界有一個聯繫，這聯繫是局部的，帶有觀望性質，而不是那種自由的，可走出走進的聯繫，所以它絕不以門的形式出現，而以窗的形式。窗戶這東西看起來很優美，還有些感傷，帶有閨閣氣，許多評論家都被這迷住了，而無一注意到其間的暗示意味，這種暗示意味和閨閣毫無關係。關於窗戶的故事都是發生於我的成長過程中，不只是童年往事，也包括少年往事。但我是一個晚熟的孩子，我身心的成長都要比普通人漫長而遲緩。這大概是由於我的孤獨境地所造成。同時我又是一個喜歡回顧的人，當我只有並不多的東西可供回顧時，我就開始了回顧的活動，這又像是一個早衰的人。所以，這種自我關係的故事將永遠伴隨我，我總是不斷地和過去的我發生情感的、哲學的、教育的關係。這也是由於我的孤獨境地所造成。

想像是件愉快的事，它可滿足我們許多人生願望。在我們的願望中，有一個就是說話。談話的關係也是親切倍生的關係，談話夥伴是好夥伴之一。古話早有「酒逢知己千杯少」的說法，一般是酒過三巡，話匣子便打開了。酒可使談話增添親密無間的氣氛，使生人變熟人。這其實也是對談話的一種救助，說明談話夥伴日益匱乏。談話還有一種危險在於，我們必須要爲我們的話負責任，責任這東西不是玩的。我們已經責任累累，再要為談話這事情加上一點，可實在受不了。假如再要說上一點心裏頭的話，危險就更大了。談話是我們這世界上人與人交往的基本手法，連鳥兒都要嘰嘰喳喳地交談。但由於以上原因，談話的內容便稀釋、平淡，變成簡單的寒暄。時間也是一個大問題。八小時的上下班制度占去我們一天中的主要時間，假期裏，我們要打掃衛生，料理家務，我們為了晉升加薪還要用業餘時間學習、考試、加班加點。我們變得沒有時間談話，談話在這城市裏逐漸變成一件奢侈品。這時候，晚報、電視、生活類雜誌則塡補了談話的空缺，它們在某種程度代替了我們的談話活動，或者說它們歸納集中我們的談話，使之變成一種空中大交流。這城市的電台有一個節目叫做《空中大交流》，還有一個節目叫做《立體聲之友》。這名字起得太棒了，它實際上是一種人際交往的抽象化和概括化的描繪。小說的功能在於，第一，它可製造談話的夥伴，它可虛構談話的人羣，他們在一起氣氛無比融洽，想說什麼就說什麼，不需要負任何責任；其二，它還可創造假想的談話夥伴，那就是讀者，這其實就是所有的獨白小說的由來。我們中間有個寫小說的朋友，他曾經寫過一個小說，題目叫做《談心公司》，這題目不僅是他小說的題目，也可說是我們所有小說的總題目。這篇小說可說是描繪了我們所有小說的概貌，也是我們所有寫小說的朋友的白日夢。「談心公司」其實是一爿收購故事的公司，帶有收購廢品的性質。因為故事這東西只對很少一部分人，比如我們這些人才有用，對於大多數人非但沒用，有時還是累贅。想出這公司的朋友，是手頭的故事拮据透了，於是急中生智。「談心公司」以市場經濟的原則形成了談話的雙方關係，並且源源不斷，這也有些類似「魔方」的「格啦啦」原則。他們都是聰明人，都解決了地球的第一次推動。要創造談話的兩方有時叫人煞費苦心，一旦設計好，讓他們談了起來，可眞是叫人高興。我那時非常陶醉於寫人物的談話，我整齊排列對話，排成詩行一樣的。他們你一句我一句的，非常痛快。小說一方面可供我們虛擬談話關係的雙方，另一方面又可使我們和讀者構成談話關係。而這一關係其實可說是我們的出發點。我們寫小說就像個饒舌者，口若懸河，滔滔不絕。沒有談話對象生生要憋死了我們。和讀者的這種談話關係，有一個絕大的好處，那就是完全由我們掌握主動性。讀者這對象既虛幻又實在，我們可將他們想像成任何一類人物，根據我們的需要。我們的小說刊印在發行上萬份的書刊上，使我們覺得在與許多人作交談，這其實是一種虛幻的景象，它掩蓋了我們自言自語的獨白的眞相。這種單方面的談話由於缺少對方反應的刺激，它很快就停步不前，無話可說。我們有時候會蒐羅一些雞毛蒜皮的小事去麻煩我們的談話對象，他們在我們的想像中總是忠實而虔誠地駐守著，我們說什麼都得聽著，沒有絲毫的抵抗能力。這種談話到終了我們依然會失望，它解救不了我們的孤獨。我覺得我們與讀者間的談話關係，使我們的人生蒙上一層假想的色彩。它是我們這些軟弱的承受不了孤獨的人想出來的麻醉劑。我們不願意將我們一肚子的話爛在肚子裏，我們太看重這一肚子的話。這些話與我們連著心連著肺，血肉相連，而我們硬是將它們撕扯下來拱手獻上。然而我們卻又無法忍受它們被消費的命運，生產與消費其實是我們與讀者之間的眞正關係，談話關係只是我們的一廂情願。我們心裏那些於我們無比寶貴的話，遭到的命運是我們無法左右，它們被曲解、誤會，或者被用作功利的武器，全是我們始料未及。我們的話就像飄流瓶一樣，隨波逐流，命運叵測。這其實只會加深我們的孤獨，我們中間說的最認眞的那人就最孤獨。可那說、說、說的快感使我們欲罷不能了。我們將我們言語的觸角伸向茫茫的空間，企圖達成一個牢固的聯繫。我們言語的觸角假如有形，就像蛛絲一般，從一端無望地飄向渺茫的另一端。

我們虛構的關係是建立在我們眞實的關係之上。我們眞實的關係經驗就像種子一樣，爲我們想像力的雨露滋潤，然後發芽開花，結出紙上的果實。我們還使我們的關係經驗像發酵似地膨脹，爲使它們能無限膨脹，我們反覆硏究，反覆討論。我的經驗是將我們的關係經驗，變成一個「動機」，具有強大的推進力。爲此，我硏究了前人的經驗，比如梅里美的小說，這傢伙的小說寫得沒話說。我想，他是如何發展他的小說的？我慢慢發現，他小說常常是建立在一種復仇的關係上，復仇的關係可說是最具推進力的動機了。復仇還是個相當嚴謹的契約關係，解除關係的時刻便是故事的高潮了。還有日本現代的推理小說也給予我啓發，它們是以一種逆向的方式，以推理爲武器來揭露出人物關係的眞相，而人物關係的眞相其實就是故事的核心。推理的方式是一種思維的科學，這標誌著人類從混沌的感性走向了淸醒的理性。有一個時期，我到處尋找這種可推進爲故事的動機關係，我自己的關係經驗已被我消耗得差不多了，而且我自己的關係經驗又平淡又有限。那時候，我爲了尋找這種動機關係，我專門深入到一個信訪機構做旁聽者。我帶了作家協會的介紹信，還帶了筆記本和筆。我每逢周一、周五接待日，就來到這裏。這個信訪站專門爲婦女開設，要爲婦女排憂解難。信訪站就像個門診部，求診的人坐成一長排，那情景實在叫人興奮，她們一個個的神情都像有滿腹的故事。我想，她們將要說些什麼？她們遇到些什麼糾葛？「糾葛」這詞也叫人興奮，它不僅表明一種複雜關係的存在，還表明這關係正發展變化。她們大都被各自的糾葛壓迫得憂心忡忡，愁容滿面。我的情形實在有些像俗語所說：鷸蚌相爭，漁翁得利。有幾次我明顯遭到反感，她們用白眼看我，對我的提問愛理不理。這使我想到，收集別人的故事也不那麼正當，這帶有侵犯隱私的性質。但這些都不足以阻擋我，我每一次都滿載而歸。我像收割莊稼一樣，收割著別人的憂煩，裝進自己囊中，回到家再挑挑揀揀，就像一個培育良種的農業家。但當最初的興奮過去，我漸漸平靜下來，才發現事情不大妙。我發現，原來，人們彼此的關係經驗都是那麼相似，不外乎常見的那麼幾種，帶有重複的性質。人們哭哭啼啼來到信訪站，她們流露出的驚惶與憂愁，使她們看上去彼此面目相像。信訪站的旁聽告訴我人們的關係經驗一般是大同小異之後，我爲建設關係尋找到一條新出路，那就是概括化的道路。我將這些普遍的關係經驗加以提煉，經過概括，總結出一個規律，再用以人物與情節來作表述。我們的人生那麼平凡，世界上的事情又那麼互相類似，建設特殊的關係無據可依，因此，概括化的道路也是我別無選擇的出路。問題是要以什麼樣的人與事來承擔表達的任務。在這裏，寫實的本能又主宰了我。我總是要求故事具有正常的現實的面貌，這就給我自己出了難題。要找一個既有具體化現實面貌又有概括化抽象的內涵的故事談何容易。我爲什麼這樣緊緊抓住寫實不放，大約是因爲我始終是在做一個工作，那就是要創造一種現實的關係。我是以虛擬的手段來創造現實關係，這種創造物必須具有自然時空的面目，這才可在現實世界裏立足。這一段時期，我醉心於紀實性的材料，我變成了一個具有使命感的新聞記者那樣的人物。我東跑西顛，四處採訪。開始，我比較熱中於去鄉間訪問，鄉村裏的故事總是綿綿不止，源遠流長。在我插隊日子裏，牛房裏每晚都有老人在講古，「講古」就是說故事的意思，那講古的情景銘記在我心頭。去鄉間訪問其實帶有舊地重遊的味道，而鄉村的故事已經大大滿足不了我的胃口。這些故事都具有自然的形態，從播種到收割，循序漸進。它們基本不具備我這時熱切渴望的概括性內涵。這樣單純的故事吸引不了我，我要的故事，自然面貌只是外表，內裏的核是一個提煉過的、濃縮的立體交叉而又秩序井然的抽象世界。我發現自己已沒有回頭路可走，回到自然關係故事中去的路早已斷了。我胸膛裏跳動著一顆人工的心，對於感受自然事物幾乎沒有反應，它流連忘返於一個以意義爲內容，邏輯爲形式的再造世界裏，這是一個徹底的完蛋！所以，我只能回到上海這城市，在這城市擁擠的街道上無望地走來走去，人們互不相識，奔赴各自的生計之道。

我有個朋友是個畫家，他以描摹西藏而聞名。他的畫只一眼就把我吸引住了，後來我們成爲好朋友其實就是在此開始。他的畫裏似乎有兩個世界神奇地合二而一，一個具體的和一個抽象的。他畫中的人形、色彩、線條，全都流露著自然的精緻的光芒，但整幅畫面卻有一種強烈的裝飾感。在這裝飾感之下，你可體會到一種嚴肅謹慎的秩序，這秩序其實就是那自然形態之中概括化的本質。這人的畫令我著迷，這人也令我著迷。他說他曾經走過許多地方，而直到去了西藏，他才找到他要找的東西，於是緊接著，他便名聲大噪。我想他要找的正是這種具象抽象合二而一的載體，最後他在西藏那地方找到了。西藏這地方我沒去過，關於它的傳說聽得不少，從他的畫上來看，那地方確實有這種神奇的效果。他的畫使我對他生出親切之感，因爲我意識到他找的東西正是我要找的，不同的是他以視覺的方式來體現，我則以故事的方式。是他的畫使我的想法變得明晰起來，變得可以言傳了。我對那個紀實性故事後面的抽象故事，有了一個較爲具體的構想。我從形式著手來剖析和概括我們的人類關係，裝飾性的秩序感抓住了我的心。我想人類關係其實充滿了裝飾性的對稱感，這種對稱感最爲自然的具體體現，大約就是男人與女人的關係，其實這就是我寫作男人與女人的故事的初衷。人們說我是寫性愛的作家是大錯特錯了，說我是女權主義更是錯上加錯。女權主義的說法破壞了我力求實現的平衡狀態，這是一條腿走路的方法，和我的方法完全不是一碼事。男人與女人的對位圖在我眼裏，具有具體關係和抽象關係合二而一的效果。他們既是男人與女人這一或者說性愛，或者說情愛，或者說生殖繁衍的具體關係，他們又是陰陽兩氣的象徵，他們是人類最基本的組成單位，最低元素。這關係於我有著極大的概括意義，當我尋找到這種關係之際，我簡直欣喜若狂。我想，這大約與我朋友初入西藏時的情景一樣。西藏的風景撲面而來，那一刻他是多麼歡欣鼓舞，希望百倍！最起初，我被那男人與女人對位的圖畫迷住了，我的注意力全在他們的位置上，強調位置的意義走到了極端，這是由我一往無前的精神所造成的。我偏執地認爲他們所站立的位置對於他們的關係具有決定性意義。我認爲，他們說什麼，做什麼都不重要，重要的是他們所站立的位置。於是，我讓他們站在各自的非同小可的位置上，說著些人世間最不鹹不淡的閒話。我將這對男女從我們這個熙熙攘攘的鬧市驅趕出來，趕到長江上的一條客輪裏。江的兩岸是陡峭的峽壁，周圍的人全是萍水相逢的過客。這本是一條赴死的道路，這對男女將從此走上他們的悲慟之地。選擇長江三峽作他們的赴死之路，是因爲長江三峽曾經使我深感抑鬱，陰沉的崖壁這樣迎面而來，好像宿命一般。朝天門碼頭是我終生難忘的陰鬱景色，長江在霧氣中濛濛發亮有一股邪惡的死亡氣息。當這一男一女來到三峽，他們之間的一切就全變了樣，這一對爲殉情而來的男女後來各自走上了回生之路。我就像一個舞台調度一樣，專心於安排他們的位置。我特別強調他們所在位置的平衡感、對稱感，要使之達成裝飾的效果。我要他們的位置顯示出其關係的內涵，以及變化的過程。他們在各自的位置上說話、行動，都具有一種孤立的彼此分離的狀態，他們就好像在兩個空間裏活動，只是共時態才使他們有了表面的聯繫，這就是他們的概括化的本質關係。我將他們從鬧市中驅趕出來是爲了使他們從具體環境裏脫離，而三峽這個地方則帶有抽象的含義，它具有隔離人世的效果，它使人排除一切干擾，只剩下人和人。這一男一女原先緊密深刻的、致使他們踏上赴死道路的關係在此時此地，無聲無息地解除了！那一男一女之間的致命的關係其實是在人羣中培養起來的，等到人羣消失，那關係便呈現出另一番面貌。人羣不僅能使人沉沒，它還具有欺騙性，它有時會製造深刻關係的假象。這一條赴死之路，像一把尖刀一樣，將他倆的關係一剖爲二，他們雖然近在眼前，實質卻遠在天邊，這是叫人肝腸寸斷的對位圖畫。我很注意他們的身體位置的圖案性，我要他們一個朝天躺著，另一個靠牆坐著，兩張床鋪形成一個直角，他們的軀幹形成相對又獨立的關係。我要他們長久保持不變的姿態，以免破壞平衡；我還讓他們一個躺在上鋪，另一個站在地上，臉對臉，兩人形成一個直角，我讓他們說了些什麼現在是一丁點兒也想不起來了。他們形成的畫面是對我們人類關係的一種概括，這關係的內涵是：我們和諧地處於一個世界上，各自鼎立一角，保持了世界的平衡，而我們卻是處於永遠無法融合的兩端。這故事由於我過於注重裝飾感的內涵，而忽略了自然的外殼。這是我唯一的放棄了寫實手段的一個故事，我寫實上的失敗在於我過於刻意地表現他們的位置，看上去就好像是一個現代舞蹈的動作線路圖。他們的位置因爲我的刻意太重，失去了自然的形態，看上去有些裝模作樣，好像兩個啞劇表演家。這使這故事有一種夢境的感覺，違背了我的本意。夢境在我看來還是一種小說的小說，小說對於我們就有些做夢的意味了，難道還能在夢中做夢？這故事是我唯一的具有做夢效果的故事，它對於我具有鋪路石子的作用，若干時間之後，具有具體關係與抽象關係合二而一神奇效果的故事漸漸地醞釀成熟了。

現在，我決心讓那對位圖變成現實的景象，空白也是現實的空白。我給這對男女規定了一個最具體的環境，這環境具有合理的限止性，限止有第三個人參加。對於這個環境我有一個人間的命名，那就是「性」。「性」的環境，也許是最最典型的兩人世界。這個環境有點像一個陷阱，他們無力解脫彼此的關係，只有互相攀附。我以霸權來強迫他們緊密聯合的關係，然後我再來摘採故事的果實。摘採故事是我嚮往的事情，作爲一個小說家，故事就是他的生命線。其實，走到「性」這一步多少帶點無可奈何的味道。這是一個故事層出的規定環境，這裏擁擠著所有的九流作家，就像菜市場樣，鬧鬧哄哄。可我卻感到孤獨，我懷著感傷的心情，我想，人類的關係都被我使用盡了，只剩下這裏了，這裏帶有末路的意味。我想，我不過是想建一座紙造的房子，可是材料被我消耗完了。我找到「性」這個兩人世界絕不是出於偶然。我的每一次虛擬關係情節都不是從空想出發，也許我的目的地是空想，但出發地永遠是現實。就像蜘蛛，牠必得立足於堅實的一面牆壁，才可向空中吐出蛛絲。那蛛絲能否抵達對面的牆壁，要看牠運氣如何。有的抵達了，結成了網，有的則飄落於空中，這就是「游絲」這名詞的由來。在我們的屋頂，飄落著無數的游絲，閃閃發亮，這就是蜘蛛的命運。話再說回去，我決定走入這個世界是由著現實的指引。我親眼目睹一對陷入這困境的男女，現在想來，他們所作所爲多麼充滿了裝飾性的對應感啊！他們活脫脫就是一幅具體與抽象合二而一的圖畫。這種抽象的概括化的本質關係漸漸浮現到圖畫的表面，抓住這一刻便是成功的希望所在。我讓他們做了一對舞蹈者，舞蹈這東西本來就具有誇張的性質，它可以自然地繪出裝飾性的抽象圖景。我爲他們安排了一個雙人舞的夜晚，這夜晚猶如晚會一樣，十分盛大、迷醉，卻充滿哀傷的氣息。雙人舞使他們接觸肉體，肉體接觸打開了牢獄的門。這一個夜晚我寫得動心動肺，震旦和末日合爲一體。舞蹈這玩意兒眞是個好東西，它打破了人與人接觸的無形卻嚴格的界限，它是軀體誇張與強調的表現。而且它又很美，它脫下了人類行爲實用性的外衣，成爲一種純粹的軀體動作。它在空間裏畫下流星般轉瞬即逝的線條，這些線條相交而過，穿透了空間。這情景迷住了我自己，我無法使它結束，最後我只能關上電閘，黑暗籠罩。電的好處就是在於它截然畫下了明暗兩界，使明暗邊緣刀割似的俐落。陡然降臨的黑暗是一個帷幕。我應當提到現代舞給予我的啓發，它使我發現軀體表現痛苦與絕望的潛在功能。同時，這種軀體的反常狀態也使我發現深刻的痛苦存在。它揭露了痛苦這一種狀態，它不再是古典舞蹈對自然的表面描述和粉飾，而是揭開了人性的隱密。我應當坦白，我極其震驚地看見了人類做愛的場面。做愛這活動中所有的掙扎場面都浮現在了眼前，瀕死的絕望與歡愉交織爲一體，掙脫與深入的欲望交織在一體。我不由想做愛這一件事是多麼完美地具備了具體與抽象，個別與概括的兩種狀態啊！就這樣，黑暗的帷幕揭開了，他們走進了牢獄。他們的做愛活動，在我筆下散發出死亡的氣息，我徹底地摧毀了兩人世界的幸福希望，我看不見一點希望的曙光。做愛也是一條繩子，可以捆綁這男人和這女人，他們幾乎要被勒死了！這時候，我忽然發現，當我企圖在紙上建立人類牢固關係，結局總是一掬傷心淚。這些關係情節總是以離散爲終結，每一種關係情節都帶有唯一的性質。關於做愛的故事，我只可講這一回，我只一回就將它全講完了。後來，當我試圖再講一個的時候，就有人尖銳地指出，我把一個故事重複講了兩遍。這種關係其實只有一個故事可講，一個失敗的故事，就是說，這關係破產了。這裏沒有故事的希望。爲他們尋找出路足足耗去我有兩萬字，這是絕望的兩萬字，我想我結束不了啦！結束不了算什麼故事？這是一個大失職！我想過「自殺」

這一條路，覺得有些避難就易，推卸責任，以死解脫不是結束，只是一個粗暴的中斷；也是一個失職。講一個好故事是我的心願。所以，我又讓那女人從河邊走了回來。河邊這一個情景卻啓發了我，它帶有上帝的伊甸園的味道。它喚起了我對自然的想念，溫存的情感湧上我心。我決定爲他們安排一次慰藉人心的做愛活動，這是一次古典的做愛，也是一次浪漫的做愛。河岸眞是個好地方，星空下的河岸更是個好地方。這一次做愛使他們產生了自然的果實，那就是胎兒。這是意外的收穫，生育眞是個絕好的消息，我要讓他們做一個父親和一個母親，以自然的孕育來擴充他們的兩人世界，以此解除他們的兩人關係。生育的關係是一種自然的緊密的關係，它對於我後來的創造關係情節產生了極大的影響，它提醒我注意人類縱向形的關係世界。而此時此刻，我對橫向關係世界還沒有挖掘完畢，我對兩人關係還缺少一個總結。現在，生育解救了他們，也解救了我自己，使我的故事終於圓滿結束，在紙上留下了又一座樓閣，豐富了我的收藏。

過了許多日子之後，我才回想那一句話，其實大有深意，充滿了預言的味道。這是一句篇末的話，全句是：「我只得放開了她，隨她一個人沒有故事地遠去了。」我這時候才明白，這個「她」就是我啊！一個人，沒有故事地遠去了，是一個命運。原先，她其實是企圖一個人演出一個故事的。她是一個智商與我對等的人，她有想像力，也有活力，她還有機會。她是一個對關係消耗能力很強的人，舊的關係就像樹上的葉子，秋天時分飄落、枯黃，然後被她踩在腳底。她熱切地渴望建設新關係，建設新關係幾乎是她人生的理想。她在這方面甚至相當貪婪。我想，這是出於孤獨的原因。她所生活的這城市有著極其豐富的景氣，五光十色，可都與她無關，像河水一樣從她身邊流過。我特別寫道，她所工作的那座房子具有輪船的外形，而街景就像是河流。我又特別地寫道，從她那「舷窗」望出去，可看見鄰家的花園，花園裏晾曬的衣服是一種象徵，象徵生活的片段，就像一些隻言片語。我還安排一個郵差來敲這花園的門，郵差是信使的化身。我寫她每天上班的清晨和下班的黃昏。清晨她高高興興，希望滿懷，衣裙被風鼓起，好像一面美麗的帆。黃昏她回家就像航行歸來，啓開信箱是最後的希望。我把清晨寫得特別新鮮，陽光一圈一圈從梧桐樹葉中滲透，那座船形房屋是一副起錨的神情。寫過無數個這樣的清晨之後，我開始寫預兆。寫預兆的文字幾乎占了我這故事的一半，製造氣氛我是一把好手。其實當我沉浸在製造預兆的時候，我還不明白這些預兆是要預兆什麼。對於要發生什麼我一無所知，我只知道結果什麼也不會發生。可是預兆我一點不願放棄，我一點一滴，一步一趨，那氣氛簡直有點轟轟烈烈。預兆的氣息將片段的景象組織成句。她被這預兆重重的氣氛鼓舞起了信心，創造力在她體內活躍起來。我把氣氛造得很足，故事已透出了曙光。最初的時期使人興奮，心裏充滿期待。我以一種文人筆會的形式使她與一羣新人聚集一起，我使他們從固有的責任重重的社會關係中脫身而出，快樂地結成臨時的會友的關係。這應當說是一個很好的起點，各種可能性都在等待著他們和她。我把這寫成一個快樂的時期，大家興致勃勃，蠢蠢欲動。我還安排了遊覽和跳舞這兩項提供自由結合機會的活動，這可使人們增進接觸和了解，是孕育關係的良機。我特別地要爲她創造條件，她是這許多人中間最渴望新的關係情節的人，也是最具有創造力和損耗力的人。她是一個吞吐量極大的人，就和我一樣。我爲她安排了有意味的接觸和談話，這意味便是新關係的序幕，當意味初初透露時，最有希望的一刻來臨了。我特別寫到心靈這東西，心靈是她創造關係的武器，和那一對舞蹈表演者不同。那一男一女是使用「性」這物質性的武器，她則使用心靈。這是一種較爲安全的方式，也反映了她是一個頭腦健全、教養全面、自重自愛的女人。她具備豐富的心靈，卻不具備獻身精神。她以心靈去接觸心靈，企圖建設關係。她心裏很明白，建設關係是爲了安慰孤寂的心靈，於是她便充分享受到想像那關係達成的快感。她想像力格外發達，憑一點蛛絲馬跡便可製造遐想的宮殿，在此間漫遊。她還有一個比誰都清晰的認識，這認識來自於她頻繁地建設關係而又消耗關係的經驗。她明白每一個關係的命運，她把建設關係比作拆房子，而我則是比作造房子，我不斷地說過，要造一座紙上的房子。她卻說，這是拆房子。她說，她會很快將這新關係拆成一座廢墟，廢墟的命運不可避免。這眞是走到我前面去了，比我還要沮喪。因此，她便只願意作一個心靈的遊戲，她讓心靈出去闖蕩，建設關係，創造故事，然後回家。她是一個行動能力已經退化的人，心靈卻奇異的發達。她由於膽怯、軟弱、怕受損失而缺乏行動的勇氣。而她又是個夢想奇遇的人，她不甘心平凡的單調的生活。開始她是從讀書中滿足這渴望的，然後她就想親自創造了。她在心靈上創造奇遇其實和我在紙上創造同出一轍，我們只能享受這種虛擬的關係故事，以圖弄假成眞。而我們又都是極其清醒的人，要騙自己也沒那麼容易，所以最終我們都得承認自己的失敗，那就是：「一個人沒有故事地遠去了。」這是一個帶有總結性的不是故事的故事，她就是我。她將我想在紙上造房子的過程從始至終地走了一遍，是一個帶有自傳性的記錄，甚至帶有一定的超前預言性，比如「拆房子」那比喻，就超越了我的認識，是比我更激進的。而我卻堅持不懈地造下一座又一座紙做的房子，我自己似乎也成了個紙人兒。然後，我這個紙人兒，走出紙房子，打點好了行裝，慢慢地回了家。

第十章

我父親來自很遠的地方，早與他的家斷了消息，對於他的身世，他是一問三不知，他就像是石頭縫裏蹦出來的。直到遇上我母親，有了我，他才開始有了歷史。於是，很長時間以來，我總是覺得我是母親的孩子，做母親的孩子，還稍稍有點歷史感。我母親家是個潰散的家族，早已四分五散，我們是沒有親眷的家庭。母親記事以來，她就成了一個孤兒，跟了老祖母，過著近似流浪的生活，後來還進了孤兒院。她對父親母親一概沒有記憶，唯一的記憶就是她奶奶。她奶奶是我們家近代史的最後見證人。我想，她當是一八八〇年前後出生的，是光緒年間。這是動蕩的時代，大清政權處在內外交困的時節，近代史的帷幕已經拉開。上海這城市在鴉片戰爭的隆隆砲聲中開埠，等待著我母親一家在杭州城裏破了產，然後喪魂落魄的來投奔。杭州城此時此刻則處於小手工業者蓬勃發展的好時機，吸引著四周有野心的農人。那時節的杭州，氣象繁榮，沿街商號林立，作坊遍布，錢塘江上舟船如梭。這是一個健康向上的時期，一掃南宋綺靡頹唐的餘風，富有活力的工商業主展示著他們艱苦立業的身手。杭州正等著我曾外祖父的到來。從茹棻去世到我曾外祖父出場，這之間足足沉寂了一百年，這一百年的變化卻抵得上一千年。茹棻們萬萬不會想到，在他們的書香之後，僅一百年就出場了一個手藝人，這手藝人後來又做了生意人。這是我們家歷史上的一個新人，我們家的歷史總是新人輩出。這一章裏，我就要描述我曾外祖父走出茹家漊，來到杭州的事情。我要描述我曾外祖父如何創下輝煌家業，又在我外公手裏一敗塗地，闔家舉遷上海。我還要描述到了上海之後，我的外祖父如何離家出走，我的外祖母又如何香銷玉沉，最後留下了我母親一個人。從描寫我的家族神話開始到今天，我已走過漫長的一千多年的道路。從寒冷的漠北來到溫暖的江南，神話一步一趨呈現出現實的面貌，向我走近。茹家漊是親切可感的地方，還有普安街也是親切可感的地方。普安街是當年杭州城裏一條字號濟濟的街，以絲繭生意爲著，我曾外祖父的「茹生記」，就躋身在其間。杭州城是以絲繭生意著稱，是上海織綢工業原料的主要來源。「茹生記」做的是絲土生意，絲土就是繭的下腳，這是一種什麼生意，其中究竟有多大的利潤可得呢？作爲晚輩的我是一竅不通。但「茹生記」後面，我曾外祖父破土建起的一幢房子，卻是相當壯觀，這房子如今已經面目全非，於我卻還是親切可感的地方。曾祖們的墳墓已經無處可查，破敗了的家族是沒有墓地可供後人悼念的。我應當從何說起呢？

我想事情應當從走出茹家漊說起。那應當是上一世紀末，我有理由認爲我曾外祖父是在我外公出生前五至七年走出茹家漊來到杭州。五至七年的時間要創業立家雖然有些緊迫，可我以爲在那世紀轉換之際，世事瞬息萬變，如不能迅速抓住機會，就不可成就大業。所以這五至七年與其他時期是不可同日而語的。就這樣，我曾外祖父走出茹家漊的時候，正是上一世紀末，辛亥革命還遠遠未來到，我曾外祖父腦後拖一條辮子，攜了一串草鞋與兩吊大錢，上了烏篷船。關於我曾外祖父這時的服裝，我很費了一番揣摩。我想一個世代箍桶的青年，理應是一身短打，腰間紮一根汗巾。然而像我曾外祖父這樣有志向的青年，他去杭州就是要改寫這箍桶的歷史，他也許會穿一件長衫。像他這樣高大的身材，穿一件長衫，相當有氣派，一看就是能成業的樣子。當時，他的走並沒有格外引起人們的注意。茹家漊裏外出謀生的人很多，有一些一去不回，音訊全無。我想，我曾外祖父，那個名叫茹繼生的人，不會是完全盲目地要去杭州，他應當是由一個同鄉介紹，去杭州一家箍桶店裏當夥計，茹家漊裏箍桶的名聲想當然是有一點的。茹繼生大概很早就流露出對杭州的嚮往，凡是有從杭州回家的鄉人，他總是要去聽他說杭州。西湖在他腦海裏是一番良辰美景，而那長巷深里中藏身著的殷實勤勉的人生，卻使他怦然心動。茹家漊是個狹小的地方，山障水斷，視野只有巴掌大一塊，這是我對茹家漊的重要印象之一。茹繼生一定感到了壓抑。他是那種有志向卻絕無狂想的人，他既相信機遇，也相信勤勞的雙手。他有時也會想到命運這樣的事，他想，難道箍桶眞是永遠的命運嗎？我設想他讀過幾年私塾。因我知道，茹家漊裏我們有一個本家是一名塾師。以此來看，我們茹家是有著教育的傳統的，但做一名狀元的念頭顯然是被箍桶這營生給阻斷了，讀書的好傳統卻還是一代一代保存了下來。所以，會記賬、識字，這使我曾外祖父不同於一般的夥計，是他日後奮鬥成功的條件之一。就這樣，茹繼生總是對那些去杭州的人說，爲他留意留意機會。有時候，他還會對兄弟茹繼衛說：我先去杭州城落下了腳，再來帶你。茹繼衛對杭州的興趣不大，可是對哥哥卻有著足夠的敬意，於是便也等待著茹繼生去了杭州再來接他的那一日。茹繼生的長輩對他去杭州是什麼態度，我無從推敲起，我只能推想，茹家漊因是個地產薄寡、憑手藝吃飯的地方，人們對離鄉背井向來抱有淡泊而現實的觀念。他們不是那種鄉土情長的人，這從我母親的人生態度中也可看出。所以，茹繼生去杭州在當時沒有激起什麼波瀾，茹繼衛當去送他一程。船走出茹家漊，到蕭山西興錢塘江換船，再從錢塘江進杭州。這條路線也是日後他無限風光的攜家回鄉的道路。茹繼生走出茹家漊的景象，使我想起了狀元茹棻之父，茹敦和的形象。我覺得茹繼生和茹敦和這兩個不同時代的茹姓者有著驚人的相似之處。雖然一是官宦，一是草民；一是讀書人，一是手藝人，似是水火不可交融。可他們的謹愼、篤厚、求實、兢業，卻如出一轍。這種創業性的品行似乎是周期性地在我們家歷史上出現，積累起勞動的果實，以供後人揮霍拋灑。這是我們茹姓中最穩定、最理性、最富進取性的精神表現，而這種精神卻總是接不上氣，不能持續，它在某一個偶然的時機裏突然地閃爍出耀眼的光芒。茹繼生這會兒出發了，這是一個揭開我們家近代史帷幕的人物，他的出發爲後來我們家一連串的出發或者叫做逃亡打響了第一砲。我想他出發是在一個細雨濛濛的日子，這爲他的離鄉增添了一點感傷的氣息，也爲了突出水鄉這一背景。那船在雨霧中悄然行走的情景帶有一種恍如隔世的味道。這是籠罩在我整個兒的敍述之上的情感。我敍述的情景總是那樣無聲無息，如夢如幻。杭州的奇情異景是在稍後來才對我曾外祖父顯現的，一開始，我曾外祖父的身心全被當一名夥計的瑣碎繁忙占據了。那箍桶店老闆應是同鄉紹興人氏，這就是他願意雇傭我曾外祖父的原因，這就在雇傭關係上蒙了一層融融的鄉情。這箍桶店不會有多大，一個門面至多了。箍桶這營生怎麼都發展不成大行業，一個人的一生能用掉幾只桶呢？這是一個典型的手工業作坊，現在已不多見。我在茹家漊裏還見過我們的本家在箍桶，木板散發出極其新鮮的清香。所以，這木脂香味當是這箍桶店裏主要的氣息，長年飄揚。人們走到十步之遠，就可嗅到這氣息。當我曾外祖父漸漸掌握了做一名夥計的竅門，他可將繁瑣的活計安排得有張有弛，有條不紊。他手腳利索，頭腦清楚，身強力壯，爲人誠實還博得了老闆的好感，他想，雇這個紹興人眞是雇對了。

像我曾外祖父這樣，作爲一個世襲的手藝人的後代，田產全無，他倒倖免受正統的農本思想的毒害。我曾外祖父作爲一個必須要和商人打交道的手藝人，他對商人生有敬佩的心情。他想：這是有本事的人啊。並且，這是在某種程度上領導了手藝人的人。這種心情在他到了杭州以後，又得到進一步的鞏固。杭州的繁榮氣象有一半是商人創造的。杭州的商人往往是半工半商，自己就是個手藝人，這就又使我曾外祖父覺著，做商人這一理想的實際可行。我曾外祖父是從這箍桶店老闆的生涯中才眞正體會到杭州的可親可愛。西湖吸引不了他，他不是那種風月情懷的人；岳墳吸引不了他，他沒有精忠報國的君臣觀念；葛嶺吸引不了他，他對仙風道骨一竅不通；斷橋也吸引不了他，他不是兒女情長的人。他只對杭州的街巷里郭有興趣。他從字號濟濟的街上走過，就覺心裏高興，身上熱騰騰的。他還非常陶醉於老闆做賬的情景。賬本在他看來是世上最美的圖畫，上面記錄著每一點付出和收穫，是誠實人生的寫照。入夜時分，他望著杭州屋簷下點點如豆的燭光，心想著有多少老闆在做賬啊！這燭光在我曾外祖父看來，是夠輝煌的了。在這樣的夜晚，我曾外祖父有一件必做的事情，那就是淸點他的積蓄。他應當將積蓄存入錢莊生息，這反映了他樸素的金融思想，這也是他和一般夥計的不同之處。因此，所謂淸點積蓄，其實只是欣賞摺子上的數目，他從中也體會到了老闆做賬的樂趣。這時候，即使是務實的茹繼生，也會生出如夢的幻覺。但緊接著，他又會憂傷起來，什麼時候才能做一個老闆呢？他這才看見了遠處西湖上的月亮，西湖月色回應了他的憂傷心情。他的心稍稍悠閒下來，體味了一點淒涼意趣。而他的思緒很快就又落到了現實的細節中，他想，他哪怕把骨頭裏的油都榨出來，也不夠做老闆的本錢啊！他想，錢不是靠省的，錢是靠賺的，可是怎麼去賺呢？我不知道茹繼生是如何串連起後來那幾個同道者的，像他這樣勤勞苦作、儉省克己的人，想來不會有太多交友的機會。但是，像他這種篤實可靠的人，不怕機會少，只要時間有。漸漸的，他會交上一些有情有義的朋友。他們偶爾的也會以「劈硬柴」的分攤方式下一次酒館，看一回戲。這兩個後來與他合夥開店的人，應當都是紹興籍人，箍桶出身，否則他們不會一拍即合，開起了又一個箍桶店。以此來看，箍桶這行業在那時的杭州城相當興旺，只嫌少，不怕多。這三個紹興人，有時候結伴下酒館，常說有朝一日合夥開店的話題，但他們都是以虛擬的口氣來說，這是一種友誼和感情的表示，也流露出他們的夢想。只有茹繼生相信，只要有人牽頭，這夢想就有可能變成現實。茹繼生還相信，他們這三個人中間，牽頭的非他莫屬。我有理由相信我曾外祖父是當年合夥開店的牽頭人，從他後來毅然離開箍桶店，獨自掛起「茹生記」的牌子來看，他是一個有主意有魄力的人，在一羣做夥計的人中間，無疑是最出色的。所以，他茹繼生就知道，開不開店，其實就等他一句話了。他此時此地沒有說這句話，是因爲他覺得時機還未到，究竟什麼是時機，他也說不上來，這就像蒸饅頭還差一口氣一樣，也就是「萬事俱備，只欠東風」的「東風」的意思。茹繼生等待這個「東風」直等了有半年，他不急不躁。他又積蓄了半年的本錢和經驗，他感覺到「東風」這東西在向他接近。這時候，他很年輕，我想他大約二十三歲，至多二十五歲吧。繁榮的杭州給他信心，他隱隱覺著前面有一番風光在向他招手。而茹繼生口風極嚴，開店的想法無一洩漏。他這個夥計一如既往的勤快誠實，少言寡語。所以，當有一天他對老闆說要走的話時，老闆眞正吃驚不小。老闆這才發現他已經成年，沉著穩重，含而不露，不再是個夥計的模樣了。茹繼生走時，老闆不免會有些傷感，他有一種逝者如斯的感覺。這老闆過後才知道，其時，我曾外祖父已經同那兩個紹興人一起盤下了鄰街的一個店鋪。這店鋪要盤出去的消息是我曾外祖父在茶館裏聽到的。這半年裏，我曾外祖父唯一的變化就是有時候他會來坐一坐茶館。茶館是信息中心，各路消息都匯總到這裏。茶館還是仲裁場所，生意上的糾紛，往往在這裏進行公斷。茶館給這世紀初杭州城的商事，增添了一種溫情和藝術的氣氛。我曾外祖父將茶館當作學習的課堂，他吸收了信息，獲得了知識。那店當是個雜貨之類的小店，否則就非我曾外祖父能力所及了。我想那店主要盤店有兩種解釋，一是破產。那時候，行業間相互的傾軋相當嚴重，生意場就是戰場這話一點不假，杭州的工商業正處在資本兼併積累時期，那種小店可說是如履薄冰。我想，他們這生意再做不下去了，只得將所餘貨物三錢不值兩錢地出售，再將這店鋪盤出，還清債務，然後收拾起一個簡單的鋪蓋，去上海了。上海的傳說在杭州一定很盛，那個新開的埠頭，似乎在一夜之間，遍地輝煌，就像一個神祕島，它給全世界破產的人帶來希望。這是一種解釋，還有一種則是店主做膩了這種針頭線腦的小生意，他想要另開一爿天地，大顯一下身手，於是就盤出了店鋪，也去了上海。上海的神話同樣在吸引他，他想，要做大事情就必得去上海那樣的地方。總之，這就被我曾外祖父抓住了時機，做成了他人生的第一筆買賣。在此，我曾外祖父依然表現了他謙虛謹慎的作風，一切籌備全在不動聲色中進行，眞可謂神不知鬼不覺，這與後來「茹生記」開業的情景形成天壤之別。人們逐漸逐漸才發現，那條街上多了一個箍桶店。杭州城裏的箍桶店大約多如牛毛，這不是顯赫的生意，引不來人們的關注，我曾外祖父他們是以精良的手藝，對人的篤誠，才漸漸博得了人們的好感。我實在想像不出一個杭州能用得了多少桶，所以我認爲他們一定還做桶的批發生意，比如說，銷往上海。有一點是無可置疑的，那就是我曾外祖父確實是在這裏積累起獨立開業「茹生記」的資本。

現在我想談談女人的事情了。如我先前所推算的，我曾外祖父娶親當是在合夥經營箍桶店這個階段裏。我很不明白我曾外祖父是怎麼娶了我曾外祖母的，一個小手工業主的婚姻當是個什麼套路？我想有一種是來自於生意夥伴的關係。比如供箍桶店材料的木材行老闆的女兒，或者合夥人的姊妹。又有一種是原籍同鄉的關係，乘了船回鄉去接一個出來。此外，城市平民的婚姻還有可能發生於街坊鄰里之間，隔壁有女初長成，進進出出的，便引起像我曾外祖父這樣的光棍漢的注意。婚娶的事情早已湧上了茹繼生的心頭，可他牢記「先立業後成家」這句古訓。他想，娶了親，開店的本錢怎麼辦呢？如前所說，開店是茹繼生的夢想，本錢是他日裏夜裏不忘的大事。娶親的事茹繼生是不敢多想的，這是擾人心意的事情。但是，就像茹家漊裏人所說，茹繼生是一個身材魁梧體魄強健的漢子，我想，當他離開茹家漊進杭州的那一年，就已經發生遺精的情況了。杭州城又是個男女不禁的地方，且過往如流，摩肩接踵。精血旺盛的茹繼生，要不受騷擾，談何容易。他一定有過難熬的不眠的長夜，窗下市聲如潮如湧，西湖的月色在遠處招手。杭州那地方是個聲色犬馬的地方，如水的月色在漆黑瓦楞間流淌，波光閃閃，雕欄畫柱，燕子飛來。這一段情韻，最是能激發人的愛欲。唐代大詩人白居易做官一到杭州，便被那婉約情致迷住了。在這遠離朝廷的地方，政事頗為鬆閒，我想他每日就是喝茶賞景。茶這樣東西也是個情物，它極有耐心，它是一點一滴地培育起情思繾綣。白居易大約是第一個領略杭州聲色的人，他幾乎整日蕩舟湖上，後來他那著名於世的詩句「回眸一笑百媚生，三千粉黛無顏色」，其實就是在這時萌生心頭。後來，又來了個元稹，他們二人到了一處，眞是相得益彰。元稹更是以艷詩著稱，詩論說「學淫靡於元稹」，這都是得了杭州的才情。在此同時，他們二人又給杭州增添了綺靡婉麗之風。人說，杭妓的產生並漸著於世，便緣自白居易、元稹二人來杭做官之時。這時候，我不覺想起了一個人物，那就是蘇小小。我們不會忘記，〈蘇小小歌〉中所唱：「妾乘油壁車，郎騎青驄馬，何處結同心，西陵松柏下。」這是何等的風流，何等的快樂，又何等的情深意長。「西陵」在何處呢？據說就在杭州西泠橋一帶，當年想是青松綠柏，紅花紫蕊，小橋流水，才子秀衣，佳人雲裳。「結同心」這三個字也出神入化，愛得不能再愛。這是杭州情愛的最美寫照。茹繼生生活的杭州，就是這樣一個地方，我想，他如有一次嫖妓的經歷，絕不算出格，反之，倒違背了人之常情。茹繼生決定去嫖一嫖，還出於試一試身手的念頭。同他一起的夥計們，時常以吹噓的口氣說起他們的歷險，說得有聲有色。在茶館裏也時常會飄來這樣的議論，每當這些話語傳來，茹繼生的眼神就有些游移。再有，像茹繼生這樣人高馬大、相貌堂堂的人，必定會受到女人的青睞。她們在意無意地找他說話，用眼睛瞅他，有時還與他挨得很近，用頭油和香粉薰他。這樣的時刻，茹繼生是很痛苦的。可是茹繼生不會忘記他有朝一日要做一個老闆的夢想，他想他要積攢本錢，他還想，一個做夥計的能娶上什麼樣的女人呢？從這點出發，我開始設想我曾外祖父的娶親是在打下基礎的條件上門當戶對地進行的。也就是說，我曾外祖母也是出身於一個城市小工商業主的家庭。再回想我外公與我外婆的婚姻，其實也帶有一種門第的觀念，這是我曾外祖父爲改變我們家歷史的慘淡經營。在一個夥計等待和奮鬥做老闆，然後再娶親成家的漫長過程中，不讓他嫖一次妓是怎麼也說不過去的。但考慮到我曾外祖父是個謹愼、克己、有強大毅力的人，我就把他這一次嫖妓安排在他與人合夥開箍桶店的歷史過程中。這時候，他的夢想實現了一半，正走在夥計與老闆的中途，箍桶店的盈利超出了他原先保守的計算，即使是持重的茹繼生，心中也不免生出洋洋喜氣。這時候，前來說親的人家眞是不少，然而，茹繼生反倒更沉著了。這使我聯想起茹敦和的婚姻，他投靠李氏，改換門庭，待到有朝一日，再復姓爲茹，打了一個翻身仗。我在前面已說過，茹敦和與茹繼生是我家歷史上定期出現的冷靜人物，他們是我們這總是在沸點以上的狂躁血液中的平靜景象，爲我們這揮霍成性的家族積累起有限的財富。這樣，就又一次推延了茹繼生的娶親，同時，也使茹繼生滋生了嫖妓的念頭。讓我曾外祖父去嫖妓，還爲了埋下一個伏筆，這伏筆是爲我外公準備的，日後他成了個窰子裏的常客。在他那時候，杭州青樓最後一點情韻也在共和與資本中消失了，所以我就直接地叫做「窰子」。就這樣，我曾外祖父要去嫖妓了。我想，這一次嫖妓給予我曾外祖父最重要的啓迪是什麼呢？以我曾外祖父這樣務實的篤愼的人，會在嫖妓這樣的事中得到什麼樣的體會呢？那出生入死心蕩神怡的一瞬降臨之際，我曾外祖父的心就像被一隻大手揪住了，他想：要死了！他的魂靈出了軀殼，悠悠高懸。這感覺和後來的我外公可說一模一樣，絕無二致，分歧是在這之後。當那瞬間如潮如湧地過去，我曾外祖父的心漸漸被鬆開，我曾外祖父感到一陣虛空，他想：什麼也沒有了。這一次嫖妓，我想是使我曾外祖父進入了一個人生哲學的兩難境地，他一方面體驗到「色」的空虛，同時則又體驗到色的誘惑，這之間的溝壑靠什麼去填平，或者說靠什麼去做橋呢？當我曾外祖父走出那大紅燈籠高高掛的門庭時，他想起了子孫這一樁事，他這才平靜下來。他想，他要有個女人，給他生兒生女，繼承家業。「家業」這兩個字激勵了他，他想這家業不正在他的兩隻手上嗎？而我外公可不是這樣，他把子孫萬代的事統統拋在腦後，他只想：女人是個好東西。所有的娛樂身心的東西都是好東西，比如鴉片、打牌、放鷂子，他只求快樂不求實利。這就是他們父子二人的分歧所在。我曾外祖父是一個嚴格的現實主義者，我外公則是一個自由的浪漫主義者。浪漫主義是我們家歷史的主流，它揮霍了現實主義的積累，注定我們家破產的命運。於是，嫖妓這一次經歷非但沒有使我曾外祖父養成放縱的惡習，反使他嚴肅地開始考慮娶親這事了。現在，我可以假定，我曾外祖母出身於一個略有薄資的商賈人家。我以為他家經營的是與絲繭有關的一類行業，這與我曾外祖父最後往絲土生意定向極有關係，繼而又使我外公和以絲繭起家的我外婆家結成百年之好。絲繭是我們家近代史基於發展的重要條件。

關於我曾外祖母的形象只有茹家漊裏人的一句話可供參考，這句話便是「小腳伶仃」。所以我想，我曾外祖母最顯著的特徵就是一雙小腳，然後便是矮和瘦。我推想她應是屬於小巧玲瓏那一類的女人；手腳俐落，精明能幹，在後來家敗了的慘淡歲月中，她還表現出堅毅的性格。像她這類形象的女人，當然還有點嘴碎，喜歡嘮叨。茹繼生看中她，我想一是看中她的小巧，凡是高大的男人偏都喜愛嬌小的女人；二是看中她的能幹，這是個能幫襯他一把的女人，茹繼生這樣想，心頭就熱呼呼的。我想不出青春年少的曾外祖父的模樣，尤其是我曾外祖母。她在我母親的言語中出現，就已是那心力交瘁老態龍鍾的樣子。她待字閨中的模樣當是如何？洞房花燭夜，她在我曾外祖父懷中，又當是如何羞花閉月的模樣？我曾外祖父的婚禮應當是沿襲了傳統的風俗，坐花轎和揭紅蓋頭，那禮儀給人帶來神祕而激動的氣息。洞房花燭之夜也是神祕而激動，這不是我曾外祖父第一次睡女人，可我曾外祖父卻體驗到完全兩樣的心情。當他從那魂魄搖蕩的境地脫身而出，他驚喜地發現，那種虛空之感並沒有隨之來臨，他反格外覺著踏實。他想：我有女人了，這是一股實實在在的心情。西湖的月色已退得很遠，耳邊響起了敲更的梆子。茹繼生這時候才發現自己原來是一棵沒根的飄浮的草，這才算是紮下了根。在這個晚上，茹繼生對「先立業後成家」

這句古訓作了一個具有辯證意義的調整。他以爲「家」好比一個桶，而「業」則是桶裏的稻米。桶和稻米是茹繼生平生最常見的兩樣東西，以他務實的性格，拿它們來作比興是再恰當不過的了。他想，沒有桶，稻米沒地方盛，沒有稻米，桶只是個空桶。所以家和業這兩樣東西是無法分開的。茹繼生他闖蕩這多年，得出這樣一個結論，很有些感嘆。他想起他身帶一串草鞋兩吊大錢，搭船離開茹家漊的情景，竟像隔世一般。如今好了，他有女人了，這女人還有一份可觀的陪嫁。他們一夫一妻要齊心協力吃苦耐勞，創下一份鐵打家業、千秋萬代地傳下去。因此，從某種程度上說，我曾外祖母一開始就有些像是我曾外祖父的合夥人。這養成了我曾外祖母不甘示弱的性格，也種下一個危機。當後來她接濟她唱戲還是變戲法的落魄兄弟，把錢扔進那無底洞裏，可說是理直氣壯，與她敗家的兒子幾乎平分秋色。但在最初的日子裏，我曾外祖們同心創業的景象卻是極其動人的。茹繼生從箍桶店退夥出來，做起絲土生意，當是在他們婚後的第二年，我想，生我外公也是在這一年裏。這是雙喜臨門的一年，我曾外祖父將此視作一個好兆頭。那是我曾外祖父年富力強的日子，他渾身是勁，頭腦精明，爲人又正直，生意場上很受人信任。他簡直是心想事成，好運連連。如我曾外祖父不是這樣小心謹愼，一步一個腳印的人，也許會有更大的作爲。我曾外祖父那些年裏是穩步向前，沒有飛躍性的進展，卻也絕無失足。那些年的日子，是安康的日子，我想他們辛勞一日，晚上溫一壺紹興黃酒，菜有豆腐乾、烏乾菜和臘肉乾，這是勤儉而殷實人家常備的菜餚。如是冬天的夜晚，一定生有火熱的炭盆，我曾外祖母腳下還當有一只黃銅的腳爐。我外公穿一領厚厚的棉袍，戴頂虎頭棉帽，雙腳撐在盆沿，一雙肥胖的小手捧著馬口鐵罐接炭火裏的爆黃豆吃。他臉頰通紅，有一雙細長的蒙古人樣的眼睛，這雙蒙古式的眼睛後來傳給了我母親。

他生有一副好牙口，吃什麼都沒有障礙，還有一條食不厭精的好舌頭，他眼睛亮晶晶地追逐著嗶剝亂蹦的黃豆，就和他日後追逐女人的目光一樣。口舌之欲是他最初的欲念。我想，這時候，我曾外祖母懷抱裏，應當睡著一個女娃娃，那就是我的姑婆。我的姑婆後來和我母親成爲兩個對壘陣營的成員，我母親代表革命和進步，姑婆代表腐朽和反動。這是茹繼生心中最感踏實的時光，兒女繞膝，生意景氣，家道向上。現在，他開始籌畫造屋這一樁事了。

後來我經常想，我曾外祖父能夠躋身於普安街這一條以經營絲繭著稱的商業街，他的生意一定頗有實力。我對絲繭是個外行，曾外祖父做的絲土生意，我更是一竅不通。據說，像「絲土」這樣繭的下腳，可以繅製雙宮絲、低級絲，或者剝製絲綿。我從普安街人的臉色得知，絲土行是要比繭行低一等的生意，當時我有點羞愧，虛榮心受了傷。我還感到遺憾的是，我不得不犧牲「收繭」這樣一個壯觀的場面描寫，那白花花的繭子像銀子一樣擺滿了庫房。而絲土這樣屬於下腳料的東西，能構成什麼場面呢？關於我曾外祖父的事業和成就，我能夠體會並了解的，就只是那一幢房子。這房子是我曾外祖父的夢想，也是我曾外祖母的夢想。他們每到夜晚，二兩黃酒下肚，就開始了關於房子的話題。我以爲，在這時候，茹繼生會想起茹家溇裏的趙家，趙家宅子是茹繼生幼年時最大的壓抑，它對於培養這孩子的理想起到了積極的作用。我還以爲，房子是茹繼生一生中最富於浪漫精神的嚮往，這裏積攢著他幼年時的壓抑心情。在別的事物上，茹繼生腳踏實地，實事求是，以現實爲重，惟有在房子上，他表現出一種詩人的氣質，他充滿了激情、想像力和冒險心。這房子其實遠遠超過了茹繼生的實力，於他的絲土生意來說是奢侈了。所以我還懷疑我外公就是在我曾外祖父這一實現夢想的過程中長大成人。這房子日費萬金的建造，和它那匠心獨特追求時尚的格局給了他浮華的影響。我可說這幢房子是普安街的精華，可以想見當年它是如何鶴立雞羣。它的門廓和窗台帶有羅馬藝術的浮雕裝飾，而它又保留有古老森嚴的廳堂。當年的花廳和轎廳，如今就住有二十五戶人家。它還有小巧的庭園，立有假山、石桌，小徑上嵌有五彩花石。這房子的結構與風格體現了我曾外祖父極爲雜糅而混亂的美學觀念，同時也反映了我曾外祖父所處的那個維新與復古，共和與帝制，科學與迷信對立統一相輔相斥的時代精神。我想，張勳復辟就是在這時候發生，而後又結束。我曾外祖父當然不會知道，就在他建造這房子期間，歷史完成了一個時代向另一個時代的轉換。造房子是最使他激動的事情，在此，他的理智顯得有些不夠用了，他還變得有些偏執，和所有的領袖人物到晚年都會犯下的錯誤一樣，一意孤行。我想，我曾外祖母在此時就已嗅到了不祥的氣息。開始，她只是在具體的問題上與我曾外祖父發生分歧，如同所有的夫妻一樣。這樣，他們就會爭吵。我曾外祖母嘮叨的本領可說是一絕，她嘀嘀咕咕的，叫我曾外祖父心煩。就在他們的爭吵聲中，有了圖紙，備了材料，買進了地皮，那房子是指日可待了。而他們幾乎在所有事情上都意見相悖，我曾外祖父表現出前所未有過的固執。但不管怎麼，工程在轟轟烈烈進行，普安街上一片熱火朝天。我想，這工程進行的時間很長，其中至少有過兩次推翻重來，那都是因爲有更爲新潮的建築風格傳入。在推陳出新這點上，我曾外祖父又變成一個耳根極軟的人，誰的話都信。我曾外祖父的虛榮心在這時大大地膨脹，他腦海裏出現了人們走過他的房子，仰頭瞻望的圖畫。他一反他慣有的節儉本性，不計工本，不惜鋪張。我曾外祖母就是在這時候一反常態，沉默下來了。比我曾外祖母感覺更不祥的其實還有一人，那就是七斤公公。對於七斤公公的身世我無從查考，在我母親記憶裏，他已是上海一家當鋪的朝奉，卻牢記當年主僕之情，給予這飄泊的祖孫倆極大的幫助。他的義氣博得我的好感，而且不知爲什麼，他還給我一種玄學家的印象。在那些慘淡的歲月裏，他抽著一臂之長的烟袋，陪坐在我曾外祖母身邊，說著一些開導的話，比如「六十年風水輪流轉」之類的。我想，當他看見我曾外祖們不停地吵嘴嘔氣，心裏就說：這不是個吉兆。照理說，造屋是件喜慶的事情，一定要闔家歡喜。他曾經從中調停，可是誰也不聽他的。再接著，他看見我曾外祖母的沉默和我曾外祖父的衝動，他心裏就是一驚，他想，這都是異相。凡有異相出現，必有大禍臨頭。他是那種在書場和戲台熟讀歷史的人物，他對世界的觀念帶有藝術的成分，所以，他很講究象徵和隱喻。他覺得，自打造屋的事一開頭，便樣樣顯露凶相。七斤公公心情暗淡，他在自己的下屋裏吸著一臂長的水烟袋，咕嚕嚕的。他想著歷朝歷代的興起和衰落，想著春天草木的繁榮與秋天的凋零，憂愁和傷感襲上心來。七斤公公的傷懷是悠長而久遠的，它有一種滲透與瀰漫的力量，不一會兒就將七斤公公籠罩了。在這當兒，最快樂最幸福的人莫過於我外公了，這時他已是翩翩少年，他繼承了父親的高大魁偉，又繼承了母親的細巧清秀，他看上去是那麼招人喜歡。他成日價興高采烈，沒有掃興的日子，他食欲好口味精，對什麼都有興趣；人又是聰敏絕頂，什麼東西都一學就會。要說那時候，他眞是給我曾外祖們長臉啊！造屋的日子裏，他的積極和興致，應當說給了我曾外祖父極大的安慰，而我曾外祖母則顯得那麼敗興和背時。我曾外祖母就是在此時此刻開始變成這家父子的對頭，她積攢起一腔無名的怨恨和忿懣。我曾外祖母就是抱著這一腔怨忿而死的，她的怨忿是罩在我母親童年頭頂上的烏雲。我曾外祖母的傷懷與七斤公公不同，她是極其具體、指向明確的，因此它呈現出一種尖銳的狀態。它後來體現在我曾外祖母見不得我外公這一點上。

我家造屋是普安街壯麗的景象。過路行人無一不佇立觀望，人們羨忌的目光於我曾外祖父無疑是一種激勵。月光下的工地更是充滿夢幻之感，西湖上似乎傳來有南朝的弦管。這時，我不覺打了個寒顫，這可不是一幅廢墟的圖畫？我家造屋給普安街帶來輝煌的日子，上樑這一天，鞭炮大作，吉祥的歌兒唱不完，紅布懸在正中央，熱騰騰的饅頭飛過樑。封頂這一天，我家擺了流水席，街坊坐了半條街，喜慶的話兒說了幾大筐。這場面將我曾外祖父自己都驚呆了，他不曾想到他的人生裏竟會有這樣壯闊的場景。他腦子裏當然也會掠過那樣的念頭：「太過分了吧！」然而這念頭轉瞬即逝，他有些欲罷不能了。其實，這房子對我們家的摧毀不在於實力，而在於它培植了一股奢華的空氣，這是一股有毒素的空氣。「茹生記」的招牌懸掛起來，炮竹聲聲，紅色的火藥紙鋪了一地。我曾外祖父走到了他一生中的巔峯，他站在「茹生記」的招牌底下，想起他做夥計的日子。那時候，希望是多麼渺茫啊！他是一步一趨、一步一趨地走到了今天啊！我曾外祖父不由地鼻酸了。易動感情是茹繼生晚年的又一特徵，後來這還表現在易怒上面。茹家漊在這時湧上心頭，那是霧濛濛、水濛濛的一團，他想起門前河上浮游的鵝鴨，還有新桶的木脂清香。我決定讓我的祖輩們在這一年的清明回鄉掃墓，這可說是一次眞正的衣錦還鄉。這次還鄉的印象深深地刻進了茹家漊的王阿丑的記憶中，數十年而不忘。仁婆婆早在幾天前就接到了杭州來信，然後就去租船，再搖了那四明瓦大船去西興錢塘江邊接我曾外祖一家。他們共有五人，我曾外祖父、曾外祖母、我外公、我姑婆，還有我曾外祖父的兄弟，我當稱作曾外叔祖的那人。這一日的還鄉非同尋常，一夜之間消息傳遍。茹繼生可說是茹家漊一百年內出外闖蕩最成功的一人，他的創業故事轉眼間家喻戶曉。這時節，他那一兒一女都將到嫁娶年齡，人才出挑，叫人喜歡。我姑婆後來我見過，她瘦小精幹，細皮嫩肉，我估計她繼承的是我曾外祖母的遺傳，屬小家碧玉的類型。她當有點小姐脾氣。我外公則隨和得多，笑口常開。清明是放鷂子的季節，他放鷂子是一把好手，鷂子扶搖直上，霎時成一個黑點。我至今還有件事情想不明白，那就是為什麼我曾外祖父不為茹家溇做一點善事，留下蹤跡，好讓茹家溇的鄉黨記住他的名字。但我以為我曾外祖父一定心存此想，只是未及實施便家道中落，力所難及了，這也是叫人哀傷的。自從我家新屋座落在普安街上，還給這條勤勉殷實欣欣向榮的街道帶來過幾次轟動，一次是娶親，一次是火災。後來我去到昔日的普安街，老人們誰都不記得這兩個事件了。關於娶親，他們只說舊時代婚嫁總是熱鬧非凡，而後者，他們依稀記得後街煉油廠有過一次大火。但我相信我曾外祖母的話，這兩個事件是她老人家傳給我母親寥寥幾件事情中的兩件，因此，我也相信我母親的記憶。我外公娶的是南潯龐家的女兒，那天，陪嫁的箱籠擺了有半條普安街。龐家的豪富名震江南，是南方望族之一。他家女兒人未到，聲先聞。這是我曾外祖母繼茹家溇的回憶之後最愛回想的場景。我想她是很為娶進龐家的女兒驕傲的，這使我想起她那小工商者的卑微出身以及我曾外祖父世代箍桶的鄙俗歷史，龐家女兒給我們家族帶來了富貴的光彩。我曾外祖母忘不了我外婆進門時那情那景，半街箱籠是驚人奇觀。這是在普安街最興隆的日子裏，收繭季節，街上滿是外埠來的客商，走來走去，討價還價，南腔北調滿街飛。我外婆進門的那一個黃道吉日，正是春暖花開，她走下花轎的模樣總在我眼前，如雲如煙，如有如無。我相信這是一個轟動的日子，萬物齊醒，萬聲齊唔。我覺得我美麗的外婆，是我們家族一個迴光返照的徵候，她最後的完成了我們家由盛及衰的過渡。她還是我們家族最後一絲精氣神兒，一旦逝去，我們家便散了架，飛鳥各奔林了。我外公娶我外婆無疑是個大事件。

第二個大事件，火災，也是千眞萬確。普安街眞是沒有記性啊！火光燒紅大半個天。大火是在我家倉房裏燃起的，那倉房存放的是絲土，點火就起，呼啦一陣風就紅了天。那景象想起來我便覺得有些淒楚，城隍山上一片亂鐘，我家老少男女驚起而逃，火光映亮了窗戶的玻璃。這是恐怖的一夜。接下來的事情是在十分平靜的氣氛中一件接一件發生：押房子，賣家當，去上海。大火是我家新屋給普安街帶來的最後的宏觀場面。

現在應當說說龐家的事了。爲了解龐家我去了上海圖書館古籍部，我要求借一本最晚期的《南潯誌》。因在我印象中，龐家的發起是在半殖民半封建的近代中國，於是他們給了我一本民國的《南潯誌》。那幾十卷線裝書已破得不成樣子，手一觸摸便掉下鱗片似的紙屑。古籍部這地方使我喜歡，它使漫漫如煙的歷史變成可感可見。尋找龐家，我心中有些忐忑不安，我不知道這龐家是否大到足以載入史册。我還想，這是我最後一次翻閱史書了，在此之前，我查找了多少史書，差點兒被故紙堆活埋。不久前的一個夏季，我母親的一個舅母死了，他家兒女不知怎麼找到了我們家。去參加大殮的那天，我心情激動，尤其是靈堂高懸「南潯龐家」的横幅，使我有回到外婆家的感覺。龐家對我孤獨的心是一個極大的安慰。現在，我要翻開《南潯誌》了，我先選擇了「人物」這一欄，這裏卻出現有兩個龐氏，一名龐雲鐺，一名龐正達，這叫我陷入了困惑，哪一個是我外婆的龐家呢？兩者都有出色的成績與優良的操行，龐雲鐺是個實業家，龐正達則是個士，因此我便有些傾向於龐雲鐺。因我想起我外婆那半條普安街的陪嫁箱籠，這顯然是豪門氣派，而士這階層到了民國初年，早已是繡花枕頭一包草了。但最終使我決定選擇龐雲鐺作我外婆家的，則是他的傳記中有「童年十五習絲業」的字樣。「絲」這東西似與我家有著親緣關係，它是聯結我家姻緣的紐帶。傳記中還寫到咸豐十一年，太平天國占領南潯，龐雲鏳到上海避難，又一次做起絲繭的生意。書上這樣寫道：「視市盈虛與爲進退，獲利倍蓰，數年捨去，挾資歸里，買田宅，闢宗祠，置祀產，建義莊，蔚然爲望族。」我曾外祖父許就是在絲土生意中結識了龐家的人，然後定下我外公和外婆的這門親事。當年龐家能把如此清秀的女兒許給我們家，一定是以爲我曾外祖父的事業很有發展，我外公也很有希望。我家新屋唬住了他們，其實這只是個門面，裏頭早已空了。從記載中可看出，龐雲鏳是個極善經營的人物，具有實業家的頭腦。奇怪的是，他生意正在興隆時，卻爲何激流勇退，回到鄉里，熱中於行善積德。倘若他留在上海繼續發展，前程是非常遠大的。像他這樣一個實業家，照理不該有那樣的封建腦瓜，沉溺在「闢宗祠、置祀產、建義莊」這類玩意兒中。這時我想起關於龐家的一些傳說，不覺疑從心來，暫時按下不說。翻過「人物卷」之後，我又翻閱「宅邸」，我想像他這樣的大家，一定會給南潯留下宏偉的建築，爲南潯地方貢獻文化遺產。不料卻沒有龐雲鏳的宅邸，那龐正達倒有一處狀元樓，龐雲鏳的宅邸到哪裏去了呢？我再翻閱「圓陵」的卷目，豈不知道又冒出一個姓龐的，叫做龐元濟。這龐元濟在光緒年中造了一個園子，「宜園」，據書上寫是「前半畫閣重樓迴廊曲折，後則荷池數畝空曠宜人」。我接著翻閱了「善舉」的卷章，不想在這裏我得到了意外的收穫。內中記載有「承濟善堂」，是光緒二十二年裏人龐元濟龐元澂建，龐元濟這名字又一次出現了，龐元澂顯然是其兄弟，按下不提。其後有一篇長達數百字的「設立承濟善堂呈」，文中寫道：「職文一品封典四品銜候迭員外郎龐雲鏳」，我這才明白，龐元濟原來就是龐雲鏳的親兒子，也就算是我外婆家的人了，那宜園便也是我外婆娘家的園子了。三月陽春時節，我外婆走在園子裏是什麼模樣啊！關於「承濟善堂」的記載不僅使我明白了這兩龐之間的關係，還使我了解到龐家是很重視婦女的貞節的。「承濟善堂」用作於收留撫養本地方的守節孀婦，並給予權益保護，尤其支持守節的決心。這是龐雲鏳生前的一個大心願，後來未及完成便作了古，於是就由兩個兒子繼承遺志。我想，這「承濟善堂」對於南潯地方的風化一定大有貢獻，它爲南潯培養了數代貞節的女人。然而在我腦海裏，「承濟善堂」整肅端嚴的氣氛卻與宜園的嬌紈綺繡景色形成一幅強烈對比的奇異圖畫。龐雲鏳的又一遺願是建造「龐氏義莊」，在此義莊的規條記錄中，我還了解了龐氏的歷史。文章說：「龐氏自宋遷潯，始祖夷簡公發疾，繼由叔高祖東野公建宗祠於悚五圩，乃毀於兵燹」，從此可見，建立宗祠是龐家前仆後繼的事業，意在培養家族的凝聚力。這也是我在我母親她舅母、我當稱之爲舅外婆那人的靈前時所感受到的。

在那南潯龐家的橫幅之下，我體會到一股不散的精神，它穿越時間和空間的漫長隧道，至今還在，這是一種什麼力量呢？當我們到達殯廳時分，靈前已聚集起一大羣人，他們看我們的眼光，就像看兩個不速之客，我們完全成了外來的人了。那死者的兒女，我當稱爲表舅表姨的人們懷著悲哀而嚴肅的神情上前迎接我們。我有一種被接納的謙卑的快樂。就在這莊嚴悲哀的時刻，我母親出了一個大洋相。我早就發現我母親有些走神，她眼神恍惚，思緒飛到了幽深遙遠的地方。就在我表舅表姨緬懷故人的時候，我母親忽然湊近她的表兄，表情變得深邃，她說：你母親是否養過一隻猴子？我來不及拉她一下，她已經將這句褻瀆的話講完了。只見表舅的眼睛一下子乾了，他身體向後仰去，伸出雙手連連搖擺，說道：我們家從來不養這種畜類的！他把那隻猴子叫做「畜類」，流露出極其鄙薄的意思。我知道母親記憶猶深的那隻猴子又出現了，這猴子於我母親是一種家族關係的象徵，牠還具有穿針引線的作用。我母親繼而又想起一個細節，這一次她只對我一個人說了。她說，她還記得死者，也就是她的舅母，坐在電話機旁，打電話做棉紗線的生意。這情景大概差不離，打電話做棉紗線生意具有龐家的實業風範。現在我不得不提一下關於我母親她舅舅的傳說，也就是關於龐家的兩位公子。這傳說不知是否可靠，是否帶有一些詆毀的意思。這傳說是我曾外祖母告訴我母親的，也屬於她對她家族有限的記憶中的一件。這傳說有一種神祕帶有輪迴含義的氣息，它甚至還透露出埋藏極深的家族祕密。這傳說就是，母親她的兩個舅舅全是瘋子，當他們瘋得厲害時，便倚著窗戶，一張一張地往下扔鈔票。這情景有些怵目驚心，我好像看見他們倚在雕花窗欄前，臉上浮著茫然的微笑，一張一張地飄撒著紙幣。於是，在親友鄉鄰之間，便流傳起一些謠言。人們說，他們祖上做過傷陰騭的事，招來了報應。報應不報應我不敢說，但傷陰騭的說法觸動了我的心。我想起當年龐氏父子在南潯所做大量善事，不惜工本。我還想起龐雲鐳生意做到紅火處卻捨去回鄉的情節，他丟下蒸蒸日上的事業回家是懷了什麼樣的心情？他在上海這幾年的生活無從考證，但他在上海的兒子掙了極其可觀的一筆錢財卻沒有疑義。從他兒子的呈文中可以看出，龐雲鐳要行善的願望是刻骨銘心，至死不渝。他兒子建堂設莊所作所爲其實全爲了盡孝，他們再三說是繼承先父遺志，顯得他們是天下第一孝子。而他父親舉善的內心含義他們是否眞正懂得？這樣大張聲勢地行善總有點內心空虛的味道。龐元濟龐元澂的呈文給我一個其父死不瞑目的感覺，呈文中還透露給我龐雲鐳因病而亡的消息。我想，他在病中念念不忘「承濟善堂」，一直到死。那兩個舅公的瘋樣子總是在我眼前隱現，他們臉上的微笑帶有嘲弄的味道，令人膽寒。我繼而想起龐家三個女兒中有兩個短命的，她們全是花作肌膚玉作骨。她們一個嫁給上海赫赫有名的巨商朱家，年紀輕輕便喪了命，另一個早死的女兒則是我的外婆。

我外婆從進我家門到撒手歸西僅短短的幾年，在我們的家族史中，好比曇花燦爛一現，轉瞬即逝。她帶著半街的箱籠來我家時，心裏一定懷著美麗的希望，這希望全是在她淸靜純潔的閨閣之中點點滴滴積攢起來。杭州對她有著吸引，關於南宋的故事她一定聽得不少，〈蘇小小歌〉她也暗中唱過。西子湖這名稱最能打動她的心，像她這樣美麗的女子一定很會幻想。關於我外公這個人我想她聽人說起過，我外公一定也去過南潯她家，宜園的風景使他嘖嘖稱嘆，龐家的女兒更使他心醉神迷。我敢說我外公曾經去那園子攔截過我外婆，他處心積慮要一睹芳容。這傢伙在女人身上最會用心思，而且敢想敢幹。如同所有的浪蕩公子最易博得好女子的心，他顯得那樣風流倜儻，且厚臉厚皮。我外婆後來曉得他上門來求親，一定心生歡喜。出閣是每個女兒又怕又神往的夢，閨閣裏的夢幽靜而寧馨。我外婆進杭州想是乘船，船是美麗的物件，碧波蕩漾。我外婆是淌著眼淚進的杭州，她是爲她逝去的閨閣憑弔。洞房花燭夜溫柔繾綣，聽到窗外敲更的梆子聲，我外婆忽然想起〈蘇小小歌〉中的兩句：何處結同心，西陵松柏下。她想過之後便羞紅了臉。在這裏我想順便提一提我家嫁女的事情。我想大約在我外婆進我家一年之後，我姑婆出閣的日子也到了。我以爲，爲我姑婆出閣的事，我曾外祖母是傷透了腦筋。她想，嫁女的規格妝奩絕不能低於我外婆進門。這是我曾外祖母虛榮心上升的時機，她老人家選擇嫁女這一樁事來實現她對繁華人生的嚮往，就像我曾外祖父選擇造屋一樣。在這個問題上，我曾外祖母毫不苟且。這一回輪到我曾外祖父來唱對台戲了，吵嘴的事情也是經常發生。我曾外祖母不惜餘力爲我姑婆準備嫁妝，也引起了我外公的不滿。但像他這樣樂天的人，絕不會用吵架和生氣來表示自己的意見，他只是加緊花錢，尋歡作樂，補回損失。後來我姑婆的陪嫁除了大小箱籠，金銀首飾，還爲她買了一個小丫鬟，起名叫荷花。不多年之後，我曾外祖母親手從女兒家騙出來帶到上海去賣掉的，正是荷花這丫頭。至此爲止，我們家在普安街的輝煌場面全部上演完畢。

我母親出生和我外婆去世的地方，我在一個春節裏尋找到了。我要在新年裏找外婆家，是因爲新年是去外婆家的日子。孩子們都在這一天回到外婆家，嬉笑玩耍，吃糕吃餅。我早已說過，當別人走親戚家的時候，我們就走「同志」家，現在我要走外婆家去了。找外婆家我也費了好大的力氣。母親說她出生於天香里十三號，在上海這城市虹口地方，十三號這個門牌數可不是個吉數，是古代西方人行刑的日子。我爲找天香里特意去請教虹口區政府的朋友們。他們先是翻遍虹口區的路名誌，找出十幾個帶「天」字頭的里名。他們還找來在「八・一三」砲火中夷爲平地的「天」字頭的里名。可其中沒有天香里，甚至也沒有一個與天香里諧音的里名。我母親的記憶總是在最關鍵的時刻出錯。那朋友後來又去找來全上海市的路名誌，翻遍「八・一三」前後的所有資料，海裏撈針似的找出一個「天祥里」，卻是在當年的法租界盧灣區。這年春節，我便懷了回外婆家的心情去了天祥里。天祥里座落在鬧市中心的一條窄街，弄口是菜場，十分嘈雜。我走到弄口，看見過街樓上刻有「一九二五」的字樣。我的心怦然而動，我想起這是我母親出生的年代。我穿過長長、窄窄、擁擠，頭頂上萬國旗般曬滿衣衫、遮住天日的弄堂，到了那端的弄口。那面的過街樓上寫的是「一九二八」的字樣，這又是我外婆去世的年代。這兩個字樣好像是我們家族的兩個紀念碑，是生死相繼的墓誌銘。這是一條石庫門的弄堂，在上海這城市裏，可說是古老的模式了。它每兩排一組，以一座過街樓相接，連爲一體。那「一九二五」的字樣標誌著最早兩排房屋的落成，我母親所出生的十三號則是這兩排房屋的最後第二幢。起初這是兩層一幢的房子，如今的第三層顯然都是從曬台上加層搭建的。這房子大約沒有抽水馬桶，一些人家門前曬著刷淨的馬桶，弄內還有好幾個糞便管理站。但我想在一九二五年的上海，這新落成的房子一定顯得氣宇非凡，與周圍甚至保留至今的木板矮樓相比，是足見摩登的。這很合乎我外公今朝有酒今朝醉的性格，也合乎豪門朱家辦事的作風。我想我外公將杭州的老屋往錢莊裏一押，便寫信到上海讓他的連襟，也就是朱家公子爲他頂一處房子。他一定對他的破產一字不提，反對房子提出了許多要求。於是這一處新屋便以二十根金條頂了下來。二十根金條這個數是我母親說的，我想帶有想當然的成分，還帶有「我們家從前也闊過」的成分。以這房屋的落成時間來看，我外婆當年從杭州到上海時，肚裏正懷著我母親。住進天祥里不久，在這年的深秋，我母親便呱呱落地了。我還想像，我母親出生後的最初三年，也就是我外婆在世的最後三年，都是在造房子的打夯聲中度過。在他們房子後邊，新房一排一排平地而起，直起到最後一排，我外婆死了。這長弄我一走進去就有種到了老家的又親切又陳舊的感覺，我依稀覺著這地方我似乎來過。這是那類有著強烈的走親戚空氣的里弄，它們始終有著身穿新衣手提禮品的人走來走去，顯得熱鬧非凡。

我想，我們家的流年不利是以我曾外祖父去世開始。我曾外祖父大約是因腦溢血而死，像他這樣高大肥胖、紅光滿面的人大都有血壓高的病症。從我母親的血壓高來看，也像是有家族史的。在我曾外祖父晚年的時候，他應是容易激動，脾氣暴躁，這既是高血壓的症狀，又會加重症狀，甚至誘發中風。我想所有的事情都發生在一年之中，這一年裏，倒楣的事接踵而至。我這樣想的根據來自普安街我家老屋的當今主人，他從我們家買下這房子一直住到今天。我家房子押在錢莊就是他說的，他描繪我家當時情景用了四個字「一塌糊塗」。這「一塌糊塗」四個字給我的印象便是「屋漏偏逢連日雨，船破卻遇頂頭風」。我曾外祖父的晚年是相當不順心的，他明顯感到力不從心。我曾外祖父的晚年還很孤獨，他和我曾外祖母多年來的口角此時演化成尖銳的對抗心理。他們倆變得水火不相容，三句話不對就爆發一場戰爭。最後，他們幾乎不共戴天。然而我以爲我曾外祖母其實是我曾外祖父唯一的可以發洩怨氣的人。他辛勤一生，有過蒸蒸日上的時光，如今他卻已經看見了衰敗的徵象。這衰敗的徵象可說處處皆是，他早起出門，看見出殯的隊伍；他夜晚上床聽見貓頭鷹叫；他吃飯捧了個缺口的碗；他穿鞋腳上扎了個釘。這不吉的徵兆使他心悸，他惶惶的，一肚子怒氣又沒人說。在茹繼生晚年的時候，他還最怕過年，每過一年他便想自己壽命又少去了一年，衰老向他襲來。這時候他想起了兒子，兒子能把他過不完的歲月接著過下去嗎？悲哀不由湧上心來。其實這才是他內心深感的眞正不幸，但這不幸是茹繼生不敢正視的，所以，他便只有找些旁枝錯節糾纏不休，那就是去仇恨我曾外祖母。我曾外祖父一想到我外公，心中就充滿虛空的感覺，他覺得自己一生都是無益的，是浪費的。這是老年人最要不得的心情，正是這心情害了我曾外祖父的晚年，促進死亡的來臨。因此，我曾外祖父的晚年是在頹喪和消沉的空氣中度過，酒是他唯一的夥伴。紹興的黃酒是一種溫和的催死劑，它不像烈酒暴躁如火，它是如水中暗流一樣緩緩的，不動聲色的。我想，死的那天，我曾外祖父是有預感的。他應該穿戴一新，關上房門，靜靜地躺在床上，腳上穿著鞋襪。他的家人如同往常一樣忙碌與吵鬧，我曾外祖母不休不撓的嘮叨，和著我外公的朗聲說笑，使我們家有一種過節的氣氛。他的死是到傍晚點燈時分發現的，隨即，我們家又被一股喪事的熱鬧氣氛籠罩。我外公突然激昂起來，他涙流滿面，決定要做一回孝子。這次殯葬儀式是我外公有生以來親手主持的第一個大場面，以後還有第二個，就是我外婆的葬禮。辦葬禮他變得熱情滿懷，不辭勞苦，不惜代價，他每日從賬房取走的錢如水流淌。大殮這一日，他披麻戴孝，舉著幡旗，他那樣一個魁偉男子，卻哭成了個淚人兒。我曾外祖父大殮的一日，應當是我們家親戚大集會的一日，兄弟茹繼衛來了，龐家也當派代表來，我姑婆姑爺都來了，大家穿著雪白的孝服，嗚嗚咽咽走在普安街上。穿著重孝的我外婆當是個什麼模樣？俗話說：若要俏，常帶三分孝，那當是沉魚落雁之態吧！我曾外祖父的一生就這樣結束了，他的業績最後是以那幢房子爲象徵，一直保存至今，白螞蟻爬滿每一個角落。我曾外祖父的靈柩最後沒有護送回原籍，倘若有過這幕，定會在鄉人王阿丑心中刻下不滅的記憶。我想我外公在杭州城裏演完孝子的戲劇，就已興味索然，再要他回家鄉演一遍，一是沒有精力，二是沒有財力，三也缺乏情緒。我外公是個追求情緒的人，無情無緒的事他是不幹的。我無法知道我曾外祖父最後葬在何處，這是一個傷心的結局；杭州再好，都是客地。我家祖上的墳墓，就此開始零散各處，最後無影無蹤。

我曾外祖父屍骨未寒，一場大火將我家庫房燒成瓦礫。關於我們家的這場大火，當年在街坊中間引起了許多猜測。人們說，在燒這把火之前，這庫房其實已是一間空屋，早已被明裏暗裏拿得差不多了。這一把火是和滅贓差不多的，叫你有賬無處查。這是一種唯物論的說法，另有一種唯心論的則說是天火燒，人們懷疑我們家祖墳的風水有問題，因此命裏注定是一場空。「天火燒」這句話聽起來有些刻毒，可我們畢竟迴避不了敗家的事實。「天意」是個可以解釋一切的說法，有了它我們便無須再多說什麼，但要按唯物論的前種說法，我們還可以再饒舌一陣。我想，誰來放這把火的，可有三種假設。最容易使人想到的是我外公，他隔三岔五地從賬上支錢，爲這我曾外祖父與他定有過幾次驚天動地的爭吵。當他們父子爭吵時，我曾外祖母便在一邊嘮叨，數落這，數落那。我外婆則躲在屋裏繡她的鞋面，一副充耳不聞的樣子。我曾外祖父吩咐賬上，再不許由他支錢。可這個絕對難不倒我外公。他不再去支錢，而是到庫房拿貨。我想，絲土這樣東西，在絲織生產工業化發展的當時，應是搶手的原料，我外公當以低於市價的價格出手，換來他的零用錢。他覺得這比直接從賬上支錢還有意思，他好像也在做買賣。他上茶館去，請了中人。他想這錢可算是自己掙來的，費了心機、手腳、口舌，還有茶錢。他體會到錢的來之不易，花起來也更加有滋味，更加踏實了。我們家的庫房就這樣一天空似一天。等到有一日，他忽然發現庫房裏囤的貨已挪得差不多了，他這才有些慌神，心想：這事萬一要追究起來可怎麼得了？他開始想著往夥計身上賴，卻覺得未免太傷天良。就在這時候，我曾外祖父死了，這事情簡直是救了他。暫且不會有人來追究庫房的事了！同時，辦喪事也強烈地吸引了他。他見過別人家裏的喪事，那場面的悲壯熱烈使他很受感動，這一回輪到自己家了，他怎能不好好地做一回給別人家瞧瞧呢？辦喪事時，他又能在賬上支錢了。不過，大殮的時候，我外公的哭，有一大半是眞的傷了心。他想起我曾外祖父在世時的般般好處，他想我曾外祖父不在的日子可怎麼是好，庫房的事這時又湧上心頭。他還想我曾外祖父原來是一棵大樹，他就是大樹下乘涼的人，現在大樹倒了，他不由地淚如泉湧。過後的幾天，我外公常常一人坐著發愣，七斤公公已經說過幾回要整理賬目囤貨什麼的，他說老東家死了不能復生，少東家應當打起精神再接著做生意發財。我外公推了幾回，說身上不舒服，又沒心思。他想事情要是敗露，我曾外祖母該怎樣罵個不休，夥計們該怎樣看笑話，街坊鄰居本以爲他們是個富戶，這回也就丟了臉，再要傳到妹妹的婆家，岳丈龐家，還有連襟朱家，是多麼叫人瞧不起啊！我外公這才發現了事情的嚴重性，被人瞧不起最能傷他的心了。夜深人靜，我外公從床上悄悄起來，貓似的下了樓，穿過院子。月光如洗，將他的影子照在花石子拼嵌的甬道上。我外公打著哆嗦，走進了庫房，他聽見自己腳步在空蕩蕩的四壁間激起了回聲。他害怕得要命，傷心得要命，他想他竟然在幹殺人放火這樣的事了！他劃著火柴，他的身影陡地從背後升起，罩住頭頂，他打了個寒噤，火種落在了地上。大火沖天而起時，我外婆正在夢中的宜園，楊柳絲絲。第二種推測是我曾外祖母放的火。前邊說過，她有一個兄弟，熱愛藝術，他想開一個的篤班或者是魔術班子，然後四處跑碼頭演出。他沒有經營頭腦，蝕比賺多，還常常叫人拐騙了樂器行頭和女戲子。他花完了家裏的銀子，變賣了生意買賣，抵押了房子，最後就想到了他的姊姊，就是我曾外祖母。他出現在我家後門時風度翩翩，清秀俊逸，他說話就像唱戲那麼好聽，他對家裏夥計都溫文爾雅，禮數周全。我想，我曾外祖母先是動用了自己的陪嫁，她將她的陪嫁一件一件地拿給了她兄弟。給他陪嫁這事傷了我外公的心，他早已垂涎於我曾外祖母那幾件成色很足的金銀首飾。這些陪嫁首飾有一部分是我曾外祖父錢不湊手時拿去折價的。說好是借，可一家人的事，誰也沒有認真，最多是吵嘴時舌頭上翻幾遍。又一部分墊了我姑婆出嫁時的箱底。剩下的都給了她兄弟，我外公一件沒得到。這時候，她的陪嫁都已殆盡，再拿什麼接濟兄弟呢？當她發現我外公走進庫房時不由心頭一亮。於是，我曾外祖母就開始從庫房中拿貨了。她把東西直接交給她那兄弟，讓他去出手。他貨拿在手裏，不出兩條街就三錢不值兩錢的拋出手。不知不覺地，有一天我曾外祖母發現庫房已成了一座空房。我曾外祖父出殯的那一日，我曾外祖母是懷了絕望的心情，她木然想道：這個家算是徹底地完了。她從進這個家門直到現在的每個場景從她眼前拉洋片似的拉過，她覺得腳下每一步不是給男人送葬，倒像是往自己的末路上走。我曾外祖母是個迷信的人，她相信靈魂不滅這一說。那幾日，她夜夜聽見我曾外祖父的腳步，窸窸窣窣，上上下下地找著什麼。當那腳步漸漸隱去時，她就想：他去庫房啦！她覺得我曾外祖父的靈魂就在那空蕩蕩的庫房裏遊蕩，在所剩無幾的貨物之間梭行。她還夢見我曾外祖父與她搶奪賬本，要去庫房點貨。這種恐怖的景象使我曾外祖母喪失了理智。有一晚，她鬼使神差地從床上起來，下了樓去。月光如洗，將她的身影照在五色石子的天井地上，她走進庫房，在黑暗中聽見了自己腳步的回聲。我曾外祖母潸然淚下，她在心裏連連說著「造孽」，就點著了火，火光突起。我外婆正在宜園打著秋千，和她短命的姊姊一起，一悠一悠。第三種說法也是一種較爲流行的說法，那就是我家夥計點的火。事情還是從我外公開的頭，我曾外祖母效法，他們今天你、明天我地從庫房裏拿走貨，掖著藏著出了門。夥計們看著這已經家不是家、業不是業的樣子，誰不趁亂撈上幾把？這會不會就是七斤公公幹的？他想他不拿別人也會拿，與其別人拿不如他來拿。以賬房的身分幹這事，最是萬無一失了。總之，這時候，我家的庫房是個熱鬧之地，老闆娘、少東家、夥計們，走馬燈似的從裏頭過往，漸漸地成了一座空房。放火的這一夜萬籟俱寂，月黑風高，火光陡起，城隍山頂便是一陣疾鐘，當當地震動了夜空。明月這時才升起，是一彎下弦月。人們紛紛披衣起身，推窗瞭望。我曾外祖父的庫房在火光中化爲灰燼。

闔家舉遷上海當是快樂的日子，彷彿又回到了從前。上海是一個神奇的地方，是一個不夜城。我外公典押了房子，這房子還是九成新。他還清了債務。這些債主在曾外祖父死後，便蜂擁而來，擠滿了我家的客廳。那是一幅眞正破產的情景，我們家庫房的火災殘局還未理清，一片狼藉。待到清完債務，便安靜下來，再沒人上門，可謂門可羅雀。辭退了夥計傭僕，一大幢房子裏便只剩下我外公、我外婆，和我曾外祖母三個人了。決定去上海的主意是我外公出的，上海這地方是機會很多的地方，多少癟子乞丐在那裏白手起家，成了富翁，關於上海的故事眞是說也說不完啊！上海還有連襟朱家，俗話說：上海道台一顆印，比不上朱家一封信。單憑是他家親戚這點，就可有種種便利。這主意不算差，我曾外祖母破天荒頭一遭沒和我外公唱反調。這時，我外婆的身子已經很重，懷的是我母親。這時間當是一九二五年的初秋，杭州的夜晚已經有了絲絲涼意。他們一家三口坐在涼爽的花廳裏，聽我外公講著上海的旖旎故事。押了房子要去上海的日子裏，我們家出現了和睦與希望的氣象。不知道他們在杭州最後幾日的心情是如何，這房子一磚一瓦一木一石似乎還沒有溫熱，窗簷上摩登的雕花還是那麼呼之欲出的新鮮模樣。我知道我外公是個向前看的人，上海又是他喜歡的地方，他人還沒到上海，心裏已經瞧不起杭州了。而我曾外祖母已到了懷舊的年紀，她對這房子是不敢多看多想了，可她是個硬朗的女人，天大的事一甩頭也就過去了。我外婆出這門時就和進這門時一樣年輕、新鮮，還是新嫁娘的模樣。上海吸引著她的好奇心，朱家的姊妹引發她的手足之情，她隨了丈夫婆母高高興興地上了火車。我外婆坐在車窗邊，剝著蓮蓬裏青青的蓮心吃，一邊望著窗外的景致。我外婆那時不過二十出頭，其實還是個孩子，她喜歡火車啊一類的新鮮事，也不足爲怪。我外公一上火車就像上了他家似的，分外殷勤活躍，買東買西，要茶要水，將婆媳二人服侍得妥妥帖帖。這時候，上海天祥里十三號正等著他們的到來。在遙遠的一九二五年，天祥里的房子在上海可算是面目一新，天祥里的建房規畫也可算是恢宏壯大。僅僅靠錢是頂不下來的，還得靠臉面。朱家爲我們家頂下了十三號這一幢。其時，在朱家爲媳的已不是我外婆的姊姊，而是我外婆的妹妹，她是續弦。她們三姊妹中剩了兩姊妹，更是親密無間，相依爲命。朱氏這一家也是個後起之秀。早先，道光年間，祖上任綠營軍官，後來患病退職，家道便趨貧困。這才來到上海學生意，最終成爲上海商界的風雲人物。

再說我外公一家來到上海，住進天祥里十三號。我外公家雇傭了女傭人，還雇了一架包月的黃包車，車上有黑漆布篷，座位扶手兩側還有兩盞玻璃電石燈，這就是我外公的風格。那時候，天祥里的居民絕不像今天這樣擁擠，滿目是人。那時這裏很清靜，出了弄口再拐彎的大馬路上想已有了電車，偶爾間當當地開過去聲音傳進窗戶，聽來像音樂一樣悅耳。天祥里的地面也沒有破碎，平平整整。傭人們的規矩都很嚴，不可東家串西家的聊天。我想自從來到上海，我那姨婆便成了我們家的座上客，並且樣樣事情親臨指導，我曾外祖母想，這倒好，跑到上海找了個婆婆。我以爲，在這裏我曾外祖母和我姨婆就結下了芥蒂，這也是我姨婆後來薄情寡義的原因之一。就這樣我母親降生了。這應是深秋時分，杭州城裏的桂花也已謝了。那時候，朱家的包車常常在午後三、四點的時分停在我家門前，從車上走下母親的姨母。我外婆早已從二樓窗戶看見，吩咐傭人下去開門。我姨婆從來是走前門，體現出她的身分。她這一來必要到晚上九點左右才回家。她進了門，我外婆已在客堂裏迎候她，她們手挽手地走過客堂，上了樓去，圍一張圓桌坐下說話。姊妹們在了一起，做女兒的時光便回到眼前。我想，這裏當是一堂深色的柚木家具，這使得房間裏的光線有點幽暗，卻暖意融融。她們喝著茶，說著家長里短和姊妹情話，不知覺中太陽已經西下。這一幅情景非常美麗，帶有寧馨的閨閣氣息。這是一段好時光，上海的落日在街道上流連。這時間，我外公他多半不在，他總是那麼表情鄭重，忙忙碌碌，坐著他的包車，走東走西。我想，黃浦江畔的高樓是最給他懸想和激情的，他早已將杭州拋在了腦後。我估計，朱家一定會給他找個事做。朱家投資有許多重要的企業、商行，謀個飯碗還不是輕而易舉。我外公初來上海時，想也坐了幾天寫字間，可坐寫字間立即叫他膩味。像他這樣精力充沛，猴子屁股坐不住的人，哪裏坐得寫字間啊！他大約好歹捱過了一個月，領了薪水便一去不回。這顯然是一件不給朱家面子的事，也使我姨婆做了難人。這也是日後我姨婆對我們家的遭際持冷淡態度的原因之一。但這事並沒有妨害她們姊妹間的情義，只是我姨婆從此見了我外公，話裏總是夾槍帶棒，叫他心裏有數。我姨婆一般總是在我們家吃的晚飯，她們最愛吃的是一碗家鄉的臘肉。吃飯時，通常就只她們倆，我曾外祖母總是借由走開，不與她們同桌。我想這舉動裏大約有兩層意思，其一是我曾外祖母是個世故而識趣的人，到上海後，事事都要仰仗朱家，我曾外祖母是很明白尊卑之分的；其二，我曾外祖母是個自尊且要強的人，她想，不管怎麼，她還是個做婆婆的，長幼之分我曾外祖母也是很明白的。這樣，我曾外祖母就讓傭人把她們姊妹的飯端上樓來，自己則和我母親在樓下客堂吃。我外公多半是在外吃晚飯。來到上海不久，我想以他隨和瀟灑的性格，結識一幫新朋友是不成問題的。而且，吃大菜也叫他喜歡。他在外逛到八點左右，才乘著包車回家。這時，街燈亮了，霓虹燈也亮了，上海的夜晚燈河似的，真叫他喜歡。他車座兩邊的兩盞電石玻璃燈就像這燈河裏的兩顆小星，這使他覺得自己匯入了上海的潮流。他吃得飽飽的，他的車伕也吃得飽飽的，腳下生風，呼啦啦地往前去。他回到家，走上樓梯時，我外婆她們正用銀簪子捅蓮心，一顆一顆的。見我外公進來，我外婆照例問一句：晚飯吃了嗎？不等我外公回答，我姨婆便會笑著說：姊姊你不用問，看他那樣子就是吃了大菜才回來的。我外公也笑著說：果真是吃的大菜。見他這樣皮厚，我姨婆不覺有些惱，臉上卻更笑了，說：是哪一個洋行大班請的你，是在哪裏高就了吧？這話說得連我外婆臉上都有些掛不住，可我外公卻還與她一句去一句來，句句話裏都是打趣，可也透著伏小屈就的意思。這既是我外公的骨頭賤，也是我外公通諳世故。待到我外公嘿嘿笑著再也說不出話，我姨婆的惱也漸漸消去，蓮子也捅得差不多了，我姨婆就要走了。我外婆將她送下樓，直送到天井裏，大門外，朱家的包車早已候著了。這時，我姨婆望了望黑影裏我外婆的面龐，她心中會一陣傷感。她想，她一個姊姊是個苦命的，有福不能享，做了個孤魂苦鬼；這一個姊姊恐也不是個福壽之人。我姨婆是她們姊妹中最強硬的一個，也是最長壽的一個，她一直活到文化大革命在弄堂裏敲著畚箕遊街，然後才壽終正寢。這時，她拉著我外婆的手，想叮囑句什麼卻又不知叮囑什麼，最後嘆了一口氣，丟下我外婆的手轉身上車，走了。我外婆要在門口佇立一時，目送她姊妹出了小弄，拐出了大弄口。那車軲轆輕快地壓過水泥地面的聲音，在夜裏聽起來很好聽。

這樣的日子一天一天過去，春去秋來。天祥里的房子，兩排一座，兩排一座地向縱深展開，弄前的馬路也變得熙攘起來。轉眼間，一九二八這不幸的一年來到了。一九二八年，我的外婆染上了白喉。白喉這病是急性傳染病，多見於秋冬。因此我想，外婆染病是在樹葉凋零的深秋季節。那病來勢很凶，上午她還好好的，下午便躺倒了。她發著高燒，喉嚨又腫又痛，嚥不下東西。她躺在床上，開始還讓我母親坐在腳跟玩著，後來就睜不動眼睛了。白喉這東西，書上說，應當用青黴素和抗毒血清。青黴素恰恰就是在這一九二八年由一個英國人發明，等傳來中國，還須過一段時間。血清的應用，我想那時也還沒有普及。所以，我估計當時爲我外婆請的是中醫，中醫將此症狀視爲躁火傷陰和痰濁壅肺，需要養陰清肺，豁痰利嚥，清熱解毒。頭兩服藥吃下去我想還是見效的，我外婆覺得呑嚥好了些，熱度也退了些，可是後幾服藥卻不再見效了，一切如初。這時候，我們家才眞正地著了慌，趕緊去向朱家報信。我姨婆當是帶了她的洗漱梳妝用品來到我家，她一直到我外婆死都沒有離開我家，她始終坐在我外婆的床邊，指揮大小一應事物。她吩咐我外公去請哪家的醫生，又吩咐我外公去哪家藥鋪抓藥，她親自監督女傭煎藥。我外公被她差使得像個陀螺似的，這又叫我曾外祖母看了不高興，不過礙著我外婆的病重，不好流露。這幾日，我們家樓上樓下充滿了藥香，打開櫥櫃都有一股苦味，這是我外婆最後的氣息。她本是玉精神、花模樣，在最後的時刻，斂盡精元血氣，化成這一股百草香味。她一直昏沉而睡，偶爾睜開眼，看看我姨婆，就又閉上了眼。到了這日，什麼方子都試過了，什麼法子都用盡了，我外公走上樓對我姨婆說，不如早日料理後事，免得到時措手不及，更說不定沖一沖僥倖能沖好了。這時我姨婆流下淚來，這一日雖是她早已隱約料到的，可沒想到竟就這麼樣到了眼前。她哭了半天，才抬頭說了一句，備口好棺木。後來，棺材抬進了我家天井，我家兩扇黑漆前門敞開了，棺材抬了進去。我在天祥里十三號的大門前，想像著這一情景，一具棺木運行在寧靜的弄堂裏是多麼淒涼。後來，我外婆死了，這是香消玉沉的一刻，我們家最高貴美麗的景象消逝了。我外婆的喪事是我們家族最後的聚合，從此就要離散，人不見人，鬼不見鬼。我外公撕了朱家送來的燈籠，掛上「狀元及第」燈籠的事情就在此發生。這是我外公來到上海後頭一次明目張膽地殺了朱家的威風，使我姨婆下不來台。我想，這又是一個造成我們與朱家芥蒂的原因。「狀元及第」的大紅燈籠掛在我外婆的靈柩之上，我外婆長眠不醒，我們家大門日夜敞開著，隨時迎客，我們家燈火通明，日夜不熄。上海的夜晚其實很寂寥，喧囂只是表面。如花似玉的我外婆轉眼間花落枝折，就好比一個夢，藥香已經消散，取而代之的是香燭的氣息。外婆死後，緊接著我外公就離家出走，撇下我曾外祖母和我母親這一老一小。我曾外祖母四處打聽我外公的消息，後聽人說他在了杭州，便帶我母親離開了上海。這一切我想都發生在悲慘的一九二八年，這祖孫二人離開天祥里十三號時，天祥里最後一幢房子已經落成。就此，天祥里這一宏偉的民居建築全部完工，通向那端馬路的路口上方，刻上了「一九二八」的字樣，這是一個永不磨滅的記錄。我曾外祖母離開天祥里是這年年底，樹葉落盡，北風乍起，她們乘上開往杭州的火車。從此開始了我前邊說過的，上海與杭州之間的無盡的漂流。

關於我外公出走以後，還有幾件要說的事情，他是我們這家族離散的尾聲。當我曾外祖母回到杭州找到他時，他正與他那窰子裏的相好姘居。我猜想那相好的模樣及不上我外婆一半，可卻有情有義。像她那樣的風塵中人，最懂得人間冷暖，她在我外公喪魂落魄的時候收容了他，供他衣食住行。我曾外祖母一找到我外公便破口大罵，她稱他們爲狗男女們、婊子和惡棍。我曾外祖母直罵得四方鄰里都探出頭來張望，過路行人也駐步昂頭。我外公又告饒，又賠笑，最後還拿出錢來，我曾外祖母拿起錢便頭也不回地走了。從此，我曾外祖母每隔一段來罵一陣，罵完之後拿錢就走。我想我曾外祖母罵兒子的時候一定傷透了心，她曉得這錢其實不是兒子的，而是那婊子的，她罵兒子也是在罵自己。罵自己竟然淪落到了這一步，要向那婊子討飯吃了。然而，有一天，我曾外祖母又來到那婊子窗下，怎麼罵卻也不見動靜，那窗扉靜靜地閉著。我曾外祖母不覺收了聲氣，再向鄰人打聽。回說那男的走了，那女的也走了。至於他們倆是不是一處走，又走去了哪裏，一概不知。外公以一個出走的形象結束了我們家族的全部故事，無論怎麼說，這都是一個浪漫的行爲。我眼前好像出現了我外公的背影，寬肩長身，飄然而去。

跋

我出生在南京一個叫做馬標的地方，那是清代的一個養馬場，後來做了我們解放軍的大軍區所在地。我的父母跟隨大軍打過長江，解放了上海。他們在上海的街頭演出大型歌劇《白毛女》，演奏以陝北米脂秧歌爲素材的〈春節序曲〉，使這個十里洋場充滿了延安的空氣。據說當時我父親是《白毛女》的導演，我母親則扮演其中的配角張二嬸，這就促成了他們的戀愛關係。我有點遺憾我母親扮演的不是女主角楊喜兒，女主角和男導演戀愛的故事更浪漫也更光榮一些。我父親是從遙遠的南洋羣島來到中國投奔革命，從此和他們家斷了音信。他和我母親都屬城市小知識分子成分，經過嚴格的鍛鍊和篩選，才眞正成爲革命隊伍中的一員。他們大約是在解放上海這城市的時候初步接觸到戀愛這個人生課題，等到他們完成接受上海的任務，隨部隊到了南京的軍區所在地，那個叫做馬標的地方，他們的愛情已趨成熟，然後就有了我。所以，我也可說是革命的果實。在南京的一年時間，我沒有一點記憶，據說許多「同志」抱過我，那時我就像個肉球。那時我過著兵營一樣的生活，我隨了我的奶媽，和十幾個奶媽加孩子住一間大房子裏。早上，奶媽們抱著我們看戰士出操，站在操場邊的太陽地，一人懷裏一個肉球，然後一起餵奶。我想，那情形就像現代化的養雞場。我的奶媽是六合人，長得很漂亮，可惜我一點沒有印象。後來，我就同母親一起去了上海，如最先所說，坐在一個痰盂上地到了這城市。我們起先住在一家飯店，地處熱鬧的市中心，霓虹燈徹夜不滅。我想我頭一晚上大發高燒，大約是被霓虹燈嚇著了。我們的臨街窗戶即使拉上窗簾，也擋不住燈光的閃爍，一忽兒像白晝，一忽兒像黑夜。我母親到這城市當說是故地重歸，她卻儼然是一副外來者的面目。她不說這城市的語言，她不穿這城市的流行服裝，她從不打算和這城市的親屬們重敍舊情。我是到很久以後才知道母親原來是出生在這城市的，這個發現叫我很激動，它使我感覺到自己和這城市的親緣關係，它在某種程度上緩解了我的孤獨。姨婆家的大房子是一個象徵，那是我孤獨童年中的一個夢幻，它隨了我的長大漸漸消失，退出了我的視線。

後來我做了作家。有時我回顧我成爲作家的過程，我想起我最初的寫作是看圖說話〈白兔和灰兔〉，是在二年級的作文課程上。灰兔和白兔各有一擔白菜，灰兔吃了，白兔卻留下了菜籽，種在地裏，來年又收割了白菜。我寫得非常長，大大超過了一百字的要求，我爲灰兔和白兔編寫了很多對話，牠們一句去一句來，總也結束不了了。其實我是在和自己說話啊！有這兩隻兔子作替身，眞是太妙了。後來，我就想，我做作家其實是要獲得一種權利，那就是虛構的權利。虛構這事情就好比白兔將菜籽種在地裏，來年又收割了白菜。於是我便牢牢握住虛構這武器，一握就是幾十年。我虛構這虛構那，虛構也是需要材料的，就像看圖說話中的那幅圖一樣。我採集了我記憶中的景觀，還採集了視野內的景觀，我採集這些景觀是以由遠及近的排列順序。現在，我發現虛構的武器已經來到我自己的鼻子底下，我成了最後的景觀了。虛構自己眞是個難事，我是那樣孤零零的一個，上不著天，下不著地。可是虛構的武器就像命運一樣落在我的身上，我應該怎麼辦呢？

這孩子做作家眞是作繭自縛啊！可像她這樣害怕孤獨的孩子除了做作家還能做什麼？作家是那種以假想世界來安慰眞實人生的魔術師，俗話就叫人類靈魂工程師。至於是何種假想世界，作家們各取所需，讀者們也各取所需。這孩子的孤獨還有一個原因。那就是她周圍的人全都對孤獨習以爲常，坦然接受，獨有她惴惴不安。很小的一點事情都會激發起她的深深的孤獨感，比如某家的祭祖儀式、過年時人們的走親戚，等等。而當她忽然看見虛構的武器直指她自己，她好像被利刃的光芒照亮了一般，她陡地明白，消除她孤獨的日子來臨了。她認識到這樣一個事實之後便平靜了下來。如最先所說，她以計算的方法歸納成縱和橫兩個空間，讓虛構在此相離又相交的兩維之中展開。我以交叉的形式輪番敍述這兩個虛構世界。我虛構我家族的歷史，將此視作我的縱向關係，這是一種生命性質的關係，是一個浩瀚的工程。我驟然間來到躍馬橫戈的古代漠北，英雄氣十足。爲使血緣傳遞至我，我小心翼翼又大膽妄爲地越朝越代，九死而一生。我還虛構我的社會，將此視作我的橫向關係，這則是一種人生性質的關係，也是個傷腦筋的工程。我還是採取這城市教給我的歸納的方式，將社會關係歸爲幾種。這關係有時很不好分，它錯綜複雜，盤根交節。我希望這兩類關係放在一起有一種美麗的形式，後來我設計那縱向的關係如一棵樹，那橫向的關係如周圍的水波，一圈一圈盪漾開來。這是一幅田園風景，我們這城市已很少見了。我在虛構的時候往往有一種奇妙的逆反心理，越是抽象的虛構，我越是要求有具體的景觀作基礎。我想這是一個辯證的道理，就像是樹的根扎得越深，樹身就越長得高，並且枝繁葉茂。還像是風箏的線拉得越牢，風箏就飛得越高。我想這裏是一種反作用力，具體對抽象的作用大約就在此。此外，我還設想，當具體與抽象各自走向極端時，中間的幅度便也張開了。因此，我在虛構這縱橫兩個世界時，我努力要做的，就是尋找現實的依據。我一頭扎進故紙堆裏，翻看二十五史，從中尋找蛛絲馬跡。我還留心於現實的細節，將此細節一絲不苟地寫在我的虛構中。我甚至以推理和考古的方式去進行虛構，懸念迭起，連自己都被吸引住了。這虛構活動確實令我愉快，它耗盡了我的精神和情感，在三百多個日日夜夜之中，我陡地發現這兩維空間已像大壩似的合攏了。這一天是溫柔而激動地到來。現在剩下的事情，就是爲它起名了。

我最早想叫它爲「上海故事」，這是個具有通俗意味的名稱。取「上海」這兩個字，是因爲它是個眞實的城市，是我拿來作背景的地名，但我其實賦與它抽象的廣闊含義。「故事」這詞既包括有眞實的意思，也包括有虛擬的意思。這名字跟隨了我一直走到中途，我覺得它有一股俗世的味道，它容易使人墮入具體化的陷阱，於是我放棄了它。我又以「茹家漊」這地方來命名它，我把希望寄託在「茹家漊」上。它一是實有其地，符合我具體化的要求，二是它是根源的象徵，可對我的虛構作一個涵蓋。但我很快發現，它只能擔負我虛構縱向關係的涵蓋任務，於虛構橫向關係無關。後來，我就想以「詩」這字來起名，比如「教育詩」那樣的，這名字我一直很喜歡，總想著將來自己也要這麼來一次。什麼詩呢？我想不出類似「教育詩」裏「教育」這個具有概括力的名詞，好來綴上「詩」這個字。我能以什麼詞來概括這東西呢？我想到「尋根」二字，可「尋根」這詞令人能想起的也只是縱向的世界，雖然橫向的世界其實於我們人生也具有「根」的意義，但它畢竟有著狹義的表象。虛構橫向世界當以什麼字來命名？「合圍」這兩個字嗎？後來我想還是簡而言之，美名其曰「創造世界」，有個朋友卻說，乾脆叫「創世記」得了。「創世記」聽起來就像是「創世紀」，叫人想起《聖經》和《聖經》裏的上帝。而我是個沒有宗教無根的遊子。最後我認定，乾脆將我創造這紙上世界的方法，也就是所謂「創世」的方法公諸於衆，那就是《紀實與虛構》。有了名字，一個降生才變成眞實的存在。現在，誰也無法取消和否認它了。這是多麼歡欣鼓舞的一刻啊！

關於《紀實與虛構》的對話

吳亮：

在這樣的一個間隙（既是大衆的慶典時分又是精神的午夜），我居然能讀完你二十餘萬字的敍事作品（還是那麼冗長），連我都覺得驚異。應當如實地承認：我感到了一種不常有的震動。這與我們共同生活於其中的環境無關，也不是因爲你的作品引起了我對周圍狀況的思考（你的《叔叔的故事》就因它的所指性過於明朗，被衆多批評家認定是一種特定的，關於一代人或兩代人的精神道路的描述）——而是，你對消亡的一切人與事的傷悼、個人的偶然存在與介入世界的邊緣性孤寂以及企圖召喚回那個逝去的世界、種族、血脈和情感網絡的絕望努力，眞正地實現在紙上，實現在寫作中，也因此而觸及了文學的根本。

細節、瑣碎觀察、凡庸事件和抒情性依然不時閃現，不過，它們迅速過渡到自我分析中去。內心獨白、事後追加的感受、對資料和各種跡象的推論、理性類比（你近年的寫作愈來愈具有抽象的因素，甚至，抽象成爲你的一個基調）共同湧現於你綿綿無盡的「講述」中，使整部作品成爲各種記憶碎片和歷史素材的綜合物（《紀實與虛構》是否可稱爲小說，人們一定會存有疑問。所以我謹愼地把它稱作「敍事作品」）。「現場」的模仿、對話、描寫（寫實主義的）幾乎消失了，讓位給「講述者」（柏拉圖式的），「講述」成爲不容剝奪的特權，你把它保持到最後。我能想像這種一意孤行的寫作方式帶給你的喜悅，那肯定是一種奢侈的享樂，儘管它同時也極大地消耗了你自己。

情節、戲劇性、人物關係同樣也依然不時閃現：出身的追尋、祖先的演義、戰爭與革命、保母、鄰人、兒時的玩伴、信差、同學、路遇者、音樂教師、各種方式的反抗、好奇、冥想、欲望、日常快樂和寫作生涯，它們都消亡了或正在消亡。重要的不是它們當初的意義，而是它們消亡後對你產生的意義。在平淡的講述中，我想文字成了唯一可以信賴的方式。現在，我正是隔著你娓娓而談的文字，去想像時間的另一端，那兒有你的往事（不論是虛構的還是紀實的），以及你對所有往事的「傷痛」。

我想這是一種存在性的「傷痛」，它已經超越了世俗的感傷和惆悵（儘管你依然存有世俗的情感）——這就是爲什麼它不是憑故事，而完全因了它的抽象力量使我震動的緣故。

我不知道你是否已經陷於一種不可解脫的「懷疑」之中，但我確信懷疑的因素將會有力地影響你的寫作。雖然，你的喜悅有時會沖淡你的懷疑，至少寫作是一種最好的安慰。馬拉美曾說：「世上的一切東西都爲了成爲書而存在著。」也許，文字、寫作、書，是我們面對日益消亡的世界（所有的人與事、經驗、情感與欲望）的最後一道防線。

王安憶：

有一句話你說得好，你說我把「講述」「保持到最後」。這眞是一個漫長得可怕的過程。「講述」其實是營造一個語言的建築物。語言是我們這世界最普遍的表達手段，具有直接表達的特徵。而

「講述」卻要把語言轉化爲一種材料，變成語言的語言。這有點像在薄刃上走路，稍不小心，便會落進直接表達的深淵，即使苦心經營的語言大廈毀於一旦。所以，我發現小說是最容易背離藝術的藝術，因爲它使用的材料是語言這種過於實用，日常的東西，這往往會使我們將一般的表達視爲「講述」，「講述」中的創造的涵義受到忽略，於是，小說作爲一種獨立存在的位置變得搖擺不定。因此，把講述「保持到最後」是多麼艱難啊！唯有同道人才能了然。

小說是一件神奇的事情。本來，我是要講述所有一切的消亡過程。我覺得我們每個人在世界上都是身世飄零的孤兒，城市使這處境變得尤爲典型。沈寂的農村還保存著記憶和遺跡，而城市這個人工的自然，因它有著巨大的活力，同時便也具有巨大的取消和遺忘的能力。我從縱橫兩個方向去講述消亡的過程。兼併、流亡、遷徙、破產、革命，將我們的歷史斬成一截截的，城市是流浪者的聚集地，我們是被放逐而降生於此。而現代工業所帶來的日益細緻的社會分工，則使我們的社會關係成爲一種理論上和概念上的關係。事實上，我們彼此隔絕。城市的街道和樓牆，將我們分離在孤立的空間。我們無根無攀的，上下左右都是虛空。我只能爲自己虛擬一部歷史，再虛擬一張網似的社會關係圖畫。爲使我的虛擬有根有據，我完全是在紀實的基礎上進行，我使用的幾乎全是紀實的材料，比如上海這具體城市的狀況，還有確鑿無疑的史料，這便是題目《紀實與虛構》的來由。然而，也就因爲是在紀實的材料上進行，一切的消亡都顯得那麼理由十足。「虛構」這字本身便已經指明不存在的事實。當我傷心落意地，像拆房子似的，一件一件拆除我所營造起來的，好像營造的結局就是拆除，然而一切拆除完畢，卻在紙上留下了一件東西，這最終成爲一個存在，那就是小說。

有時候我想描繪小說這東西的形狀。它的時間狀態是無疑的，就是講述的過程，那麼空間的狀態呢?空間是個令人茫然的概念，它好像很難物化似的，當我講述空間的消亡過程時，便不時受到時間狀態的干擾，因爲一切都須在時間的流程中進行。而我知道，空間其實是無時不在的，它是時間的容器，我們存在的本身就證實並使用了它。那麼，小說的空間狀態是什麼?難道就像紙那樣扁平的一張?馬拉美所說的「世上的一切東西都爲了成爲書而存在著」,就爲了成爲那樣扁平形狀的東西嗎?這似乎令人傷懷。

吳亮：

如你所提到的，空間的建立是你作品的又一個重要側翼。這種建立的後果是雙重性的：既脆弱又堅如磐石。《紀實與虛構》與所有別的文字作品一樣,是平行於世界（包括空間）的紙上現實。但由於世界本身的變舊、逝去、衰朽、消亡，它反倒不如文字作品來得堅固。文字作品將傳承到後代人手中，去到另一個空間。在這個意義上，文字不僅是我們的最後防線，而且是我們在防線後面建立的一個城堡。

不過我們的目前只是在當下的存在中討論問題，這時，文字的脆弱性就顯而易見了。現實的空間來得遠爲有力，它就在我們的身邊，構成我們的境況，是我們隔於其中的一張城市地圖——它不容置疑地具有統治權，高高在上，把我們的文字（今天就表現爲你的作品）視爲一種藝術家的自戀遊戲：經由紙面的媒材，達致歷史的設計、鄉愁、形式主義的舞蹈、文學史的崇拜與信賴，以及建築在這基礎上的自我放大。

確實，《紀實與虛構》的誕生，也就是一只空間放大鏡的誕生。

空間的統一性，在你的作品中已不復存在（這又是使我驚異的地方），它呈現為一連串的由某些人物帶你入內的孤立場所，同時還呈現為你虛擬的過去世代的寬廣地域。你已經十分敏感於城市對你的切割，去掉種種自然聯絡的通道，將日新月異的片斷展示給你的切身境遇。結果，你力圖將破碎的空間（包括我前面提到過的時間性的消亡，即「存在傷痛」）凝集在一個統一的「語域」之中，達到一種語言上的「總體詩性」。你通過不斷的揭示和推論來做這件不可能的事，也就是說，你的「講述」並沒有復原一個原來的空間，倒是深刻地表明這種復原的不可能。不過，意料不到的事實出現了：出現了一個統一的紙面空間。我想，這正是藝術家才能的標誌。因為，那個大全的空間，只有上帝有能力建立。

有許多引導性的人物，在你作品中分別扮演了各種空間的看門人或導遊者的角色，他們很使我感興趣。但是，我既然已經洞察了你作品的根本價值，那些細節，就留在以後說吧。

王安憶：

我在《紀實與虛構》中說過這樣一句話：我建造起一座又一座紙房子，最後，我自己似乎成了個紙人兒。有時候，我覺得自己是生活在兩種現實裏，一種是真實的現實，一種紙上的現實。這兩種現實就像是白晝和黑夜一樣，在我身心裏日月交替，它似乎使我獲得多一倍的時間和空間。我想，我們是那種需求和消耗很大的人。單是一種現實遠遠不夠我們用。我們必須再去創造一種，來供自己消耗。我們還是那種違反和抗拒自然的人，我們在心底深處其實是不相信人事消亡的規律，我們認為什麼都不會過去，其實是記憶這東西在作祟，而我們又是那種記憶力特別強健的人。當我們認識到一切都在無可制止地消亡，包括自己的生命，我們便疼痛難當。給一切賦予一種形式，我們以爲是制止消亡的好辦法，那就是在紙上寫字。我們來不及地寫下這些注定要逝去的人事，我們寫去了多少純潔的白紙。而當我們急匆匆地創造著這一種現實的時候，那一種現實卻像一只破皮球一樣癟了下去，那便是「紙人兒」這句話的來由。

去年秋天，我們在杭州三聯書店簽字賣書，有一個讀者對我說：「王安憶，我看你的小說有時候會爲你難過，你寫到這個份上，還怎麼作爲普通人去生活。」她這話眞讓人徹心的安慰又徹心的痛楚，我想她其實說出了我感覺到卻還沒認識到的事情眞相。記得當時你說：「你就爲這一個讀者寫作吧？」其實生命只有一次，我們都是血肉之軀，無術分身，我們只能在時間和空間中占據一個位置，擁有兩種現實談何可能，我們是以消化一種現實爲代價來創造另一種現實。有時候，我有一種將自己掏空的感覺，我在一種現實中培養積蓄的情感澆鑄了這一種現實，在那一種現實裏，我便空空蕩蕩。有時候，我還會覺得紙上的現實竟比眞實的現實更爲眞實，因它不會消亡，以文字的形式長存於世，又以大衆傳播的方式變成社會的存在。而就在此時此刻，它卻不再屬於我，而成爲眞實的現實的一部分。一刹那間，我失去了兩種現實。所以，要擁有兩種現實實在是一個妄想，它們彼此消耗，就好像一個「我」在吞噬著另一個「我」，最後一切消亡，只留下一堆紙片兒。

堅硬的河岸流動的水
——《紀實與虛構》與王安憶寫作的理想

張新穎

一

長篇小說《紀實與虛構》讓我去重溫王安憶寫作小說的理想，它是以否定的形式表達的：㈠不要特殊環境特殊人物，㈡不要材料太多，㈢不要語言的風格化，㈣不要獨特性。這「四不要」沒有各自的對應項，也就是說，與之相對應的不是四項，而是一個理想整體。這個理想整體被作家感覺到了，卻沒辦法以正面肯定的形式直接表達出來，而且也沒辦法「一下子」表達出來，所以要分開來一項一項去說，像圍繞著一個幾乎是不可企及的中心打轉。然而也正因爲沒有直接地、「整體性」地表達這個理想整體，而採取一種分割否定的方法，這種表述反而顯得乾脆、俐落、明確。王安憶看重小說總體性的表達效果、自身即具有重大意義的情節、故事發展的內部動力，而對於偶然性、趣味性、個人標記、寫作技巧等等的誇大使用持一種警惕和懷疑態度。從這裏不難看出，王安憶有意識地要摒棄一些不少當代作家所孜孜以求的東西。在探究當代長篇小說創作的困境時，王安憶試圖從更根本處著眼，她說：「我們的了悟式的思維方式則是在一種思想誕生的同時已完成了一切而抵達歸宿，走了一個美妙的圓圈，然而就地完畢，再沒了發展動機。因此，也可說我們的思維方式的本質就是短篇小說，而非長篇小說。」與此相分立的是一種邏輯式的思維方式，在小說物質化的過程中，它被王安憶當做一件有力的武器抓在手裏，意欲憑藉它來解決創作中的頑症，特別是打破長篇小說的窘局。

由王安憶的這些想法肯定可以引發出有關小說創作和小說理論的非常有意思、有價值的討論，但現在還是先來看看《紀實與虛構》這部作品，有作品作實證，回過頭來再探討一些理論問題。

二

《紀實與虛構》是一個城市人的自我「交代」和自我追溯，一部作品，回答兩個問題：你是誰家的孩子？你怎麼長大的？小說很清楚地分成兩個部分，一部分是「我」的成長史，另一部分是「我」尋找自己生命的最初根源。兩部分交叉敍述，最後接頭，合二而一，有渾然成體的效果。成長和尋根，在這幾年的小說創作中都算得上被集中開發的題材，特別是對於八〇年代在文壇上崛起的一批青年作家來說，自我經驗的世界可能是他們最迷戀也最容易向文學轉化的世界，其中成長與啓悟的主題一再被各具特色的敍述展開，像蘇童的「香椿街少年系列」，像余華的《呼喊與細雨》，像遲子建的《樹下》，甚至於王朔的《動物兇猛》等等；至於尋根以類似文學運動的形式成爲文壇一時的中心現象和話題，就不必再說了。王安憶本人身處其中，在這兩個向度上的探索都有不凡成就，也不必再說。但是《紀實與虛構》把成長和尋根結合起來，貫穿起來，不是把兩種性質的內容簡單拼湊，而是把兩個分裂的世界彌合成一個世界，這樣的本領就不太一般了。

從結構上講，《紀實與虛構》好像是「誰家的孩子怎麼成長」的邏輯展開，由此建立起作品的縱和橫的關係，形成作品的基本框架，邏輯的起點是尋找答案的提問，然後就順理成章，一路寫將下來。但是，這並非創作的完整過程，我們或許有可能從邏輯起點往前追問，即：這樣的問題怎樣提出來的？為什麼會有這樣的問題提出來？在密密麻麻的書頁間，語詞有時會指示、會釋放，有時又會掩飾、會遮蔽一個彷彿幽靈般的影子，它的名字叫焦慮。按照一般的說法，焦慮總是喜歡跟性格內傾、習慣冥想、懶於行動的人纏在一起，我們的敍述者似乎恰好正屬於這類人。但這種一般的說法幾乎不說明任何問題，對於作品的敍述者來說，她敏感到的自我困境才是最突出的：時間上，只有現在，沒有過去；空間上，只有自己，沒有別人。這樣一種生存境況本身並不足以引發焦慮，不在乎的人完全可以反問，沒有過去，沒有別人又怎麼樣？但敍述者卻很在乎，她要確立自我的位置，而位置的確立，在她看來，必須依靠一種有機的關係，這種關係既包括時間上的，又包括空間上的，即「她這個人是怎麼來到世上，又與她周圍事物處於什麼樣的關係」。

這樣看來，無根的焦慮好像是個人的，作品也是從此出發：在上海，她是個外鄉人，是隨著革命家庭一起進駐城市的，沒有複雜的社會關係和歷史淵源，沒有親戚串門和上墳祭祖之類的日常活動。也就是說，她喪失了自己的「起源」，而「起源對我們的重要性在於它可使我們至少看見一端的光亮，而不至陷入徹底的迷茫」。「沒有家族神話，我們都成了孤兒，恓恓惶惶，我們生命的一頭隱在伸手不見五指的黑暗裏，另一頭隱在迷霧中。」為緩解焦慮，改變孤兒的身分，她試著開始自己動手建立一個家族神話。王安憶從母親的姓氏「茹」入手，追根溯源，確立自己是北魏的一個游牧民族柔然的後代，柔然族歷盡滄桑世變，歸併蒙古族，劫後餘生者後來又從漠北草原遷至江南母親的故鄉。王安憶在浙江紹興尋到「茹家漊」，家族神話最終完成。

另一方面，成長的焦慮好像也是個人的。在小說裏，成長可以具體化爲敍述者與周圍世界的關係。這一敍述至少有兩個方面的特徵：㈠與敍述者建立關係的任何人事都不具有自主性，他們只是因爲與「我」發生關聯才有意義，這種意義是「我」的，而不是他們自身的，因此他們中幾乎每一個人都是「無名」的；㈡敍述者成長的社會文化背景對成長本身來說完全是偶然的，不重要的，因此作品根本無心爲某個時代留影，無心成爲特定社會的反映，外在的現實世界只不過碰巧爲成長提供了某種情境，只是因爲與成長有關係才有意義，這種意義也是關係性的意義，至於其本身的獨立性完全超出了關心的範圍。比如說寫到「文化大革命」奇遇，「文化大革命」只是爲奇遇提供了機會，其他一切俱無關大旨。敍述有意無意對關係性存在本身特質的忽略，正突出了一種「自我中心」的關注熱情，換句話說，自我的焦慮幾乎壓倒了一切，成長過程中當下的迷茫與孤獨、對將來的幻想和恐懼，乃至一絲一毫纖細無比的感受，只要對自己意義重大，哪怕在別人看來枯燥乏味、囉哩囉嗦，都一一道來，使敍述者無暇它顧。

但是，上述兩方面焦慮的個人性又都是可以推倒的，也就是說，其本身並不多麼獨特，它可以抽象化，能夠被普遍感受到。敍述者成長史未嘗不可以看成是一部分城市人的心史，而且，王安憶敍述成長時把與外界的關係歸納分類，比如奇遇、愛情等等，這種類型化的關係不可避免地要消除其中部分的獨特性，使之普泛化。從根本上說，類型化的成長焦慮每個人都無法迴避，它是成長的必要條件。成長期間出現一些問題，包括自我追問，都該視爲應有之義。城市裏外鄉人的漂泊感自然可能激發對自我根源的尋找，其實，每一個城市人都是外鄉人，每一個城市人的根都不在城市，因爲城市本身即是後來者，是自然地球的外鄉。城市人／外鄉人看來是空間上的分立，本質上可以視作時間上的差別。以歷史的眼光來看，社會的每一步發展都使人類遠離自己的根源，而現代社會更可能把每一個人的根鏟除乾淨。因此，偶然的個人的尋根行爲，實質正反映出社會普遍的無根焦慮。這樣，分屬時間和空間上的問題彌合了，成長與尋根的分裂消失了，所有的焦慮其實只是一個基本的現代性焦慮，「誰家的孩子怎麼長大」其實也只是一個問題，換成一種普遍的表述方式，即是：我是誰？我從哪裏來？我到哪裏去？

寫作既是面對焦慮，又是逃避焦慮的一種方式，借助於寫作，將焦慮釋放，把內在的東西外化，把無形的東西符號化、物質化，似乎是，文字具有某種特殊的「魔力」，用它可以把遍布生命每一處的焦慮「寫出來」。當王安憶完成了這部作品，那歡欣鼓舞、溫柔激動的感受當然是因爲「創造」了一個世界，但仔細分辨，那歡樂其實包含了很大一部分焦慮「寫出來」之後的輕鬆。家族神話建造起來了，歸「家」的路雖然漫長，但「家」終於找到了；成長史完成了，人生也告一段落。

然而，輕鬆和歡樂很快就會推動，因爲寫作的魔力其實是一種幻想，不可能把焦慮「寫出來」後內心就不再存在焦慮，釋放之後還會有新的焦慮來充滿，重新爬遍生命的每一處。這種局面必然降臨的原因是，以一種個體行爲的寫作去解決普遍的現代焦慮是一種妄想，這個問題本身即不可解決，雖然「我是誰？我從哪裏來？我到哪裏去？」是以個人之口去發問的，但卻是問了一個涉及全體生命境況的基本問題。

三

《紀實與虛構》交叉寫成長與尋根，客觀上即形成兩種生存的對照。「紀實與虛構」作為「創造」小說世界的方法，在作品中不可能截然分開，王安憶自己的本意是在紀實的材料基礎上進行虛構。但是我總擺不脫一己的感受，即從基本的精神面貌上來確認，在祖先的歷史與虛構、自我的歷史與紀實之間，可以發現相對應的性質。對於歷代祖先的敍述神采飛揚，縱橫馳騁；對於自我的敍述則顯然窒悶、瑣碎、平常、實在。敍述風格的明顯不同，正根源於兩個世界本身的不同，而虛構一個世界與當下世界相對照，滿足一下人生的各種夢想，尤為現代社會的一種文化病。我個人非常欣賞有關祖先世界的那一部分，而王安憶也把這一部分虛構得栩栩如生，令人神往，都可能是這種文化病的症候。王安憶虛構家族神話的時候，有意識地趨向於強盛的血統，選擇英雄的形象和業蹟作為敍述核心，「我必須要有一位英雄做祖先，我不信我幾千年歷史中竟沒有出過一位英雄。沒有英雄我也要創造一位出來，我要他戰績赫赫，衆心所向。英雄的光芒穿行於時間的隧道，照亮我們平凡的人世。」這後一句話，正中一個普遍的現代人情結。於是，「那時的星星比現在的星星明亮一千倍，它們光芒四射，炫人眼目，在無雲的夜空裏，好像白太陽。」「那時的日頭比現在的大而且紅，把天染成汪洋血海一片，白雲如巨大的帆在血海中航行。」於是，大王旗下，鐵馬金戈。既有天地精靈之氣的凝固與顯現，又有生命本能的洶湧澎湃。相比之下，現代人猶猶豫豫，缺乏行動。「與人們的交往總是淺嘗輒止，於是只能留幾行意義淺薄小題大作的短句。」

不知道話是不是可以這麼說，也許沒有比做一個作家本身更能代表現代生活的巨大匱乏了，紀實和虛構，抒發和創造，無不是在虛幻、自得的世界裏升潛沉浮、歡樂悲哀，王安憶用整整一章的篇幅敍述自己的寫作生活，解釋自己的作品，其實這是與愛情、奇遇等在同一個層次的生活，寫作是一種職業，是一種生存方式，如同古人的躍馬揮槍，搏戰疆場。

王安憶的家族故事，到了後來，神采漸斂，英氣漸弱，而尋根與成長能夠合二而一，也正是由於家族的歷史變化，從遠祖那裏，一代代下來，到了我們，就成了現在這副模樣。整部作品的結構，到最後也就從兩個世界的對照變成了頭尾相接。

兩個世界的銜接其實是一種不祥的徵兆，祖先的世界是無可挽回地消失了，自我成長的世界也正緊跟而去。從創作主體的心理著眼，除去我們剛才講到的焦慮，還有一種藏匿在全篇每一個字背後的心情，這種心情面對世界的消失無可奈何，有的是絕望，是傷痛，是事後一遍遍的追憶、分析和喃喃自語。但是另外一方面，這個小說世界之所以能夠誕生，恰恰是因爲現實世界的不斷消失。文字的起源本身即有與外在世界不斷消失相抗衡的因素，它要把轉瞬即逝的東西固定住，保存下來。在文學作品與現實的關係中，文學本身即是對曾經發生的現實再度現實化。兩相比較，以物質的形式存在的作品確有可能顯得比曾經發生然後又消失了的世界更眞實，對於王安憶來說，那曾經發生然後又消失了的世界其實是一個假設、一種虛構，更可信的還是小說本身。

但是這樣說，完全有可能陷入對文字物質性的過分崇拜。上面曾經提到作家生活的匱乏性質：作家傾向於認爲文字現實比眞實的現實更重要，但是對於一個以從事寫作爲存在方式的人來說，這兩種現實的界線已經模糊了，寫作活動本身是一種眞實的現實活動，但結果卻是產生一個紙上的現實。在《紀實與虛構》裏，王安憶堅持讓敍述人進進出出，貫穿始終，以一種後設的形式，不僅展示虛構的世界，而且清清楚楚地表示虛構世界是怎樣誕生的，這其實不是一件輕鬆快樂的事：讓活生生的血肉和情感、讓自我的生命活動文字化、物質化，其中隱含了一種焦慮式的期待：期待它會長於世。但是即使如此，它還能保持原初的鮮活性嗎？

應該有另外一種清醒的認識：現代人的文字崇拜與較早時代的文字崇拜存在著很大的區別。在遙遠的時代，人們因爲崇拜文字而珍惜文字，現代人卻正相反，一切皆可入文，不僅文字的神聖性蕩然無存，而且已有氾濫成災之勢。在這樣一種文字環境下，眞正的寫作日益尷尬，要顯示出某一部分有些不同，有點珍貴，誠然是件很難的事情。而且，文字的過度使用使它們的彈性、內涵、表現力減弱到了非常低的程度，且不論對文字糟蹋，正常的使用已經把文字磨損得非常「舊」了，對於一個作家來說，要向「舊」的文字灌注多少生命的血，賦予多少生命的肉，才能使它們「活」起來，而且「活」下去？《紀實與虛構》讀起來有些沉悶，尤其是個人成長史的那部分，也許文字本身該對此負很大的責任，每一個字都張著嘴吞噬作家的血肉、情感、想像，但是它們卻並不承諾作同等程度的還報，它們從作家那兒吞噬的和向讀者散發的並不等值，作家不免有些「冤枉」。

四

在對《紀實與虛構》做了上述理解之後，回頭考慮本文開始提出的問題，一時覺得有些接不上話茬。爲什麼會這樣呢？

沒有可以量化的標準用來測定這部作品和王安憶的寫作理想之間究竟有多大的距離，但不妨說作品基本接近「四不要」的要求，「誰家的孩子怎麼長大」這樣一個從自我出發引出的問題，被上升爲一個基本的現代性問題，特殊環境、特殊人物、獨特性和語言的風格化等都被普遍性大大減弱了，而這個問題按照邏輯原則向兩個方向不斷滾動、鋪展，使作品成爲一部氣勢恢宏、容量豐富的長篇，在形式上也具備了長篇小說的結構形式和規模，這一點不在話下。

如果這樣問一句，即便如此又如何？該怎麼回答呢？

本質上王安憶對邏輯力量的強調與「四不要」的說法是相通的，甚至是在表達一個東西，邏輯即是不要特殊性、不要風格化的硬性力量，從另一方面來講，這種力量也正可以用來補充個人經驗的積累和認識，突破個人性的限制。在現代寫作中，小說物質化的過程是不可避免的，「並且，由於越來越多的作者成爲職業性的，而推動最初時期『有感而發』的環境，強迫性地生起創造的意識，因此，長篇小說的繁榮大約也不會太遠了。」同時，王安憶指出，「然而，創造，卻是一個包含了科學意義的勞動。這種勞動，帶有一些機械性質的意義，因此便具有無盡的推動力和構造力。從西方文學批評的方式與我們的批評方式的比較中，也可以很清晰地看到，他們對待作品，有如對待一件物質性的工作對象，而批評家本身，也頗似一位操作者與解剖者，他們機械地分解對象的構造，檢驗每一個零件。而我們的批評家則更像一位詩人在談對另一位詩人的感想，一位散文家在談對另一位散文家的感想。」

這些想法出語不凡，確實可能擊中了當代長篇創作和文學批評的某些癥結，但是理性化的表述是一回事，創作本身又可能是另外一回事。雖說職業寫作中有感而發的衝動越來越少，對小說物質化的認識也越來越必要，但是物質化本身不足以構成小說，「四不要」和邏輯力量本身不足以成就文學。以否定形式表達的乾脆、俐落、明確的寫作理想，絕不拖泥帶水的邏輯力量，以及所有的關於文學的理性化認識，如果把文學作品看成是流動的、波瀾萬狀的水，它們就可以比作堅硬的河岸。堅硬的河岸本身即可以成爲獨立的風景，而且別有情致；但是當流動的水和河岸組合在一起的時候，人們往往觀水忘岸。事實上文學河岸自覺地從人的視野中退隱並不意味著它的屈辱，它該做的就是規範水流的方向，不讓水流盲無目的或者氾濫成災。再說，無論如何優秀的河岸本身都不能產生流水，《紀實與虛構》從「誰家的孩子怎麼長大」這一問題進行邏輯展開，但這個問題的提出，如上面作品的分析，本身不是邏輯的結果。比喻的表達方式不免有些隔靴搔癢，但《紀實與虛構》確實讓我感覺到了小說物質化的認識對於小說本身的侵害，在這部作品中，確實有一部分過於堅硬，未能爲作品本身融化。話又說回來，也許整部作品從中頗多獲益，利弊相依，哪裏就容易取此捨彼。

從王安憶的整個創作歷程來看，對於小說物質化的淸醒認識是她的創作歷久不衰、筆鋒愈健、氣魄愈大、內涵愈厚的重要原因，像《叔叔的故事》這樣的大作品，也有賴於此。而且王安憶的創作生命要堅持下去，此種淸醒的認識不可或缺。事實上這一點對整個當代創作都有啓發意義。但是在具體作品中，物質化不應該成爲鐵律，不能用它過分壓抑特殊性和個人性。王安憶寫作理想的否定式表述形式本身可能隱含了某種危險，表述上的乾脆、俐落、明確的特徵如果不自覺地過渡成爲表述內容的特徵，就可能是不恰當的，寫作理想本身不該是乾脆、俐落、明確的。泛泛地說，理想應該「軟」一點，向寫作的多種可能性敞開而不是壓抑可能性；但另一方面，不切實際地強調可能性又或許會使理想顯得過於虛幻，不著邊際。這兩方面的恰當平衡需要從寫作實踐的不斷調整中獲得。

五

文章寫到這裏，本打算就糊里糊塗地結束了。不想翻新出《讀書》雜誌一九九三年第四期，看到費孝通先生的一篇〈尋根絮語〉，考證自己費姓的來龍去脈，與王安憶的個人尋根頗有不謀而合、異曲同工的意味。文章最後說：

> 〈尋根絮語〉不是一篇學術論文，耄耋之年不可能有此壯志了。寫此絮語只能說是和下圍棋、打橋牌一般的日常腦力操練，希望智力衰退得慢一點而已。當然，如果一定要提高一個層次來說，尋根就是不忘本。不忘本倒是件有關做人之道的大事。在此不多嘮叨了。

「歪讀」此文，頗覺「日常腦力操練」之說與小說的物質化認識相通；至於尋根有關「不忘本」和「做人之道」，此話可以看成泛泛而談，也不妨嚴肅一點、形而上一點來理解。不管是「本」，還是「道」，都是需要不斷去說卻總也說不清的，《紀實與虛構》就在說這總也說不清的問題，尋根是不忘「本」，成長史是「做人之道」，「道」，既是冥冥中的「大道」，也是無限展開的「道路」。由此，似乎也找到了爲自己的文章寫得糊里糊塗開脫的理由。

王安憶創作年表

書名	文類	版本
〔大陸部分〕		
雨，沙沙沙	小說集	一九八一　百花文藝出版社
黑黑白白	小說集	一九八三　少年兒童出版社
王安憶中短篇小說集	小說集	一九八三　中國青年出版社
流逝	小說集	一九八三　四川人民出版社
尾聲	小說集	一九八三　四川人民出版社
小鮑莊	中短篇小說集	一九八九　上海文藝出版社
黃河故道人	長篇小說	一九八六　四川文藝出版社
六九屆初中生	長篇小說	一九八六　中國青年出版社
海上繁華夢	小說集	一九八九　花城出版社
蒲公英	散文集	一九八八　上海文藝出版社

母女漫遊美利堅	遊記(與茹志鵑合著)	一九八六	上海文藝出版社
旅德的故事	長篇遊記	一九九〇	江蘇文藝出版社
流水三十章	長篇小説	一九九〇	上海文藝出版社
神聖祭壇	中篇小説集	一九九一	人民文學出版社
米尼	長篇小説	一九九二	江蘇文藝出版社
烏托邦詩篇	中篇小説集	一九九四	華藝出版社
故事和講故事	文學理論集	一九九二	浙江文藝出版社
荒山之戀	中篇小説集	一九九三	長江文藝出版社
紀實與虛構	長篇小説	一九九四	人民文學出版社
父系與母系的神話	小説集	一九九四	浙江文藝出版社
乘火車旅行	隨筆	一九九五	中國華僑出版社
王安憶·中國當代作家選集叢書	中短篇小説集	一九九五	人民文學出版社
長恨歌	長篇小説	一九九六	作家出版社
王安憶自選集一—六卷		一九九六	作家出版社
一·海上繁華夢	中篇小説卷		

二·小城之戀	中篇小說卷		
三·香港的情與愛	中篇小說卷		
四·漂泊的語言	散文卷		
五·米尼	長篇小說卷		
六·長恨歌	長篇小說卷		

〔港台部分〕

雨，沙沙沙	中短篇小說集	一九八八	台灣新地出版社
母女同遊美利堅	遊記	一九八六	三聯書店香港分店
小城之戀	中篇小說集	一九八八	台灣林白出版社
荒山之戀	中篇小說集	一九八八	香港南粵出版社
叔叔的故事	中篇小說集	一九九一	台灣業強出版社
逐鹿中街	中篇小說集	一九九二	台灣麥田出版公司
香港情與愛	中篇小說	一九九四	台灣麥田出版公司
長恨歌	長篇小說	一九九六	台灣麥田出版公司

國家圖書館出版品預行編目資料

紀實與虛構 : 上海的故事 = Reality and fiction : a Shanghai story/ 王安憶作. -- 初版. -- 臺北市 : 麥田, 民 85
面 ; 公分. -- (當代小說家 ; 2)
ISBN 957-708-443-5(平裝)

857.7　　85010802

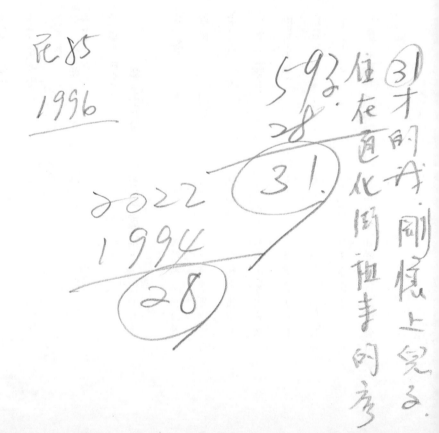

王德威主編　當代小說家1～4

■朱天文　花憶前身

■王安憶　紀實與虛構：上海的故事

■鍾曉陽　遺恨傳奇

■蘇偉貞　封閉的島嶼：得獎小說選

麥田出版股份有限公司

臺北市新生南路二段82號6樓之5
TEL: (02)396-5698
FAX: (02)341-0054, 357-0954
郵撥帳號：1600884-9
戶　　名：麥田出版股份有限公司

【麥田文學】

L1001	想我眷村的兄弟們	朱天心 著	140元
L1002	我的帝王生涯	蘇　童 著	150元
L1003	相思子花	鄭清文 著	160元
L1004	燃燒之後	鍾曉陽 著	180元
L1005	薩伐旅	劉大任 著	130元
L1006	美國・美國	張北海 著	140元
L1007	下午茶話題	朱天文、朱天心、朱天衣 著	130元
L1008	企鵝爸爸	小　野 著	130元
L1009	綠色陷阱	葉兆言 著	130元
L1010	逐鹿中街	王安憶 著	130元
L1011	青春小鳥：王洛賓傳奇	吳淡如 著	130元
L1012	我是你爸爸	王　朔 著	180元
L1013	一個朋友在路上	蘇　童 著	150元
L1014	後青春期症候群	朱　衣 著	130元
L1015	初旅	東　年 著	130元
L1016	悲情布拉姆斯	雷　驤 著	130元
L1017	少年之城	王宣一 著	130元
L1018	殤逝的英雄	葉兆言 著	140元
L1019	藍色玫瑰	林宜澐 著	140元
L1020	家庭之旅	陳　黎 著	140元
L1021	夢的攝影機	路寒袖 著	130元
L1022	戲夢人生：電影分鏡劇本	侯孝賢、吳念眞、朱天文 著	150元
L1023	離婚指南	蘇　童 著	140元
L1024	走過蛻變的中國	劉大任 著	120元
L1025	南方青春物語	童　雲 著	140元
L1026	食妻時代	羅位育 著	140元
L1027	眼耳鼻舌	許悔之 著	130元
L1028	薛理陽大夫	張貴興 著	130元
L1029	斷掌順娘	彭小妍 著	140元
L1030	武則天	蘇　童 著	150元

＊本書目所列書價如與該書版權頁不符，則以該書版權頁定價爲準。

L1031	詩生活	侯吉諒	著	150元
L1032	枕頭邊的音樂會	陳樂融	著	140元
L1033	帶隻杯子出門	喻麗清	著	140元
L1034	公開的情書	路寒袖	編	140元
L1035	是誰在唱歌	林俊穎	著	130元
L1036	光之留顏	羅任玲	著	130元
L1037	滄桑男子	張　錯	著	140元
L1038	活著	余　華	著	150元
L1039	雁行千山	楊　明	著	130元
L1040	X小姐・重新開始	姚一葦	著	130元
L1041	不談愛情	池　莉	著	150元
L1042	可愛的女人	小　野	著	140元
L1043	威尼斯日記	阿　城	著	130元
L1044	多桑：吳念眞電影劇本	吳念眞	著	150元
L1045	紅房子酒店	葉兆言	著	140元
L1046	十一擊	蘇　童	著	140元
L1047	采集陽光與閒情	劉靜娟	著	140元
L1048	香港情與愛	王安憶	著	130元
L1049	她是女子，我也是女子	黃碧雲	著	140元
L1050	青銅小子	小　野	著	150元
L1051	輕少女薄皮書	小　野	著	150元
L1052	相思月娘	李　潼	著	140元
L1053	天生好男人	羅位育	著	140元
L1054	刺靑時代	蘇　童	著	140元
L1055	風景明信片	路寒袖	編	150元
L1056	航向愛琴海	陳少聰	著	150元
L1057	旅行的顏色	黃雅歆	著	150元
L1058	桃花燦爛	方　方	著	130元
L1059	向日葵海域	楊　明	著	140元
L1060	今夜星光燦爛	葉兆言	著	220元
L1061	天空線下	張北海	著	160元
L1062	好男好女：侯孝賢拍片筆記，分場、分鏡劇本	朱天文	編著	150元
L1063	心事	童　雲	著	150元
L1064	城北地帶	蘇　童	著	190元
L1065	小野之家	小　野	著	150元
L1066	雜貨商的女兒	小　野	著	140元
L1067	把你的脚綑起來	蘇　童	著	160元
L1068	小小撒個野	小　野	著	130元
L1069	花影	葉兆言	著	190元
L1071	百年孤寂的台灣民主國	羊　恕	著	240元

＊本書目所列書價如與該書版權頁不符，則以該書版權頁定價爲準。

L1072	長恨歌	王安憶 著	280元

【小說天地】

N1001	大河戀	Norman Maclean 著	180元
N1002	中國北方來的情人	瑪格麗特・莒哈絲 著	160元
N1003	傑克少年	丹・馬寇 著	140元
N1004	秋之傳奇	吉姆・哈雷遜 著	180元
N1005	小天才智多星	艾倫・奇威貝爾 著	160元
N1006	童年往事(Paddy Clarke Ha Ha Ha)	Roddy Doyle 著	260元
N1007	步步殺機	Arturo Pérez-Reverte 著	260元
N1008	諜海情迷(上)	Thomas Fleming 著	260元
N1009	諜海情迷(下)	Thomas Fleming 著	260元
N1010	西線無戰事	Erich Maria Remarque 著 蔡憫生 譯	180元
N1011	芮尼克探案系列——寂寞芳心	譚天 譯	180元
N1012	芮尼克探案系列——狂亂人生	譚天 譯	220元
N1013	芮尼克探案系列——刀鋒邊緣	陳佩君 譯	240元
N1014	芮尼克探案系列——迷蹤記	維亞 譯	240元
N1017	守靈夜的訪客	井上靖 著 劉慕沙 譯	180元
N1018	山國峽恩仇記	菊池寛 著 劉慕沙 譯	180元
N1019	活著的兵士	石川達三 著 劉慕沙 譯	160元
N1021	絕命追殺令	J. M. Dillard 著	170元
N1022	吸血鬼	Fred Saberhagen & James V. Hart著 謝瑤玲 譯	200元
N1023	化身博士	Valerie Martin著 余國芳・王介文 譯	180元
N1031	祖先遊戲	Alex Miller著 歐陽昱 譯	260元
N1032	塔尼歐斯巨岩	Amin Maalouf著 吳錫德 譯	240元

【日本女性小說】

N1201	寒椿	宮尾登美子 著 陳寶蓮 譯	150元
N1202	人偶姊妹	圓地文子 著 陳寶蓮 譯	150元
N1203	青燈綺夢(上)	瀨戶內晴美 著 陳寶蓮 譯	170元
N1204	青燈綺夢(下)	瀨戶內晴美 著 陳寶蓮 譯	170元
N1205	代嫁公主	有吉佐和子 著 陳寶蓮 譯	190元

【麥田人文】

H1001	小說中國	王德威 著	320元
H1002	知識的考掘	米歇・傅柯 著 王德威 譯	350元
H1003	回顧現代	廖炳惠 著	320元
H1004	否定的美學	楊小濱 著	280元
H1005	千古文人俠客夢	陳平原 著	300元
H1006	對話的喧聲	劉康 著	330元

＊本書目所列書價如與該書版權頁不符，則以該書版權頁定價爲準。

H1007	後殖民理論與文化認同	張京媛	編	380元
H1008	婦女與中國現代性	周 蕾	著	320元
H1009	文化批評與華語電影	鄭樹森	編	340元
H1010	哈佛心影錄	張 鳳	著	260元
H1011	重審風月鑑	康正果	著	320元

【文學叢書】

L9001	張愛玲小說的時代感	盧正珩	著	180元
L9002	楊逵及其作品研究	黃惠禎	著	180元
L9003	台灣新文學觀念的萌芽與實踐	莊淑芝	著	180元
L9004	生命情結的反思	林幸謙	著	220元

【馮內果作品集】

N1101	第五號屠宰場	洛 夫	譯	160元
N1102	藍鬍子	陳佩君	譯	180元
N1103	自動鋼琴	陳佩君	譯	220元
N1104	槍手狄克	吳安蘭	譯	180元
N1105	金錢之河	譚 天	譯	160元
N1106	加拉巴哥群島	張佩傑	譯	200元
N1107	泰坦星的海妖	張佩傑	譯	220元
N1108	冠軍的早餐	王祥芸	譯	180元
N1109	貓的搖籃	謝瑤玲	譯	200元
N1110	囚犯	吳怡慧	譯	200元
N1111	夜母	謝瑤玲	譯	160元
N1112	鬧劇	卓世盟	譯	160元
N1113	歡迎到猴子籠來	謝瑤玲	譯	240元
N1114	此心不移	劉麗眞	譯	160元
N1115	聖棕樹節	陳佩君	譯	200元
N1116	祝妳生日快樂	吳曉芬	譯	160元
N1117	生不如死	張定綺	譯	200元
N1116	戲法	陳襲予	譯	240元

【映象傳眞】

I1001	少年吔，安啦	吳淡如	著	150元
I1002	母雞帶小鴨	丁牧群	著	150元
I1003	無言的山丘	吳淡如	著	150元
I1004	浮世戀曲	周 妮	著	130元
I1005	小鬼當家——紐約迷途記	劉麗眞	譯	150元
I1007	新樂園	老 瓊	著	120元
I1008	最後魔鬼英雄	謝瑤玲	譯	170元

＊本書目所列書價如與該書版權頁不符，則以該書版權頁定價爲準。

I1009	吱喳少女在一班	王幼嘉設計工作室	製作	130元

【大人物】

C1001	李登輝的一千天	周玉蔻	著	250元
C1002	蔣方良與蔣經國	周玉蔻	著	280元
C1003	誰殺了章亞若	周玉蔻	著	150元
C1004	甘迺迪之死(上)	伊斯曼	譯	300元
C1005	甘迺迪之死(下)	伊斯曼	譯	300元
C1006	毛澤東大傳(上)	文　林	譯	280元
C1007	毛澤東大傳(下)	文　林	譯	280元
C1008	短暫的春秋	師東兵	著	450元
C1009	廬山眞面目	師東兵	著	450元

【運動家】

A1001	亞洲巨炮呂明賜	呂明賜、陳錦輝	著	200元
A1002	金臂人黃平洋	黃平洋、陳正益	著	200元
A1003	火車涂鴻欽	涂鴻欽、羅吉甫	著	200元
A1004	鬥魂林仲秋	林仲秋、黃麗華	著	200元
A1005	東方超特急郭泰源	黃承富	著	160元
A1007	空中飛人：麥可・喬丹	Bill Gutman	著	150元
A1008	無法無天：查爾斯・巴克萊	Charles Barkley	著	150元
A1009	點石成金的手指：魔術強生	Earvin "Magic" Johnson	著	150元
A1010	白色守護神：大鳥勃德	Lee Daniel Levine	著	160元
A1011	空中火力：大衛・羅賓遜	Jim Savage	著	150元
A1012	郭李建夫阪神日記	黃承富	著	130元
A1013	完美的籃球機器：天鈎賈霸	Kareem Abdul-Jabbar	著	150元
A1014	唐諾看NBA	唐　諾	著	150元
A1015	美式足球觀賞入門	陳國亮	著	130元
A1016	信不信由你：籃球篇1	Bruce Nash and Allan Zullo	著	130元
A1017	信不信由你：籃球篇2	Bruce Nash and Allan Zullo	著	130元
A1018	棒球經	瘦菊子	著	130元
A1019	諾蘭・萊恩　投手聖經	Nolan Ryan & Tom House	著	150元
A1020	棒球王子廖敏雄	廖敏雄、黃麗華	著	150元
A1021	鷹雄　時報鷹球迷手冊	李克、陳偉之	編著	150元
A1022	洛基　林明佳	黃承富	著	130元
A1023	永恆的飛人：麥可・喬丹自述	Michael Jordan	著	350元
A1024	俠客出擊　歐尼爾自傳	Shaquille O'Neal	著	160元
A1025	世界盃足球大賽	Glen Phillips & Tim Oldham	著	220元
A1026	葉國輝開講棒球	葉國輝	著	150元
A1027	不滅的鬥志　莊勝雄	黃承富	著	150元

＊本書目所列書價如與該書版權頁不符，則以該書版權頁定價爲準。